山西艺谭续编

SHANXI YITAN XUBIAN

韩玉峰 著

（上）

山西出版传媒集团
山西人民出版社

20世纪80年代，任省委宣传部文艺处处长时与省文联党组书记、人民作家李束为在一起

与恩师姚奠中先生和李树兰师母合影

与时任省委宣传部副部长、省文联主席温幸合影

与诗人、书画家李才旺在省
剧代会上（2008年8月）

与诗人、戏剧家曲润海在全
国六次文代会上（1996年12月）

与诗人、作家、书法家王东
满在北戴河（2012年10月）

与山西大学中文系同窗好
友，社会教育家、畅销书作家、报
刊专家杨宗在北京（2015年7月）

　　参加电视连续剧《烽火侨女》剧本研讨会的几位评论家合影。图中左起：省作协党组副书记、副主席杨占平，《当代电视》主编张德祥，省文联名誉委员韩玉峰，《山西日报》记者孟苗，《文艺报》主编阎晶明（2008年10月）

　　省委宣传部文艺处的几任处长在一起。图中右起：省作协党组书记、主席杜学文，省文化厅副厅长李歆，曾任省文联党组副书记、常务副主席韩玉峰，曾任省作协党组副书记、巡视员毋小红，山西影视集团党委书记、董事长高晓江

在赵树理诞辰100周年纪念会上。左起：尹世明、董大中、韩玉峰、吴国华、阎立瑛、张保平（2006年9月）

全国农村题材电影创作座谈会后参观大寨，在虎头山上留影。右起：刘涛、杨志刚、著名电影演员陶玉玲、韩玉峰、符汉生、刘彤芳、李京利（2006年5月）

同剧作家郭恩德（右一），教授杨矗（左二），学生王小东（右二）、张芬（左一）在山西戏剧职业学院

《大同文化人影录》作者刘晋川（左一）与在并的几个大同籍文艺工作者合影。图中左二起：山西省舞蹈家协会副主席、舞蹈家刘宇宁，中国民间文艺家协会副主席、民间文艺家常嗣新，韩玉峰，山西省舞蹈家协会副主席、舞蹈家白波

诗人、书画家李才旺题词

玉潔風清譽俗韻
峰高手伊伴霄雲

玉峰好友雅正 戈寅年暑月 張一

书法家张一题词

一枝健筆寄藝苑
評論百篇餘水篑修六藝建功勳
真情傾注文興雪風性謙和壽滿庭
標格批教敬之景並茂無不仰玉峰

賀祝玉峰兄八十仁壽誕辰 王東滿

诗人、作家、书法家王东满题词

尺牍生涯里　衷情出热心　行文溪水澈　立意大洋深　议论清风拂　批评细雨淋　雅儒诚可佩　名重入云巅

张梅琴政　韩玉堂先生讨　庚寅秋日汾汾徐炳林

西楼岁月四十春　物事至今仍觉新　八秩情怀欠诗戏　跳荡平常不老心

贺玉峰老友八十大寿　曲润海

诗人张梅琴诗，诗人、书法家徐炳林书　　　诗人、戏剧家、书法家曲润海题词

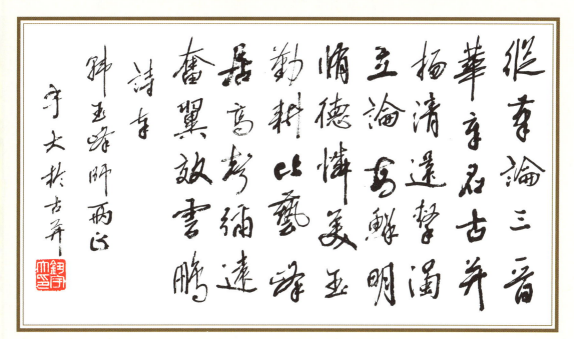

従事論三晋
華章石古并
楊清遠声濁
立論高雕明
惰德懐美玉
勤耕此藝峰
岳高考縄遠
奮翼故書鵬
詩事
鈕玉峰師雨正
守大扶古井

诗人、作家、书法家钮宇大题词

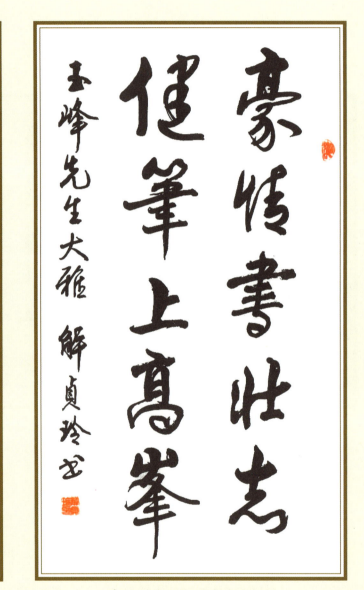

峰顶飙光兴致滂
艺品如松玉词指点江山醉
敬佩铮公笔底功赞毛法

钱初铮玉峰先生雅阁山石斋谨识
贺其新作问世
王果发诗
张养浩书于二〇一〇年十月二日

豪情書壯志
健筆上高峯

玉峰先生大雅 解贞玲书

诗人王果发诗，书法家张养浩书

诗人、作家、书法家解贞玲题词

目 录
MULU

（上册）

文艺一般

文学评论

(下册)

艺术评论

散文　随笔

文艺一般

百花争妍的文学春天

——新时期文学三十年回眸札记

一

我们所说的新时期文学三十年，是指党的十一届三中全会召开后的1978年至2008年的三十年，实际上已经包括了新世纪的八年在内。这三十年，随着党的"解放思想，开动机器，实事求是，团结一致向前看"的思想路线的确立和全党工作重心向社会主义现代化建设的转移，以及党的几次代表大会的召开，我国在经济、政治、思想、文化各个方面都发生了巨大的变化，取得了举世瞩目的成就。这三十年，处于社会转型的历史变动中，是文学变革、探索、创新的时期，也是文学发展、繁荣、多样化共存的时期。面对这三十年，理应将文学的历史精神与人文精神、社会理性与人文情感辩证地统一起来，站在学理的层面进行回顾与评析，以更好地发展与繁荣有中国特色社会主义的新文学。

二

从1949年至1978年的共和国文学也是三十年。研究1978年至2008年的新时期三十年文学，必然要回眸前一个三十年，即新中国成立后至党的十一届三中全会以前的三十年文学，我们称它为共和国文学。

1949年7月，全国第一次文代会召开，把毛主席《在延安文艺座谈会上的讲话》（以下简称《讲话》）作为新中国文艺的方向，提出迈入新时代必须建设"新的人民的文艺"的要求。当时出版了一套书，叫"中国人民文艺丛书"，编选解放区作家和工农兵作者的作品共二百余篇（部），完全体现了这一要求。这些作品具有新的主题，表现新的人物和新的世界，运用新的语言和形式。这同20世纪50年代初期社会上充满的欢乐心绪和朝气蓬勃的气氛是一致的。事实上，共和国文学早在延安时代就建构了它的全部特征，那就是文学以工农兵为表现主体和服务对象，以及文学与政治的密不可分。共和国文学继承了《讲话》精神，遵循了《讲话》所指引的道路。

20世纪50年代中期正式提出社会主义文学的概念。它的基本含义是：以反映社会主义革命和建设为主要题材，以工农兵劳动群众为作品主人公，以民族化、大众化的形式为艺术追求，以先是提"社会主义现实主义"、后是提"革命现实主义和革命浪漫主义相结合"为创作方法。作为社会主义文学的实绩，出现了一批体现这种文学性质的作品，在社会上产生了相当大的影响。如《青春之歌》、《保卫延安》、《苦菜花》、《红日》、《红岩》、《红旗谱》、《红旗歌谣》、《创业史》、《三里湾》、《山乡巨变》、《李双双小传》等小说、诗歌、戏剧，创作出了共和国文学史上新鲜的形象和语言，展示了一个朝气蓬勃时代的崭新的文学风貌。作品所蕴含的理想主义和革命激情至今仍然让我们感到振奋。这些具有鲜明的社会主义性质和内容的作品体现了那个时代文艺政策和方针的要求，体现了作家的使命感和责任感。这就是我们所说的"十七年文学"最为光辉的一面，也是主导的一面。

在把歌唱新时代、反映新生活的作品作为主潮的同时，则是把文艺作为"阶级斗争的武器"和"时代的风雨表"，涌起对"异端"的批判、讨伐。从20世纪50年代的批《武训传》开始，到由《红楼梦》研究引起的政治运动，再到批胡适、批胡风、批右派，一直到八届十中全会后的文艺整风。这种一轮又一轮的批判往往是从文艺思想论争突变为政治运动，从内部思想批评演化为敌我矛盾斗争。这种批判往往是瞬息万变、反复无常的，即使是一些善于"跟风"的人，也常常感到左右为难，无所适从。这种批判一直到20世纪60年代发动了长达十年的"文化大革命"运动。

三

1966年2月，林彪、"四人帮"炮制的《部队文艺工作座谈会纪要》出笼，抛出了所谓的"文艺黑线专政论"，以阶级斗争扩大化和绝对化的错误理论和实践为依据，夸大文艺战线上的阶级斗争和矛盾斗争，全面否定十七年文艺事业的成就。十七年的优秀文学作品几乎都遭到无情的批判。他们炮制文艺创作的"三突出"原则、"根本任务论"（"塑造好无产阶级英雄典型是社会主义文艺的根本任务"），大搞"阴谋文艺"。从1966年至1971年长达六年的时间里，没有产生过一部文学作品。此后的作品，除了极少数的几部思想和艺术都较好的作品外，其余的多数作品或是宣传极"左"思潮，或是大搞"三突出"，或是从概念出发、粗制滥造，有的甚至沦落为为他们的政治目的服务的工具。

在广大文艺工作者的努力下，"文化大革命"十年也出现了一些好作品，如小说《第二次握手》、《闪闪的红星》、《昨天的战争》、《沸腾的群山》和《李自成》第二部等，以及20世纪60年代初期在全国兴起的"京剧革命"过程中产生的后来被称为"样板戏"的优秀京剧现代戏。这些重压下的创作，是这个时期文艺工作者坚持斗争、辛勤劳动的成果，特别是"天安门诗歌运动"是这个时期最为激动人心的篇章，揭开了新时期文学艺术创作的序幕。

林彪、"四人帮"的破坏造成了我国当代文学史上十年基本空白期，造成了文艺思想和理论的严重混乱，特别是使大批作家"失语"，甚至沦为专政对象，受到无情迫害。"文化大革命"给新中国成立后一度蓬勃发展的文学事业带来了无可挽回的重大损失。

我们在回眸"文化大革命"十年文坛情状时，不能不感到当文学失去了自我，会造成多么严重的后果，会带来多么巨大的损失。

四

问题出在哪里？最根本的是怎样认识和处理文艺与政治的关系问题。

"文艺从属于政治"和"文艺服从于政治"，是《讲话》对文艺与政治关系的核心论述。而文艺"从属于"、"服务于"政治，就是"服从党在一定时期内所规定的革命任务"的具体要求。这就要求文艺必须体现党的政策，为政治服务，为党的中心工作服务，使文艺创作更多地反映政治、演绎政策，造成公式化、概念化倾向，到"文化大革命"期间，把这种弊端推向极致。这样把文艺与政治紧紧地捆在一起的做法，完全抹杀了文艺创作的特征，背离了文艺创作的规律。

直到三中全会以后，广大艺术家、作家对文艺与政治的关系形成了新的看法。大都认为文艺与政治的关系是相互影响的关系，并非是从属关系，使"不继续提文艺从属于政治这样的口号"与"文艺不可能脱离政治"的辩证关系，成为大家的基本共识。1980年7月26日《人民日报》社论提出"文艺为人民服务、为社会主义服务"的口号。"二为"方向、"双百"方针和艺术民主，体现了党在文艺政策上的成熟，从而迎来了新时期文学的繁荣。

五

20世纪70年代末，伴随着拨乱反正的思想解放运动和党的文艺政策的调整，中国文学进入了一个新时期。改革开放的时代环境，使文学向着多样化共存的局面发展，走上建设有中国特色社会主义新文学的道路。就文艺方向来说，将文艺"从属于政治"易为"为人民、为社会主义服务"。就党对文艺工作的领导来说，从以思想改造和政治批判的方式来领导文艺和文艺工作者转变为以艺术民主和文艺批评来引导文艺和文艺工作者。文艺从"为政治"到"为人民"的调整，是文学观念的解放；对待文艺工作者从"改造"到"引导"的转变，是文艺领导的改善。这就使文艺工作者获得了相对宽松的外在环境和相对自由的内在心理，激发了创作的积极性，促进了文学的发展。

新时期三十年的中国当代文学，在文学的各个门类，其作品数量之可观，形式风格之多样，题材主题之丰富，作者读者之广泛，是中国当代文学史上任何一个时期都不可比拟的。特别是20世纪八九十年代不失时代意义又深具探索勇气的文体实践，加上从历史到美学到文化的批评趋向，文艺在自由竞赛中使风格与形式有了长足的发展，呈现出一种多元共存、流派纷呈、思想活跃、创作繁茂的局面，进入中国当代文学从未有过的辉煌时期。

六

"伤痕文学"是对"文化大革命"的批判和否定。以刘心武的《班主任》和卢新华的《伤痕》为代表的"伤痕文学"，揭露"文化大革命"影响，描述"文化大革命"创伤。"伤痕文学"是"文化大革命"亲历者对历史创伤提供的"证言"，痛斥了"文化大革命"造成的心灵伤害。

"反思文学"是继"伤痕文学"之后对又一类小说的指称。一般认为，"伤痕文学"是"反思文学"的源头，而"反思文学"是"伤痕文学"的深化。"反思文学"从理性出发，反思"文化大革命"产生的历史根源，追溯自"反右"斗争始，极"左"路线愈演愈烈的惨痛教训。"反思文学"的代表性作品，短篇，如高晓声的《李顺大造屋》；中篇，如王蒙的《布礼》；长篇，如古华的《芙蓉镇》等。这些作品大都以人物的生活道路来连接新中国成立后各个历史时期的重要社会政治事件，通过对人物命运的描写，对历史反思所提出的问题给予回答。

　　"改革文学"面对"文化大革命"的"伤痕"，呼唤和表现城市和乡村的改革，实质上仍是对"文化大革命"所造成的创伤的批判。蒋子龙的《乔厂长上任记》是"改革文学"的代表性作品。"改革文学"或"改革题材小说"切合文学创作贴近现实、与生活同步的要求，因而得到重视和提倡。

　　作为一种整体性的文学潮流，"伤痕文学"、"反思文学"、"改革文学"在20世纪70年代末到80年代初达到了高潮。这些作品的共同特点是对"文化大革命"的批判和否定、质疑和反思，对"文化大革命"造成的创伤的抚慰和疗救，是留存在不少作家情感经验中的"文化大革命"历史记忆的发掘和书写，属于20世纪中国小说中的"问题小说"的类型，实质上还没有完全摆脱文艺对政治的依附。所以，"伤痕文学"、"反思文学"、"改革文学"，虽然批评家对它们的指称不同，但同属于反思性的创作，有着相近的思想倾向。这是对"文革文学"的彻底清算，也为新时期文学的发展繁荣打下了坚实基础。从"文革文学"到"伤痕"、"反思"、"改革"文学，再到新时期文学的繁荣，呈现出一种历史的必然。所以，我们可以把"伤痕"、"反思"、"改革"文学的出现，看作是新时期文学初始阶段的产物，是新时期文学开端的标志，也是新时期文学全面繁荣的前奏。

<h2 style="text-align:center">七</h2>

　　"寻根文学"是20世纪80年代中后期出现的一个文学潮流。韩少功的《文学的"根"》（《作家》1985年第6期）被认为是"寻根文学"的"宣言"，主张"文学之根应该深植于民族传统文化的土壤里"，"寻找民族文化精神以获得民族精神自救的能力"（李庆西《寻根：回到事物本身》，《文学评论》1988年第4期），为社会和民族精神的修复提供可靠的根基。同时，从文学本身的发展来说，一味追随西方文学潮流，并不能成为独创

性的艺术创造，只有将自己的创造植根于悠久而深厚的民族文化土壤之中，以中国人自己的感受来改造、吸纳西方的观念和形式，才有可能产生别开生面的成果。由文学"寻根"的主张，导致对于民情风俗、地域文化的兴趣，作家重视创作中的地域文化因素，成为这一时期创作中出现的重要现象。山西作家郑义的《远村》、《老井》，以及贾平凹的"商州系列"等是"寻根文学"的代表性作品。邓友梅、冯骥才、刘心武的"民俗风味小说"均含有浓郁的地域文化因素，亦可列入"寻根文学"之列。"寻根文学"所出现的许多优秀作品，是新时期文学的重要成果。

八

20世纪80年代中期，随着改革开放的深化和思想解放运动的发展，西方现代主义，包括现代派文学思潮和西方现代哲学，不可避免地进入中国思想界和文学界，促进了文艺发生深刻的变革，推动中国文学的创新发展，从题材内容到表现手段，从文艺观念到研究方法，从文学创作到理论批评，都出现了全方位的跃动，呈现出前所未有的活力。一部分作家借鉴和吸收西方现代派作品的艺术特征和表现手法，创作不同于现实主义传统的作品，特别是年轻一代的作家更是极力寻求新的文学观念和表现手法，出现了众多的有所突破和创新的探索性小说。整个文学界呈现出一种多样性和丰富性的繁荣景象。

在文学现代派思潮对长期以来居于主导地位的现实主义冲击的同时，西方现代哲学也对中国当代文学产生了相当大的影响。20世纪80年代上半期出现的"尼采热"、"弗洛伊德热"、"萨特热"以及"结构主义"、"阐释学"、"现象学"、"存在主义"等西方现代哲学流派对文学界的冲击，大大地开阔了中国思想界和文学界的视野，进一步推动了思想解放运动的发展。因此，文学的现代主义探索实际上就是思想解放运动的延伸，是"文化大革命"后中国文学寻求思想突破的必然产物。

九

20世纪80年代中后期，随着文学与政治关系的调整和西方文学潮流的引入，我们面向文学自身进行了多方面的探索。小说创作出现了"现代派小说"、"先锋小说"、"新写实小说"等不同的流派。这些探索的趋向，主要表现为借助20世纪文学所提供的经验，寻求创作题材及艺术方法上的各种可能性，达到主题上对于具体现实社会政治问题的超越，艺术上摆脱"写实"方式，以追求文学"本体化"形态（包括"永恒意味"的生存命题和"本体意味"的形式）。

对于这些从哲学思潮到艺术形式都有明显"超前"的小说，当时的批评界曾有不同的指称，后来逐渐明确为可以区分的"现代派小说"、"先锋小说"和"新写实小说"不同流派。

20世纪80年代中期，中国的一些作家，借鉴西方现代小说流派的主题和"意识流"、"荒诞"、"变形"等表现技法，出现了中国的"现代派小说"，如王蒙、宗璞、刘索拉等人的作品。

继"现代派小说"之后，于1986年至1987年出现的"先锋小说"更重视的是"文体"的实验，也称"实验小说"，"叙述"是"先锋小说"最引人注意的地方。他们把叙事本身当作审美对象，运用虚构、想象等手段进行叙事方法的实验。他们拓展了小说的表现力，强化了作家对于个性化的感受和体验的发掘。"先锋小说"总体上以形式和叙事技巧为主要目的的倾向，在后来其局限性日见暴露，而不可避免地走向形式的疲惫。马原的小说被认为是"先锋小说"的起点，其他还有残雪、苏童、格非等。

与"先锋小说"出现的同时或稍后，有"新写实小说"的出现。这是因为在"先锋派"小说探索占据重要地位的同时，仍有许多作家在"写实"的轨道上写作。同时也是由于文学界的一些人存在着对已被过分渲染的"先锋小说"的不满情绪，认为"先锋小说""疏离"了中国现实生活处境和"疏离"了读者大众。

对于"新写实小说"有的批评家把这种倾向称为现实主义的"回归",也有的称为"后现实主义"、"现代现实主义"、"新写实主义小说",不过以"新写实小说"这个概念使用最为广泛。

所谓"新写实小说",就是不同于历史上已有的现实主义,也不同于现代主义的"先锋派"文学,而是近几年小说创作低谷中出现的一种新的文学倾向。"新写实小说"的创作方法仍然以写实为主要特征,真诚直面现实,直面人生,但特别注重现实生活原生形态的还原,采取一种所谓"还原"生活的"客观"的叙述方式。叙述者一般不直接介入故事,不表达自己的感情评价。"新写实小说"与"先锋小说"的状况相似。由于20世纪90年代作家创作的变化,"新写实"作为一种创作倾向逐渐消失。20世纪90年代以后的"新写实"作家中的许多人转向"历史",又有了"新历史小说"的提法。"新写实"作家的代表性作品,有池莉的《烦恼人生》、《不谈爱情》、《太阳出世》,被称为"新写实三部曲"。方方的《风景》被称为"新写实小说"的代表作。刘恒、刘震云也被认为是"新写实"代表性作家。

十

20世纪90年代,中国的经济发生了深刻的变化,市场经济逐步形成。随着商品经济的发展和消费文化的成熟,文化既是事业,也成了新的产业,文学呈现出商品化倾向。一些作家参与有更多报酬的"亚文学"写作,如影视剧创作、纪实文学、通俗小说、网络文学、手机文学、广告文学写作。作家不仅致力于自身的写作,而且要与出版、流通、广告宣传等各个环节紧密配合,以资走进"畅销"的市场。文学作品与文学写作的商品性质已是不争的事实,并与发展着的文化市场、文化产业结合起来。

在20世纪90年代中国步入市场经济的总形势下,文学呈现出自己的特征。

一是大众文化成为人们主要的文化需求。在整个文化领域里，文艺出现了主流文化、高雅文化与大众文化的区分。从文学来说，有"纯文学"和"通俗文学"的区分，即"雅"与"俗"的区分。文学开始失去了往日的轰动效应。

二是文学潮流渐趋淡化。20世纪80年代中期在借鉴西方现代主义文艺思潮中出现的"现代派小说"、"先锋小说"、"新写实小说"，在20世纪90年代并未得到延续。但是，这些小说流派中具有生命力的东西，如对叙事文体的实验、对作家个性化的感觉和体验的发掘、对语言自觉意识的强调，以及表现技法等，均被一些作家有选择地不同程度地接受，融会贯通在自己的创作中。

三是在文体样式上出现了长篇小说热。长篇小说的数量在20世纪90年代大大增加，受到了普遍关注。长篇小说既能满足阅读需求，也便于改编影视剧，有一种"文体的经济性"，所以长篇小说的兴盛与商品化文化有着密切的关系。

四是在长篇小说的创作上，有一种重新回归现实的倾向。但是，这种"回归"并不能简单理解为"现实主义的回归"。因为它有别于现实主义小说所强调的"典型化"和反映历史本质真实的主张，而有着自己的时代特点。表现在：第一，回归到对历史的反思。这类作品被称为"新历史小说"。对"历史"的反思不仅涉及"文化大革命"和"反右"等1949年以来的历史，更将笔墨延伸到整个20世纪。这些小说所反映的"历史"，并不完全是重大的历史事件，而是在"历史"背景下书写个人或民族的命运，充满了一种沧桑感。第二，注重写普通人（"小人物"）的日常生活，描写他们的感情、欲望和生存状态。都市白领、个体户、农民工和普通市民成为文学的表现对象。第三，"个人"经验在文学创作中有了新的意义。这种被称为"个人化写作"或"私人化写作"的主要内容往往与人物的个人情感经历与欲望体验有关，着意表现人物的内心冲突和体验。这种带有重新回顾现实倾向的小说创作，虽然属于现实主义的大范畴，但它在尊重民族优秀文化的基础上，借鉴、吸收西方现代主义文学潮流在艺术上的长处，从而具有更大的开放性和包容性、多样性和丰富性，成为构成中国当代文学大发展大繁荣局面的一个方面。这也从一个侧面证实中华文明灿烂辉煌的一条历史经验：在悠久的历史长河中，它成功地吸收了其他文化元素，使其自身得到充实和巩固。

2008年2月22日

历史光辉和现实意义

——纪念毛主席《在延安文艺座谈会上的讲话》发表71周年

在春末夏初、充满激情的五月天，我们迎来了"五·二三"，纪念毛泽东同志《在延安文艺座谈会上的讲话》（以下简称《讲话》）发表71周年。我们纪念《讲话》发表，不仅是一次例行的纪念活动，而且是一次新的学习活动，我们会在重温《讲话》精神中获得新的感受、新的认识。

《讲话》的历史光辉

延安文艺座谈会在中国现当代文学史上具有里程碑的意义。毛主席《讲话》是马克思主义文艺理论的纲领性文献。《讲话》深刻地论述了文艺的基本问题，如文艺与生活、作家与人民、政治与艺术、普及与提高、歌颂与暴露、创作与批评、继承与借鉴、动机与效果，以及文艺创作的典型化原则、文艺工作者的学习问题等。其中最主要的是两个问题，一个是服务论，就是文艺为什么人服务和如何为的问题；一个是反映论，就是文艺反映什么和如何反映的问题。这些问题随着时代的变化会有所发展，但是它的基本精神对于我们今天的文艺事业，还是有着重要的现实意义。

《讲话》的忠实践行者

山西每年都要以各种不同的规模和形式纪念《讲话》的发表。山西的几代文艺工作者对《讲话》有着深厚的感情，沿着《讲话》所指引的道路，在创作上取得了丰硕的成果，出现了精品迭出、佳作纷呈的持续繁荣的动人景象。赵树理的《小二黑结婚》是《讲话》发表后结出的第一批硕果之一。力群和"山药蛋派"的五作家"西李马胡孙"（西戎、李束为、马烽、胡正、孙谦）都是对延安和《讲话》怀有深厚感情并全力践行《讲话》精神的作家、艺术家。

我曾写过一篇文章《他们从延安走来》，也可以说是他们从"鲁艺"走来，他们指的就是力群和"西李马胡孙"五战友等。

力群是1940年1月到延安的，是年28岁，已经是很有影响的青年版画家了，在鲁艺美术系任教员。当时的鲁艺设文学、音乐、戏剧、美术4个系。苏光、程曼、聂云挺、牛文是美术系学员；贾克、石丁、李束为是戏剧系学员；张朴是音乐系学员；李古北是文学系学员。当时在延安还有一所学校叫"部艺"，就是八路军留守兵团政治部部队艺术学校，和"鲁艺"一起驻在桥儿沟。"部艺"同"鲁艺"一样，设文学、音乐、美术、戏剧4个班。马烽在美术班，孙谦在文学班，西戎、胡正、朱东、郭沐鸿、董新良、孔庆华在戏剧班。此外，张一然是延安平（京）剧院演员，杨威是抗日军政大学学员。这些人后来都回到了山西。

力群参加了延安文艺座谈会。力群对延安、对"鲁艺"有着极其深厚的感情。在力群的百年人生中，会有多少让他牵肠挂肚、念念不忘的人和事？恐怕我们很难说清楚。但从力群老的作品和言谈中，我觉得他一生最惦念的是两个人和一个地方。两个人是曹白（刘平若）和刘萍杜，一个地方就是延安。

曹白是力群在杭州美专读书时的同窗、挚友和妻兄，是一位与鲁迅先生有密切交往的青年木刻家。刘萍杜是曹白（刘平若）的妹妹，江南姑娘，力群的结发妻子。所以，力群一生忘不了的两个人，就是他们兄妹俩。

力群一生忘不了的一个地方就是延安。他创作过一幅版画作品《延安鲁艺校景》，被诗人艾青赞誉为"木板上的抒情诗"。每逢《讲话》发表多少周年纪念日，特别是逢五逢十时，他都要写文章，回忆在延安时的生活，抒写自己的感受。

力群称自己的家室为"怀延斋"，他的书画作品在落款时，大都写：某年某月于并州汾河之滨怀延斋。晚年移居京华后，其书画作品落款则多为"京郊燕山下香草堂怀延斋"。力群说："'怀延斋'，即怀念延安也。"力群1999年也就是他87岁高龄时写的《重返延安》一文中说："延安的时代，是我一生中最难忘的时代，也是我一生中最值得纪念的时代。然而已逝的美好的时代是永远不会返了，留给我的只有怀念，所以我把我的家室谓之'怀延斋'。"

力群怀念延安，就是怀念"鲁艺"，怀念延安文艺座谈会和毛主席的《讲话》，这决定了他一生的道路，以手中的笔为人民服务。2010年冬，年已98岁的力群老，于京郊香堂村作国画《兰花》，题识是："兰花原本生于山林之中默默地吐香而今来到人间为人民而吐香，诚可贵也。"真不愧为获得"人民艺术家"称号的力群老。他心中所想的只有人民。

人民作家马烽一生遵循《讲话》精神，坚持民族化、大众化的方向，走同时代和群众相结合的道路，创作出许多为群众喜闻乐见的优秀作品。马烽、孙谦都是以短篇小说闻名于世的作家。但是，早在20世纪50年代，他们就涉足电影文学创作，写了不少优秀电影作品。马烽的电影《我们村里的年轻人》是中国电影发展史上具有重要地位的经典作品。他们从事电影创作就是因为他们认为电影比小说能够拥有更多的观众，能够更好地体现文艺为人民服务的宗旨。1981年9月，省委宣传部在晋祠宾馆召开全省文艺工作座谈会，马烽在会上做了一个很好的讲话，题目就是"坚持和发展毛主席《在延安文艺座谈会上的讲话》精神"。2003年年底，省里召开七次文代会和五次作代会，重病中的马烽写给两会代表的信中还嘱咐大家要坚持深入生活，贴近实际，多写好作品为人民大众服务。在信中，马烽把自己从事文艺创作60年的体会归纳为"三个原则"：一是读者喜欢，主要是农民读者；二是认定深入生活的路子；三是以真诚的责任感写作。这就是一位老作家对中青年作家、艺术家的期待和希望。

我们尊敬的文艺界老前辈们，力群、马烽等老一代作家、艺术家已经先后离我们而去。他们一生遵循毛主席《讲话》所指引的道路，坚持为人民服务的方向，是留给我们的宝贵的精神财富。

《讲话》的现实意义

毛主席的《讲话》发表71周年了。我们今天学习《讲话》、重温《讲话》，仍然觉得十分亲切。《讲话》的基本精神对于指导我们今天的工作，仍然有着重要的现实意义。

第一，文艺作品要以人为本，要坚持以最广大人民为服务对象和表现主体，牢记毛主席提出的文艺为人民服务的方向。我们党的领导人邓小平、江泽民、胡锦涛同志在几次全国文代会和作代会上的祝词或讲话，都是在新的时期对毛主席《讲话》精神的继承和发展。如邓小平讲的"人民是文艺工作者的母亲"，"人民需要艺术，艺术更需要人民"；江泽民讲的"在人民的历史创造中进行艺术的创造，在人民的历史进步中造就艺术的进步"；胡锦涛讲的"一切进步文艺，都源于人民，为了人民，属于人民"，"为人民放歌，为人民抒情，为人民呼吁"，"希望广大文艺工作者始终坚持以人为本，更加自觉更加主动地承担起为人民抒写、为人民放歌的历史责任"。所以，做一名文艺工作者始终不能忘记的就是文艺要为人民服务。

第二，文艺家要"接地气"，深入实际生活和广大群众之中，牢记毛主席所作的生活是艺术的唯一源泉的论断。文艺家要"接地气"，"地气"在泥土中，在火热的生活中，在人民群众的诉求中。文艺家只有"接地气"，体验和感受生活的要求，才能创作出深入人心，打动人心，引起读者和观众心灵的震撼和共鸣的作品，就是和群众"通心灵"的作品。一切文学艺术作品都是和受众共同完成的。舞台艺术是演员和观众共同创造完成的。即使是一本小说、一幅画，如果没有读者去读，没有观众去看，也就不可能实现它的社会价值。文艺家不能是自吟自唱，自我欣赏。

第三，文艺工作者要为建设文化强国、提高国家文化软实力，实现中华民族伟大复兴的"中国梦"贡献自己的力量。让"中国梦"照亮文学艺术的理想。习近平总书记提出的"中国梦"，是实现中华民族伟大复兴的必由之路。走好中国道路（中国特色社会主义道路）、弘扬中国精神（以爱国主义为核心的民族精神，以改革创新为核心的时代精神）、凝聚中国力量（中国各族人民大团结的力量），是实现"中国梦"的根本保障。"中国梦"是人民的梦，民族的梦，也是每一个文艺工作者心中的梦。一部优秀的文艺作品对走好中国道路、弘扬中国精神、凝聚中国力量有着重要的作用和影响，所以文学艺术工作应当成为实现"中国梦"的重要组成部分。文艺工作者应当有这样的时代使命感和历史担当。这应是我们今天对毛主席《讲话》发表71周年的最好的纪念。

今年12月26日，我们将迎来毛主席诞辰120周年。毛主席是伟大的政治家、思想家、军事家，从文化方面来讲，毛主席还是一位杰出的诗人、文章大家和书法家。我们从毛主席的《讲话》就可以感受到他的文章的文采斐然和神思飞扬。著名散文家梁衡在《文章大家毛泽东》一文中说毛泽东的文章是"笔走龙蛇惊风雨，白纸黑字写春秋"。他还说："中国是个文章的国度，青史不绝，文章不绝。向来说文章有汉司马、唐韩柳、宋东坡、清康梁，群峰逶迤，连绵不绝。毛泽东算得一个，也是文章群山中一个巍峨的险峰。""无限风光在险峰"，他，就是毛泽东。我们纪念

《讲话》发表，当然就会想起毛主席这位伟大的文章家。愿在座的年轻朋友珍惜年华，发奋努力，学习毛主席，写出好作品、好文章。

2013 年 5 月 20 日

学习《在延安文艺座谈会上的讲话》
精神创新晋阳文化

一

20世纪的中国文学，有两件事值得大书特书。一件是1919年"五四"新文化运动和文学革命，一件是1942年毛泽东同志发表了《在延安文艺座谈会上的讲话》（以下简称《讲话》）。

"五四"新文化运动和文学革命，从内容到形式都是彻底反帝反封建的。"五四"新文化运动和文学革命的倡导者和主将是陈独秀、李大钊、鲁迅、胡适、钱玄同、刘半农等。"五四"新文化运动作为思想启蒙运动，倡导"民主"与"科学"，提出反对旧道德、提倡新道德的口号。由思想启蒙引发的文学革命，则以反对文言文、提倡白话文，反对旧文学、提倡新文学为主要内容。胡适明确主张以白话文代替文言文。鲁迅1918年5月发表在《新青年》杂志上的《狂人日记》是新文学史上第一篇用白话文写的小说，被誉为充满"义勇和正气"的反封建宣言书。山西最早的共产主义者，太原娄烦的高君宇，就是"五四"新文化运动的先驱者之一。他只活了29岁，留给我们的唯一的一首诗是："我是宝剑，我是火花。我愿生如闪电之耀亮，我愿死如彗星之迅忽"，成为山西现代文学史上的第一篇章。"五四"新文化运动和文学革命，使文学跟人民群众接近了一大步，是中国现代文学史的伟大开端。

毛泽东同志1942年发表的《在延安文艺座谈会上的讲话》引起了中国文艺继"五四"之后第二次更伟大更深刻的变革。《讲话》解决了一个根本性的问题，就是文艺和人民群众的结合。

　　《讲话》论述的文艺的基本问题很多，包括文艺与生活、作家与作品、政治与艺术、内容与形式、普及与提高、继承与发展、学习与借鉴，以及文艺的批评标准等。其中最主要的问题有两个，一个是服务论，一个是反映论；也就是一个是文艺为什么人服务和如何服务的问题，一个是文艺反映什么和如何反映的问题。

　　文艺为什么人？"为人民大众的，首先是为工农兵的，为工农兵而创作，为工农兵所利用的。"如何服务？就是解决好普及与提高的问题，"在普及基础上的提高"，"在提高指导下的普及"。反映什么？反映"新的人物，新的世界"，"革命的文艺，应当根据实际生活创造出各种各样的人物来，帮助群众推动历史的前进"。如何反映？第一，深入生活，"必须长期地无条件地全心全意地到工农兵群众中去，到火热的斗争中去，到唯一的最广大最丰富的源泉中去"；第二，源于生活，高于生活，"文艺作品中反映出来的生活却可以而且应该比普通的实际生活更高，更强烈，更有集中性，更典型，更理想，因此就更带普遍性"；第三，三个"统一"的美学追求："政治和艺术的统一，内容和形式的统一，革命的政治内容和尽可能完美的艺术形式的统一。"毛泽东同志在《讲话》中所阐述的这些基本观点是对马列主义文艺理论的继承和发展。

　　随着时代的前进，毛泽东文艺思想也在不断地丰富和发展。我们现在提出的"文艺为人民服务、为社会主义服务"的"二为"方向；"百花齐放、百家争鸣"的"双百"方针；"贴近时代、贴近生活、贴近群众"的"三贴近"原则；"思想性、艺术性、观赏性""三性"统一的要求；"思想精深、艺术精湛、制作精良"的精品标准，以及"坚持先进文化的前进方向"，"弘扬主旋律，提倡多样化"，"以科学的理论武装人、正确的舆论引导人、高尚的情操塑造人、优秀的作品鼓舞人"，"精神产品生产必须把社会效益放在首位，努力实现两个效益的统一"，"发展公益性的文化事业与经营性的文化产业"等方向性的指导思想都是毛泽东同志《讲话》精神的继承和发展，对于我们全面地系统地正确地理解和把握党的文艺方针政策，对于我们今天的文艺工作，包括创作、表演、评论、研究等，都有巨大的指导意义。

二

最近《太原日报》以很大的篇幅发表了太原市文化氛围创新恳谈会的发言摘要，大家观点很新，论述也比较深刻，有许多很好的建议和意见。"创新文化氛围"这个命题，对于太原这座历史文化名城，推进率先发展，建设创新型城市，进入全国先进省会城市行列，有着重要的意义，因为在一定的历史条件下，文化可以决定社会的发展方向。

今天学习《讲话》精神，创新文化氛围，更重要的是以高度的文化自觉和自主创新精神，建设太原文化强市，使太原文化真正做到服务全省、影响全国、吸引世界。要做到这一点，最重要的是如《山西省建设文化强省发展规划纲要（2003年—2010年）》所提出的，拥有自己的强势文化人才、强势人文学科、强势文化活动、强势文化产业和强势文化品牌。我想就开展强势文化活动和创造强势文化品牌谈一点看法。

强势文化活动，主要表现为城市会展、节庆活动。各个城市针对自己的文化资源和地方优势，营造出富有特色的节日，树立城市品牌，推动旅游业和服务业的发展。我省重要的会展、节庆活动有：平遥国际摄影大展、五台山佛教文化节、大同云冈·恒山旅游节、临汾国际锣鼓节、运城关公文化节、侯马新田春秋古都文化节等。太原有中国·晋阳文化艺术节和太原国际面食文化节。这些节庆活动搞得最好的是平遥国际摄影大展。

大展从 2001 年开始，迄今已举办了五届，是真正影响全国、走向世界的强势文化活动，已经打到了美国纽约亚洲文化中心和联合国总部。大展荣获 "IFEA 中国最具国际影响力十大节庆活动" 称号。大展的成功告诉我们：第一，创意："办中国最有影响的国际文化活动"；第二，依托：被列入《世界遗产名录》的山西平遥古城；第三，眼光："如何从国际大环境出发来思考一个地方的文化交流和外宣工作"。这对于我们搞好强势文化活动是极富启迪价值的。

联系我们太原举办的两大节庆活动，有规模、有声势，但影响还不是很大。其中原因值得深长思之。这需要我们在创新理念、突出特色和打造品牌上多下功夫，大做文章。

强势文化品牌，对于一个城市或地区来说十分重要。它是一个城市或地区的标志和骄傲，它可以提升一个城市或地区的知名度。平遥国际摄影大展就是一个品牌。它与"华夏文明看山西"的系列活动一样是山西建设文化强省的一个品牌。话剧《立秋》、舞剧《一把酸枣》、民族交响乐《华夏之根》这些文艺精品已经成为"华夏文明看山西"系列活动中的品牌。《立秋》和《一把酸枣》的演出都达到百场以上。去年纪念抗日战争胜利 60 周年时，在中央电视台一套黄金时段播出的电视连续剧《吕梁英雄传》已经成为吕梁市的品牌。今年春天同样在央视一套热播的电视连续剧《乔家大院》也已成为晋中市的品牌，并极大地带动了晋中旅游业的发展。事实证明，文化可以成为品牌，品牌效应可以形成产业。从文化到品牌，从品牌到产业，正是一条建设文化强省或文化强市的必由之路。从全省范围来说，我们缺乏的不是文化，三晋文化底蕴深厚，源远流长，丰富多彩，我们缺乏的是品牌，更缺乏的是由品牌效应形成的产业。具体到一个城市，值得我们思考的是，我们的文化优势和特色是什么，这些文化成为品牌了没有，这些品牌形成产业了没有。这是我们在创造强势文化品牌中，首先应该思考的问题。

从服务全省、影响全国、吸引世界来说，我们太原市的文化品牌是什么？我觉得晋祠、汾河景区、太原锣鼓、清徐背棍，以及晋剧、电视剧、新闻媒体，还有待开发的晋阳古城等，都是影响全国、闻名世界的品牌。这里有物质文化遗产，也有非物质文化遗产，都值得我们倍加珍惜。

我想举几个例子。《太原日报》的《双塔》周刊是真正服务全省、影响全国的。省里和全国的许多作者都愿意给它写稿。因为它关注全国文坛的热点、焦点，它能开展真正的文学批评，所以受到广大作者和读者的好评。读者通过一份《双塔》周刊便可以了解全国文坛的动态和走向。我省有两份报纸成为山西最大的品牌，即《语文报》和《英语周报》。作为全国教辅行业首家"著名商标"的《英语周报》目前发行量已达1634万份，居全国首位。它们的成功经验值得我们认真学习。

太原电视台摄制的几部电视剧都在全国产生了影响，成为太原电视台的品牌。1986年春节期间，中央电视台播放了太原电视台摄制的12集电视连续剧《新星》，引起了全国性的轰动。2004年5月，太原电视台摄制的20集电视连续剧《一代廉吏于成龙》在央视播出后，又在全国引起了巨大的反响。这部电视剧的主创人员，包括编剧梁枫、周山湖、孟恭才、朱正，导演朱正，摄像杜希源，绝大部分是太原市的作家、艺术家。最近，太原电视台导演朱正又执导了一部33集的电视连续剧《福贵》，由山西电影制片厂摄制，摄像是杜希源。这部电视剧是根据余华的长篇小说《活着》改编的，用宏大的叙事手法，通过农民福贵一生的经历，描写了从抗日战争胜利到改革开放新时期，中国农村几十年的变迁，有着强烈的历史沧桑感。有评论家认为这部电视剧是通过小人物反映大历史，戏拍得很好看，是走市场的。这也是太原电视台在电视剧创作方面拥有雄厚实力的反映。

戏曲，特别是晋剧无疑是太原市的一大品牌。晋剧泰斗丁果仙一生活动在太原。太原市艺校历史悠久，是晋剧艺术人才的摇篮，培养出了田桂兰等众多的艺术家。太原市实验晋剧院拥有一批在晋剧界有重大影响的老艺术家。近年来又涌现出郭彩萍、高翠英、谢涛、胡嫦娥、武凌云等5位中国戏剧"梅花奖"获得者，加上豫剧的小香玉，全市就有6朵"梅花"，数量居全省各市之首。谢涛是"梅花奖"、"文华奖"和"白玉兰奖"的全国戏剧表演三大奖的获得者。山西获此三大奖殊荣的只有两个人，就是任跟心和谢涛。我觉得谢涛是继承丁派唱腔并有所发展的最好的须生之一，是当前晋剧界的骄傲和品牌。谢涛将会在山西戏剧史上占有重要的地位。太原市有几十个民营剧团，常年在农村演出，已经成为群众文化生活中不可缺少的部分。其中一些团，如晋阳艺术团、贯中晋剧团，行当齐全，设备先进，已经成为全省民营剧团的佼佼者，在去年冬天全省"杏花奖"评比中，取得优异成绩，受到广大观众好评。这些民营剧团同样成为为太原市争光的品牌。

太原市影视剧要保持在全省的领先地位，并在全国产生更大的影响，关键在于继续推出优秀的作品，特别是戏剧要推出久演不衰的保留剧目，而不能成为仅仅是为了调演和比赛获奖的"短命"剧目。山西省歌舞剧院从1987年至1997年11年时间，创作演出的3台戏——《黄河儿女情》、《黄河一方土》、《黄河水长流》，构成了"黄河三部曲"，轰动了三晋大地和全国舞坛，成为献给母亲河——黄河的舞蹈经典。今年"五一"起，他们又推出了"黄河三部曲"的现代精华版——大型黄河风情歌舞《天下黄河》，作为一台山西标志性演出，和旅游结合，推向市场，准备在省歌剧场连续演出5个月。临汾蒲剧院任跟心主演的《土炕上的女人》和临汾眉户剧团许爱英主演的《两个女人和一个男人》都是原创剧目，演出场次都超过了500场以上。他们下乡演出，群众就要点这两台大戏。太原市实验晋剧院为谢涛排过3个新戏：《丁果仙》、《范进中举》和最近排演的根据《马前泼水》改编创作的《烂柯山下》。这三台戏各有特色，都很成功。特别是《烂柯山下》，情节感人，表演出色，谢涛的演唱发挥得淋漓尽致。《烂柯山下》的编剧是与魏明伦齐名的徐芬，我们多么需要这样高水平的编剧。谢涛的这几台大戏，我不清楚都演出了多少场，能不能成为久演不衰的保留剧目，这是需要我们努力的。

太原市的文学创作力量一贯雄厚。特别是在长篇小说、诗歌和散文创作上，出了不少知名作家和优秀作品，如蒋韵、哲夫、梁志宏、孙涛、李克仁、杨新雨等。杨新雨的散文最近获得了第二届赵树理文学奖。我这里特别想提到的是哲夫的生态报告文学，那是真正地做到了影响全国、吸引世界。生态文学是对严峻的生态现实的文学反映。生态文学对于宣传自然的平衡以及人与自然的和谐，有着重要的意义。哲夫创作的生态报告文学《淮河生态报告》、《"帝国时代"的黄河》、《黄河生态报告》、《长江生态报告》等，在全国产生了重大影响，受到全国人大和国家环保总局的高度重视。他的《世纪之痒》也获得了赵树理文学奖。最近的《文艺报》发表署名文章说："哲夫和徐刚堪称生态写作方阵中最为耀眼的'专业户'，他们好比中国当代生态报告文学星空熠熠闪光的'双子星座'，给新世纪包括报告文学在内的中国生态文学增添了信心和力量。"哲夫应全国人大和国家环保总局的邀请，正在深入考察，准备撰写有关循环经济的报告文学。无独有偶的是由太原市艺校教师王小东编导的儿童剧《褐马鸡和少年》也是反映生态、资源和环境的，在全国几个城市演出后受到广泛好评，并获了奖，这也属于走向全国的好作品。所以，太原文化如何做到服务全省、影响全国、吸引世界，还是要靠作品说话，靠优秀作品说话。

我还想提到的是太原在美术、书法方面的优势。太原画院拥有众多的在全国知名的画家，如赵梅生、祝焘、李夜冰、王建华，等等。太原市书法家协会也拥有一批在全国知名的书法家，如袁旭林、沈晓英，等等。他们都是太原的品牌。我们现在考虑的是怎么样把太原书画这个品牌做强做大，做到世界上去。像李夜冰就几乎跑遍了全球各个大洲，他就是把太原画家的影响扩大到了全世界。太原市有的同志建议把晋祠作为书法、绘画中心，在这里进行创作、教学、展出、交流、研究、销售。我觉得这个想法很好，还可以考虑以晋祠为依托，定期举办太原国际傅山书法节或书画节。最重要的还是要学习平遥国际摄影大展的经验，创新思维，更新观念，放大眼光，搞好创意。一切成功首先在于创意，然后是科学的运作，认真的落实。

2006 年 5 月 22 日

老话重提：再说赵树理的方向、风格和精神

——纪念人民作家赵树理诞辰100周年

在美丽的晋城市举办纪念人民作家赵树理诞辰100周年活动，真是千载难逢、百年一遇的盛事。我有幸参加这次活动，甚感欣慰。

晋城市委、市政府为纪念赵树理诞辰100周年举办了五项大的活动。

第一，投资3000万元修建赵树理文学馆。文学馆规模宏大，设计新颖，具有晋东南民居风格的多进四合院建筑体现了民族化、大众化的特色，美观大气，富有时代感。文学馆占地13300多平方米，周围13万平方米大的流碑亭公园将改建为赵树理公园。公园前还有赵树理广场和赵树理大道。以人民作家赵树理塑像为中心的人文景观和自然景观，将会成为晋城市的标志性工程，即晋城地标。

第二，拍摄了17集电视连续剧《赵树理》。作为一部人物传记片，电视连续剧《赵树理》艺术地再现了这位人民作家"贴近生活，反映现实，为普通人写作"的人生道路和创作历程，展现了作家崇高的道德情操和精神境界，是人物电视剧的新收获，也是晋城市继获得"飞天奖"的《沟里人》之后的电视剧创作的又一部重要作品。电视连续剧《赵树理》是去年继山西拍摄的电视剧《八路军》、《吕梁英雄传》、《乔家大院》之后又一部在中央电视台一套黄金时段播出的电视剧，引起了全国电视界的高度评

价和广泛关注。

第三，创作、演出了上党梆子《赵树理》，这是历史上第一次把赵树理的艺术形象搬上了舞台。上党梆子《赵树理》从赵树理的家风家事入戏，表现了赵树理的亲情、友情和对农民群众的关爱之情，塑造了一个生动感人的艺术形象。"梅花奖"获得者张保平和吴国华的精彩表演为成功塑造赵树理和他的老伴关连中的形象增加了光彩。

第四，由董大中主编的6卷本《赵树理全集》由大众文艺出版社出版。《全集》采用编年体的体例，收入作者各个时期、各种形式的作品500余篇，近年来发现的作品约有40篇，其中有些篇章是第一次公开发表。这个《全集》与董大中主编的于1986年由北岳文艺出版社出版的5卷本《赵树理全集》同是中国现代文学史上的重要成果。1986年版的《全集》是按体裁分类编选的；2006年版的《全集》是按创作年代编选的。二者各有千秋，只是2006年版的《全集》更适于研究者阅读。

第五，召开这次国际性的纪念赵树理诞辰100周年暨创作研讨会。

这真是百年一遇，文坛盛会，五大活动，盛况空前。纪念人民作家赵树理诞辰100周年五大系列活动的开展，既反映了晋城市比较雄厚的经济实力，更反映了晋城市委、市政府领导的远见卓识和文化眼光。他们是真正把文化建设作为全面建设小康社会的重要内容来抓的。对此，我们甚感敬佩。

纪念赵树理诞辰100周年是一项活动，一种形式，我们更应该研究的是赵树理创作的当代意义。我们缅怀前贤，为的是激励今人；研讨赵树理的创作，是为了繁荣今天的社会主义文艺。我想从重提赵树理方向、重温赵树理风格和弘扬赵树理精神几个方面，来探讨研究赵树理的当代意义。

赵树理方向。赵树理方向最早是由陈荒煤同志提出来的。1947年7月至8月，在晋冀鲁豫边区举行的文艺座谈会上，边区文联副理事长陈荒煤号召边区文艺工作者"向赵树理方向迈进"。这时的赵树理已经发表了《小二黑结婚》、《李有才板话》、《李家庄的变迁》这几部作品。陈荒煤提出赵树理方向是对赵树理创作的充分肯定和高度评价。

赵树理方向就是赵树理一贯坚持的正确的文艺方向，即为人民服务、为社会主义服务的方向。赵树理方向解决了文艺的一个根本问题，就是文艺为什么人服务和如何服务的问题，也就是毛主席《在延安文艺座谈会上的讲话》中提出的最核心的问题。

赵树理的一生跨越了大半个世纪，经历了土地革命、抗日战争、解放战争和新中国成立以后几个不同的历史时期。他人生阅历极其丰富，生活道路又极其坎坷。但他的一生最关注的是农业，最关心的是农村，最关爱的是农民。赵树理出身农民家庭，熟悉旧的农村生活，参与新的农村变革，对中国的农业、农村和农民有着深刻的了解，特别是对农民充满了深厚的感情。他的作品塑造了一系列生动的农民形象，反映了农村的伟大变革，给农民群众提供了丰富的精神食粮。所以，赵树理方向的基本内涵是写农民，为农民写，让那些识字的农民看得懂，不识字的农民听得懂，实现了文艺同农民的真正结合。赵树理写农民是为了给农民看的，而有些作家写农民不是为了给农民看的。这是赵树理与一些写农民的作家的根本不同。赵树理在从事小说创作的同时，还热衷于戏剧创作和曲艺创作，也是为了让农民更好地接受新文艺，同样体现了赵树理方向。

建设社会主义新农村是党中央发出的伟大号召。搞好农村题材文学创作是作家、艺术家面临的重大课题。坚持以广大农民为服务对象和表现主体，反映新的历史时期农村的伟大变革，塑造21世纪新型的农民形象是作家、艺术家的历史使命。在这种形势下，重提赵树理方向，创作反映建设社会主义新农村的史诗般的作品，仍然有着重要的现实意义。

赵树理风格。赵树理风格是周扬发表在1946年8月26日《解放日报》上的一篇文章《论赵树理的创作》中提出的。他赞扬赵树理是"一位具有新颖独创的大众风格的人民作家"。作家的风格是值得提倡的，因为它肯定文学上的一个最重要的特点，即各具异彩的独创；它反对文学上的一个最忌讳的问题，即千篇一律的重复。我们常说，独创性是一篇作品成熟的标志，风格是一位作家成熟的标志，而流派则是在一定时期内、一定地域内、彼此风格相近的一批作家成熟的标志。所以，赵树理民族化、大众化的风格正是整个"山药蛋"派风格的代表。

1943年5月，赵树理的《小二黑结婚》写出后，彭德怀给《小二黑结婚》题词："像这种从群众调查研究中写出来的通俗故事并不多见。"他赞赏的就是赵树理小说的大众化、通俗化的风格。

郭沫若先生1946年8月9日写的《"板话"及其他》一文，同年8月郭沫若写给陆定一、张香山的信件，9月17日又写了一篇专门评论《李家庄的变迁》的文章，说赵树理的这些作品"新颖、健康、素朴的内容和手法"使他"佩服得五体投地"。茅盾先生在1946年也写了两篇文章，高度评价赵树理的《李有才板话》和《李家庄的变迁》，赞扬这些作品"是走向民族形式的一个里程碑"。这都是肯定赵树理作品民族化、大众化风格的。

文学作品的民族化、大众化问题，是早在"五四"新文学运动中就提出来的一种文学主张。赵树理的创作从欧化到民族化、大众化的转变，是他从真正了解农民的文化生活状况和农民文化的需求开始的。他对农民文化生活的关心，对大众文化的倡导，几乎反映在赵树理各个时期的活动中。他积极参与"左联"倡导的"文学的大众化"的讨论，组建山西的"大众文化研究会"。他发誓不当"文坛文学家"，因为"文坛太高了，群众攀不上去"，只想写些小本本夹在卖小唱本的摊子里去赶庙会，去夺取那些封建小唱本的阵地，做一个"文摊文学家"。赵树理在担任《黄河日报》、《抗战生活》、《中国人》等报刊编辑时，写了许多通俗化的小说、诗歌、戏剧、曲艺等作品，实践自己的通俗化、大众化的文学主张，深受群众的喜爱。直到写出《小二黑结婚》、《李有才板话》这样的用鲜明、生动的群众语言写作的在中国新文学史上具有开创性意义的经典性的作品。

今天，群众的文化水平显然普遍提高了，群众的艺术欣赏习惯也有很大的改变，群众文艺需求的多样化，也必然要求文艺作品风格的多样化。但是，在西风东渐的冲击下，在激烈的国际文化竞争中，提倡民族化、大众化的赵树理风格，还是有它的现实意义的。特别是在当代中国，发展先进文化，就是发展面向现代化、面向世界、面向未来的，民族的、科学的、大众的、社会主义文化。我们肯定赵树理的民族化、大众化的艺术风格，显然与我们倡导的发展民族的、科学的、大众的、社会主义文化的精神是一致的。

赵树理精神。赵树理精神是对赵树理方向、赵树理风格的抽象和提升。赵树理方向值得提倡，赵树理风格值得借鉴，而赵树理精神则是我们进行文化传承的重要内容，也是我们纪念赵树理的宗旨所在，是应该大力弘扬的。

赵树理精神反映的是赵树理的人品和文品。赵树理的人品，道德操守，最大的特点是坚持实事求是的精神，坚持讲真话、办实事的精神。1958年，大刮浮夸风，到处是讲大话、讲空话、讲热昏的胡话，全国到处是卫星升空，捷报频传，赶英超美，"一天等于二十年"。赵树理从实际出发，对这种超限的夸大宣传深感困惑。他针对棉花放卫星，亩产皮棉节节上升的消息说："一亩地能种多少株，每株能结多少桃，每个棉桃能摘多少花，我们要实事求是，要对党和群众负责。"赵树理了解农村打粮虚报得多，上面征购得也多，弄得老百姓没粮食吃，饿肚子，连年也过不了。赵树理既要为国家的利益着想，也要为农民的生活考虑，出于责任感，就写了一个《公社应如何领导农业生产之我见》，反映党的某些政策和农村实际生活的矛盾，反映某些干部侵害农民的基本权利和农村的真实情况，寄给《红旗》杂志，希望上面能够了解下情，表达了他的无奈与期盼，结果被称为"万言书"，当作右倾言论遭到批判。

农业放卫星，体育放卫星，文艺也要放卫星。1958年3月8日，中国作家协会书记处制定了一个《文学工作大跃进32条》，就是号召文艺放卫星。《32条》提出："争取今年在全国范围内掀起一个创作高潮，三五年内实现社会主义文学的更大丰收。"于是在全国范围内掀起了"人人唱歌、人人跳舞、人人写诗、人人绘画"的群众运动，并且制定了一个县、一个乡、一个村一天要写多少篇小说、多少首诗的跃进指标。对这种做法，赵树理不以为然。他专门写文章《谈文艺卫星》，发表在山西省委主办的《前进》杂志1959年第2期上，指出这些错误的做法。他还说，文艺放卫星，能放一个起火就不错了。

赵树理一切从实际出发、坚持实事求是的精神，体现在他的文学精神上，就是在创作上坚持现实主义传统。他所提出的"问题小说"，就体现了他创作上的现实主义精神。赵树理在《也算经验》一文中说："我在做群众工作的过程中，遇到了非解决不可而又不能轻易解决了的问题，往往就变成所要写的主题。""在工作中找到的主题，容易产生指导现实的意义。"可见，问题—主题—现实意义，就是赵树理提倡"问题小说"的基本内涵，也就是赵树理坚持的现实主义创作精神。赵树理在20世纪60年代初写的《套不住的手》和《实干家潘永富》是提倡实事求是和实干精神的，也是体现了现实主义精神的。赵树理在人品上坚持实事求是的精神，在创作上坚持现实主义的文学精神，随着当代文学现实主义的"强势回归"，有着重要的现实意义。

研究赵树理，我们应该从赵树理丰富的创作实践、人生道路和伟大的文学贡献中，研究赵树理方向、赵树理风格和赵树理精神，从中汲取丰富的营养，借鉴宝贵的经验，推动和繁荣今天的文学创作。

最后，我想引用山西作家影视制作公司制作的20集电视连续剧《赵树理》中的主题歌，表达对人民作家赵树理的尊敬与怀念："苦乐一支笔，生死一台戏，天下有谁不知道个你。说的都是平常的事，讲的都是老百姓的理，乡亲们真拿你当知己，咱心里永远都念着你。"

2006年9月24日

史纪言和赵树理

——写于史纪言同志诞辰100周年

一

20世纪七八十年代，我在省委宣传部工作，史纪言同志是宣传部副部长。后来他工作调动，担任了省人大常委会副主任兼秘书长，我同他仍有很多来往，常常到他家里请教。这位为人朴实、待人宽厚的长者，对于每一位年轻同志都十分热情，大家有话都愿意同他说。在我的眼里，史纪言部长既是一位好领导，更像是一位慈爱的师长和父辈。

其实我在山西大学读书的时候，就知道史纪言的大名，他是山西省委常委、秘书长，是山西日报社社长、总编辑，特别是他是赵树理的老同学、老战友和晋东南老乡。当时我和杨宗等几个同学正在研究赵树理，也就对这位同赵树理关系密切的长者更加敬仰。我们觉得研究赵树理绝对离不开非常熟悉赵树理的史纪言，还有王中青。

二

赵树理生于1906年，史纪言、王中青生于1910年。赵树理大史纪言、王中青4岁，史纪言、王中青同岁。赵树理是沁水人，史纪言是黎城人，王中青是长治人，从沁水经长治到黎城，正好在太岳太行地区从西南到东北的一条直线上。20世纪20年代，他们从不同的方向汇聚在长治省立第四师范学校，赵树理、史纪言、王中青这三位晋东南的大才子，从这里出发演出了一场持续半个世纪的震撼全国文坛和影响山西文化界的活剧。三位才子在时分时合的人生道路上结成了深厚的终生不渝的友谊。从文坛来说，好像是以赵树理为中心，而史纪言、王中青是赵树理的诤友和评论家。不管赵树理出了多大的名，也不管史纪言、王中青当了多大的官，他们之间始终是老同学、老战友、老乡和作家与评论家的关系。赵树理出了作品，身为省级领导干部的史纪言和王中青照样写评论、写书，向读者推荐。他们之间演绎出许多令人赞羡的文坛佳话。

三

赵树理1925年（19岁）考入长治山西省立第四师范，编入19班，正好与时年15岁的史纪言同班。第二年王中青也考入第四师范，编在21班，从此开始了这三个立志报国的年轻人半个世纪的人生历程。当时的四师同学还有同年级18班的杨蕉圃和早两个年级15班的王春。赵树理给史纪言最突出的印象：一是说话幽默，二是喜欢唱戏。史纪言后来回忆当时的情景说："我和赵接触多有两个原因：一是都爱读新书；二是都喜欢民族音乐。当时，我们大量阅读创造社、文学研究会出版的报刊和五四新文艺，也看一些政治、经济方面的书，经常翻阅综合性杂志《东方杂志》等。至于《胡适文存》、《独秀文存》、梁启超的《饮冰室文集》、鲁迅的小说和郭沫若的诗等，则更是我们争相传阅的读物。"（董大中：《赵树理年谱》第49页，北岳文艺出版社1994.2）史纪言还和赵树理、王中青、王春、杨蕉圃等一起参加了驱逐腐败校长姚用中的学潮。

1930年暑假前，第四师范有部分思想比较进步的同学商量要照一张相，正巧赵树理从太原回家路过学校，便与大家一起照相，于是就为我们留下了一张异常珍贵的第四师范的19人合影。赵树理受大家委托，在照片上题词："萍草一样的漂泊，或许是我们的前程。此间一度的欢聚，不知何日再会。朋友们呵，我们的归宿让我们分头找去。一九三〇、六、二，潞安。"就是因为这张照片，和赵树理一起照相的同学，以"图谋不轨，蓄意捣乱"的罪名被开除学籍，史纪言、王中青、杨蕉圃跑到太原。

四

1931年史纪言考入山西大学教育学院，第二年王中青也考入教育学院。这时流浪到太原的赵树理找到他们，和史纪言同住一个宿舍。三个老同学又相聚在一起，他们谈论的是各自颠沛流离的生活，而更多的还是文艺问题。

这时在教育学院上学的史纪言和王中青，一边读书，一边编《山西党讯》副刊，每天有3000字的版面，稿费千字5角。这个副刊坚持的是鲁迅和"左联"的方向。当时的进步青年卢梦、亚马、郝力群等都给副刊写稿。赵树理来太原后，卖文为生，正好有了发表作品的园地。史纪言回忆："他写的《铁牛的复职》、《盘龙峪》、《有个人》等小说，好像都在副刊上发表过。"王中青回忆："一九三二年前后，我和史纪言考入山西教育学院读书，不久，我俩开始用课业时间编《山西党讯》副刊《最后一页》。我们告诉赵树理，你写稿吧，你写什么，我们给你登什么。从此，他基本上以卖文为生，写了大量的作品。"（《赵树理年谱》第96页）赵树理给副刊写稿，一个月能有三五元稿费，最多时有十块钱的收入，帮助他解决吃饭问题。

1933年12月，史纪言在《山西党讯》副刊上编发了赵树理描写一个农村小知识分子生活的中篇小说《有个人》。这是赵树理20世纪30年代所创作的中长篇小说中唯一完整保存下来的一部。在刊发这篇小说的时候还编发了史纪言给赵树理的一封信，说：《有个人》"文中的故事几乎把我感动得掉下泪来，为了使读者朋友们'先睹为快'，所以我决计在这里先把它发表了"。史纪言还在《山西党讯》副刊"每日漫谈"栏目写的《文坛情报》中称赞赵树理"对大众文艺研究甚力"（《赵树理年谱》第93页）。正是由于史纪言的支持和帮助，赵树理早期的大量作品能够面世并保存下来。

史纪言对赵树理的创作一贯非常关心。1930年12月，赵树理在太原写了一首七言诗《打卦歌》，写一个流浪青年问卜的故事。史纪言看了很喜欢，就把它抄下保存起来，不时吟咏欣赏。1931年1月，史纪言和杨蕉圃逃难到北平时，把这篇署名"野小"的稿子投到《北平晨报》副刊《北晨艺圃》，很快就发表了。当时赵树理25岁，而史纪言只有21岁。

1981年5月，史纪言得知当时搞赵树理研究的同志都在寻找《打卦歌》这个作品，便写了一篇《重读赵树理同志的〈打卦歌〉》，分析了作品揭露、声讨旧中国军阀混战的主题，介绍了作品所反映的时代背景，为读者找到和理解《打卦歌》提供了方便。

五

新中国成立后，赵树理调到北京工作，担任中国曲艺家协会主席，主编《说说唱唱》。期间，他经常回山西深入生活，1964年正式调回山西。史纪言担任了山西省委宣传部副部长，省人民政府文教委员会副主任，省委常委、秘书长等要职；王中青当了山西省副省长。一位著名作家，两位高官，一直保持着深厚的友谊。

史纪言、王中青仍然关心着赵树理的创作，并不时有评论作品问世。史纪言于1958年9月写的《赵树理同志二三事》，以切身的感受谈赵树理同劳动人民的感情，论述赵树理的小说发扬了中国古典小说的优秀传统，在娓娓动听的述说中有学理性的评价，成为研究赵树理的第一手资料。王中青的《读赵树理的〈三里湾〉》作为"文艺作品分析小丛书"之一于1962年由上海文艺出版社出版。这本定价只有0.18元的书却是赵树理研究者的重要参考图书之一。

"文化大革命"中赵树理被"四人帮"迫害致死，王中青、史纪言都受到了冲击。

1978年的春天，《诗刊》、《人民文学》、《人民日报》先后发表了赵树理的遗作《十里店》等，透露出即将为赵树理平反昭雪的信息。1978年10月17日，全国文联在北京八宝山举行赵树理同志骨灰安放仪式，省委也做出了为赵树理同志彻底平反的决定。此时的史纪言感慨万千，十分高兴，满怀激情地接连写了多篇有关赵树理的文章。1978年9月写了《赵树理同志的作品与生平》，1979年发表了《赵树理同志的青年时期》，1980年1月发表了《赵树理同志生平纪略》，1982年写了《赵树理，自学成才的典范》。

在《赵树理同志的作品与生平》中，史纪言按"青年时期，头角初露"、"农民作家，语言大师"、"赵树理与戏剧"三个部分，讲述了赵树理的生平，回忆了同赵树理的交往，评价了赵树理在文学、戏剧、曲艺等方面的创作成就。

在这篇长文的"结束语"中，史纪言附了一首七言长诗。诗的前面，他写了一段话："今年五月，听到老赵同志冤案将要昭雪的消息以后，我的心情久久不能平静。老赵的作品、老赵的为人，每每浮上脑际。为了表达对五十年老友的怀念，我便写了一首'忆赵树理同志'的七言诗。文字虽劣，情至真挚。抄在下边，作为结束语。"诗中写道："太行山麓沁水边，土生土长在民间。三十年代脱颖出，四十年代创新篇。"诗中提到《孟祥英翻身》、《小二黑结婚》、《李有才板话》等赵树理的成名作。

在《赵树理同志的青年时期》中，史纪言回忆了从20世纪20年代到40年代同赵树理的交往，以及赵树理在这一时期的主要活动和创作情况。

在《赵树理同志生平纪略》中，史纪言提到，赵树理对于创作的三点体会，"即民众语言、民族形式、深入生活。这样，才能写出通俗化作品"。史纪言还特别指出：《赵树理同志生平纪略》，"这个稿子不是凭记忆写的，是我从省委组织部借来了老赵的档案，是我根据老赵的话写的，有好几段是老赵的原话"（1982年8月28日史纪言在赵树理学术讨论会上的发言）。

在《赵树理，自学成才的典范》一文中，史纪言说："赵树理同志的学习方法，基本上是两条，一条是向书本学习，一条是向社会学习，向民间文艺学习。""赵树理很重视向社会学习，特别是向农村学习，向民间文艺学习，也就是观察、了解、熟悉、分析研究农村，从而吸取创作营养和素材，提炼创作题材。赵树理同志对农村情况的熟悉，在抗日民主根据地、解放区的作家中，是首屈一指的。没有这个条件，他是根本写不出什么东西的。"史纪言的由衷之言，说明他对赵树理是多么的了解，他们之间的感情又是多么的深厚。写这几篇文章的时候，史纪言已经是古稀之年的老人。由于作者的身份以及同赵树理的特殊关系，文章具有相当的权威性，遂成为众多赵树理研究者的重要参考资料，被国内多种赵树理研究资料收入。由复旦大学中文系贾植芳教授等编辑，由福建人民出版社出版的中国当代文学研究资料《赵树理专集》就收录了史纪言的上述部分文章。

六

1981年8月，在山西人民出版社张成德同志的支持下，我和杨宗、赵广建、苟有富共同撰写了《赵树理的生平与创作》一书，作为山西人民出版社编辑出版的"赵树理研究丛书"的第一本书正式出版。我请史纪言部长为我们的书作序，他慨然应允，很快写好。

史纪言部长在《序言》中说："在赵树理同志的生前和身后，都有不少赵树理研究者和爱好者向我了解他的情况。因为我是他的老同学、老战友，还是晋东南老乡，也有提供情况的责任。我除去和他们个别交谈外，还曾参考赵树理的档案资料写过一篇《赵树理同志生平纪略》的文章，发表在《汾水》刊物上，供有志于研究赵树理的同志参阅。当然，我更盼望能有一本专门介绍赵树理的书出来，比较全面地论述和评价这位人民作家。使我高兴的是，这本书终于写出来了，就是这本由韩玉峰、杨宗、赵广建、苟有富几位同志写的《赵树理的生平与创作》。赵广建同志是老赵的女儿，对她父亲的情况了解得会比较多些，就使这本书能够为读者多提供一些情况。他们把书稿让我看，并且要我提些意见。我感到这本书在介绍赵树理的生平方面，虽然还不够十分详尽，但也勾画出了一个基本轮廓，有些具体细节也很感人；在评价赵树理的创作方面，虽然还不够十分准确，但也做了些概括性的论述，有些地方也很有见解。这些当然都有待于在广大读者中进行检验了。"

在《序言》中，史纪言部长还带着深厚的感情说："赵树理同志离开人间已经整整十年了。我常常这样想：他如果能够活到现在的话，看到今天这样新长征的局面，看到农村发生的巨大变化，他一定会兴高采烈，奋不顾身，站在伟大的新长征队伍的最前列。他也一定会唱起他一生热爱的上党戏来。"

"同声相应，同气相求"，知赵树理者，史纪言也。这是半个世纪的沧桑岁月、五十年的革命情谊所证实了的。

2010年4月6日

中国古代小说研究的最新成果

——"中国古代小说史论丛书"出版述评

一

小说，是文学的大宗，深受读者的喜爱。中国古代小说，从汉魏的志怪、志人小说，唐代的传奇，宋代的话本，到明清的白话通俗小说和文言短篇小说，均取得极高成就，可谓源远流长，蔚为大观，在整个中国文学史上占有重要的地位。研究中国古代小说的起源、流变、特点，对于我们弘扬中华民族传统文化，继承中国古代小说这一笔宝贵文化遗产，推动当代小说创作的发展、促进古代小说的教学和学术研究，无疑有着重要的意义。

山西人民出版社最近出版的"中国古代小说史论丛书"（以下简称"史论丛书"），包括《古代小说断代简史丛书》、《古代小说分类简史丛书》、《古代小说文献简论丛书》、《古代小说文化简论丛书》，共4辑23册，约280万字，是对中国古代小说研究的重要贡献。"史论丛书"，以新的编撰体例、新的研究方法、新的文本形式、新的理论创见，反映了我国古代小说研究的最新成果，受到学界专家和广大读者的好评和重视。

"史论丛书"称"简史"、"简论"，说明"简要"是它的重要特点。洋洋洒洒长达280万字的鸿篇巨制，而具体到每一分册，少则只有4万余字，多也不过9万余字，一册在手，阅读速度较快者几个小时即可读完。

每一分册中，章节编排清楚有序，语言简洁流畅，使读者能够很快进入阅读境界。每册卷首多有绪论或绪说、绪言、导论、小引、引子，简要概括书稿主旨，引导读者登堂入室；书末间有后记或结束语，记叙作者心得感悟，多有画龙点睛之笔、微言大义之语。有的书末还附有主要参考书目，以帮助读者扩大视野，进行深入研究。《历史小说简史》一书还附有"已佚历史小说辑录"30余种，分别介绍其写作时代和作品内容，可供研究者参阅。

"史论丛书"虽然简要，但并不浅易。所引资料大都翔实，且是原文，而非今译。所论皆严谨缜密，而不空洞浮泛。如《古代小说评点简论》一书，谈到对《水浒传》的评点举出明万历年间最有价值的小说评点当推"容与堂本"和"袁无涯本"，并就"容本"和"袁本"小说评点的主导线索、评点形态、批评内容等进行了介绍。对明末清初的金圣叹批本《水浒传》，毛声山、毛宗岗父子批本《三国志演义》，张竹坡评点《金瓶梅》，脂砚斋等评点《红楼梦》的思想倾向、学术价值和社会影响等均有深入的论述。类似情况，举不胜举，一斑可窥全豹，此言当不为过。

二

"史论丛书"之一：《古代小说断代简史丛书》。编撰者以史为经，以作家作品为纬，合理划分小说发展的历史阶段，准确勾勒某一时期小说创作的轨迹，揭示其演进变化的内在规律，从而完整地反映中国小说发展的历史概况。丛书分之则为汉魏六朝、唐代、宋元、明代、清代、晚清等各个朝代的小说断代史，合之则为古代小说发展的通史。

"史论丛书"之二：《古代小说分类简史丛书》。编撰者以囊括小说总体的宏观眼光，从小说题材演变的角度切入，研究某一题材进入小说领域的兴盛和衰变的脉络，溯源寻流，正确评价其在整个小说史中的比重和地位，探索贯穿中国小说史的某种带规律性的认识。丛书分之则为历史、话本、世情、神怪、才子佳人、侠义公案等某种题材的小说通史，合之则为古代小说的题材演变史。

"史论丛书"之三：《古代小说文献简论丛书》。编撰者从文献学的角度研究小说本体的有关问题，包括古代小说的评点研究、作家研究、版本研究、史料研究、书目研究等，以促进古代小说文献学的形成，使读者获得古代小说文献学的相关知识。

"史论丛书"之四：《古代小说文化简论丛书》。编撰者以大文化的背景和视野，研究文化的各个门类，包括神话宗教、伦理道德、历史、民俗、诗词、戏曲、方言等与古代小说相互渗透、相互影响、相互促进的关系，揭示社会文化和文化思潮对中国古代小说演变发展的规律性影响。

《古代小说断代简史丛书》和《古代小说分类简史丛书》，或以史为纲，研究小说发展的历史阶段；或从题材类别入手，研究小说题材的分类和发展，二者视角不同，但殊途同归，都是研究中国古代小说史的。正是"横看成岭侧成峰"，不同的研究成果是由不同的研究角度取得的，但核心是研究小说史的，关键词是"史"。现当代研究中国小说史的著作并不少见，举其要者，属于通史性质的有鲁迅的《中国小说史略》、胡适的《中国章回小说考证》、北京大学中文系的《中国小说史》等；属于断代史性质的有汪辟疆的《唐人小说》、阿英的《晚清小说史》等，均是研究中国古代小说的扛鼎之作。但是，如此完整、系统、简明地对中国古代小说的断代史和分类史进行深入浅出的研究尚属创新之举。

《古代小说文献简论丛书》和《古代小说文化简论丛书》，前者是从小说文体本身出发研究古代小说文献学的，后者是从小说与文化的关系研究古代小说文化论的，二者都是对古代小说的进行学理性的研究，以求得规律性的认识，关键词是："论"。

"史"、"论"结合，构成了这部视野开阔、论点突出、资料翔实的融知识性、学术性、可读性为一体的"中国古代小说史论丛书"。这正是这套丛书的价值所在。

三

研究中国古代小说史的著作多见，而系统地研究中国古代小说文献学和古代小说文化论的著作则很少。分别来说，对小说的评点、版本、作者、史料、书目的研究著作为数不少，但放在小说文献学的框架下，分门别类地进行研究，则属创新。对小说与历史、戏曲、诗词、民俗等关系的研究成果甚多，而放在小说文化论的框架下，分别进行研究，同样属于创新的工作。

在小说文献学研究方面，小说评点属于重要部分。著作中研究小说评点独特的内涵和价值，论述小说评点的渊源与流变、形式与类型，使读者了解中国古代小说评点这一独特的文化现象。小说评点属于文学批评的范畴，但又超出了"批评"的范围，形成了"批评鉴赏"、"文本改订"和"理论阐释"等各种格局。这是本书作者的科学概括和独特视角。

小说作家研究，主要是古代小说作家的考证研究。中国古代小说作家，署作者姓名的作品仅占作品总数的15.98%，有一半作品只署别号而不署姓名，还有1/3的作品作者姓名、别号均不署，造成"古代小说作家之谜"。这是由于中国特有的文化背景以及政治原因或伦理道德方面的原因，如对小说的不重视、封建统治者对小说的禁毁等造成的。研究小说而不知作者则很难深入，小说作家考证对于其作品的研究所具有的重要意义，是不言自明的。通过考证确认作家的身份、年代、字号、籍贯、经历等，从而对小说作家有个完整的了解，对其作品有更深入的和正确的把握。

小说版本研究对于小说研究的重要意义更是毋庸置疑的。研究古代小说的文本与版本、祖本与别本、简本与繁本、原本与补本、抄本与印本等，在本书中都有详细的论述，而书中提到的古代小说与数字化问题，则属于新的研究范畴了，可见作者学术思想的超前和见解的新颖。

小说史料研究的范围十分宽泛。它既包括对小说的素材和故事的演变的研究，也包括对小说的目录、作者和版本、小说史料的考证与汇编的研究。小说素材和故事演变的研究无疑是最基本的部分。书中重点论述了《三国演义》、《水浒传》和《西游记》这三部长篇小说的素材来源，指出主要是在民间"说话"的基础上积累起来的，从中可见文人文学和民间文学的渊源关系。至于小说目录的研究，作者分别介绍了通俗小说目录和文言小说目录。小说作者和版本的研究，作者也分别介绍了通俗小说的作者和版本与文言小说的作者和版本。在小说史料的考证和汇编方面，作者列举了一系列在学术界有影响的著作，如明人胡应麟，清人平步青、俞樾，清末民初的梁启超等人的著作。现代有鲁迅的《小说旧闻钞》、孔另境的《中国小说史料》。当代有《三国演义》、《水浒传》、《西游记》、《红楼梦》、《金瓶梅》、《聊斋志异》等书的资料汇编，其中大部分是小说史料，还有一部分是小说评论的资料。这些小说史料汇编的简要而系统的介绍，为读者对小说史料的掌握和研究提供了极大的方便。

小说书目研究也是《古代小说文献简论丛书》的重要组成部分。这一部分的研究更显专精。本书分"古代文言小说书目简论"和"古代通俗小说书目简论"两篇。上篇阐述汉、隋唐宋、明清各代的主要图书目录著作的内容及体例标准，论述文言小说专科目录的建立和文言小说目录学的传统。下篇阐述话本、章回小说的书目作品及其常见的著录形态，论述古代通俗小说专科目录的创建、发展与完善过程和古代通俗小说目录学地位的全面确立。

面对浩如烟海的古代小说，包括古代文言小说和古代通俗小说，历史上出现了众多的书目类专著。作者爬梳剔抉，精心研究古代小说目录学的建立与形成，特别是勾勒出古代通俗小说专科目录创立后70多年来的发展轨迹。作者对海内外小说学者访求通俗小说的累累收获作了简要的介绍。其中，国内访求的书目著作17种、域外访求的书目著作7种、海外学者所编的中国通俗小说书目5种。作者对于所列举的书目著作的出版年代、内容、特点、影响等均有简明扼要的说明。这就为中国古代小说的作品研究、作家研究及其他有关专题研究，提供了丰富可靠的书目版本资料。

至于在古代小说文化论方面的研究更是范围广泛，内容丰富。其中神话宗教对古代小说的影响、伦理道德与古代小说创作的制约和承载关系、历史和古代小说的不解之缘、民俗事象在古代小说中的反映、诗词在古代小说中的作用、戏曲与古代小说的渊源关系、方言运用对古代小说的影响等方面的问题，一书一题，都有详尽而深入的论述。这多方面的研究成果，是构成中国古代小说文化论的基础，对读者从大文化的各个侧面研读和欣赏中国古代小说有着重要的价值。

2005年9月6日

"经国之大业　不朽之盛事"

——《山西文学大系》出版感言

一

由省委宣传部主持，山西大学文学院承担编注的《山西文学大系》，经过4年多的努力，溶注了数十位专家、学者的心血，最近由山西人民出版社出版。这是我省文化建设的一件大事。

作为"山西建设文化强省文库"的首部重头作品——《山西文学大系》的编辑出版，是弘扬山西优秀文化的重大举措，是建设山西文化强省的重大成果，是对山西文化典籍的系统整理和完善保护，是一项功在当代、利在千秋的跨世纪的伟大的文化建设工程。

《山西文学大系》的编辑出版，有助于我们对丰富的山西文学遗产进行研究和传承，对悠久的山西文学历史进行回顾和审视，对优秀的山西传统文化进行提升和弘扬，对我们增强文化自信和文化自觉、发展社会主义先进文化、建设文化强省，有着重要的历史和现实意义。

《山西文学大系》从山西灿若群星的作家和浩如烟海的作品中进行广博精到的编选，包括山西古代文学和山西现代文学两大部分。全书按历史朝代分为8大卷，近400万字，鸿篇巨制，洋洋大观，可谓一部贯通古今的山西文学通史。《山西文学大系》收录的作品，包括三个方面：一是山西籍作家的作品；二是外省籍作家写山西的作品；三是记述山西历史重大事件的作品。这样编纂出来的文学选集，既能看到山西作家灿若群星、代不乏人，又可看到山西作品浩如烟海、璀璨夺目，还反映了山西文化兼收并蓄、广泛吸收的特点和山西人民海纳百川、广阔博大的胸怀，感受到山西是吸引作家、培养作家的肥田沃土。

二

《山西文学大系》从女娲—炎黄—尧舜禹古代英雄的创世神话反映民族发展的历史，彰显山西在中华文明史上的地位；从先秦文坛、唐代诗坛、宋代史苑到元代剧坛反映山西文学的群星灿烂、光照日月；从汉民族与少数民族共同创造的三晋文明反映中原农耕文明与草原游牧文明的碰撞和融合，表现山西文学苍茫雄浑、质朴厚重的基本特色；从占有一定地位的民间文学（包括戏曲作品和民歌作品）反映民间意识的增强，体现山西文学的地域和民间特色。

在《山西文学大系》里，古代文学部分，我们可以看到荀子、韩非子的作品在先秦散文中独放异彩，王勃、王之涣、王维、王昌龄、白居易、柳宗元、温庭筠的作品传诵千古，文彦博、司马光的成就彪炳史册，关汉卿、白朴、郑光祖、乔吉、石君宝等剧作家名扬四海，还有罗贯中、傅山等大家的传世名作。现代文学部分，我们可以看到，在"五四"新文化运动的影响下，高君宇、高长虹、石评梅、李健吾、高歌、高沐鸿、王玉堂的作品成为展示山西新文学的最早的成果；看到赵树理、马烽等开辟了文学同时代、同人民相结合的民族化、大众化的创作道路，标志着山西现代文学的新发展。所有这一切都反映了源远流长的山西历史和绚丽夺目的山西文化，反映了《山西文学大系》这部煌煌巨著的博大精深。

三

编纂文学总集，是时代的盛事，古已有之。举其要者：古代有南朝萧统编选的《文选》，世称《昭明文选》。这是我国现存的最早的一部诗文总集，收录了先秦至梁七八百年间130位知名作家和少数佚名作者的作品700余篇，包括诗文辞赋等37大类，是研究梁以前文学的重要典籍。现代有1935年至1936年间由上海良友图书公司出版的《中国新文学大系》。这是中国现代文学最早的一部大型文学总集。《中国新文学大系》由赵家璧主编，全书共分10集，由蔡元培作总序，胡适、鲁迅、茅盾等编选人作导言。《中国新文学大系》对"五四"新文化运动以来第一个十年（1917—1927）的新文学，包括理论与创作，进行了系统的搜集、整理、评价，对后来文学创作的繁荣和文学运动的发展，有着非常重大的影响。

就山西来说，古代有金元时期元好问编选的《中州集》和房祺编选的《河汾诸老诗集》。元好问是忻州人，房祺是临汾人，编选入集者大都是山西作家。《中州集》是金代诗人的作品汇编，共收240余人的诗和36人的词，各系以小传，旨在以诗传人，为修史服务。《河汾诸老诗集》共8卷，收录了麻革、张宇、陈赓、陈庾、房皞、段克己、段成己、曹之谦等8人的古体、近体诗201首。8位诗人均为山西人士。

现代有1934年（民国二十三年），由当时的山西省文献委员会编选的《山右丛书初编》。全书汇编了唐宋至明清历代山西的28位著名学者、作家的重要著作38种。这些著作的内容，包括文学、历史、地理、哲学、政治、经济、军事、宗教，以及考据训诂、图书目录等。收编内容广泛丰富，学术价值也较高，至今仍是研究山西的重要文献资料。这部丛书于1937年（民国二十六年）出版。由于战争原因，《山右丛书初编》出版后，续编再未面世。《山右丛书初编》所收的38种著作中，有唐代的1种、宋代的2种、金代的1种、明代的6种、清代的28种。

由此可见，《中州集》、《河汾诸老诗集》是金元时期的诗集，而《山右丛书汇编》虽然也有唐、宋、金、元的著作，但基本上是明清两代学者著作的汇编。《山西文学大系》的编年则是自远古至中华人民共和国成立，按历史朝代和时期分为8大卷，包括古代文学和现代文学两大部分。所以，我们今天编选的《山西文学大系》无论是在规模体制上，还是在所选作家作品的时间跨度和作家作品的数量和质量上，在山西的历史上都是空前的，是其他已出版的丛书无法与之相比的。

在历史上编纂总集、丛书之类的事情都是为人赞颂的好事。能否编选好，就在于选家的眼光。昭明太子萧统是中国历史上最早的选家。他以文学的眼光编《文选》，所选作品时间跨度之长、数量之多都是前所未有的。他编选的《文选》是封建社会知识分子进身入仕的必修课本，所以有"'文选'烂，秀才半"的谚语。《文选》也成为我们了解隋唐以前的文学提供了一个很好的选本，至今有着重要的学术价值。由于萧统这位选家的局限性，以及他重视辞藻文采、声韵格律的倾向，所以对一些平易自然的作品就很少关注，甚至连《古诗为焦仲卿妻作》（《孔雀东南飞》）这样质朴生动的诗都不被收录。

我们今天编纂《山西文学大系》必然会有所取舍，这同样需要一种眼光。编纂《山西文学大系》是一项文化积累工程，也是建设有中国特色社会主义文化的重要组成部分，这就需要编纂者既有历史的眼光，也要有时代的眼光。正如江泽民同志所说的："发展社会主义文化，必须继承和发扬一切优秀的文化，必须充分体现时代精神和创造精神，必须具有世界眼光，增强感召力。""我国几千年历史留下了丰富的文化遗产，我们应该取其精华、去其糟粕，结合时代精神加以继承和发扬，做到古为今用。"所以，《山西文学大系》在编纂上既体现了对优秀文化的继承和发扬，也体现了具有世界眼光的时代精神和创造精神，而呈现出一种崭新的面貌。

四

《山西文学大系》在编纂的指导思想上，突出文学作品，避免文史交叉，这是对《文选》编选原则的继承和发展。不同的是，《文选》是以作品的体裁分卷，而《山西文学大系》则是按历史朝代分册。同一朝代中以作家为中心进行排列；每一位作家则不分体裁收录其各种形式的代表性作品。以时代为序，还是以文体为序，这是《山西文学大系》与《文选》在编排上的最大区别。

《山西文学大系》在编纂体例上，如全书的序言、导论和各卷的概论皆循《中国新文学大系》的体制，这是对《中国新文学大系》编纂体例的继承和发展。《山西文学大系》有省委书记田成平的序言，论述山西悠久的历史文化和具有三晋特色、代代相传的人文精神对山西文学的产生和发展的重大影响；论述源远流长、璀璨夺目的山西文化是编辑出版《山西文学大系》的根本前提和深厚基础；论述编辑出版《山西文学大系》对于发展面向 21 世纪的山西文学的重要意义。有著名学者张岱年和敏泽的序言，论述山西在文化和文学方面的悠久历史和独特成就，论述晋文化和文学在中华民族整体文化和文学中的重要地位，以及编辑出版《山西文学大系》的时代意义。董国炎教授的导论，从悠久历史与神话传说、民族融合与文化融合、戏曲艺术的摇篮、质朴厚重与现代辉煌几个方面，概述山西历代文学的简况，在全国文学中的地位与贡献及其在世界文学中的特殊性。每卷包括文学史概论和作品选两部分。文学史概论概述本时段山西的文学社团、流派、思潮、重大文学论争，以及山西文学与全国文学和域外文学的比较。康金声撰写的先秦两汉魏晋南北朝山西文学概论，傅如一撰写的隋唐五代山西文学概论，李正民、王醒撰写的宋辽金山西文学概论，田同旭撰写的元明山西文学概论，杨西江、许并生撰写的清代与民国初期山西文学概论，王春林撰写的"五四"至"左联"时期山西文学概论，杜学文、苏春生、师振亚撰写的抗日战争前期山西文学概论，段崇轩撰写的抗日战争后期至解放战争时期山西文学概论，这些专家、学者所写的每一部分概论都是一篇重点突出、言简意赅的山西断代文学史简述。作品选部分按时序排列作家，按体裁编排作品。每位作家冠以作家小传，略述其生平简介、代表作品和文学成就。每篇作品附题解和注释。这样广博而精到的编选，科学而规范的体例，为我们了解几千年山西文学发展的脉络，研究山西文学发展的规律，接触山西众多的作家作品，提供了极大的方便，打下了坚实的基础，同时也开创了编纂地方文学大系的先河，具有原创的意义。

五

曹丕在《典论·论文》中说："盖文章，经国之大业，不朽之盛事。"古人认为，立德、立功、立言均为"不朽之盛事"。《山西文学大系》属立言之巨著，同样是"经国之大业，不朽之盛事"。我们生逢盛世，能够目睹《山西文学大系》的出版，并拥有一套珍藏和研读，实为三生有幸。

党的十六大以来，我们在建设山西文化强省中推出了一系列文化精品，打造出"平遥国际摄影大展"、"华夏文明看山西"等驰名国内外的强势文化品牌，在加强社会主义精神文明建设中取得了丰硕的成果。今天，我们又推出了"山西建设文化强省文库"的首部重头作品——《山西文学大系》，确实是"经国之大业，不朽之盛事"。《山西文学大系》的出版，必将对21世纪山西文学的发展产生重大而深远的影响。"山西建设文化强省文库"也必将会继"平遥国际摄影大展"、"华夏文明看山西"之后成为我省的又一强势文化品牌。

2005年4月5日

一项普及历史文化知识的开创性工程

——写在《山西历史文化丛书》出版20辑之后

　　从1999年11月到2006年6月，前后近七年时间，由李玉明同志任总主编，三晋文化研究会编辑的《山西历史文化丛书》出版了20辑共200册。这套丛书的编辑出版，对广大干部群众，特别是青少年宣传普及山西历史文化知识，进行热爱祖国、热爱家乡的教育，提高思想文化素质，有着重要的意义。这套丛书和三晋文化研究会几年来出版的《三晋文化研究丛书》85种学术专著，其中如《山西戏剧图史》收录了大量的极其珍贵的戏剧图片，是研究山西戏剧史的最基础的资料性著作，都是对三晋文化的发掘、整理、研究和传承做出的重要贡献，也是三晋文化研究会在建设山西文化强省中取得的丰硕成果。《山西历史文化丛书》600万字，《三晋文化研究丛书》6600万字，两套丛书总字数达到7200万字，这是何等辉煌的成绩。

　　我有幸得到了这套丛书的全部200册。通读了十几种，翻阅了几十种，确实感到开卷有益，受益匪浅，从丛书所积淀的厚重的山西历史文化中吸收到丰富的营养。我仿佛面对的是数十位学有专攻的专家学者娓娓动听地讲述着山西的历史，讲述着山西的文化。如果时间安排得好，日读一册，不到一年就可全部读完，那将对山西的历史文化有个比较全面和深刻的了解。我深深地感到这套丛书是大专家写小书，虽然是普及的，同时也是提高的；虽然是简明的，同时也是精深的。它凝聚了三晋文化研究会领导和众多专家学者的心血。它的编辑出版在山西文化史上具有开创性的意义。

这套丛书以反映山西的历史事件、历史人物和历史专题包括历史文化遗存——物资文化遗产和非物质文化遗产为基本内容，涉及经济、政治、军事、社会、文化各个领域，有利于开阔读者的视野，增长读者的知识。这套丛书在编写上，深入浅出，通俗易懂，生动有趣，引人入胜，重信息，重史料，知识含量大，有利于引起读者的阅读兴趣。特别是在装帧设计上，包括封面上的每书一图和一段文字简明的内容提要，朴实大气，显示出一种很高的文化品位。

这套丛书20辑200册，200个选题，几乎构成了一部简明的山西通史，包括山西的古代史、近代史、现代史，特别是山西的抗战史。它还是一部简明的山西经济史，包括铁路、冶金、采煤、盐业、潞绸、汾酒、陈醋、晋商，等等。它也是一部简明的山西文化史，包括文学、戏剧、音乐、绘画、书法、建筑、教育、文物、考古、宗教、民俗，等等。它还是山西名胜古迹和名人传记的汇编，是山西民俗、民宅、民谣、民歌的集锦，真是琳琅满目，美不胜收。

从我所关注的文学艺术选题来说，包括有：中国最早的诗歌总集《诗经》，晋国音乐大师师旷，唐代诗人王维、温庭筠，唐代散文大家柳宗元，金代诗人元好问，元代剧作家白朴，元杂剧的巅峰之作《西厢记》，明末清初的诗人、书法家傅山，三晋名笔赵铁山，五四时期的高君宇、高长虹，中国现代文学史的奠基人王瑶，人民作家赵树理、马烽，以及晋剧泰斗丁果仙，书画大师董寿平等。这些名家当然没有涵盖山西灿若群星的作家群，这些名作更不可能包括山西浩如烟海的图书典籍，但是，它的开创之功在于为我们开辟了一个介绍山西名家名作、普及人文历史知识的有效途径。丛书中包含的一些断代文学史性质的综述著作，如《北朝文坛》、《辽金两代的山西文学》、《金末河汾诸老诗派》、《山西元代杂剧作家》、《山西抗战文艺史话》等更能给读者以全面深刻的印象。

通过我通读过的丛书中的十几本作品，我觉得它总体上反映了作者治学态度的严谨和普及历史文化知识的热情。作者从读者的需求出发，为读者提供最必要的知识。这些作品在撰写上各具显著的特点：

第一，厚积薄发，富有学术性。程发轫的《〈诗经〉与三晋文化》既对《诗经》的产生、内容、艺术成就、传承与注释等作了全面的评述，又同三晋文化联系在一起，重点论述了十五国风中的唐国与《唐风》、魏国与《魏风》的关系。特别是作者以孔子提出的诗的"兴观群怨"说，论述《唐风》、《魏风》的认识、教育价值；以韩愈的"诗正而葩"（意思是说《诗经》思想纯正、辞藻华丽）的评价来分析《唐风》、《魏风》的艺术特色，突出了乡土教材的特点。

赵尚文的《三晋戏曲漫话》，只有2.5万字，但可以说是一部简明的山西戏曲史。其中，论述了被称为"中国古代戏曲的摇篮"的山西戏曲的历史；介绍了被称为戏剧史研究的"活化石"的酬神的赛戏和驱灾的傩戏，还有流传于晋南的锣鼓杂戏和雁北地区的要孩儿，具有一定的学术性。书的主体部分是介绍山西的四大梆子，还介绍了绚丽多彩的民间小戏，即小剧种，如眉户、秧歌、道情、二人台等。书的最后评述了我省在贯彻戏曲"三并举"方针，即改编传统戏、新编历史剧、创作现代戏，以及戏曲人才培养方面所取得的成绩。

第二，广征博引，突出资料性。王志超的《历史名人与五台山》就很有代表性。这本书记述了历史上封建帝王、王公大臣、名僧学者、文人墨客游览五台山的盛事，从时间、地点、情景都十分详尽，几乎是无一点无依据，绝不同于文学创作的虚构想象和理论研究中的论述诠释。特别是书中辑录了大量的咏诵五台山的诗词，如朱德、叶剑英、董必武的唱和五台山，陈毅歌咏五台山等，还有元好问的《台山杂咏十六首》，以及傅山、顾炎武咏诵五台山的诗篇等，为读者欣赏历代歌咏五台山的诗词提供了方便。

李玉明、王文斌的《山西塔文化》选题独特，论述集中，是一本资料翔实、知识性强的好书。书中介绍我国是世界上古塔数量最多、造型最丰富、文史价值最高的国家之一。据统计，全国现存古塔3000余座，山西就有580多座，约占全国现存古塔的1/5。上篇介绍古塔的类型，有石窟塔、楼阁式塔、琉璃塔、石塔、木塔等十余种。下篇论述了博大精深的塔文化，包括古塔与雕塑、壁画、牌匾、楹联、诗文、图案、美学的关系，对读者开阔视野、增长知识，了解塔文化很有帮助。书中附了一些古塔照片，有图文并茂的效果。

齐荣晋的《山西民歌纵横谈》既对民歌的产生、演变、类别进行了系统的论述，使读者对山西民歌有个较全面的了解，又辑录了全省各地的大量民歌，供读者欣赏。其中包括反映走西口苦难生活的河曲民歌，反映爱情婚姻、涉及时政民心的各个地方民歌，收录丰富。

第三，叙述生动，具有可读性。杨品撰写的《人民作家马烽》实际上就是一部简明的马烽评传。通过"走上文坛"、"扎根吕梁"、"京华七载"、"重回故乡"等8个章节，用生动的笔触记述了马烽的一生，表现了他的人品与文品。在最后一节"总结马烽"中，作者总结马烽近60年的创作生涯，归纳为三点："认定深入生活的路子"、"以真诚的责任感写作"、"让农民读者喜欢"，反映了马烽的创作思想和创作道路。

杨文的《普救寺与〈西厢记〉》全书10节，4节讲普救寺的沿革，4节讲《西厢记》的故事。从唐元稹的《莺莺传》（《会真记》）到金董解元的《西厢记诸宫调》，再到元王实甫的《西厢记》杂剧，论述了西厢故事题材的继承和发展以及形式上的演变。作者还对"董西厢"与"王西厢"进行了比较研究，分析了《西厢记》的艺术成就和对后世的影响，介绍了金圣叹对《西厢记》的评价，可以说是围绕普救寺和《西厢记》进行了多方面的论述和评价。而所有这一切都是通过生动的叙述语言表现出来的，使读者在阅读中产生了浓厚的兴趣。这本书既可以作为文学经典《西厢记》的普及读物，也可以为愿意进一步了解《西厢记》的读者提供一些学术线索。全书最后两节所附的元稹诗歌选萃和历代吟诵普救寺的诗文，均有一定的资料价值。

《山西历史文化丛书》已经出版了20辑200册，是个整数，值得大庆。三晋文化研究会领导准备把这套丛书继续出下去，全部完成，这就需要进一步增补或调整选题。仅就文学艺术这一领域来说，需要列入选题的就不少。在作家、艺术家方面，古代如书法家卫夫人，诗人王勃、王之涣、王昌龄，剧作家关汉卿，小说家罗贯中，考据学家阎若璩等；现代作家有冈夫、西戎、孙谦、李束为等。在艺术领域里，有关戏曲艺术和民间艺术都有综合性的论述，但是像四大梆子，以及木版年画、民间剪纸、木偶皮影等都需要专册介绍。对于晋商大院文化，在《晋商的兴衰》一书中，有一节专讲"晋商宅院"，但就晋商各个大院，如乔家大院、王家大院、三多堂、常家庄园等著名大院尚无专册出版。从宏观上看，就物质文化遗产和非物资文化遗产来说，我省尚有不少项目可以考虑作为《山西历史文化丛书》的备用选题。我省原有全国重点文物保护单位119处。今年6月份，国务院公布了第六批"国保"单位，山西新增152处，共271处，占全国总数2351处的11.5%，位居全国之首。我省271处"国保"单位，包括古墓葬、古建筑、石窟寺、近现代重要史迹和代表性建筑等。其中，古建筑多达223处。还是今年6月份，我省有32项非物质文化遗产进入首批国家级非物质文化遗产保护名录，包括民间文学、音乐、舞蹈、戏剧、曲艺、美术、手工技艺、民俗等。这271处物质文化遗产和32项非物质文化遗产，共303处（项），其中可能有不少会成为我们编辑出版《三晋历史文化丛书》的选项。

2006年7月8日

歌颂人民，礼赞生命：
文艺创作的永恒主题

——从抗灾斗争催生了抗灾文艺所想到的

　　四川汶川大地震，牵动着全国人民的心，也牵动着广大文艺工作者的心。抗灾斗争催生了抗灾文艺。当人民群众遭受灾难的时候，文艺工作者没有缺席。众多的文艺家奔赴抗震救灾第一线，感受亿万人民众志成城、抗震救灾的英勇壮举，用文艺的形式生动地反映了抗震救灾中涌现出来的感人事迹和伟大精神，告慰逝者，激励生者，鼓舞广大群众的斗志。

　　山西的文艺工作者同全国的文艺工作者一样，与灾区人民心连心、同呼吸、共命运，创作了大量的诗歌、散文、书画作品和舞台节目，讴歌人间真情，表达大难中的大爱。李杜的《废墟上的颂歌》，潞潞的《挺住，孩子——致"5·12"地震中幸存的孩子们》，刘志伟的《温总理，人民的好总理》……无数充满激情的诗篇是山西诗界发出的最早的声音。"震灾无情人有情，泼墨挥毫献爱心"的山西书画界在笔端上传递着真情；奋战在抗震救灾第一线的山西摄影界把爱心聚焦在一幅幅表现"晋川并肩，大爱无疆"的感人画面上；连夜创作、赶排出一台台晚会的山西演艺界谱写着"情满人间，爱的奉献"的旋律——这一切无不表达出山西的文艺家与灾区同胞万众一心、同舟共济，骨肉相连、共此国殇的情怀。

　　抗灾斗争催生了抗灾文艺，既是对文艺工作者的当下呼唤，更是对文艺创作的长远启迪。

灾后，一切都会成为历史，而人类的历史需要记忆，诉诸文学艺术的物化形式是记忆的最好方式之一。灾后，需要重建的不仅仅是毁坏了的家园，还需要重建心灵的家园，特别是对于孩子更是如此。我们要抚慰孩子心中的恐惧和创伤，重建孩子的心灵家园，这就需要爱，需要文艺来传递这种爱。文艺家们创作出抚慰心灵的优秀作品，就是对重建心灵家园献出的大爱。

"文章合为时而著，歌诗合为事而作"，在抗震救灾这场伟大的战争中，我们需要直面式的记录，鼓舞斗志，催人奋进；我们更需要经过反思之后的深层写作，表达灾难后的思考，产生内容深沉、厚重、史诗般的不朽作品，成为构筑我们伟大民族精神长城的宝贵基石。

抗灾斗争对文艺的当下呼唤和长远启迪，有助于我们对于文艺创作的理性思考。

1. 抗震救灾斗争中对逝者生命的尊重和敬畏，对生者生命的珍惜和热爱，凸显了"以人为本，执政为民"的政治理念和"生命至上，人民为先"的政治伦理，体现了深刻的人文主义关怀和伟大的人道主义精神。在抗震中，"人民的生命高于一切"，这句充满人性闪光的话语，令天地为之动容，让世界为之感佩。用文艺去礼赞生命，温暖生命，赞美人间真情和大爱，是文艺创作的永恒主题。

"人民是文艺工作者的母亲。"一切进步文艺都源于人民、为了人民、属于人民。关注人民命运，赞颂人民奋斗，激励人民前进，是我国进步文艺的优秀传统，这在抗震救灾中得到了最充分的体现。历史上一切伟大作家莫不有着深沉的忧国忧民情怀。屈原的"长太息以掩涕兮，哀民生之多艰"，杜甫的"穷年忧黎元，叹息肠内热"，几千年来铭刻在我们的心里。在这次大地震中经受思想震撼、心灵洗礼的文艺家，在文艺和人民这个根本问题上的认识得到了强化和升华。在我们的文艺作品中要突出大写的"人"字，礼赞美好的人性，表现人道主义和人文关怀精神。抗灾斗争和抗灾文艺的实践使我们深刻地感悟到：人民群众是文学艺术的服务对象和表现主体；人民群众的生活是文学艺术创作的源头活水和丰富题材；人民群众的思想和感情、心声和愿望、疾苦和需求是文学艺术创作的基本内容和重大主题。"为人民放歌，为人民抒情，为人民呼吁"，永远是文艺家的庄严使命和神圣职责。

2. 歌颂人民，就要歌颂为了人民的利益而英勇奋斗的英雄。英雄是国家民族的形象代表，是振奋国民精神的伟大旗帜。歌颂英雄、崇拜英雄是中华民族的传统美德。抗灾作品中所塑造的英雄人物形象和所饱含的英雄主义精神，具有阳刚和崇高的美感。这种崇高美的创造来自作家伟大的心灵。地震巨大的破坏力量，对人类造成的严重威胁，使之成为"恐惧的对象"，但它同时又唤起人的理性和尊严，使人战胜恐惧而升华自我。作家自己必须具有伟大的精神力量，必须重视人的自身价值，才能写出具有崇高美即壮美的作品，给人以心灵的震撼，使人惊心动魄，心潮澎湃，引起人们对崇高的敬仰和赞叹，从而提升和扩大人的精神境界。这也是为这次抗灾斗争中所涌现出的众多具有崇高美的优秀作品所证实了的。

3. 抗灾斗争的呼唤和抗灾文艺的实践再次说明作家艺术家只有贴近实际、贴近生活、贴近群众，深入抗震救灾第一线，与灾区人民守望相助、休戚与共，在共同的战斗中激发创作灵感，积累创作素材，感悟民族精神和时代精神，才能真正做到体察人民的愿望，感知人民的情感，反映人民的心声，创作出反映人民主体地位和现实生活、群众喜闻乐见的优秀作品。"三贴近"体现了人民群众的生活是一切文学艺术的源泉这一基本美学原理。"三贴近"作为党的一条重要的文艺方针，不仅体现在当下抗灾文艺创作上，而且也是解决作家与人民、文艺与生活关系问题，密切作家同人民群众血肉联系的根本途径。

4. 在这次抗灾斗争中，伟大的民族精神得到了最充分的体现。抗震救灾斗争中凝聚起来的空前的民族团结，显示了一种中华民族几千年来历经磨难而生生不息的力量，有了这种力量，一个国家就能挺起脊梁屹立于世界民族之林。在全国哀悼日，国旗为苍生而降，瞬间中国停止了一切活动，三分钟的默哀和随之发出的"中国加油，四川挺住"感天动地、响彻云霄的呼号声，是中华民族力量的凝聚、增强和爆发，就是使世界为之震撼的中国民族精神。

胡锦涛总书记在党的十七大上强调，要用以爱国主义为核心的民族精神和以改革开放为核心的时代精神鼓舞斗志。民族精神和时代精神是社会主义核心价值体系的精髓，是一个民族赖以生存和发展的精神支柱，是凝聚和激励民族的精神力量。在新的时代条件下，特别是在祖国遭受巨大灾难的情况下，必须大力弘扬民族精神和时代精神，激发全民族昂扬向上的精神力量。

在文艺创作中，讴歌时代，弘扬正气，振奋民族精神，用艺术的手段构建当代社会的核心价值体系，增强社会主义意识形态的吸引力和凝聚力，应是文艺工作者的自觉行为。投身抗震救灾第一线的文艺家在这方面已经为我们做出了榜样，并提供了宝贵经验。我们当十分珍惜。

一个遭到巨大灾难的民族，一个处于危难时期的国家，一定会出现一批优秀的作家、产生一批伟大的作品。在这些书写历史、反映时代、歌颂伟大祖国和民族的作品中，一定会出现黄钟大吕般的传世经典和不朽篇章。我们热切地期待着。

2008年6月6日

文艺评论和文艺繁荣

当前，全党正在分批开展深入学习实践科学发展观活动。这是贯彻党的十七大精神，在新的历史起点上发展中国特色社会主义的重大战略部署。科学发展观的第一要义是发展。山西要从文化资源大省转变为文化强省，关键在于发展。发展既包括文艺创作的繁荣，也包括文艺理论评论工作的活跃，二者如车之两轮，鸟之双翼，相辅相成，缺一不可。

一

文艺理论评论工作的发展，在于队伍建设和阵地建设，也在于文艺理论评论工作者的自身建设。有了合格的文艺理论评论工作者，就会组织起一支活跃的文艺理论评论队伍；有了阵地就会发现和培养文艺理论评论工作者，推动文艺理论评论队伍的建设。创办于20世纪的《批评家》杂志就是一个最好的例证。

文学双月刊《批评家》的创办和批评家队伍的形成，是三中全会后山西文艺理论评论工作繁荣的标志性的大事。《批评家》创办于1985年4月，1989年底因全省刊物调整停办，共办了5年，出了5大卷31期。这份珍贵的刊物，记载着山西文艺批评界走过的道路，也反映了当时全国重视文艺研究和批评方法的更新、提倡批评方法多样化的思潮。全国的一些著名学者、教授都给刊物写稿，使《批评家》很快就在全国文艺界和批评界产生了一定的影响。

《批评家》主编董大中、副主编蔡润田和当时编辑部的三位年轻人——杨占平、谢泳和阎晶明，以开放的意识和创新的精神把刊物办得有声有色，整个编辑部充满了生气和活力。今天山西评论队伍的中坚力量，不少就是当年《批评家》的作者。

二

　　《批评家》停办了，但是山西的评论队伍并没有失散。从2005年开始，在杜学文和杨占平同志的倡导、组织下，以省作协为依托，由省城的部分评论家组成了一个文学沙龙，不定期地开展活动，使山西的文艺理论评论工作再度活跃起来，并在全国批评界产生了越来越大的影响。每次聚会，互通信息，畅所欲言，各抒己见，气氛热烈，具有浓厚的学术空气。

　　今年初，文学沙龙还组织评论家分两个组，对改革开放以来全国的文学发展、思潮流派和发展趋向进行座谈讨论，写出了两篇较有分量的长文——《三十年文学思潮的回顾与反思》、《三十年文学思辨录》发表在省内外报刊上。

　　文学沙龙，开展活动3年多，使全国批评界听到了山西的声音，显示了山西评论队伍的实力。曹丕说"文人相轻，自古而然"，在我们沙龙其实不然。我们的文学沙龙是一个互相学习、砥砺切磋的场所，而绝无"文人相轻"的旧习。正因为这样，大家都热爱它，维护它，期盼着经常聚聚。

三

　　我们的文学沙龙是一种活动形式，也是一块阵地，应该坚持办下去。同时考虑是否可以把沙龙发展为论坛，扩大参与人员，深入学术研究，取得理论成果。论坛既要有专业的、权威的文艺理论评论家参加，也要有来自基层的评论家和网络评论家参加，还应该吸收文艺家，互相借鉴，取长补短，在共存中完善，在竞争中发展，形成一种多元化、多样性的新世纪文艺批评的科学发展态势。

文学沙龙不定期举办，主要是交流信息，增进友谊，文艺论坛最好能每年举办一次，围绕一个课题，进行深入的学术探讨，产生新的理论成果，并成为文艺家与文艺评论家加强联系的桥梁和纽带。

在队伍建设上，成立山西省文艺评论家协会应该是水到渠成的事情。我们的文学沙龙就是建立文艺评论家协会的很好的基础。当然要扩大它的范围，吸收年轻同志参加，特别是要有艺术评论家参加。

在阵地建设上，要创造条件恢复类似《批评家》的文艺理论评论刊物，加强报刊、电视、网络系统评论阵地，为发展评论搭建更大的平台。

四

进行文艺评论的创新，提高文艺评论的针对性、实效性和说服力、感染力，树立文艺评论的公正性、权威性，这是使批评保持生命活力和影响力的必要前提。要在批评对象、批评内容、批评姿态、批评样式上进行新的探索，既要有对文艺发展的总体趋势的把握，对文艺创作新动态、新特点、新问题的研究，也要关注文艺思潮的发展，还要有对具体作品的评介，为促进文艺创作的发展繁荣、营造文艺氛围的融洽和谐和文艺事业的健康发展服务。

文艺理论评论工作应面向社会，服务社会。比如对优秀作品的阅读宣传，对影视剧本的研读讨论，对影视剧的观摩座谈，都是对批评对象和批评样式的丰富和扩展。我们曾对山西出现的文艺精品进行集中的突出的评介宣传，为推动和繁荣山西的文艺创作、建设山西文化强省服务。如对山西电影制片厂出品的故事片《暖春》等组织大家撰写文章在《山西日报》上整版推出。我们还围绕某一主题，如文学教学、文学研究、文艺出版、戏剧文学等进行专题研究，并取得了一定成果。

五

从自身建设来说，批评家要增强社会责任感和历史使命感，重视文艺评论的引导作用，以高度的文化自觉引领作家创作、引领群众鉴赏、引领社会时尚。要重视评论文风的改革，既要有学养丰厚、科学严谨，体现创新精神的学术专著，也要有满足广大群众需求的短小精悍、简洁明快的评论文章，质朴生动、率真中肯的评论语言，摒弃那种生造词语、名词堆砌、晦涩难懂的文风，使评论大众化、通俗化，特别要反对恶意炒作、有偿吹捧、颠覆经典、低俗渲染等不良评论现象。

2008年11月28日

我的文艺批评自述

今年5月，接到省作家协会的信函。我一看信封上书写的端庄娟秀的字迹，就想到这是段崇轩先生所写，因为我多次接到过他的赠书和信函，熟悉他的笔迹。打开书信一看，原来是省作家协会文学评论专业委员会发来的《山西文学批评家自述》稿约。我忝列20多位在山西和全国有影响的文学批评家之列，既觉荣幸，更觉惭愧，因为深知自己在文学批评界的地位和影响，除去年龄老大外，与其他同龄或后起之秀相比，在文学批评领域里的成就相距甚远。但以此为契机，回顾一下自己几十年来在批评战线上所走过的道路，也不失为一件好事。何况以我的年龄来说，如果想留下点什么的话，也到了该写回忆录的时候了。先从我的文学批评经历写起，亦不失为一条路子。既然如此，也就应约写起《我的文艺自述》，打开尘封的记忆，写出以下的文字。我之所以给自己的批评工作定位于"文艺批评"，而不言"文学批评"，因为在我的批评生涯中艺术批评实多于文学批评，故言"我的文艺批评自述"。此为开场白。

三中全会前我的写作生涯

我于1950年17岁参军，当文艺兵，没有扛过枪，但是过过江（过鸭绿江，参加抗美援朝）。在部队工作5年，是一个热情很高、兴趣广泛的青年文学爱好者。从给部队写稿子到办小报，从写新闻报道到写小节目，还写新诗，什么样式的写作都有所尝试，然而所写作品大都质量平平，无可言说。自己认为比较成功的有两次：一次是在"三反五反"时根据一篇报道改编了一个话剧，叫《逢春旅馆》，由我们部队文工队队长尹助力担任主角并导演，在兵团会演时得了奖；一次是在北京写了一个数来宝，反映我们部队修建苏联展览馆（今北京展览馆）时的先进人物，由于结合实际，演出后很受战士欢迎。在演出晚会上，师政委秦烈英把我介绍给前来看演出、当时担任建筑工程部部长的很年轻的万里同志。

1957年，我考入山西大学中文系。当时学校和系里鼓励我们走向社会，联系山西文艺界的实际，重视对山西当代作家作品的学习和研究。我曾担任过山西人民出版社的通讯员，评论过该社出版的《谈创作》、《新儿歌选》和陈志铭的小说《红色锅炉房》等图书，发表在《出版工作》上，还被评为模范通讯员。《谈创作》收了马烽、束为、贾克、孙谦、高鲁等5位作家有关创作的6篇文章。我觉得这本书通俗易懂，联系实际，比较系统地介绍了有关文学创作的一般知识，好似一本普及性的文学概论，是值得向广大爱好文学创作的青年推荐的一本好书。我写的《谈创作》的书评发表在1959年8月《出版工作》上，是我50多年前所写的第一篇评论马烽、束为等作家的文章。我当时是一个20多岁的大学生，马烽、束为等也就是30多岁的青年作家，但已经是当时文学青年们所崇拜的偶像。

我和程景楷等同学还组成影评小组，每周定时到当时位于太原精营东边街的省电影公司看电影，然后撰写影评。

大二时，按照系里的统一安排，我和班上几位同学到榆次经纬纺织机械厂写厂史。这部厂史已列入山西人民出版社的出版计划。我们到厂里查阅资料，采访职工，分头撰写。当时正是困难时期，我们每天都吃不饱，也得饿着肚子埋头写作。我写了《陈毅同志在经纬厂》和《经纬厂像个大花园》两篇文章。

1963年，由蒲剧表演艺术家王秀兰主演的蒲剧《窦娥冤》在长春电影制片厂拍成电影，上映后在社会上引起很大的反响，称赞的人很多，持不同看法的人也有，特别是对窦娥形象的塑造和窦娥鬼魂是否应该出现展开了激烈的争论。我当时也写了一篇《观众期待没有鬼魂出现的〈窦娥冤〉》，参加了这场讨论。

在山大我们班里的几个同学还对山西曲艺发生了兴趣。1959年7月在《山西文化》上发表了我和杨宗、程景楷、赵辉四位同学集体讨论，由我执笔的一篇文章《简评我省近年来的曲艺创作》，这应该是我发表的第一篇文艺评论。文中特别提到赵树理创作的快板《谷子好》，评述了《谷子好》生动亲切的语言特点。

山西大学在坞城路，同山大隔着一条马路向西有1000多米的单位是省委党校和省社会科学研究所。李国涛先生在社科所《学术通讯》当编辑。他年纪不大，戴着一副金丝眼镜，温文尔雅，一派学者模样。当时他常去山大向我约稿。我也在《学术通讯》上发表过几篇稿子，从那时起就同李国涛先生结下了编者与作者的文字缘。

在山西大学我们同文艺界联系最大的事情是在大三时班里组织的赵树理研究小组了。带头人是杨宗，我是其中的成员。此外还有王树恒、初季明、张菱、柳金殿等同学。这件事得到了系里和山大科研处的大力支持，学校给拨了经费。杨宗的活动能力很强，曾专门向赵树理、杨献珍、王中青、史纪言等进行采访，收集了大量资料。我参与执笔。经过近两年的努力，终于完成了一部20余万字的题为"人民作家赵树理"的书稿，送交上海文艺出版社。此外，还为《文学评论》杂志写了一篇题为"赵树理的创作道路"的万余字的文章。书稿几经修改，送到了出版社，还没来得及出版，就赶上了"文化大革命"，书稿也丢失了。我们几位同学两年多的辛勤劳动化为乌有。

从 1950 年到 1978 年，在我近 30 年的写作生涯中，文学样式广泛涉猎，写作步伐从未停止，虽然也有 1959 年第一篇文艺评论的发表，也有 20 世纪 60 年代撰写的后来又丢失的赵树理研究的集体著作，但终觉成果寥寥，收获甚微。究其原因，主要是缺乏术有专攻的方向。好处是培养了对各个艺术门类的广泛兴趣，以及笔耕不辍的文字锻炼，对此后的文艺评论也是一个很好的准备。

改革开放三十年是我文艺批评的黄金时期

1978 年至 2008 年，改革开放的 30 年，是中国巨变的 30 年，也是我生逢盛世的 30 年。这 30 年，我在两个单位工作过，前 10 年在山西省委宣传部文艺处，担任干事、处长，后 20 年在山西省文联，先后担任党组副书记、常务副主席，顾问，荣誉委员，不大不小，也算是个文艺行政"官员"。这两个单位都可以接触到全省文艺工作的各个领域、各个方面，天时、地利、人和，使我在工作中结识了朋友，增长了见识，在众多师友的教诲和艺术熏陶下，形成了我浓厚的山西文化情结，也使我有机会成为改革开放 30 年山西文艺发展的幸运的见证者。

三中全会后，在山西人民出版社张成德同志的策划和支持下，我和杨宗、赵广建（赵树理的女儿），以及晋东南地区的苟有富，又重新收集资料，一起研究，分头撰写，由我执笔统稿，写成《赵树理的生平与创作》的专著，由史纪言同志作序，于 1981 年 2 月由山西人民出版社出版，成为该社编辑出版的"赵树理研究丛书"的第一种。《赵树理的生平与创作》一书，包括赵树理的生平及其思想发展、赵树理小说创作的思想内容与艺术形式、赵树理与戏剧、赵树理与曲艺等章节。出版后其中的观点和资料为多种赵树理研究著作所引用。

此后，我从研究赵树理扩展到山西的其他作家作品，从研究山西的文学创作扩展到研究山西的戏剧、电影、电视、音乐、舞蹈、美术等艺术创作，30多年来发表了200多万字的理论评论文章。这些文章有些是经过认真准备、下过一番功夫的，有些是随感而发的急就章，有的是有表达的欲望自己愿意写的，也有的是上面出题交付的奉命之作，但总的来说所写文章紧密结合山西文艺的实际，和山西文艺的发展同步，从某一个角度上能够反映出三中全会以来山西文艺事业发展的道路和产生的成果。

我把30年来所写的文章先后编成3个集子：

一是《山西文谭百篇》，1992年4月北岳文艺出版社出版，所收自党的十一届三中全会以来所写的文艺理论评论文章119篇。文章大部分是在20世纪80年代写的，个别篇目写在20世纪70年代末和90年代初，反映了这一时期山西文艺的创作情况和发展历程。

一是《山西艺谭》，2005年4月山西人民出版社出版，共收1992年5月至2004年12月前后十多年在省内外报刊上发表的115篇文章。包括文艺总论，以及文学、舞台艺术、影视艺术、展览艺术等方面的研究、评论，反映了20世纪90年代以及新世纪以来山西文艺创作的部分收获。

一是《韩玉峰艺术评论选》，2012年10月三晋出版社出版，所收的80篇文章，除去46篇是从《山西文谭百篇》和《山西艺谭》两本集子选出来的以外，其他34篇都是在2005年以后发表的。这个集子比较系统地反映了我在艺术创作方面，包括戏剧曲艺、音乐舞蹈、电视艺术以及美术、书法、摄影方面的研究和评论成果。

这就说明我作为一个文艺评论工作者的主要业绩是在党的十一届三中全会以后。

贯彻党的文艺方针政策，宣传《讲话》精神，
是我在文艺批评中的首要课题

20世纪80年代，我在省委宣传部文艺处工作，先当干事，后任处长。作为省委宣传部业务处室之一的文艺处，其主要职能是：贯彻党的文艺方针政策，负责对全省文化艺术工作进行宏观指导和协调，负责与有关部门和单位的业务联系。这就必须掌握文艺动向，了解文艺倾向，引导文艺工作者坚持党的文艺路线，繁荣文艺创作，活跃群众文化生活，加强社会主义精神文明建设。

三中全会后，文艺界在拨乱反正、改革开放、解放思想的同时出现的新的各种现象和倾向，都需要按照中央和省委的部署和要求，进行正面宣传和正确引导，因此我也就围绕贯彻毛泽东同志《在延安文艺座谈会上的讲话》（以下简称《讲话》）和《邓小平论文艺》精神，写了不少文章。这些文章大都是在20世纪50年代末和90年代初写的，而且不少是在纪念《讲话》发表的"五·二三"前后写的。

这方面的文章主要有：《建设有中国特色的社会主义文艺——学习〈在延安文艺座谈会上的讲话〉和〈邓小平论文艺〉》、《〈讲话〉、〈祝辞〉和建设有中国特色的社会主义文艺》、《在毛主席〈讲话〉的指引下》、《坚持文艺的"二为"方向》、《坚持和发展〈在延安文艺座谈会上的讲话〉的基本精神》等。进入新世纪还撰写了《学习〈讲话〉精神创新晋阳文化》的文章。

围绕学习、贯彻《讲话》精神，在20世纪80年代初，我还撰写了《学习鲁迅，坚持文学的党性原则》、《文艺作品和精神文明》、《警惕和注意文艺商品化的倾向》、《不断提高作品的思想艺术质量》、《打造出色的文艺晋军》等。这些文章立意主要是引导文艺界坚持党的文艺方向，端正文艺思想路线。1997年9月我写了《党的一条重要文艺方针——弘扬主旋律和提倡多样化》一文，发表后引起有关部门的重视，2000年获山西省第三届社会科学优秀成果二等奖。

山西一贯重视宣传和贯彻《讲话》精神。赵树理的创作道路更是体现《讲话》所倡导的文艺为人民服务的方向。为此，在20世纪70年代末80

年代初写了《赵树理和他的知音者》、《一篇优美动人的故事——评赵树理的故事〈登记〉》、《浅谈赵树理小说的语言艺术》、《谈谈赵树理小说的人物塑造》等。21世纪以来，2002年6月为纪念《讲话》发表60周年写了《〈在延安文艺座谈会上的讲话〉和赵树理》一文；2006年9月为纪念赵树理诞辰100周年撰写了《老话重提——再说赵树理的方向、风格和精神》一文；2010年4月为纪念史纪言诞辰100周年撰写了《史纪言和赵树理》一文。后两篇文章先后发表在中国赵树理研究会和山西省作家协会主办的《中国赵树理研究》杂志2010年第1、2期上。此外，我还写了《朝圣圆梦延安行》、《他们从延安走来——纪念〈讲话〉发表70周年》、《力群的延安情结》等散文。

我的文学批评

1.对山西老作家作品的评论

人民作家是我敬仰的师长和文学评论的主要对象。"西（戎）、李（束为）、马（烽）、胡（正）、孙（谦）"，山西五作家，加上王玉堂（冈夫）和郑笃，是省委、省政府1992年授予"人民作家"称号的七位作家。这七位老作家是我尊重的长辈。张平是省委、省政府2000年授予"人民作家"称号的青年作家。我同他们都有比较密切的交往。

三中全会后，山西文艺界的第一件大事就是1980年4月召开的省第四次文代会，与第三次文代会的召开相隔已经近17年了。这是"文化大革命"后全省文艺工作者的第一次大会师。马烽同志在会上做了题为"继续解放思想，繁荣文艺创作，为四个现代化服务"的工作报告。

四次文代会筹备工作繁重，由马烽和胡正同志总负责。起草文代会报告就是其中的重要工作之一。我当时在省委宣传部文艺处当干事，马烽同志点名让我负责起草文代会的工作报告。

文代会工作报告，我没有写过，请教马烽同志。老马谈了他的想法。

他提出主要写两个部分。一部分是历史的回顾，要回顾新中国成立30年来我们的文艺工作所走过的艰难曲折的道路，其中包括十七年文艺、"文化大革命"十年对文艺工作的破坏，以及党的十一届三中全会后文艺工作面目发生深刻变化的三年。第二部分讲今后的任务。这是老马确定的文代会报告的总体思路。老马不仅在报告总体思路上提出了自己的意见，而且在具体表述上也讲了自己的看法，比如关于短篇小说的特征和"山药蛋派"问题。老马的这些话，我几乎是原话写进报告里了。文代会报告初稿出来后，老马看过后很满意，稍加修改就定了稿。4月3日，马烽同志在长风剧场省四次文代会上报告后，代表们反映很好。给领导人起草讲话、报告，对一个当干事的来说是平常事。领导人自己谁也不会有意地去说这个讲话是哪一位秘书或干事替他起草的。可是老马在文代会前后，会上会下，一提起文代会报告，就说"这是韩玉峰起草的"。这实在是愧不敢当。其实，报告的主导思想和整体框架是老马自己定的，报告中不少语言是老马自己的话，我只不过是把他的想法变成文字而已。

在与文代会同时召开的省二次作代会上，我进入了作协理事会。老马还同老西商量，决定任命我为作协秘书长，调作协工作。由于部里不愿意放人，我这个作协秘书长一天也没有干过。但令人感动的是马烽、西戎同志对我的信任和关爱，让我难忘的是马烽同志博大、高尚的胸怀。

我同马烽同志接触很多，但我没有专门研究过马烽，只是对他的电影创作更为关注，也就写了几篇关于马烽作品的文章。1979年，在文艺界拨乱反正之时，我写了《一部具有中国作风和中国气派的好小说——重评〈吕梁英雄传〉的艺术特色》。1986年1月，马烽、孙谦合作的电影文学剧本《咱们的退伍兵》，由赵焕章执导，由山西电影制片厂和上海电影制片厂联合摄制，搬上了银幕，在全国上映，引起观众强烈反响。这部电影接触到一个重大主题，就是在农村改革中，共产党员如何带领农民群众走共同富裕的道路。我写了《改革中的农村生活交响曲——评影片〈咱们的退伍兵〉》，发表在1986年1月17日《山西日报》上。马烽同志看了后对我说，这是他看过的所有评论文章中最满意的。我还写了《从〈我们村里的年轻人〉到〈咱们的退伍兵〉》，分析了马烽的创作思想和美学追求，指出"描写变革中的农村生活，表现具有开拓精神的新一代的农民，是他的大部分作品也是这两部电影的共同主题"，"马烽是一位具有高度责任感的作家"。

2004年1月31日，马烽去世后，我写了《永远的马烽》的纪念文章发表在《黄河》杂志2004年第3期上。文章以"在省第四次文代会上"、"马烽的两次讲话"和"关于《马烽文集》"为题，回忆同马烽的交往，称赞马烽的人品和文品。

我同西戎、胡正同志也有许多工作上的交往。在文联和各个协会恢复前，有个省文艺工作室，办公地点就在南华门东四条现在的作协大院。我在省委宣传部文艺处工作时，宣传部分管文艺处的领导，先是卢梦同志，后是刘江、张玉田、温幸同志。这些部领导民主作风都非常好，工作上信任、放手，我们基本上都是独立工作。我下去最多的地方是省文化局和省文艺工作室。我到省文艺工作室同西戎、胡正共同主持过电影创作座谈会和其他活动。当时省文艺工作室的人员非常精干，负责会务的只有顾全芳等一两个人。在工作交往中，老西的淳厚朴实、老胡的潇洒干练给我留下了深刻的印象，于是写出了《作家西戎印象记》和《作家胡正印象记》两篇文章。《作家西戎印象记》获得了首届赵树理文学奖散文二等奖。

"文化大革命"期间，"写中间人物"被当作一种"资产阶级的文学主张"受到批判。特别是西戎的《赖大嫂》中的赖大嫂和马烽《三年早知道》中的赵满囤被作为"中间人物"的典型受到批判。三中全会后，拨乱反正期间，我写了《围绕"写中间人物"的一场斗争》一文，对这场斗争的背景、过程和实质进行了梳理和剖析，发表在1979年的《汾水》杂志上，受到了时任《汾水》杂志主编李国涛先生的称赞，认为是下了功夫，内容比较充实，有见解。

束为和郑笃二老是我在省文联宿舍的邻居。左邻右舍，更是便于随时请教，成为我工作上的良师。束为1994年3月仙逝，郑老1996年8月离世。我曾为束为魂归吕梁撰写碑文，由赵望进同志书丹，树碑于离石凤山。为了展示束为、郑笃同志60多年的文学创作成果，回顾他们在文艺创作和组织领导工作中的业绩，我受省文联党组和束为的夫人呼鸣、郑笃的夫人李秀琴同志的委托，分别与束为的女儿李肖敏、郑笃的女儿郑晓君共同主编了三卷本的《束为文集》和《郑笃文集》，先后由山西人民出版社出版。对于束为和郑笃，我还写了《人民作家回归吕梁——悼束为》和《写在〈郑笃文集〉出版之际》，分别发表在《山西画报》和《山西日报》上。

2012年5月，在纪念毛主席《在延安文艺座谈会上的讲话》发表70周年时，我写了《他们从延安走来》一文，介绍了我省几位从延安来的文艺家，其中写到"力群的延安情结"、"马烽的大众情怀"、"束为的桥儿沟记忆"、"贾克的'鲁艺'生活"和"胡正的文学梦圆"几节，发表在《前进》杂志、《太原晚报》和省老文艺家协会主办的《文坛春秋》创刊号上。文章发表后受到读者的好评。

2.对张平作品的评论

我认识张平大约是在20世纪80年代中期。当时我在省委宣传部文艺处当处长，张平在省文联《火花》杂志社任副主编。那时他已经发表了《祭妻》、《姐姐》等短篇小说，《姐姐》还获得了全国优秀短篇小说奖，已经是个很有名气的青年作家了。1992年5月，我搬到省文联宿舍，同张平成了近邻。对于这位敦厚诚朴、才华出众的青年作家有了更多的了解。

1991年《法撼汾西》的出版，1993年《天网》的问世，标志着张平的创作风格发生了重大变化，由抒写"家庭苦情"转向了关注民间疾苦。我深为这位青年作家面向时代、关注人民、坚持现实主义的创作道路和"永生永世为老百姓写作"的创作宗旨所折服。

2000年夏天，根据张平的长篇小说《抉择》改编的电影《生死抉择》在全国各地上映，引起社会各界的强烈反响，成为大江南北的焦点话题和电影市场的全新景观。这年初冬，张平的长篇小说《抉择》获第五届茅盾文学奖，标志着山西文学创作第三次高潮的出现。我为此撰写了《责任和良知：作家的现代使命——从〈生死抉择〉的火爆谈张平的创作》一文发表在2000年10月31日《人民日报》上，并获山西省第四届社会科学优秀成果三等奖。

此外，我写了《永生永世为老百姓写作——记人民作家张平》，收入省社科院编辑的《百年山西》系列丛书之一的《跨越沧桑的美丽——作家剪影》一书中，2003年11月由山西人民出版社出版。我还写了《爱心的深情呼唤——读张平的〈孤儿泪〉》、《时代与人民——张平的选择》、《张平、〈抉择〉和茅盾文学奖》、《十五年前的一个书单子——张平侧记之一》、《作家打官司——张平侧记之二》等，发表在报刊上或收在我的评论集里。

3.对山西文学的关切和对其他山西作家作品的评论

山西的文学创作和山西作家一直是我所关心和评论的对象。对省作家协会所办的《山西文学》和省群众艺术馆所办的《晋阳文艺》更是投入更多的关注。20世纪80年代对这两个刊物的年度获奖作品常常进行整体性的评析。我写过《解放思想和文艺繁荣——兼谈我省近年来的小说创作》、《思想要解放，文艺要创新——谈我省的三篇得奖小说》、《〈中国农村百景〉和〈山西文学〉》、《人物　题材　情采——1982年〈山西文学〉获奖小说读后》、《时代感 民族性 群众化——〈晋阳文艺〉1982年有奖征文获奖作品读后》、《时代孕育出来的硕果——〈山西文学〉1984年获奖小说读后》、《从'山药蛋派'的形成到晋军的崛起》等文章。

进入21世纪，对省委宣传部主持编辑出版的《山西文艺创作五十年精品选》和《山西文学大系》，山西人民出版社出版的《中国古代小说史论丛书》等我都撰文进行评论和鉴赏。

山西其他作家的作品，我评论过柯云路的长篇小说《新星》，张旺模的短篇小说《明珠放彩》，郭宇一的长篇小说《喧嚣的净土》，刘江的长篇小说《剑》，李骏虎的长篇小说《公司春秋》，张不代的长篇小说《草莽》，张雅茜的中篇小说《角儿》，郭恩德的历史小说《郭子仪》，苏胜勇的长篇历史小说《从太行山到延安》和长篇小说《日月》，郭润生的长篇小说《城市英雄》，常迅的小说集《岁月无情》，罗力立的报告文学《大豆谣——王洛宾的狱中小囚友》，马丽军的童话集，王东满的传记文学《姚奠中》，薛荭的传记文学《力群的生活及文学世界》，谭文峰的报告文学《风从塞上来》，梁志宏的长诗《华夏创世神歌》，以及李才旺、寓真、武正国、温祥、李旦初、逯哲锋、庞友益、张梅琴、张全美、王颖、王文才等诗人的诗集。此外，我还评论过《祁隽藻集》、《王东满文集》、《董耀章文集》、《茂林文选》、《昔阳文学作品选》。其中《字字珠泪〈大豆谣〉——罗力立和王洛宾的传奇故事》发表在1998年11月14日《文艺报》；《一代通儒姚奠中和他的传记》发表在2011年9月30日《文艺报》；《〈风从塞上来〉：右玉精神的文学报告》发表在《前进》杂志2012年第8期。

我的艺术批评

我的艺术评论涉及的面比较广，包括戏剧曲艺、音乐舞蹈、电影电视，以及美术、书法、摄影各个领域。

1.舞台艺术

20世纪80年代中期，省文化厅提出"振兴山西戏曲"的口号，确定了以"艺术革新"为中心内容的综合治理的方针，进行了分剧种的"四大梆子"调演；定期举办的中青年演员评比演出、重大节日的献礼演出，以及作为山西戏剧品牌的"杏花奖"评比演出等，都极大地促进了山西戏剧的繁荣和戏剧人才的培养。

我当时在省委宣传部文艺处工作，省里这些重大的戏剧活动，我有的是全程参加，有的是参与剧本研讨和作品座谈，或参加调演评奖，还担任过一段时间的山西电视台"走进大戏台"的评委。这一切活动使我对改革开放30年来山西的戏剧发展有了一个比较全面的了解，也写了不少有关山西戏剧创作的理论探讨文章和剧评。如1983年发表的《开创我省戏剧工作的新局面》，1985年发表的《改革与创新——振兴晋剧调演后的思考》、《戏剧面临着挑战》，1988年发表的《山西戏曲现代戏的新突破》，1989年发表的《现代戏的"晋军"崛起》等。我还写过晋剧《打金枝》、《桐叶封弟》、《宏图大业》、《油灯灯开花》、《清风亭》、《花落花开》，晋中秧歌剧《西域桃花》，眉户剧《两个女人和一个男人》，上党梆子《千秋长平》，京剧《大脚皇后》、《知音》，歌剧《刘胡兰》，舞剧《傲雪花红》，歌舞剧《晋水咽》，说唱剧《解放》，笑剧《爱有多难》，话剧《黄河魂》、《矿工啊，矿工》、《元朝帝师八思巴》等剧目的剧评。其中评晋剧《油灯灯开花》的剧评《托起满天星辰的"油灯灯"》发表在中国剧协主办的《剧本》杂志1995年第5期。

对于一些大型的戏剧活动，如1999年12月山西省晋剧院40年院庆，2002年5月山西省小戏、小品、小剧种调演，2002年7月全省艺术院校优秀教学剧目展演，2006年1月临汾市赴并演出周等，都写过文章进行评述。

曲艺方面，我写了《山西曲艺要发扬赵树理传统》、《从理论和实践的结合上探讨曲艺创作——从傅怀珠曲艺作品研讨会说起》、《曲艺三题——评山西省曲艺团晋京演出节目》、《我们需要这样的名家品牌——走近柴氏兄弟和大同数来宝》等评论。所写的《潞安大鼓〈柳二狗与小广州〉观后》发表在中国曲协主办的《曲艺》杂志1990年第11期，1995年获第五届晋冀鲁豫"山河杯"曲艺评奖一等奖。

我还写了对剧作家张万一、梁枫，表演艺术家丁果仙、任岫云、田桂兰、胡嫦娥和谢涛的研究评论文章。

在舞台艺术领域里，我最关注的还是山西歌舞剧院创作、演出的"黄河"歌舞三部曲。这就是1987年的大型山西民歌舞蹈晚会《黄河儿女情》，1989年的大型山西民俗系列舞蹈《黄河一方土》，1997年的大型舞蹈诗剧《黄河水长流》。"黄河"歌舞三部曲是在继承优秀的民间歌舞的基础上，推出的一种充满时代精神、闪烁时代光彩的，为当代观众所接受的、全新的民族歌舞艺术，在中国民族民间歌舞发展道路上树起了一座丰碑。

在"黄河"歌舞三部曲陆续问世的10年里，山西的媒体做了大量的宣传报道工作。省委宣传部文艺处和《山西日报》文艺部对《黄河儿女情》进行了推荐演出。10年里，我对"三部曲"的每一部都写过文章进行评论和赏析。如《醉人的〈黄河儿女情〉》、《〈黄河儿女情〉的成功和启示》、《山西民间舞蹈的复苏和走向》、《对舞蹈艺术的发展和超越——评山西民俗系列舞蹈〈黄河一方土〉》、《献给母亲河的舞蹈经典——〈黄河水长流〉解读与赏析》、《十年磨一剑，谁解其中味——写在"黄河歌舞三部曲"完成之际》。我有关"黄河"歌舞三部曲的第一篇文章写在1987年，而最后一篇文章写在1997年，也是时间相隔10年。这些文章都是与舞蹈作品同步产生的。其中《山西民间舞蹈的复苏和走向》发表在中国舞协主办的《舞蹈》杂志1988年第7期和《批评家》杂志1988年第2期，1989年获《批评家》1988至1989年度优秀论文奖。

2.影视艺术

影视艺术是时代之骄子，是最接近群众的大众传媒，在人民群众的精神文化生活和整个民族的文化建设中，起着其他艺术形式难以替代的重要作用。山西影视艺术的繁荣，特别是电视艺术，完全是出现在改革开放之后。这些年，在评论工作中我更多关注的也是影视作品，在这方面写了大量的文章，几乎山西每有一部新作问世，我都会随之写出文章，进行评说。可以说我在艺术批评方面投入精力最大、评论也最多的是电影和电视剧，发表在省内外报刊上的文章有100多篇。

对影视创作宏观把握和整体评论的文章有据2006年5月在全国农村题材电影创作研讨会上的发言整理的《关注社会主义新农村——电影创作的时代使命》，以及《山西影视创作漫步》、《发展繁荣的山西荧屏世界》和《光影世界里的山西党史》。后两篇分别发表在《前进》杂志2007年第12期和2011年第8期。为纪念建党90周年撰写的《光影世界里的山西党史》一文，分为"红色记忆和文化自觉"、"用镜头谱写的英雄史诗"、"在屏幕树起的伟大丰碑"三个章节，用丰富的影像资料和系统的论述回望山西党的历史，受到有关方面的好评。

（1）就电影而言。

山西电影制片厂成立于1958年。山影厂风雨兼程，办办停停过了40年。1998年10月，李水合担任了厂长，以一种新的理念、新的作风，团结一班人，带领全厂职工，硬是闯出了一条有山西厂自己特色的办厂路子，使电影厂很快改变了面貌，并且在全国电影界赢得了地位和声誉。山西电影制片厂成为全国省办地方小厂的一面旗帜。国家广电总局电影局领导称"山西厂在全国电影厂中、省办电影厂中，像一匹黑马脱缰而出"，这是电影创作的山西现象。

为了配合对山西电影新作的宣传，我写了《山西电影的新收获——〈声震长空〉观后》、《人间自有真情在——电影〈暖春〉观后》，以及《建构中国电影的精品意识——从山西电影制片厂的〈暖春〉、〈暖情〉谈起》、《春雨秋阳总关情——影片〈暖秋〉观后》等文章。其中《建构中国电影的精品意识——从山西电影制片厂的〈暖春〉、〈暖情〉谈起》发表在2004年7月20日《人民日报》。

我还参加了省委宣传部组织的山西省宣传思想文化工作的调研活动，以省委宣传部文艺处课题组的名义到山西电影制片厂进行调研，我与和悦同志执笔，写出了《以精品生产开拓电影市场》的调研报告，收入省委宣传部编的《山西省宣传思想文化工作调研报告选编》（2003.11）；写了《异军突起的山西电影制片厂》，发表在《前进》杂志2005年第12期。

2008年是山西电影制片厂成立50周年。我主编了《银幕记忆——山西电影制片厂50年》的纪念文集（副主编王向英）。全书分"岁月流金"、"硕果满园"、"'百''华'交辉"、"领军人物"、"影人往事"、"影片摄制"、"影评选萃"等章节，包括从1958年至2008年50年山西电影制片厂摄制生产的电影、电视剧等影视作品的目录、简介及获奖情况，以及电影人的回忆文章等，内容丰富，资料翔实，出版后受到电影厂及电影界的一致好评。

此外，我还写了《瞧，我们这个民族——深掘的〈老井〉》、《鲜活动人的"这一个"——评刘胡兰的银幕形象》、《写英雄唱英雄演英雄——刘胡兰的银幕形象》、《伟大母爱与孝行天下——影片〈儿子、媳妇和老娘〉》等影评。其中《写英雄唱英雄演英雄——刘胡兰的银幕形象》一文陈列在刘胡兰纪念馆里。

（2）就电视艺术而言。

山西的电视艺术产生于三中全会之后。在20世纪八九十年代我的电视艺术评论完全是和工作结合在一起的。新世纪以来虽然不再是从工作的角度抓这方面的工作，但作为一个评论工作者关注的重点仍在电视艺术上。

①评论山西革命史题材电视剧。山西革命史题材电视剧创作是从1985年开始的。期间，我同省视协主席华而实共同策划于1986年和1990年两次召开山西省革命史题材电视剧研讨会，从理论上和艺术上探讨搞好革命史题材电视剧创作问题。我还和省电视艺术家协会秘书长赵小萍一起制定了革命史电视剧创作和制作的1986年至1990年包括20部200集的五年规划。我参与过多部革命史电视剧的策划、剧本研讨等活动，写了《〈上党战役〉与电视艺术》、《人必须活着，爱才有所附丽——电视连续剧〈生死之恋〉观后》、《〈生死之恋〉的美学意象》等剧评。对省里抓的精品电视剧《八路军》和《吕梁英雄传》我都写了剧评：《全民团结抗战的伟大史诗——电视连续剧〈八路军〉礼赞》、《〈吕梁英雄传〉：抗日战争的民族记忆——从小说到电视剧的文本转换》。

②评论中短篇电视剧。20世纪八九十年代，由张绍林、张纪中和石零组成的创作集体，拍摄了一批紧贴时代、反映现实生活的中短篇电视剧。这些中短篇电视剧多以山西为背景，着力开掘普通人崇高的精神世界，充满昂扬激情。在张绍林创作集体的影响下，山西的一些中青年导演也相继推出了一批优秀的短篇电视剧。我对《太阳从这里升起》、《咱们的老郑》、《好人燕居谦》、《沟里人》、《百岁老人侯佑诚》、《一个医生的故事》、《我的奶奶》、《卜宗亮》、《小点》、《小村风景》、《后盾》、《李月生的大半辈子》、《小镇所长》、《地委书记》、《来自尧都的报道》、《彩玲》等中短篇电视剧均有评论。

对于创作生产紧贴时代、反映现实生活的中短篇电视剧创作集体的带头人张绍林，我进行了专访，写了《从黄土地上升起的"星"——记著名电视导演张绍林》。张绍林作为全国唯一入选的电视人，我写的这篇文章收入中国文联编的《世纪之星》一书中，大众文艺出版社1996年11月出版。我还写了《为了亿万电视观众——著名电视导演张绍林印象》，发表于1996年9月20日《中国艺术报》。

③评论新时期产生的长篇电视剧。20世纪90年代，我省生产了许多高质量的在全国产生了重大影响的长篇电视剧，大都是每出一部我几乎与播出同步都会发表一篇评论文章。如《黄河情》、《杨家将》、《昌晋源票号》、《情洒太行》、《康熙遗妃五台山》、《丁果仙》等，我都有评论。

进入21世纪以来，山西电视艺术大发展的主要标志是，长篇电视剧空前繁荣，出现了一批大部头作品。如《八路军》、《吕梁英雄传》、《乔家大院》、《走西口》、《赵树理》、《喜耕田的故事》（ⅠⅡ）、《一代廉吏于成龙》、《天地民心》等。这些融入山西优秀文化精髓，充满强烈的民族精神和时代精神，充分体现地域文化特色的长篇电视剧，大都在中央电视台一套黄金时段播出，在广大观众和全国电视界产生了很大的影响。

这些优秀电视剧我都有评论。其中《一部弘扬晋商诚信精神的力作——电视连续剧〈乔家大院〉》、《风情种种〈走西口〉》、《一部群众喜闻乐见的电视剧——〈喜耕田的故事Ⅱ〉观后》、《为天地立心　为生民立命——电视连续剧〈天地民心〉观后》均发表在中国视协主办的《当代电视》杂志。其中评《天地民心》一文被评为《当代电视》杂志2010年优秀稿件。

④评论戏曲电视剧和音乐电视剧。在这方面我评论过音乐电视剧《走西口》、《郭兰英》、《魁星楼》，戏曲电视剧《契丹英后》、《村官》，眉户戏曲电视剧《凤凰岭》等作品。

⑤评论电视片。电视片有电视音乐片、电视专题片和电视纪录片，对这些作品我都有所关注。我对电视艺术片《山区日记》、《太阳之子》，电视音乐片《走西口》，电视专题片《阅尽人间》，电视文献纪录片《太行报坛壮歌》，电视纪录片《中国门》等都写有评论文章。2012年8月，山西电视台纪录片制作中心摄制了大型红色电视访谈节目《红客集结号》，我写了《以理想和信念引领受众》一文发表在《当代电视》2012年第9期。

⑥对电视艺术的综合评论。一方面是对一个时期山西电视艺术的综合性评论，对电视评奖的综述；一方面是就山西电视台的频道、栏目、节目进行探讨性的评论。对电视艺术的综述方面主要文章有：《发展繁荣的荧屏世界》、《塑造新时期农民的屏幕形象——山西农村题材电视剧创作刍议》、《山西电视剧的新期待》；有对山西"五个一工程"电视剧评奖、山西电视艺术评奖、《视屏纵横》征文评比、电视艺术论文评奖的综述；有对山西电视台的名牌栏目《一方水土》、《走进大戏台》及《戏剧人生》的评述，以及对山西电视台法治·道德频道的设置、频道专业化和栏目个性化的整合等专题论述。

五十年评论生涯的感悟

我从事文艺评论工作50多年了，总的说来写得不少，影响不大，成就不高。其中有值得肯定的体会，如坚持不懈的努力，不轻言放弃的精神，求知、求新的欲望，但也有很多教训，最主要的没有能够专攻一门，形成气候。我写了200多万字的文章，但除去《赵树理的生平与创作》一书可称为专著外，其他都是零散的篇章，既无系列专著，更何谈成一家之言，一辈子就要过去了，想一想确实也觉可悲！

现任山西影视集团董事长的剧作家高晓江说过一句话："在报刊上发表一些小文章，犹如种草一样，秋天一到，草木枯黄，所种的草就随风而去了。"想一想，晓江说的倒也是。我在报刊上发表了那么多的文章不就像一根根小草一样吗？发表了，有多少人看还不一定，报刊马上就被扔掉了，还不是就像风吹小草一样，能留下什么？好在我还是一个有心人，发表过的东西大都保存下来了，后来遇到几位好领导，使我能够把所种的"小草"扒拉在一起，出了几本书。我永远都不会忘记这些领导和朋友。

在我的50多年的文艺批评生涯中，也有一些感悟。

一是由于工作关系我有机会接触到山西文学艺术各个领域的作家、艺术家和他们的作品；我参与了不少全省性的文艺活动，包括策划、研讨、看戏、评奖等，这些都成为我从事评论工作、撰写评论文章的基础。我的评论文章大都是在艺术实践活动中积累、思考、研究后产生的。如在山西歌舞剧院创作、演出的"黄河"歌舞三部曲中，我不止一次地看他们的排练、演出，同主创人员座谈讨论，交换意见，随之写出了一系列评论"黄河"歌舞三部曲的文章。在这前后10年的时间里，我结识了省歌舞剧院的一大批艺术家。这里有舞蹈编导家王秀芳、金小平、冯玉梅、唐俊桂、岳丽娟、刘兴范、石家萍，舞蹈家宋拉成、宋升平、白波，歌唱家牛宝林、陕军，作曲家张文秀、景建树，词作家赵越，舞美设计师王录宝等，还有当时最年轻的导演张继钢，成了我熟悉歌舞艺术的最好的老师。

这些年，我参加了由省委宣传部举办的历届山西省精神文明建设"五个一工程"优秀作品评奖和山西电视艺术家协会举办的历届山西电视艺术评奖；作为省委宣传部重大题材影视作品审读组成员，我能够接触到大量的影视作品和文学剧本。特别是在2008年前半年省委宣传部举办的全国戏剧、电影、电视剧征文中，我集中时间阅读了60部1100多集电视剧征文剧本。所有这些都为我的电视艺术评论创造了极好的条件，也就写出了不少涉及电视艺术各个方面的评论文章，从一个侧面记录下山西电视艺术发展的轨迹。

二是在我的批评生涯中，同省作协的《批评家》杂志、文学沙龙、文学评论专业委员会有着密切的关系。参与评论界的活动使我不断地获得写作的动力。

山西的文艺理论评论工作有着优秀的传统，那就是紧跟时代步伐、关注作家作品，理论评论始终与创作同步。

山西文艺理论评论工作的真正繁荣应该是在三中全会以后，标志性的大事就是文学批评双月刊《批评家》的创办和批评家队伍的形成。

1985年4月《批评家》杂志创刊，我在省委宣传部文艺工作，同主编董大中、副主编蔡润田，以及编辑部里的三个年轻人——杨占平、谢泳、阎晶明都有比较密切的交往。后来《批评家》停办了，但是山西的评论队伍并没有散失。2005年，在杜学文和杨占平同志的倡导、组织下，以省作协为依托，由省城的部分评论家组成了一个文学沙龙，不定期地开展活动，使山西的文艺理论评论工作再度活跃起来，也使我学到不少的东西，包括一些新的思维理念、新的批评方法。

在文学沙龙间断活动的同时，2011年省作协成立了文学评论专业委员会，段崇轩任主任，傅书华、杜学文任副主任。文学评论专业委员会成立后做了不少工作，如发现和培养青年评论家等。这次又主持编辑、出版《山西文学批评家自述》一书，必将对促进文学评论的发展和文学创作的研究起到一定的积极作用。

从《批评家》到文学沙龙，再到文学评论专业委员会，使我有机会和年轻的同志接触，了解新的文学动态和学术信息，开阔思路。参加这些活动，也使我写了一些有新的内容和见解的评论作品。

三是我的文艺批评文章大都写的是自己的印象、直觉和感受。我写文章不爱引经据典，缺乏理论性的色彩，大都以明白平易的语言、逻辑严密的结构、散文式的笔法对作品进行诠释和评介，起着宣传的功能，但也反映了自己在理论修养方面的欠缺，对新的文学潮流认知的缺乏。

我自知年岁已大，当更加珍惜时光，写些自己愿意写的东西。我不能再广泛涉猎，泛泛而写，想集中在影视研究和评论上。我正在着手撰写的是山西的电影电视发展史，这也许是我对山西文化事业能够做的一件有益的事情。

2012 年 10 月

写在《韩玉峰艺术评论选》出版之际

2012 年 10 月，作为张明亮主编的"山西文化六十年丛书"中的一种，《韩玉峰艺术评论选》由三晋出版社出版。这本艺术评论选共收文章80篇，37 万字，包括综述 2 篇、戏剧曲艺 43 篇、音乐舞蹈 11 篇、美术书法摄影 14 篇、电视剧（片）10 篇，大体上反映了我对山西艺术创作的关注。附录部分收了杜学文、孙钊同志和《生活晨报》记者卢乃双所写的对我的评论的评论。

一

《韩玉峰艺术评论选》是我出的第三个评论集子。第一个集子《山西文谭百篇》是 1992 年 4 月北岳文艺出版社出版的。时隔 13 年，2005 年 4 月由山西人民出版社出版了我的第二个集子《山西艺谭》。又时隔 7 年，2012 年由三晋出版社出版了我的第三个集子《韩玉峰艺术评论选》。

我的第一、二两个集子都冠名"山西"，是因为我的评论大体上与山西文艺事业的发展同步，可以从一个侧面看到山西文艺发展的情况和态势，也为研究山西文艺的发展积累了一些资料。第一个集子《山西文谭百篇》，收文 119 篇，共 41 万字，称"百篇"是取其约数，书名是我自己定的。第二部集子收文 115 篇，共 54 万字，书名在编书时一直不好定。后来在太原召开的一个电视剧研讨会上，我就书名问题请教从北京来参会的著名评论家何西来先生，他说德国有一部戏剧理论名著叫《汉堡剧评》，你可参考。《汉堡剧评》是德国剧作家、文艺理论家莱辛继《拉奥孔》之后的又一部重要理论著作，是为汉堡民主剧院历次演出撰写的评论，共104篇，是现实主义戏剧理论的重要文献。借《汉堡剧评》的大名，于是我想那就叫《山西艺谭》吧。至于第三个集子的书名，就是这本《韩玉峰艺术评论选》是因为考虑到这本书是省文化厅编辑出版的"山西文化六十年丛书"中的一种，就需要在内容和书名上都适应这套丛书的要求，于是就有了现在的这个书名。省文化厅主要是抓全省文化行政管理和艺术工作的。所以，我就从我这几十年来所写的艺术评论中选出了一部分，包括戏剧曲艺、音乐舞蹈和美术书法摄影的评论文章编入。文学评论文章一概未收，影视评论文章也大都未收。书中选了10篇有关电视艺术的文章，3篇是综述性的，7篇是对21世纪以来山西创作生产的几部具有代表性的电视剧（片）的评论。这些电视剧作品，包括《八路军》、《乔家大院》、《喜耕田的故事》，在全国产生过重大影响。近年来，省文化厅领导不仅在抓戏剧方面下大功夫，取得优异成绩，也在抓电视剧方面取得可喜收获。这说明我省宣传文化系统领导，包括省文化厅和省作协的领导，在抓电视剧方面，特别是在抓主旋律电视剧创作和生产方面有开阔的视野、崭新的理念、探索的精神和严谨的态度，所以我的艺术评论，也包括了对部分电视剧作品的评论。这同样反映了山西源源不断地推出新作，抓出精品，为我国的舞台和荧屏增光添彩，为山西艺术事业的发展和繁荣做出了重要贡献，丰富了山西文化60年的成就。

二

编入《韩玉峰艺术评论选》的戏剧曲艺和音乐舞蹈评论大部分是20世纪八九十年代写的。其时我就职于省委宣传部和省文联，由于工作关系我有机会接触到山西文学艺术各个领域的作家、艺术家和他们的作品，参与了不少全省性的文艺方面的活动，包括看戏、评戏、研讨、策划、评奖等，随之也就写了不少反映山西文艺创作，与山西文艺发展同步的文章，积累和保存了一些山西文艺事业的信息和资料，也许可以作为研究山西文艺发展史时的参考。

这也说明《韩玉峰艺术评论选》里所收的文章大都是在艺术实践活动中积累、思考、研究后产生的。搞创作离不开生活，搞评论同样离不开生活。我说的这些也许算得上是一个评论工作者的"生活"。当然，在提炼生活和表现生活时，创作和评论运用的思维方式是不一样的。评论对创作而言更多的是理性而不是形象。如果理性思维能够和形象思维相结合就会写出很漂亮的文章。我特别喜爱这样的文章，但是，对我来说这只能是一种期待和向往。

三

《韩玉峰艺术评论选》，能够纳入省文化厅编的"山西文化六十年丛书"中，实感荣幸。这完全是得力于张明亮厅长的大力支持，得力于省文化厅文化政策研究中心主任杨卫华、教育科技处处长陈燕萍和创作室主任王辉等同志的热情帮助。省剧协刘涛同志利用休息日为我把20万字的文章录制成电子版。赵凯军、李爱珠、赵志光、崔守胜、白相杰、马小平、张占明、杨舒淇、王书鹏、王小东、贺海鹰等同志为我提供了照片。这部书稿能够出版面世，是同他们的支持、帮助分不开的。谨在此对所有支持和帮助我的领导、朋友以及我的学生表示衷心的感谢。

2012年4月15日

文学评论

煌煌大唐的太原诗人群

一

太原五千年，历史悠久，气象恢宏，高原明珠，光照中华。在这块古老而神奇的土地上，文明萌发，风云变幻，人文荟萃，金戈铁马，曾经演出了多少撼天震地的历史活剧，留下了多少彪炳千古的人文自然景观和璀璨夺目的文学篇章，哺育着一代又一代的太原人繁衍生息、根脉延续。今天，让我们穿过时空的隧道把目光转向那曾经盛极一时的唐代太原诗人群，感受他们的辉煌，领略他们的风采。

唐代太原诗人，灿若群星，大家辈出。其中最著名的有六位，他们是盛唐时期的王维、王之涣、王昌龄和王翰，中唐时期的白居易，晚唐时期的温庭筠。他们成就卓越，影响巨大。王维是盛唐山水田园诗派的主要代表诗人。王之涣、王昌龄和王翰是盛唐边塞诗派的主要代表诗人。白居易是继杜甫之后的伟大的现实主义诗人。温庭筠则是开了文人词先河，在唐代写词最多、对后人影响最大的诗人。这六位大诗人不仅在太原，不仅在山西，而且在全国，都是最具代表性的杰出诗人，在中国诗歌史上占有相当显赫的地位。正如《太原赋》所言："维我太原，诗人文士歌呼赋咏之所，英雄俊杰战攻驻守之地。……最相思王维之南国红豆，须痛饮王翰之葡萄美酒。欲穷千里，更上层楼仍追王之涣；妇孺皆诵，天长地久总忆白居易。"

尤其让我们赞叹的是太原"四王"。"四王"中王翰生卒年不详，按照活动时期推算应该是"四王"中年龄最长的。其次是王之涣、王昌龄、王维。王昌龄比王之涣小10岁，王维又比王昌龄小3岁。"四王"都是活跃在开元、天宝年间的盛唐诗人，可谓盛唐时代催生盛名诗人。

二

王维（701年—761年），字摩诘，太原祁（今祁县）人，和李白同年生，去世比李白早一年，活了60岁。李白（701年—762年），活了61岁。文学史家认为，唐代最著名的诗人有三位，那就是诗仙李白、诗圣杜甫和诗佛王维。《红楼梦》第四十八回写香菱学诗，拜林黛玉为师。黛玉拿出《王摩诘全集》让她读，嘱咐她先把王维的五言律诗一百首"细细揣摩透熟了"，再读李白和杜甫。黛玉把李、杜、王三家诗视为学诗基本功，称作"底子"。可见后世的人对王维诗的喜爱和重视。

王维是有多方面成就的大诗人。他不仅是优秀的诗人，而且是杰出的画家，还精通音律，能以绘画、音乐之理通于诗，即在他的诗歌中可以看到画面，听到声音，所以宋代大诗人苏轼评价王维的诗时说："味摩诘之画，画中有诗；味摩诘之诗，诗中有画。"如王维《山居秋暝》一诗中的几句："明月松间照，清泉石上流。竹喧归浣女，莲动下渔舟。"（一轮皎洁的明月照向松间，一股清澈的泉水流经石上。竹林深处传来一阵喧笑声，那是洗衣的姑娘回来了；水溪中莲花动荡，那是打鱼的船儿沿水下行。）真是一段图像鲜明、声音悦耳的视频，从中可以看到王维作品"诗中有画，画中有诗"的艺术特点。

王维早期表现出积极进取的精神，希求建功立业，有一番作为，所以写出了一些昂扬奔放的作品，也写了一些边塞诗。他一生大部分时间在朝廷做官，但他不满朝政廷腐败，不肯同权臣同污合流，从40岁以后，就过着一种"晚年唯好静，万事不关心"的亦官亦隐的生活，后来住在蓝田辋川别墅，生活就更为悠闲自在。王维早年就信奉佛教，晚年更是吃斋奉佛，写作时也爱以禅理入诗，所以后来被称为"诗佛"。

　　王维和比他大12岁的孟浩然是盛唐山水田园诗派的主要代表诗人。孟浩然和王维不同的是他一生经历比较简单，没有入过仕途，也没有经历过多少生活风波。他的山水田园诗数量虽然不多，但好诗不少，多写农家生活，语言亲切质朴，生活气息浓厚，与王维的山水田园诗有着不同的内容和风格。孟浩然的代表作有《过故人庄》："故人具鸡黍，邀我至田家。绿树村边合，青山郭外斜。开轩面场圃，把酒话桑麻。待到重阳日，还来就菊花。"《春晓》一诗更是人人皆知："春眠不觉晓，处处闻啼鸟。夜来风雨声，花落知多少。"

　　王维今存诗400余首，山水田园诗占百分之六七十。王维诗五律最佳，五绝尤妙，五七言古体、歌行均达到很高水平。前期有多首充满浪漫豪情的边塞诗，如《使至塞上》用"大漠孤烟直，长河落日圆"，描写出塞途中景色，用"直"和"圆"两个很普通的字，抓住了边塞风光的特点，展现出一幅无比开阔壮美的画面，表现了他善于描写自然景物的艺术才能。这两句诗向来为人们所称道。

　　王维还有"独在异乡为异客，每逢佳节倍思亲。遥知兄弟登高处，遍插茱萸少一人"（《九月九日忆山东兄弟》）这样重亲情的诗；有"渭城朝雨浥轻尘，客舍青青柳色新。劝君更尽一杯酒，西出阳关无故人"（《送元二使安西》）这样重友情的诗；有"君自故乡来，应知故乡事。来日绮窗前，寒梅著花未"（《杂诗》）这样重乡情的诗；有"红豆生南国，春来发几枝。愿君多采撷，此物最相思"（《红豆》）这样重爱情的诗。当然，王维更为人称道的是《辋川集》绝句二十首和其他描写山水田园的名篇，如《渭川田家》、《山居秋暝》、《田园乐七篇》等。《辋川集》中的《鹿柴》一首："空山不见人，但闻人语响。返景入深林，复照青苔上。"描写夕阳西下的鹿柴景色，给人无比清幽的美感，充分体现了王维山水田园诗空灵寂静的风格。王维的山水田园诗反映的是盛唐时代山水的性情和精神，是诗情、画意和理趣的融合，具有极高的美学价值。

王之涣（688年—742年），晋阳（今山西太原）人。他为人豪放，常击剑悲歌，他的诗当时多被乐工谱曲歌唱，流传很广。王之涣与高适、王昌龄是好友，常常在一起诗歌唱和，传说有"旗亭画壁"的故事，可见他的诗为人们所喜爱。王之涣的作品由于没有编集，多已散失佚，《全唐诗》中收录六首。他留下的六首诗，有两首最为有名：一首是脍炙人口、流传久远的《登鹳雀楼》："白日依山尽，黄河入海流。欲穷千里目，更上一层楼。"一首是出现在"旗亭画壁"故事中的《凉州词》："黄河远上白云间，一片孤城万仞山。羌笛何须怨杨柳，春风不度玉门关。"就是这两首诗奠定了王之涣在中国诗歌史上的崇高地位。

我们由王之涣的《登鹳雀楼》诗，想到一句话："名胜亦需文人捧。"中国四大名楼：黄鹤楼、岳阳楼、鹳雀楼和滕王阁都是由于名诗名文而成为名楼的。崔颢的"昔人已乘黄鹤去，此地空余黄鹤楼"（《黄鹤楼》），王勃的"落霞与孤鹜齐飞，秋水共长天一色"（《滕王阁序》），王之涣的"欲穷千里目，更上一层楼"（《登鹳雀楼》），范仲淹的"春和景明，波澜不惊，上下天光，一碧万顷"（《岳阳楼记》），这样的名诗名句辉煌了四大名楼。四大名楼在历史上屡毁屡建，而为名楼谱写的名篇却成为一种永远的文化记忆，有着极强的生命力。名楼因名诗而重建，显示出优秀文学作品永不磨灭的艺术魅力。

"旗亭画壁"的故事，讲的是唐开元年间，诗人王昌龄、高适、王之涣齐名，人生道路都很不得意，但都喜欢游历名胜古迹。一日，天寒微雪，三诗人同到旗亭（酒楼）赊酒小饮。一会儿有四位漂亮的梨园女子，珠裹玉饰,摇曳生姿,登上楼来,随即操琴演唱,都是当时名曲。这时王昌龄就对高适、王之涣说:"我们都在当今诗坛有一定名气,但是论才华自己也不好分个高下。我们今天听她们演唱的歌曲,看谁的诗进入她们的歌词被唱得多的,谁就最优。"大家都说好。一女伶打着拍板唱的是"寒雨连江夜入吴,平明送客楚山孤。洛阳亲友如相问,一片冰心在玉壶"(《芙蓉楼送辛渐》),被誉为唐人"七绝圣手"的"诗天子",太原诗人王昌龄一听便说:"我的绝句一首。"立即在墙上画了一横记着。第二位女伶唱道:"开箧泪沾臆,见君前日书。夜台今寂寞,犹是子云居。"(《哭单父梁九少府》五古前四句)河北沧县诗人高适随即举手画壁说:"我的绝句一首。"第三位女伶接着唱:"奉帚平明金殿开,且将团扇共徘徊。玉颜不及寒鸦色,犹带昭阳日影来。"(《长信秋词》)王昌龄即举手画壁说:"我的第二首绝句。"也是太原诗人的王之涣自恃其才,不以为然,说道:"她们所唱的都是'下里巴人'之词,非'阳春白雪'之曲。"遂指着一个年龄最小最漂亮的女伶说:"待这一位所唱的如果不是我的诗的话,我就终身不敢与二位比高低了。如果唱的是我的诗,你们当拜我为师。"大家说好,欢笑等待。不一会儿梳着一对环形发结的小姑娘唱道:"黄河远上白云间,一片孤城万仞山。羌笛何须怨杨柳,春风不度玉门关。"这就是被后人评为唐人绝句压卷之作的《凉州词》。王之涣对二人说:"我说的不假吧!"众大笑。

王昌龄(698年—757年),晋阳(今山西太原)人。进士出身,但仕途屡受挫折,并不顺利,"安史之乱"发生后,他归返故乡,途中被濠州刺史闾丘晓杀害。王昌龄被杀原因似乎是一个谜。但当时多有文士直言而遭杀身之祸的事情发生,他一定是在言辞上得罪了那个土皇帝。

王昌龄擅长五言古诗和五七言绝句,尤以七绝用力最专,成就最高,句奇格俊，雄浑自然，其七绝与李白并称，作品被明王世贞在《艺苑卮言》中列为"神品"，人称"诗天子"、"七绝圣手"。现存诗180余首。其中描写边塞生活的边塞诗和反映宫女怨情的宫怨诗、描写征人离妇的闺怨诗最为有名。

边塞诗的代表作是《出塞》："秦时明月汉时关，万里长征人未还。但使龙城飞将在，不教胡马度阴山。"气魄雄浑，悲壮深沉，被推为唐人七绝的压卷之作。龙城，具体所指，说法不一。有的说是指今辽宁朝阳，有的说龙城即卢龙城，即今河北省卢龙县。飞将指汉代名将李广，李广为右北平太守，匈奴称之为"汉之飞将军"。右北平，汉郡名，所辖地区相当于后来的营州，而营州旧治在龙城。宫怨诗的代表作是《长信秋词》："奉帚平明金殿开，且将团扇共徘徊。玉颜不及寒鸦色，犹带昭阳日影来。"形象鲜明，刻画细微，揭示了宫女们悠长而深刻的内心痛苦。闺怨诗的代表作是《闺怨》："闺中少妇不知愁，春日凝妆上翠楼。忽见陌头杨柳色，悔教夫婿觅封侯。"感情真挚，手法细腻，又是另一种风格。

王翰（生卒年不详），晋阳（今山西太原）人。进士出身。以为人豪侠著称，做官屡遭贬谪而豪情不减。今存诗14首。《凉州词》最为有名："葡萄美酒夜光杯，欲饮琵琶马上催。醉卧沙场君莫笑，古来征战几人回？"这是盛唐边塞诗中传世千古的名篇。葡萄酒、夜光杯、琵琶，构成浓郁的异域情调，再加上"醉卧沙场"的旷达举动，情景十分诱人神往。王翰的《凉州词》和李白的《早发白帝城》（朝辞白帝彩云间，千里江陵一日还。两岸猿声啼不住，轻舟已过万重山）、王之涣的《凉州词》（黄河远上白云间，一片孤城万仞山。羌笛何须怨杨柳，春风不度玉门关）、王维的《送元二使安西》（渭城朝雨浥轻尘，客舍青青柳色新。劝君更尽一杯酒，西出阳关无故人）、王昌龄的《出塞》（秦时明月汉时关，万里长征人未还。但使龙城飞将在，不教胡马度阴山），都被后人推为唐人七绝的压卷之作。后世公认唐人七绝有五首压卷之作，除去李白的一首外，其余四首皆为"太原四王"所作。

白居易（772年—846年），字乐天，原籍太原，后迁居下邽（今陕西渭南县），自称"太原白氏"。进士出身。曾任翰林学士、左拾遗等要职，后因触犯权贵，被贬为江州司马。他在《琵琶行》中说在听到琵琶女的弹奏和诉说后，满座皆掩泣，"座中泣下谁最多，江州司马青衫湿"，后又到杭州、苏州等地任刺史。晚年辞官，在洛阳闲居。

白居易是继杜甫之后唐代杰出的现实主义诗人。他不仅写诗多，而且有诗歌理论，提倡诗歌运动。他倡导的"新乐府运动"是为继承从《诗经》到杜甫的现实主义传统掀起的一个现实主义诗歌运动。他主张"文章合为时而著，歌诗合为事而作"，认为作诗要"唯歌生民病"，反映人民疾苦，要"泄导人情"、"补察时政"，强调诗歌与现实生活的紧密结合。他的诗歌理论完整地见于他的《与元九书》。元九即元稹，白居易的挚友，因排行第九，称"元九"。

白居易现存诗歌3000余首，在唐代诗人中存诗数量最多。白居易把自己的诗分为四类：讽喻、闲适、感伤、杂律，代表作是讽喻诗《新乐府》五十首、《秦中吟》十首。还有长篇叙事诗《长恨歌》和《琵琶行》，都取得了很高的艺术成就，在中国诗歌史上占有重要地位。他早期写的一些小诗也很有名，如《赋得古原草送别》："离离原上草，一岁一枯荣。野火烧不尽，春风吹又生。远芳侵古道，晴翠接荒城。又送王孙去，萋萋满别情。"传说这首诗是白居易十五六岁时写的，其中"野火烧不尽，春风吹又生"，成为千古流传的名句。

温庭筠（812年—870年），本名岐，字飞鹏，太原祁（今祁县）人。温庭筠是唐太宗时宰相温彦博的六世孙，志向高远，但入仕无门，报国无途，终身困顿，官止国子助教。温庭筠文思敏捷，八叉手而八韵成，时号"温八叉"。诗与李商隐齐名，并称"温李"。实际上温庭筠与李商隐相比，深稳不足，清丽过之，趋向唯美。温庭筠精通音律，熟悉词调，在词的创作上所取得的艺术成就，在晚唐其他词人之上。温庭筠在文学史上的贡献不在于诗，而在于词。他是唐代第一个大量写词的文人。他的词作大都形象鲜明，字句工丽，声律谐和，具有很高的艺术性。温庭筠开创了一代词风，被誉为"花间鼻祖"（五代赵崇祚选录温庭筠、皇甫松、韦庄等十八家的词为《花间集》。所选词人大体一致的婉约词风，形成花间词派），婉约词派从此基本定型。温庭筠用自己的创作实绩，推动了词的形成和发展，把这一长短句的讲格律的新体诗提到诗歌史上的重要地位，使之与诗并肩，形成唐诗、宋词、元曲各为一代主要文学样式的局面。

温庭筠今存诗300余首、词60余首。词以《菩萨蛮》为代表："小山重叠金明灭，鬓云欲度香腮雪。懒起画蛾眉，弄妆梳洗迟。照花前后镜，花面交相映。新贴绣罗襦，双双金鹧鸪。"描写妇女的容貌服饰，梳妆打扮，神情心态，可谓工笔重彩，精雕细刻，达到极致。温庭筠部分描写闺情的词，如《梦江南》："梳洗罢，独倚望江楼，过尽千帆皆不是，斜晖脉脉水悠悠，肠断白蘋洲。"表现妇女的离情别绪，感情真挚动人。诗的代表作有《商山早行》："晨起动征铎，客行悲故乡。鸡声茅店月，人迹板桥霜。槲叶落山路，枳花明驿墙。因思杜陵梦，凫雁满回塘。"描写羁旅愁怀的情景，生动形象。特别是颔联"鸡声茅店月，人迹板桥霜"全用实字撮聚多种物象且对仗十分自然，而旅途辛劳又溢于言表，颇得后代诗人赏识，也为众多读者所喜爱。

唐代太原诗人群的出现，不是偶然的，而是有其历史和时代的必然。他们有许多相似之处，也有一些不同之处。他们有着同样的根脉；他们处于同样的时代；他们有着不同的人生经历，对生活有着不同体验、感受和发现；他们有着基本一致的美学思想和诗歌主张。

　　根脉和时代。唐代太原诗人群生长在太原这块黄土高原上。这块孕育了五千年文明的热土，有着他们成长为参天大树的根脉。这个根脉是太原的山脉、水脉、血脉，也是文脉。这个文脉体现的是"兼容、开放、创新、奋进"的太原精神。

　　唐代太原诗人群出现在煌煌盛唐。强大的唐代是他们共同生活的时代。唐代，特别是以开元、天宝为中心的长达五六十年的盛唐时代，经济发达，文化繁荣，思想活跃，国力强盛，使唐代成为诗人辈出、诗歌繁荣的时代。一部《全唐诗》收录了2200多位诗人的近5万首诗歌。太原是大唐帝国的发祥地，在发祥地出现的太原诗人的作品当然就更有大唐的魂魄和气派。

　　群体和友谊。太原诗人纷纷走出去，活跃在全国诗坛。他们有各自的诗歌创作群体，形成不同的诗歌流派。王维与湖北的孟浩然成为盛唐山水田园诗派的代表。王昌龄、王之涣、王翰与河北的高适、河南的岑参成为盛唐边塞诗派的代表。白居易与河南的元稹、江苏的张籍和河南的王建共同倡导以现实主义为旗帜的新乐府运动。温庭筠则与浙江的皇甫松、陕西的韦庄一起形成了花间词派，开创了一代宋词的先河。在这些诗歌流派、诗歌运动中，太原诗人往往起着领袖群伦的作用，成为各个诗歌流派或诗歌运动的旗手。这是为什么？就是因为他们来自太原——大唐帝国的发祥地。

　　唐代太原诗人同大江南北各地的诗友往往有着密切的交往和深厚的友谊。他们以诗会友，酬唱应答，互相切磋。王昌龄与高适、王之涣、李白等都有很深的交往。李白闻讯王昌龄被贬为龙标（治所在今湖南黔阳）县尉，写诗给他，《闻王昌龄左迁龙标遥有此寄》："杨花落尽子规啼，闻道龙标过五溪。我寄愁心与明月，随风直到夜郎西。"表示对好友的同情和关切。

白居易与元稹交情甚笃，友谊很深。元稹也是当时的著名诗人，与白居易齐名，世称"元白"。元稹的传奇《莺莺传》是唐人传奇的代表作，后来金代董解元的《西厢记诸宫调》、元代王实甫的《西厢记》都是改编自元稹的《莺莺传》的。元稹还写不少感人的悼亡诗，主要是怀念他的妻子韦惠丛的。韦惠丛出身贵族，嫁给寒门元家。元稹生活贫困，她却毫无怨言。韦惠丛早逝，元稹很悲痛，写了不少悼亡诗，表达对妻子的深厚感情。其中《遣悲怀》三首尤为感人。第二首是有这样的话："昔日戏言身后事，今朝都到眼前来"，"诚知此恨人人有，贫贱夫妻百事哀"。以平常话写平常事，语言浅显，不矫饰，不夸张，直抒胸臆，淳朴感人，正是和白居易的诗是同样的风格，世称"元白"确实是名实相副。

白居易和刘禹锡唱和甚多，人称"刘白"。刘禹锡，字梦得。有一年，刘禹锡调离和州，在返故乡洛阳途中，经过扬州，见到白居易。刘禹锡在屡遭贬谪之后，好友重逢，无限感慨。宴会上，白居易吟成《醉赠刘二十八使君》七律诗，刘禹锡回诗一首《酬乐天扬州初逢席上见赠》，其中五、六两句"沉舟侧畔千帆过，病树前头万木春"，成为励志前进的名句。刘禹锡流传最广的一首诗是《乌衣巷》："朱雀桥边野草花，乌衣巷口夕阳斜。旧时王谢堂前燕，飞入寻常百姓家。"也是同白居易一样的诗歌语言浅显平易的风格。白居易对刘禹锡的诗评价甚高："彭城刘梦得诗豪者也。"

精品和生命力。唐代太原诗人群，在创作上大体上有着共同的美学追求，反对堆砌雕琢，提倡简朴真纯，因而他们的作品有着传之久远的生命力。

他们存世的作品，有的多达几千首，有的只有五六首，但是他们毫无例外的都有名篇名句传之后世。王维的"大漠孤烟直，长河落日圆"10个字足矣，更何况他还有那么多的名篇好诗。王之涣有一首"白日依山尽，黄河入海流"的《登鹳雀楼》20个字；王昌龄有一首"秦时明月汉时关，万里长征人未还"的《出塞》28个字；王翰的"葡萄美酒夜光杯，欲饮琵琶马上催"的《凉州词》也是28个字；白居易的"离离原上草，一岁一枯荣。野火烧不尽，春风吹又生。远芳侵古道，晴翠接荒城。又送王孙去，萋萋满别情"的《赋得古原草送别》也不过是40个字，何况他还有《新乐府》、《秦中吟》和长篇叙事诗《长恨歌》、《琵琶行》。所以，诗不在多，而在于精，今人作诗纵有千行万行，而能否有一首让人记得住、忘不了，很值得怀疑，大都是随着时间的推移而被人忘却，也真是诗人的无奈和悲哀。

学养和经历。唐代太原诗人群大都有着很高的文化素养。王昌龄、王翰、白居易都是进士出身。王维、温庭筠都精通音律，有很高的艺术修养。但他们大都仕途不顺，屡遭贬谪。王昌龄、王翰、白居易都是如此。王之涣、温庭筠也是终身困顿，很不开心。王维一生虽然始终在朝为官，但并不如意，只好过着半官半隐的生活。这些共同的地方和不同的经历，使他们走着各自不同的创作道路，形成了不同的作品风格，但他们都取得了突出的成就，在文学史上有着崇高的地位。

唐代太原诗人群都是"走出去"成了气候，因为"走出去"见识了世面，经受了磨练，接触了百姓，贴近了生活，方才有所作为，写出传世之作。否则，闭门造车，无病呻吟，在"小我"的圈子里自说自话，自我欣赏，自我陶醉，那是很难写出什么好诗来的。这可能是唐代太原诗人群给我们最大的启迪。

2010年12月6日

元好问和《雁丘辞》

元好问（1190年—1257年），字裕之，号遗山，太原秀容（今忻州）人，是金代最杰出的诗人。进士出身。自宋以来，他的诗名与苏轼、黄庭坚、陆游、杨万里相比而无逊色。元好问诗作诸体皆备，尤长于七古和七律。七律更见功力，显然是受杜甫影响。元好问吸收杜甫以来各家之长，重新熔铸，特别是在反映社会问题、民生疾苦的深刻程度上超过宋代的苏轼、陆游等。元好问除诗之外，词也闻名当时，取得很高成就。元好问独步金元文坛，后人尊为"一代宗匠"。元好问为我们留下的作品很多，有诗1380余首，词380余首，散曲6首，散文250余篇，还有小说《续夷坚志》4卷202篇。

元好问最重要的著作有二：一部是抱着"以诗存史"的目的编辑成的《中州集》10卷，收录金代250位诗人的作品2116首，保存了金代的诗歌资料，成为研究金代文学和历史的重要文献。另一部是"以诗论诗"的《论诗绝句三十首》对建安以来的诗歌作了较系统的论述，表明了他的文学主张，为人称道，脍炙人口，其影响之大，可与杜甫论诗的《戏为六绝句》相并论。他主张诗歌创作要"古雅"、"天然"、"淳真"、"清新奔放"、"慷慨悲壮"，反对雕琢华艳和各种单纯的形式追求。如他评价陶渊明的诗不滥用辞藻和典故是"一语天然万古新，豪华落尽见真淳"；他评价李白的《望庐山瀑布》诗（日照香炉生紫烟，遥看瀑布挂前川。飞流直下三千尺，疑是银河落九天）是"笔底银河落九天"——都十分中肯。元好问的论诗绝句，700多年来一直为大家所喜爱，在诗歌理论上有重要地位。元好问对诗歌创作的主张是针对文坛时弊而发，具有重大的现实意义。元好问这种以诗论诗的形式对后代也有很大的影响，清代王士禛就有《戏仿元遗山论诗绝句三十六首》。

元好问最负盛名的诗词是《雁丘辞》，开头两句是："问人间，情是何物？直教生死相许。"《雁丘辞》是他年仅16岁时在参加科举考试的途中，来到太原写的。诗人在谈到他的创作缘起时说："乙丑岁赴试并州，道逢捕雁者云，今旦获一雁，杀之矣。其脱网者悲鸣不能去，竟自投于地而死。予因买得之，葬之汾水之上，累石为识，号曰雁丘，时同行者多为赋诗，予亦有雁丘辞，旧所作无宫商，今改定之。"这首词秀拔流畅，平易俊爽，不求工而自工，正体现了元好问诗词的风格。

《雁丘辞》被认为是古典文学中表现爱情的最好的诗词之一。李商隐的"相见时难别亦难，东风无力百花残。春蚕到死丝方尽，蜡炬成灰泪始干"（《无题》），"昨夜星辰昨夜风，画楼西畔桂堂东。身无彩凤双飞翼，心有灵犀一点通"（《无题》）；苏轼的"人有悲欢离合，月有阴晴圆缺，此事古难全。但愿人长久，千里共婵娟"（《水调歌头》）——都是爱情诗中的名篇。元好问的"恨人间，情是何物？直教生死相许"的名句同样为几百年来的读者所喜爱。今太原汾河景区汾河畔建有雁丘的景点，让人们想起这位杰出的诗人和他美丽的诗篇。

2010年12月6日

煌煌巨著昭日月

——《祁寯藻集》赏读

作为国家清史编撰委员会审定的"文献丛书"之一的三卷本《祁寯藻集》近日由三晋出版社出版。这部由任国维先生任总主编的长达270万字的巨著出版，是我国古籍整理工作中的重要工程，是国家清史编撰和清史研究的重要成果，是山西建设文化强省的重要收获。国家清史编撰委员会出版委员会成员成崇德先生在《祁寯藻集》序言中说，编辑出版《祁隽藻集》"是清史研究中的一件好事"。

一

祁寯藻乾隆五十八年（1793年）出生于山西寿阳，是清代中晚期的一代贤相和旷世鸿儒。当时的寿阳祁氏出过四个翰林。祁寯藻官至体仁阁大学士、首席军机大臣，其父祁韵士官至户部主事，其弟祁宿藻官至御史，其子祁世长官至工部尚书兼顺天府尹。可谓文化名门，显赫一时。

祁寯藻历仕四朝（嘉庆、道光、咸丰、同治），三代帝师（道光、咸丰、同治），学粹品端，忠清亮直，爱国爱民，政绩卓著，对清代道、咸、同三朝政局产生过重大影响。

祁寯藻既是一位清风俭德、忧国忧民的政治家，又是一位博学多识、造诣精深的学者，还是一位文采出众、作品繁富的诗人，虽身居宰辅，仍精研儒学，吟诗著文，给我们留下了宝贵的文化遗产。成崇德先生在《祁寯藻集》序言中说："祁寯藻作为一个历史人物，能在当时被皇上称为忠臣，被民众称为清官，被学人称为儒宗，被艺术家称为诗词、书法大家，已属不易。他的民本思想，治国方略，处事之道，治学精神，对后人颇有值得借鉴的地方。"成崇德先生的评价可以作为我们了解祁寯藻其人其事、研读《祁寯藻集》的指针。

二

《祁寯藻集》第一卷包括"谱传"、"日记"、"信札"、"随笔"、"杂记"和农学专著《马首农言》。编者为加深读者对祁寯藻的了解，卷末还附录了晚清名臣和民国学者对祁寯藻的评论，以及清史列传、墓表等。

无论是"谱传"、"日记"，还是"信札"，记载着不同时期的国家事、朝中事、家乡事、家族事、家中事、个人事，具有重要的史料价值。

从"日记"和"书札"中，我们深深地为祁寯藻廉洁自律的精神所感动。祁寯藻"门无杂客，不通贿赂"。逢年过节他不在家时，总要写信示警家人："年底各处有送银信者，连信均交来人，切勿退银收信。"孙女满月，他告家人"如八舅母送东西可收，别处一概婉辞"。咸丰四年因病"蒙恩致仕"，他在日记中写道："惟念生平，颇喜施予，不问家人产业，所受之际更不敢苟，去官之日毫无蓄积，私心自问，殊觉洒然……"到咸丰十年告老还乡养病时，老家仅有旧屋数间，破烂不堪，难以容身，他只好借方山僧院暂养。

祁寯藻临终前叮嘱儿子祁世长："他日志墓之文，汝无乞尊官贵人为之，既多谀辞，且恐失实，吾不愿也。"

如此种种，祁寯藻之清风俭德，感人至深，足以垂范千古。

祁寯藻所撰写的《马首农言》十四篇是一部重要的古代农学专著，是我国宝贵的农业科学遗产，已收入《续编四库全书》。寿阳古称马首，《马首农言》记载了山西中部地区农业生产技术和农村生产活动的情况，对我们研究中国农业史、农业技术史，指导农业生产，有重要的历史意义和现实价值。

《马首农言》书前有祁寯藻所写的前言，对了解他写作此书的原委很有意义："幼从京宦，稍长归里，五载家塾，未亲耒耜。弱冠游宦，二十余年，还家如客，遑问及田。请假侍亲，读《礼》守墓，寒暑四周，惟农是务。农家者言，质而不文，因时度地，各述所闻。耳目既习，徵验亦久，烦言碎辞，以笔代口。古马首邑，今曰寿阳，先畴世服，诒自黄羊。道光十有六年岁次丙申季春之月，祁寯藻记。"据此可见《马首农言》是祁寯藻43岁返故里为母服孝期间访农民、学农事所著。全书包括地势气候、种植、农器、农谚、方言、五谷病、粮价物价、水利、畜牧、备荒、祠祀、织事，以及包括民风乡俗、风土人情的杂说，内容完备，可谓古代农事的百科全书。

祁寯藻撰写的"随笔"或纪游，或感事，或咏怀，情景交融，生动真切。他撰写的序、跋、题、记、识、祭文、墓志、墓表、碑铭、碑记反映了晚清时期的历史、文化和人物，具有重要的学术和史料价值。他的《律赋存稿》、《自撰对联》和《观斋印存》则反映了他在文学艺术方面的高度修养。

祁寯藻在《自戒》一诗中说："予性喜抄掇，笔札不去手。"在杂记部分所收编的《毛诗》重言、《诗》毛传郑笺古义、《尔雅正义》摘录等均系祁寯藻手录。这些都是经学研究的必读书目。而他摘录的《文心雕龙》、《中州集》、《东坡集》、《文选》摘句，可见他对《文心雕龙》和《文选》这两部文学经典，以及元好问、苏轼这样的大诗人的敬仰。祁寯藻以相国之高位竟能在做学问上下如此大的苦功夫，着实让人感佩。

第二卷所收祁寯藻在校勘、批注、考证方面的成果，可见祁寯藻作为学者对中国传统文化所做的贡献。

《说文解字系传校勘记》是祁寯藻最重要的学术著作。他在《重刊影宋本〈说文系传〉叙》中主要阐明"以文字、声音求训诂,以训诂通义理"之宗旨。叙文开始有"提督江苏全省学政、寿阳祁寯藻撰"的话,叙末有"道光十有九年太岁在己亥九月叙于江阴使署"之语,可见此书是祁寯藻任江苏学政驻节江阴时所著。此书在晚清至民国在学界产生过一定影响,今次编辑出版是由我省学者第一次点校,为研究古文字学的同志提供了方便。

祁寯藻抄录的乾隆《钦定本〈三国志〉目录考证》对研究《三国志》有一定的价值。

《三性山水》及祁寯藻所录的《京口山水考》都是重要的学术著作。《三性山水》涉及今黑龙江、吉林省一些县市的地理山脉、河流形势、耕地、界碑、村庄、道里等,是研究清代舆地方面的珍贵资料。《京口山水考》祁自注是"甲子岁录",是祁寯藻在同治三年(岁在甲子),即1864年所录。两年后,1866年,祁隽藻去世。可见祁寯藻抄录此书时已年逾古稀,仍笔耕不辍,读书不怠,这种治学精神尤让人感佩。

三

第二卷主要是收编祁寯藻的诗词。令人惊异的是一位朝廷重臣、三代帝师,竟然创作了这么多的诗歌作品。本卷收入了祁隽藻自编的《馤馚亭集》32卷,是他从20岁到62岁致仕之前的作品,集录古今体诗1600余首;《馤馚亭后集》20卷是祁寯藻致仕之后的作品,集录古今体诗1100余首。祁隽藻故里有古亭曰"馤馚",诗集遂以亭名之。咸丰六年岁次丙辰(1856年),祁寯藻时年63,他在《馤馚亭集》卷端自叙曰:"诗之工拙不敢计,惟藉是稍答父师之训,纪生平阅历岁月而已。"次年,在《馤馚亭后集序》中说:"二十二通籍(指进士及第——引者注),六十二致仕,犹未老也。未老而病,病而休,休而恩礼数及,人以为晚节之保也。

军旅未息，民生未裕，我心焉，乃如捣也。老病读书，懋懋慬慬而仅以诗消磨岁月，惜乎未闻道也。"这两段话对研读祁诗和研究祁寯藻很有意义。

此外，编者还从全国各地图书馆所藏图书及收藏家手中的祁氏诗手稿中收集、抄录了祁寯藻的不少诗作，如《息园存稿》等及"诗补遗"、"词补遗"。全书共集录祁寯藻古今体诗2977首，词23首。《祁寯藻集》成为收编祁寯藻诗词最多最完备的典籍。

祁寯藻从政余暇多参与京师的诗坛活动，其诗作在清代颇有影响。陈衍采集清咸丰、同治、光绪三朝诗编《近代诗钞》，将祁寯藻列于编首，指出，有清二百年间居高位而主持诗坛者，康熙时为王士禛，乾隆时为沈德潜，道咸间即祁寯藻。可见祁寯藻在清代诗坛的地位。

祁寯藻的诗作，内容丰富，思想深刻，广泛地反映了清代道光、咸丰时期的政治、经济、军事和社会现实。关心民生疾苦，抒发忧国情怀，描绘乡风民情，是他的诗作的主体，是我们研究清代晚期历史的宝贵资料。

祁寯藻的诗作，语言质朴，不事雕琢，朗朗上口，晓畅如话，五言、七言、乐府、歌行，诸体皆备，均有佳作传世。

祁寯藻的诗作，继承了杜甫、白居易的现实主义传统。他的诗歌有杜甫"穷年忧黎元，叹息肠内热"的特征，"致君尧舜上，再使风俗淳"的理想；有白居易"补察时政""泄导人情"的宗旨，"惟歌生民病""但伤民病痛"的内涵，是真正的"为君为臣为民为事而作"（白居易语），主要是"为民而作"。祁寯藻的诗歌具有杜甫、白居易的风格，是因为他特别推崇这两位前贤的作品。他说自己是"惭无祁岳笔，喜读杜陵诗"，称赞白居易"乐府篇篇笔有神"。可见他的诗所表达的忧国忧民之情既来自现实生活的体验和感悟，也受着优秀传统文化的哺育和影响。

祁寯藻"为民而作"主要是反映人民疾苦，表现民众的悲惨生活。这方面的代表性作品有《采棉行》、《采棉谣》、《打粥妇》、《巴陵道上》

等。如《采棉行》：

采棉复采棉，棉花满秋田。喷香裹粉白且鲜，重如柳絮轻如烟。十十五五采棉女，褰裳来往花间语。一摘盈一筐，再摘盈一筥，盈筐盈筥摘未息。当窗机杼鸣促织，织成尺布不上身，且免米盐乞旁人。可怜辛勤僵十指，半为输官半鬻市。市中车马如踟蹰，清酒丝绳提玉壶。贫家有女寒无襦，忍死不愿双明珠。

诗中充满了对采棉女的深切同情。

祁寯藻关心农民疾苦，就时刻关心着同农民生计紧密相连的旱涝灾害，写了多首有关旱涝的诗。干旱无雨时，他写"农人汗禾土，望泽急如渴"的《苦旱》，"科头跣足身曲卷，祝虽无词心则虔"的《祷雨》，"西北浮云如有意，好将雷雨送春归"的《闻雷望雨》；雨来了，他写"山田久旱望孔亟，有如渴者骤得酒"的《喜雨》；雨水过多涝了，他又写"豫愁积潦占三白（祁夹注：三白落地，农谚主潦），便恐淫霖送一秋"的《苦雨》，"旱久欲雨雨欲晴，奢心翻觉天工啬"的《雨久望晴》，直到"三日濯枝雨，晓来新放晴"的《喜晴》，真是无雨有雨时时刻刻都牵动着诗人的心。

祁寯藻关心晴雨风霜，就是关心农民的播种收获。他在《食乡米有感》一诗中说到南稻北谷对农民来说是同样的艰辛："……南方种稻稻苗稀，北方种谷时苦饥。北方仰食南方稻，长久之计须及早。老夫辍箸心茫然，但愿食谷终残年。"这首诗是诗人致仕归来后生活无着，乡亲们赠新米供熬粥喝。他感到北方种谷难，南方种稻亦不易，北谷南稻皆应珍惜，而作此诗。

祁寯藻对侵民扰民的官吏恨之入骨。他在《感河南、直隶二案，时久不雨》一诗中表达自己心中的不平之气："新乡民，愚可怜，纳粮争价殴及官。阜平民，穷可惜，供炭责逋毙于役。"民有怨愤是由于官吏的巧取豪夺、假公济私。诗人直呼："新乡官，尔勿谓民顽，他邑催科已早完。阜平官，尔亦思民苦，兽炭之威猛于虎。"正是由于冤案在，所以"时久不雨"，诗人的愤激之情溢于言表。

与这首诗表达同样情绪的还有一首《鞭吠犬诗》："小园有吠犬，昼伏夜则眠。曾无御寇劳，而有搏人权。其性恶褴褛，尤喜窘少年。行者畏其猛，次且不敢前。主人怒其横，召仆施以鞭。仆云犬无罪，吠影固所然。"仆人不仅为犬开脱，更妙的是，向主人出谋，为犬找了一个新差事："吏不捕盗贼，而乃暴市廛。官不治豪猾，每为穷怒迁……吾愿用吠犬，吠暴不吠贤。"这真是一篇绝妙的讽刺诗。

祁寯藻一些表现闲适情绪和出行纪游的诗也很生动、精致，如《除夕》："爆竹无声门尚开，吟诗不觉岁华催。寂寥深巷青灯下，犹有邻人乞字来。"《山店鸡》则是表现了诗人的赤子心怀："山店鸡，尔何不向朱户栖，黄口未退思孤飞。长绳系尔足，故巢何时归。渴不能饮亦不饥，侧翅自啄尾，顾盼临窗扉。解缚纵尔寻常事，瞑喜难明主人意。"诗人与山店鸡对话，诗人对山店鸡形态的描绘，极为生动有趣。

祁寯藻有《洪洞》一诗表现诗人的故土情怀："杨侯吾故国，马首昔东迁。一去大槐树，经今五百年。苍茫问家室，感慨付云烟。惟见双渠水，清流抱郭田。"诗人自注："余家明洪武初自洪洞大槐树迁寿阳"，表达了他的忆祖思乡之情。

祁寯藻有《晋祠》诗，开头是："悬瓮山前碧玉水，其源侧涌成两潭。左潭淳泓若古镜，右则镗鞳笙钟酣。凿石为孔孔凡十，七分北注三分南。南北灌溉三十里，并驱入汾如两骖。"更有趣的是诗人在观赏李世民碑后写道："贞观之碑龙凤姿，后代石刻如僵蚕。"一褒一贬全是诗人性情使然。

祁寯藻有不少诗是描写自己的人生、境遇和所思所感。诗人致仕后在回顾自己的人生道路时说："宦游五十年，身行十万里。白头今归来，年已七十矣……"（《清明日扫墓归，志感二首》）说来不胜感慨。诗人描写回归故乡的生活："破篱一二丈，漏屋三四间。野菊数十盆，吐华幽且娴。良朋偶载酒，我醉君且还。兴来辄得句，随意增复删……"（《独酌》）但这并不能说诗人只是醉心于陋室诗酒，而不念天下。他还是心系国家，《记梦》一首就是这种心情的表达：

朝报久疏阔，故交书亦稀。胡为频入梦，岂是不怀归。江海鲸鲵穴，关山鸿雁飞。薜萝纷满眼，含涕独沾衣。

祁寯藻对于自己的年华老去多有诗记述。他说："一著貂裘四十年，而今须发两萧然"（《癸丑除夕再题〈待漏图〉》）。《嘲齿落》一首更是形象："吾发初白时，时自闽海回。发白齿亦摇，壮齿且渐摧。下断虽无恙，其上余六枚……齿亡舌尚存，尔岂能婴孩。惟有案上书，佐以瓮头醅。朝读数百字，夕酌三两杯。辉然送白发，与尔归去来。"诗中一位白发苍苍、牙齿脱落的老人，带着一身的风霜和疲惫，迈着蹒跚的步子朝我们走来。

四

第三卷收录的是祁寯藻向皇帝奏事的文书，包括从道光朝至同治朝上疏的奏折274件和咸丰朝上疏的题本320件，内容翔实丰富，比较全面地反映了祁寯藻作为朝廷重臣在不同时期的政务活动，对于研究清代中后期的政治、经济、文化史，同时也为研究祁寯藻，提供了宝贵的原始档案资料，具有重要的参考价值。这些奏事文书主要是从中国第一历史档案馆珍藏的档案史料中选录的，这就更显珍贵。

《祁寯藻集》所收祁寯藻的奏议和题本多达近600件，卷帙浩繁，无法尽读，仅举一折可见祁寯藻忠君爱民的品格。同治二年十月，祁寯藻上《为请皇上去奢崇俭杜渐防微事奏折》。同治帝，即爱新觉罗·载淳，6岁即位，由慈安、慈禧两太后"垂帘听政"，实际上是由慈禧掌权。同治二年，小皇帝年仅7岁，祁寯藻作为皇帝的老师忧虑的是，皇上渐渐长大，贪玩、游观的心日盛，他在奏折中不无担心地说："嗜好之端开，不惟有以分诵读之心，而海内仰窥意旨者，且将从风而靡。安危治乱之几，其端甚微，而所关至巨，可无慎乎！方今军务未平，生民涂炭，时艰蒿目，百孔千疮，诚如圣谕：正君臣交儆之时，非上下恬熙之日也。伏愿皇上恪遵慈训，时时以忧勤剔厉为心，事事以逸乐便安为戒。屏玩好以节嗜欲，慎游观以定心志，省兴作以惜物力。凡内廷服御一切用项，稍涉浮靡，概从裁减。虽向例所有，亦不妨量为撙节。如是，则外物之纷华不接于耳目，诗书之启迪益敛夫心思。将见圣学日新，圣德日固，而去奢崇俭之风，亦自不令而行矣。臣等区区愚悃，为杜渐防微起见，不揣冒昧，谨合词恭折具陈。伏乞皇太后、皇上圣鉴。"祁寯藻其意拳拳，其言切切，但小皇帝只活到19岁就去世了，而整个大清王朝也是日薄西山，行将覆亡，但祁寯藻的忧国忧民之情、去奢崇俭之德让人生出无限感慨。

五

祁寯藻作为一代贤相、学者和诗人，赢得了时人的敬重和后人的敬仰。清末民初众多名人赋诗著文论祁寯藻的为人为文，可见祁寯藻在人们心目中的地位。

张维屏说："寿阳相国性如玉洁，心比春和，学博而不矜，才丰而不露，见人有善必称道之。其休休有容之道，盖有古大臣之风焉。"（《松轩随笔》）这位年长祁寯藻十多岁的写过多篇反映鸦片战争诗作的爱国诗人，堪称祁寯藻的同道和知音。

俞樾评价祁寯藻在经学上的贡献时说："吾师以经学受主知，倡后进，海内治经者，奉为圭臬。乾嘉一脉，庶几未坠。"（《俞曲园书札·上祁春圃相国》）何绍基在《次韵奉答祁寯藻诗三首（其三）》中说："续编讽咏如尝蔗，隽味咀含胜品茶。乍觉杜颜真气合，破墙题句出槎枒。"（《东洲草堂诗草·次韵答祁寿阳相国三首》）盛赞祁诗"畅示杜诗颜书合一之旨"。清代诗人、书法家何绍基，学者俞曲园均为道光进士、当朝大家，何官四川学政，俞官河南学政，皆尊曾官湖南学政和江苏学政的祁寯藻为"寿阳相国前辈"，可见对其道德文章之崇拜和敬仰。

朝廷重臣左宗棠对祁寯藻的评价是："寿阳相国祁文端公，孝友清德，天下称之，道咸间朝野所视为安危者也。海上事起，忧国心瘁，时多异词，公以病乞休，身留京师，系天下望。"（《左文襄公全集·祁文端公诗集跋后》）当时被人称为"南翁（翁同龢家族）北祁（祁寯藻家族）"的翁同龢对祁寯藻在学术上的成就给予很高的评价："谒寿阳相国，勖以多读唐以前书。相国深于汉学，于宋儒之说亦能条贯靡道，不仅以词章考订见长也。"（《翁文恭公日记》）左宗棠从作为政治家的祁寯藻，翁同龢从作为学者的祁寯藻，分别进行的评价，都十分到位和准确。

比祁寯藻小两岁，与祁友情甚笃、唱和共勉，著有开我国研究世界地理先河的《瀛寰志略》的五台学者徐继畲有诗云："相业诗名两相称，寿阳端合比欧阳。"（《松龛全集·诗集·寿阳相国以〈馤馚亭诗集〉见寄诗以谢之》）正好说明祁寯藻既是朝廷重臣又是学者、诗人的特殊身份和独特地位。

六

《祁寯藻集》编委会和编撰执行委员会的同志为《祁寯藻集》的编辑出版付出了极大的辛劳。从 2003 年 11 月起，历时 7 年终成大业。《祁寯藻集》所收的 270 万字，除去《马首农言》、《馤馌亭集》32 卷、《馤馌亭后集》20 卷和《观斋行年日记》外，其余均为从全国各地图书馆收集、抄录的手稿本。有些遗稿还是从书画拍卖市场和收藏家手中抄录的。而这些手稿本又多是行草书或古文字，还有的字迹模糊，增加了辨认的难度。他们在收集到的 300 余万字的手稿本中整理、辨认、抄录，然后再加以标点、校勘，其工作量之大、之繁、之重可想而知。他们不畏艰难，不辞辛苦，冒着酷暑严寒，夜以继日，埋头故纸堆中，使这份珍贵的文化遗产得以问世。总主编，副总主编，分册主编、副主编任国维、郭华荣、刘长海、阎凤梧、张瑞君、萧太芳、周山仁、吕小鲜、张崇德、时新、宋小明、尹淑梅及各位编辑付出的大量心血融入了这部煌煌巨著中。全书除去戴逸先生的"总序"、成崇德先生的"序"、编委会撰写的"编辑说明"和"凡例"外，还有各卷主编撰写的"前言"，成为读者的导读和走近祁寯藻的津梁。

《祁寯藻集》的出版不仅有保护文化遗产的传世价值，而且有启迪后人的现实意义。祁寯藻作为"勤政爱民，恪尽职守"的贤相，作为"为官一任，造福一方"的典范，作为"刚正不阿，清正廉洁"的楷模，可谓高山仰止，景行行止，给我们以宝贵的教益和启迪。

祁寯藻虽然位极枢廷，生前并未大量印行自己的著作，身后儿孙亦未整理付梓。今天，《祁寯藻集》的出版，把散佚各处、流失各地的祁隽藻的文稿、手迹收集、整理，编成煌煌巨著，出版面世，实乃祁氏家族之幸事，山西文化乃至中华文化之幸事，光前垂后，彪炳千古，可载入中国出版史的史册。

2011 年 4 月 6 日

太行松溪谱华章

——《昔阳文学作品选》序

　　今年六月，昔阳县梁拉成先生来太原给我送来一部书稿，是《昔阳文学作品选》，让我写序。此前，孔令贤先生在电话上也说过此事。基于对昔阳——山西名县的热爱，我便爽快地答应下来。为他人的书作序，首先得读书，不读书序从何来？在这盛夏的日子里，我怀着敬畏的心情阅读来自太行山区诗人作家们的美文华章，同他们一起畅游昔阳文学的百花园，悦心娱目，感悟良多。

　　面对《昔阳文学作品选》这部厚厚的书稿，我想到昔阳这个具有光荣斗争传统的革命老区，这个由于有大寨而闻名世界的农业大县。这块土地曾经培养出如著名作家凌解放（笔名"二月河"）、人民艺术家寒声、农民作曲家史掌元等文艺大家，也孕育出无数文学俊彦如书中所收的各位诗人、作家。这正是江山代有才人出，浪涛滚滚松溪水。

　　《昔阳文学作品选》选编了昔阳县12位作家的作品，其中诗歌作者4位、小说作者4位、散文作者3位、报告文学作者1位，大体上把驰名当今文坛的昔阳作家的代表性作品收录较全了。

一

　　李济胜、李居鹏、梁拉成、张海荣，他们是昔阳不同时期的诗人，他们的作品有着不同的风格。李济胜和李居鹏是农民诗人，是值得我们尊重的诗界前辈。他们用民歌体写诗。他们写农民，为农民而写。他们的作品曾被收入20世纪50年代出版的《红旗歌谣》中，表现了他们在那个特定的时代在诗歌创作上所取得的成就。他们在山西民间文学史上占有一定的地位。

李济胜，农民诗人、剧作家，一生创作了大量的剧本、诗歌、快板、说唱、歌词作品。特别是20世纪60年代，他创作的反映农村新生活的诗歌，发表在《诗刊》、《人民文学》、《民间文学》等国家级刊物上，引起各方面的重视和关注。70年代末，李济胜双目失明，但仍采用他口述、妻子代笔的方法坚持创作。李济胜以口语写诗，诗中有人物，"东院大叔叔"、"南院二婶婶"、"西院老爷爷"、"北院哥姐们"，都是"家家户户备耕忙"。诗中多用比兴："高山松柏扎根深，千年茂盛万年青。人人跟着共产党，日子越过越红火。""柳梢摆，柳芽青，柳芽青青起春风。燕子衔泥飞上梁，家家户户备耕忙。"扑面而来的是一股清新的农村气息。李济胜在50年代写的诗歌《提起龙王当水壶》、《幸福万万年》，想象夸张，属《红旗歌谣》的类型。写农民生活，写农村变化，形式民歌体，语言口语化，是李济胜的诗歌特点。

李居鹏，农民诗人，一位荣立战功的残疾军人。一生创作诗歌2000余首，作品被收入《红旗歌谣》，发表在《诗刊》、《山西日报》等报刊上。李居鹏作的《工农写诗》："文盲千年锁，今朝一锤开，作诗非举子，工农干起来。"正是他自己诗歌生涯的写照。李居鹏往往把自己作为抒情主人公，以信天游式的民歌体，歌唱新生活，赞美好日子："秋风吹来柳梢梢儿弯，李老汉割草上高山，细长的绳子腰中挽，爬坡坡如同走平川……割一镰草来登一步天，霎时间登上九重天。"李居鹏有些诗虽然带着历史的印记，但也反映了当时的群众情绪和时代呼声："南山松柏青又青，人人爱社莫变心。莫学杨柳半年绿，要学松柏四季青；莫学灯笼千只眼，要学蜡烛一条心。""俺们村前头，是条什么路，阳光照，彩霞铺；什么路，大寨路。毛主席指引金光路，通四海，连五湖，印在人们心里头。狂风暴雨无阻挡，七亿农民迈大步。迈大步，干劲足，花开一路红一路。"

梁拉成笔名"梁石"，长期从事文学创作工作，是一位创作力旺盛、卓有成就的诗人、作家。他的诗既继承了"五四"新诗歌的优秀传统，又吸收了民间歌谣的丰富营养，形成了清新、明快、押韵、上口的民族化、大众化的艺术风格。梁拉成工诗词，善书法，已在《诗刊》、《人民文学》、《人民日报》、《光明日报》等国家级报刊上发表诗词480余首，有的还刊于《中国文学》（英文版）流传国外。他收集编纂并出版《大寨新民歌》等多种群众诗歌集。特别是他潜心研究与创作对联，精心编纂并公开出版了《中国对联宝典》等28种对联专著，连续13年在《人民日报·大地》副刊发表"新春联"200多副，是全国知名的对联大家，被授予"人民诗家"、"全国联坛十杰"等荣誉称号。梁拉成的诗歌、对联作品多次在全国获奖。由于他在创作方面取得的突出成就，曾任山西省政协委员、晋中市政协委员、昔阳县政协常委，荣获晋中市第二、三、四届专业技术优秀拔尖人才奖。

拉成写新诗，他的新诗写得很漂亮，具有色彩美和音乐美，韵味悠长。他创作于20世纪80年代的诗歌往往具有这样的特色。诗人当时正年轻，诗中饱含的跳动的激情正是诗人心情的写照。《韶山清泉》用拟人化的手法，把韶山的清泉化作生长在红太阳故乡的一位多情的歌手。"叮咚、叮咚，她迈步走来；哗啦、哗啦，她放开歌喉。这满山的松涛都喜欢她的歌唱，常常赶来为她伴奏。"诗人从韶山清泉的歌声中，听到"湘江岸边的壮语"，听到"安源煤矿的怒吼"，听到"秋收暴动的史话"，听到"井冈山的战斗"。"一朵浪花，一个音符，一路放歌，一路奔流"，是对伟大领袖的歌颂。诗写得像是一股清澈的溪流，这是清泉的流动，是思绪的流动，是感情的流动。

拉成写民歌体的诗，优美抒情，形象生动，反复咏唱，充满了生活情趣。《耧铃》："公鸡未叫鸣，满山摇耧铃"，诗人把梯田、地垄当作一架琴，"手摇耧把耧铃响，恰似巧手弹琴音，丁零零！丁零零！"写的是动听的声音。"柱柱今春格外喜，口唱山歌伴耧铃，人家种棉收温暖，我种五谷收爱情……你听这满山耧铃唱，最数柱柱唱得红，丁零零！脆生生！"写的是愉快的心情。

拉成写叙事诗，有人物，有情节，反映现实生活的丰富性。《大街上，摆着我的菜摊》就是一首欢快的叙事诗。写一个山里的汉子带着他的媳妇进城摆摊卖菜的见闻和感受，展示的是今日农民的"欢笑和富足"。北京大学教授、著名诗评家谢冕认为这首诗"注意透过生活来写人的内在精神"，"传达了一个现代生活的新的信息"。

拉成写朗诵诗，主题鲜明，节奏明快，音调和谐，使诗歌为更多的群众服务。他献给党的十六大的《锤镰在歌唱》就是一首为群众喜爱的朗诵诗。他写党的历史，写党员的誓言与忠诚，写党的使命和未来，充满了澎湃的激情。

拉成写组诗，篇幅较长，体制较大，表现同一主题，为诗人提供了在诗苑里任意驰骋的天地。几首大型组诗代表了他在诗歌创作方面的重要成就。组诗《山里人的话题》由"我搬家了"、"无名泉神话"和"她出嫁时，没有哭"三章组成，简直是一幅幅农村风俗画，反映时代的变迁和山里人观念的变化，具有浓郁的时代气息。组诗《山乡情韵》由"我槐花香里的满月儿"、"院子里生长嫩黄"、"月光下"、"一棵树两个枝杈"四章组成，写妻子，写娇儿，写鸡雏，写两情相悦，写农家生活和农村情趣，表现了恬静的乡村美和动人的亲情爱。

拉成的组诗多写农村的风情、农民的生活、农舍的风景，但是他的视野更宽广，触及世事的各个方面。"五·一二"四川汶川大地震，使诗人心灵为之震颤，他眼含热泪，奋笔疾书组诗《大爱礼赞》。诗人写道："灾难袭来，整个中国释放出一种震撼世界的精神力量，谓之'大爱'。大爱如诗、大爱如歌、大爱无疆。"在抗震救灾中，涌现出无数感天动地的英雄，到处是催人泪下的场景，诗人撷取最动人的画面来表达最深沉的情感。《伸出我的手》表现正在进行的一场生命大营救，是对生命的尊重和呼唤。《最美的人体雕塑》是描绘一位年轻母亲双膝跪地，把婴儿紧抱胸前，自己的生命凝固定格，而怀里的宝宝安然无恙的画面，是对伟大母爱的展现和倾诉，是人类文化史上的"一件最美最美的人体雕塑"，是一件让人撕心裂肺的"惨烈永恒的艺术品"。《警嫂的乳汁》喂养了别人的无数个婴儿，而何曾喂过自己才几个月的孩子？《父亲从瓦砾前走过》的公安干警，"救别人先于救自己"，几次走过儿子被埋的瓦砾前却没有能够救起自己的孩子。《老师，你在哪里》是"老师在地震发生的那一刻，伸出双臂，趴在课桌上，护住了四个学生，他却离我们而去"，是"老师在地震发生的那一刻，用手硬是撑开将要垮塌的教室门，拼命地喊：'快往外跑！'他却被埋在废墟里"，是"老师在地震发生的那一刻，自己离逃生的门口最近，他却不逃，反而多次冲进教室。学生得救了，他却没有了消息"，是"老师在地震发生的那一刻，将生的机会让给了学生。把死的危险留给了自己"。"此时此刻，老师，你在哪里？其实，老师没有走，学生是老师生命的延续，学生是老师精神的接力。老师呵，你并没有走远，就在学生的心里"，就在诗人的心里，也在我阅读这首诗时滴下的泪水里。拉成的组诗《大爱礼赞》是汶川大地震的心灵感动，是值得永久珍藏的生命记忆。地震给我们带来了灾难，也催生了许多感天动地的诗篇，而拉成的《大爱礼赞》当属其中的优秀作品。

年轻的诗人张海荣走的是一条同他的前辈们完全不同的道路。他深受80年代现代派诗歌的影响，在探索和创新中拓展着自己的诗歌新路。他既不同于"二李"，也不同于梁拉成，他就是他自己，在昔阳的诗坛上独树一帜。他以《黄河组曲》来歌颂伟大的民族和母亲，以《窗口》和《夜晚》描写情景，抒写心境，表达自己的期望。他的《家四首》运用典型概括的手法表现对民生的关注。他的《与泰戈尔对话录》则表现了关于世事、生死、诗歌，以及人生追求的思考，充满了哲理和睿智，更具有当代新诗或现代派诗歌的特征，表现了青年一代诗人对个人自由表达的热切追求。出生于70年代的张海荣同他的前辈诗人有着四五十年的年龄差距，他们的诗歌作品所反映的内容、所表达的主题、所采用的艺术手法和所具有的作品风格是完全不同的，但他们的作品都有共同的历史认知价值和艺术欣赏价值。作为不同时期的代表性诗人，从他们的作品中，我们看到的不仅是他们不同的诗歌风格，而且能够看到昔阳、山西，甚至全国现代诗歌发展的一条脉络，那就是"文章合为时而著，歌诗合为事而作"。他们诗歌的表现主体和服务对象都是人民大众。这正是我们所赞赏的。

二

卜永胜、秦怀录、王长英、李怀英四家小说，把我带到一个奇异的世界。这里有历史的记忆，有时代的印迹，有情感的抒写，有内心的期盼，大千世界，山坳人家，栩栩如生地描绘如诗、如画、如歌的情景，娓娓动听地述说那山、那水、那村的故事。

卜永胜，这位终生从教热爱文学，自谓"扎根太行山巅，喝松溪水长大，周身涌动着乡土的热流"的作家，在他的作品中有"蒙山烟雨的秀美，界都花木的艳丽，洪水池塘的涟漪，沾岭拖蓝的逶迤……"读卜永胜的小说，深感他是一位描绘乡村风俗画的能手。在他的笔下，鲜活的人物形象，浓郁的山村景象，生动的乡风乡俗，无不充满了乡野的情趣和生活的气息，令人心醉，让人痴迷。

《回门的日子》描写农村新女婿上门全村都出来欢迎的习俗，写活了一群看新女婿的女孩子。翠兰带着自己的女婿洋生回门，这下可忙坏了翠兰的妹妹翠月和她的一群女伙伴。她们精心地梳妆打扮，想吸引这位城里来的客人，特别是翠月既羞怯又大胆，要把姐夫看个够。作者描写这些村妮子们专门盯人看的本事，极其生动传神："最厉害的要数姑娘的眼睛。她们瞅人时要从头瞅到脚，从脚瞅到头，死硬硬盯着。有时候呢，就把人盯羞了；有时候呢，就把自己盯傻了。"作者写了云芳、素娥、转云不同的盯人的情态，"像要把盯的那个人吃了似的"。这些妮子们还动不动地大笑起来："云芳笑得搂紧了翠月的腰；素娥笑得捧着肚子蹲了下去；数凤琴笑得厉害，气都岔了。"她们放肆的笑声，"笑得都有点山摇地动了呢！这个时候世界都成了她们的了"。作者写活了一群性格不同的女孩子，写出了她们天真的本性、内心的悸动和青春的期盼。

《外婆那个旧城》描写的是作者的童年记忆。外婆83岁的时候画了一幅乐云老城的旧县城的全景图。图上有她16岁那年坐轿子出嫁到这里走过的路，有外公在街上开的一家布店和豆腐坊，还有外婆读书的女子高小……外婆的画仿佛是"搬来了一坛陈年老酒，然后如数家珍般的叨念老酒里的风景、人物、风俗、建筑，以及由此衍生出来的人情、世故、聚散、离合，还有儿时那些赶不走的兴致和恩怨"。外婆的忆旧对于"我"只能像一只断了线的风筝，悠悠远远，飘飘缈缈，而给"我"印象最深的当是外婆做的槐花拨烂和水煮青萝卜，还有外婆借着一盏小油灯，在墙上做的手影：马、兔、鸡、狗、鸟……作者描写最为生动的还是外婆为了增加家里的收入又干起了外公干过的老本行——磨豆腐，磨豆、煮锅、点卤、包扎、挤压，直到又白又嫩的豆腐出锅。早期童年记忆是一位作家的重要生活源泉，甚至可以产生不朽名作。卜永胜小说的成功显然与他的童年记忆有着密切的关系。

收入这个集子的卜永胜最好的小说当是《山洼呜》。"山里人喉咙粗，喜欢呐喊。一出村口，一进大河滩，谁都会对着陡立的石壁大吼三声："啊——啊——啊——"仿佛要把在狭窄天地间的郁气一下子倾吐出来。这一喊，山那面立即也会报之以一种酷肖的回音："啊——啊——啊——"此呼彼应，鸣响山谷。听了叫人觉得既神秘又舒坦。一波荡起，余音不绝。嗡嗡嘤嘤的，洋溢出山里的一种粗犷、豪放、奔逐、自由的天然情趣"，"家乡人把这种回音叫做'山洼呜'"。大沙滩成了"我"和从城里来的表姐石兰子活动的天地。石兰姐不太爱捞鱼捉鳖，顶喜欢"做饭饭"。但他们最有兴致的还是吼"山洼呜"。俩人并排伫立在河边，背着手，憋足劲，一起呼喊对方的名字，两人对听到的回声都说是"喊你哩"！"山洼呜"呼喊的是童年的天真。石兰姐13岁那年，姨姨得急病死了，姨父不知为啥，也被打发到乡下改造去了，于是一个活泼伶俐的小姑娘竟变得拘谨、胆怯、自卑，沉默寡言，成天怯生生的。"我"要拉着石兰姐去吼"山洼呜"，她却不愿意去喊。到了那一年，村里时兴刷红墙，石兰姐干得最好；村里组织背语录，石兰姐能一口气背出200多条；村里在山上砌石头垒大字，石兰姐又是垒得最好。石兰姐得到了老支书的信任，让她当小队的记工员，开大会前让她教大家唱语录歌。这时的石兰姐好像忘掉了那些惆怅和烦恼，焕发出一种蓬勃的朝气。但是，等老支书从公社学习班回来后，便什么也不让她干了，甚至连社员大会也不让参加了。从此，石兰姐完全变成了一个木偶人，整天待在家里，一言不发。在一个漆黑的晚上，石兰姐走了，"我"追到大河滩，放开喉咙吼起来："石——兰——姐——"那些黑幢幢的石壁顿时也跟着吼起来："石——兰——姐——"。"我"沿河再找，终于发现了石兰姐一动不动地站立在河心。她突然问："那'山洼呜'还记得俺不？"她"啊——"地一吼，但声音细弱，如一腔游丝，她说："看，连'山洼鸣'都不理俺咧……"在"我"的梦中，"山洼鸣"又出现过一次。那是在妈妈的支持下让"我"和石兰姐结婚。妈说："叫上一班乐工，到大河滩那儿好好吹打吹打，让'山洼鸣'也给咱报个喜儿!""……到了娶亲那一天，呜呜哇哇的乐工真的把'山洼鸣'惊得山响，漫山遍野都是呜呜哇哇一片。"《山洼鸣》写了"我"和石兰姐从童年起的感情，突出地表现了石兰子在那个不正常年代的不幸遭遇，特别是在心灵上受到的伤害。"山洼鸣"成了他们友谊的见证，也是时代变迁的见证。抓住这个特殊的场景和音响来叙述故事、描写人物，正是作者高明之处。

秦怀录是以写陈永贵而闻名的作家。他的中篇纪实文学《陈永贵沉浮录》在《黄河》杂志发表后，引起广泛关注。1993年，长篇传记文学《扎白毛巾的副总理陈永贵》由当代中国出版社出版，并被改编为10集大型文献纪录片《陈永贵》。1995年，英文版《九天之上到九天之下》在美国纽约出版。由于秦怀录有关描写陈永贵的大量作品的发表，他被称为"让大寨和陈永贵回归真实的作家秦怀录"。秦怀录和我们下面就要提到的孔令贤、宋明珠成为昔阳本土写大寨和陈永贵的重要作家。他们的作品为读者历史地全面地了解和研究大寨和陈永贵提供了形象化的依据。

选入这个集子里的秦怀录的小说则呈现出另一种风格。我觉得趣、奇、巧，或许可以概括秦怀录小说的艺术特点。

《报官》一篇写得确实有趣。"报官"表演是祖上流传下来的老风俗。每年正月十五村里玩"报官"，有人出头当"大老爷"，专管三四天的"江山"，当然还得配备几个专门跑腿的"衙役"，以便"大老爷"一声令下，前去捉拿"罪犯"。正月十五，台上唱戏，台下跑灯，大家还要看"大老爷审案"。今年是村民崔文当了"大老爷"，他对男男女女的风化案件不感兴趣，一律不予受理。他要审的大"罪犯"是村委主任、供销社售货员和粮站站长。经过审判，村委主任还为村民办了些好事，免罚；供销社售货员卖东西缺斤短两，罚款三元。粮站站长卖粮平价变议价，倒买倒卖，贿赂领导，该重罚。"大老爷"的老子跑来哀求他，说："咱的粮食还没卖哩，得罪了人家咱这辈子还走不走粮啦……""大老爷"大义灭亲，"连老子带站长一齐处罚三百元"。

《三代奇闻》可真奇，是对村里祖辈传下来的一句口头禅"家菜不如野菜香"的演绎。"我们这里凡是有点作为的男人，除了和自己的老婆之外，大都还要再搞一个情投意合的女人。村人把这说成是吃'野菜'。如果一辈子连'野菜'也不吃一口，不免会受到村人的冷落、嘲笑，说他没有作为……连野菜也吃不了。"于是，作者讲了老字辈的爷爷、中字辈的父亲和小字辈的儿子辈辈吃"野菜"的故事。

《巧遇》写得真巧。故事说的是一个原本住在女儿家、后来女儿死去，为女婿赵云华所不容的老寡妇，讨吃要饭来到大前庄，为一个也是寡妇的好心女人陈录娥收留，并认为母女。而陈录娥恰恰是人们介绍给赵云华的对象。赵云华到陈录娥家遇到了自己的丈母娘，陈录娥介绍这是自己的母亲，使赵云华十分尴尬。这篇小说巧就巧在赵云华不容一个丈母娘，还得接受另一个丈母娘，而且是同一个人。

秦怀录以讲故事的手法，借用民间的习俗，揭露和讽刺现实生活中损害群众利益的干部，批评社会上的歪风邪气、陈规陋习，提倡尊老敬老的家庭道德观。他的小说就像流传在群众口头上的民间故事，在嬉笑怒骂中起到文学的美刺作用。

王长英的小说有着与其他作家不同的写实主义风格。他的作品所表现的真实简直令人心悸和震撼。《红飘带》所反映的由一场牛瘟所反映的人与牛的感情，牛在走向末日时的情态，以及屠宰、坑杀牛的惨烈的场面，简直让人不忍卒读。石峪村发现了牛瘟，全村87头病牛登记在册，由郭乡长监督宰杀。天灾所致，村长赵大柱只能听从乡里的指示，尽快集中宰杀病牛。难办的是村长的父亲赵德寿为女婿喂养着一头叫"黄头"的母牛和一头刚刚出生一个月的小牛。还有一位是叫赵从荣的老汉，养着附近村里唯一的一头叫"大红犍"的种牛和一头正怀着小牛的母牛。"大红犍"是准备卖掉给儿子办喜事的。德寿老汉的两头牛经过化验确诊没有患病；从荣老汉的两头牛也没有症状，但他乞求待母牛生下小牛后再处理，就是这样一个愿望也没有得到满足。两位老汉都对牛有一种特殊的感情，牛的气息、牛的味道永远润泽着他们以及每一块土地。集中宰杀开始了。村民们都把自己的病牛拉到葫芦坪，由二愣负责宰杀。"清晨的雾霭刚刚褪尽，村民们便牵着各自的牛朝这里涌。由于是病牛，一头牛往往有几个人跟着，有的牵，有的还拿着水桶、布袋，里面装着平时牛最爱吃的草料……主家人抚摩着牛背，眼里噙着泪；牛平淡地看着主人，安详地倒着嚼，有的头伏在地，疲倦的粘湿的目光打量着四周……"人对牛的深情，病牛的情态都表现得十分动人。至于作者用文学语言描写二愣杀牛的场面更让人惊心动魄："村长赵大柱走到葫芦坪时，二愣的刀尖早已在牛的脖子上很利索地扯起了红色的飘带，那飘带冒着热气，一层层一圈圈地铺展拖叠到了地上，好长好厚，地都要快铺满了，老槐树的叶子都映红了……"这种场面连二愣都吓傻了，他对村长说："……有头牛，看着我手里的刀，眼里的泪哗哗地流，我的手就发了抖，我可从未遇到过呀！"二愣说什么也不肯宰杀第二批，这就引发了乡里采取更残忍的办法。郭乡长得知二愣不肯再杀牛就动用挖土机把病牛活活地往大坑里推。可是牛们都不往坑里跑，赵德寿只好牵出自己的母牛"黄头"带头往坑里走，小牛寻找"黄头"妈妈，结果母子都被砸死在挖土机下。赵从荣自己宰杀了自己的"大红犍"，又带着母牛和刚刚生下的牛犊，一齐交给二愣处理。"二愣接过刀，朝母牛走来，母牛已经闻到了和它朝夕相伴的同伴身上的血腥味，浑身像触电一样，朝后退缩，把胯下的小牛护在身后，盯着二愣手里的刀，哞地叫了一声，眼里的泪就跟着流下来，继而双腿一屈，跪在地下了。在场的所有的人都惊呆了。他们的心深深地震颤了！牛呀，你只是不会说话，为了你的儿女，你宁愿让自己的死来换取小牛的生……"农民有的是对牛的感情，而乡长强调的是指标的完成。我们似乎对乡长的做法不好非议，但我宁愿相信这是一篇小说，而不是现实生活中所发生的事情。而这恐怕就是王长英这篇小说的魅力吧！

王长英小说的这种写实风格也体现在他其他作品中。《馆长列传》以"张馆长的腿"、"李馆长的嘴"、"陈馆长的手"等几任馆长各以自己的特长为图书馆的发展做贡献的叙述，表现他们不同的个性。《狗日的镰刀》写农民和一把镰刀的故事，反映85岁的忠嗣老汉和同他结婚60多年的老伴的情感。因为没有找到镰刀，急死了老伴；又因为找到了镰刀，忠嗣老汉带着欣慰而坦然、满足的笑意离开了人世。因为镰刀是农民一辈子都离不开的家什。《黄昏时分》描写了一个一生正直、不愿求人办事，绰号"老原则"的公社退休干部方铁柱，在老伴央求、儿子责难、邻居忠告的情况下，为了儿子由多年的代教转民办的事，登门到自己的老同学、教育局长梁伟家里送礼。结果遇上了正在梁家和泥干活的儿子。父子相遇，老子怒骂，儿子诉苦，父子俩各自干着违心的事。特别是铁柱的自责自恨表达了他痛苦、无奈的心情。父子不期而遇把故事推向了高潮，贯穿全篇的心理描写，表明作者在小说艺术上的成熟。

李怀英是四位小说作者中最年轻的一位。他长期在交通部门工作，爱好读书与写作。他既熟悉交通战线上的生活，又了解农村的情况，所以无论交通题材还是农村题材在他的作品中都有很好的表现。

《我与黑沙岭道班的哥儿们》从一个被叫作"假小子"的"我"的角度，写道班工的艰辛，塑造了普通道班工的形象。包括班长邵本刚的干练坚强，"孙猴儿"五丑的顽皮活泼，小毛的助人为乐，以及他们吃苦耐劳、团结战斗的团队精神，充满了生活情趣。"人们知道，公路原来并不笔直宽敞、光滑平坦，而是靠道工们用磨砺得粗糙而坚硬的双手铺出来的。"作品里的生动描写就是对这句话的形象诠释。

《卧牛坪轶事》通过从卧牛坪到六亩坪名称的变化，反映了农民对土地的深厚感情。锁老汉的爹曾告诉他："卧牛坪是祖宗留给咱养家活口的产业，爹在里头整整刨砍修垫了多少年，把一身力气都给了它，却被巨财老杂种看中，想着法子霸占啦。"卧牛坪的地名被改成了六亩坪。锁老汉他爹在自己的地被霸占后还要租来养种，"而且还如同给自家养种一样有板有眼"。儿子不解，"既然被人家霸占了，咱为甚还要去养种？"爹艰难地摇了摇头，"最终也没有说出究竟是为了甚"。直到打土豪，分田地，锁老汉才从村公所的干部手里领回了自家的这块土地，把它改回还叫卧牛坪。后来这块土地又回归了集体。直到以户承包土地，锁老汉分地抓蛋儿，抓的正好是自己的卧牛坪。这使锁老汉如鱼得水，精耕细作，没过几年，日子过得就富了起来。锁老汉他爹"耕地看舵头，耢地看牛头"和"秋耕加一寸，顶上一茬粪"的话，就像铁板灌钉似的从小就刻在锁老汉的心里。他成了村里最好的提耧把种的好把式："提起耧把子种谷，不缺苗儿不断垄，不稠又不稀；掌起犁把子点玉茭，直行行像放了线绳，弯弯处像使了圆规。"我很钦佩作者对农村生活的熟悉，熟悉农民对土地的情感，熟悉农村的活计和农民的语言。这对一位作家来说是多么珍贵。

三

孔令贤、李延祥、孔瑞平，昔阳散文三大家，各有美文呈现给读者。散文内涵十分宽泛，散文体式更无定格。大体上说，孔令贤、李延祥的散文偏于叙事，充满哲理，而孔瑞平的散文则归于抒情，动人情怀。这两种不同风格的散文，会使读者有不同的审美感受。

孔令贤是昔阳的县级领导干部，也是长期从事文学创作的知名作家。作为昔阳县的父母官，他对大寨情有独钟，感情深厚。他十分熟悉陈永贵所走过的道路。他是大寨这个山村大起大落、兴衰荣辱的目击者和见证人。在孔令贤250多万字的著作中，就有多种涉及大寨的作品。已经出版的有长篇纪实文学《大寨沧桑》、散文集《漫话大寨文化》。他撰写的《大寨》、《大寨变迁》被收入《三晋历史文化丛书》、《旅游丛书》、《三晋揽胜丛书》中。这次收入《昔阳文学作品选》中的散文《袅袅青烟》是写陈永贵的生活和事业的。这篇内容厚实、视角独特、构思机敏的作品是众多描写陈永贵作品中的佳作。

作者从陈永贵墓丘前的石缝里插满了层层叠叠的香烟，有的甚至还正点燃着，袅袅青烟斜斜地直向山上飘去，然后融入茂密的松涛之中的情景，获得了"写写老陈，说说大寨"的灵感，调动他记忆中的储存，于是有了《袅袅青烟》这篇散文。人们都知道，嗜烟、豪饮几乎伴了陈永贵的一生。"烟有灵性，人有悟性。烟能品味世间的酸甜苦辣，也能沟通阴阳两界的寒暑凉热"，正因为如此，人们在陈永贵的墓前献上了一支支香烟。这一独特的祭奠方式说明太行山的汉子虽然粗犷、质朴，也不失温柔细腻的感情。他们希望在飘散的青烟中，沟通阴阳两界，让老支书看到今天的家园，这大概是乡人们的良苦用心。我很喜欢孔令贤的文笔，他能从袅袅青烟中生发出那么多的联想："一生奋斗，几多求索，其中的跌宕起伏、功过是非自会透过时空的烟雾，得到历史的定评"，"这种嗜好伴他走过事业的辉煌和陨落，创业的甘甜、人生的苦累、赋闲的烦恼恰恰在袅袅青烟中化为乌有"，"也许是因了长时间吞云吐雾的缘由吧，他的故事才如此扑朔迷离，云遮雾罩，功过荣辱共一色，是非曲折任评说"。春雨霏霏，青烟袅袅，神思悠悠。作者写道："我虔诚地奉献上一支香烟，心也随着袅袅青烟飘荡"，"此时香烟架起心桥，他在那边，我在这边，在现实与幻觉中开始交流"。"袅袅青烟笼罩作品始末，它是贯穿作品的主线和载体"，这是诗人张承信的准确评价。

孔令贤散文所描写的人和事，大都亲历，在叙述中表达他的思考。《乡村朦胧诗》中所反映的市场风云，《古庙教鞭声》中所表现的师道尊严，《父亲的高度》中所抒写的父爱无疆，无一不在娓娓动听的叙述中揭示了深刻的哲理。特别是在《千古之谜孔子岩》这篇构思奇特的散文中，揭示了与孔子岩相关的一个并无一户孔姓却以孔子命名的村落——孔子里（后改为孔氏村）的千古之谜。作者史海钩沉、访古探幽，在古人记忆的雪泥鸿爪和今日所见的山岩碎石中，揭示孔子、孔子里、孔子岩的历史渊源，彰显此地悠久的历史传统和深厚的文化积淀。作者还从孔子岩附近的卧佛寺和大王庙这儒、释、道三座建筑相辅相成、融洽共处的景观中感受到，这该有怎样的"包容之心，教化之功，脱俗之力"。从这一意义上讲，孔令贤这一系列饱含哲理、意韵深长的散文称之为文化散文似乎更为贴切。

李延祥的散文既具时空感，又有现实性。他的散文不是平面叙事，而往往是穿越时空，给予读者更多的信息量。他的《阅读城市》表达他早年形成的走出去看大城市的夙愿。阅读城市，研究城市，思考城市，是他的所求。他的确走了不少大城市，领略了北京、南京、上海的风光，但他更关注的是他所在的昔阳城。他写昔阳县城的宋元建庙、明清设县、民国改名，写昔阳城的寺庙楼阁、店面民居历经的风雨沧桑。他写学大寨时期的县城变化，改革开放以来县城的发展，表达了对家乡的爱。他从阅读城市中感知到，城市是人类文明发展的产物，文化是城市的灵魂。阅读城市的关键是要找到"文眼"——城市的文化标志，从而把握城市的文化内涵及其传承脉络。

李延祥的另一篇散文《话说松溪》描写昔阳1996年抗洪斗争，是以河为载体，以人为中心，写昔阳在治河抗洪中的艰难历程和发展变化。"松溪自古多悲歌"、"松溪几度唱欢歌"、"松溪再唱新战歌"、"松溪高奏新凯歌"，这是松溪河的历史变迁，是昔阳人民的奋斗拼搏。悲歌、欢歌、战歌、凯歌，这里有辛酸和眼泪，有辛劳和汗水，更多的是战胜洪灾之后的兴奋和喜悦。在松溪之歌的旋律里高昂向上是它的主调。

李延祥的《看戏》是散文中的小品。看戏前后的心态，剧场内外的情景，描写得生动具体，细致入微。台下的戏夺了台上的戏，使作者感到舞台人生—人生舞台，竟不知如何区分。《看戏》显示了与作者前面两篇散文不同的另一种风格，涉笔成趣，诙谐自如。

孔瑞平，是12位入选作者中唯一的女性，是一位与书为伴、爱好读书和写作的作家。她的散文以女性精细的观察、细腻的笔法表现人与人之间的真情，描绘人与自然之间的和谐，具有一种令人心醉的婉约美。《邻居》堪称孔瑞平的代表作。邻居是栖息在她家屋檐下的一对小燕子。作品描写她独居一座二层小楼上享受着恬静的读书生活时对能够有个邻居的向往。作者写这对小燕子用它们小小的喙儿不知疲倦地衔来草节、羽毛、树叶和泥土筑巢，"它们那高涨的劳动热情更使人觉得一种非在此安家不可的不容置疑的决心"。作者描写这对小燕子在她家院里晾衣绳上稍许逗留的情态，"时而挥翅佯打，时而摩擦尖喙，不时发出叽叽的尖叫声"；描写人回家、鸟归巢，读书到深夜，"耳边时常会传来燕子不同于白天的呢喃声，十分的曼妙和朦胧"。雄燕的沉静，雌燕的活泼，美妙的晨曲，使作者越觉有新邻居相伴的日子过得是多么祥和与静谧。及至秋风起，燕南归，这对燕子夫妇带着它们刚出窝的小燕子全家向遥远的南方飞去，给作者带来无限的惆怅。她盼望着明年春天它们归来，"重新与我来就人鸟之伴"。孔瑞平带着感情写她的"邻居"，写它们的形态、神态，把它们拟人化，写得美妙、精致，充满了人与燕子和谐相伴的期待，是孔瑞平抒情散文中的美文。

"晋冀交界处，有山名云梦"，孔瑞平的《走读云梦》带领我们走进云梦，观赏那里的山水、动物和草木，享受人与自然和谐之美。作品生动地描写那里寂静的山林、活泼的松鼠、引路的黄蝶和翱翔的苍鹰，还有静谧的潭、激情的瀑、奔腾的河、欢唱的溪……作者赞赏"云梦有它别样的美丽，有别的任何名山大川不能比拟的雄浑、幽美、清丽、爽朗诸多元素蕴合而成的自然风情"，是一方没有被人们加工、践踏过，没有被人们用子虚乌有的故事亵渎过的天然净土。感谢作者带我们走进这个"山外之山，水外之水，境外之境"的圣地，让不同的人在它的面前感悟到不同的人生哲理，体会到不同的生命快乐。《走读云梦》，它不是游记，它是人与云梦的对话，人与云梦的感应，人与云梦的心的交流。《走读云梦》像一首散文诗。作者在文章中倾注了对云梦的挚爱，融注了对云梦的敬畏与深情。这真是"文章是案头之山水，山水是地上之文章"，诚哉斯言，《走读云梦》可以为证。

四

宋明珠的报告文学4篇，属于充满时代精神的主旋律作品。读宋明珠的报告文学使我想起了孙谦的《大寨英雄谱》。孙谦和陈永贵是好朋友。1963年大寨遭受特大洪灾，孙谦深入大寨，了解、感受大寨人气壮山河的抗灾精神，1964年1月创作了报告文学《大寨英雄谱》，生动地描写了这场伟大的斗争，热情地歌颂英雄的大寨人。

> 一九六三年八月上旬，昔阳连续下了七天七夜瓢泼大雨。八日下午，暴雨停了，乌云在天空翻滚，松溪河在两山之间呼啸，小沟小岔里倾泻着红泥水，这里溜坡，那里塌山……

陈永贵和大寨人面临着严峻的考验。《大寨英雄谱》在《火花》杂志发表后，全国有5家出版社出版，在社会上引起很大反响；20世纪90年代上海文艺出版社《中国新文学大系》、文汇出版社《20世纪中国纪实文学文库》分别选载。

33年后，又是一个八月天，又一场特大洪灾袭击了昔阳县。宋明珠的报告文学《太行魂》再次描写了昔阳人民的抗洪斗争，抓住典型，塑造了王寨村党支部书记冯文科的英雄形象。作者通过"雨夜"、"炸桥"典型的场景，用充满激情的语言，描绘了冯文科在特大洪灾面前决不退让的英雄行为和不顾个人安危、舍身炸桥保村的动人事迹。冯文科成了昔阳县的抗洪英雄，可是他却说："咱啥时也是个平常人。"作者赞叹这个"平常人，平常得像太行山的一块石头，平常得像太行山的一棵青松；正是平常人，所体现出来的才是我们这个时代真正的太行魂"。

修路，是宋明珠关注的另一条表现昔阳人民艰苦奋斗精神的战线。在他的作品中，以同样的激情描绘昔阳人民修路的英雄谱。太行山上的历史名县——昔阳，1900多平方公里的土地上，山陵面积竟达94%，陡峭千尺、沟壑万丈的深山大沟竟有180多条。在峰峦涌叠间分布着全县12个乡镇、335个行政村。沟壑深，路难行，制约了昔阳经济的发展和人民生活的改善。一辈子吃着没路的苦，一辈子做着修路的梦，修路成了昔阳一代又一代人的梦想和期盼。"要想富，先修路"，"道路通，百业兴"，"无路不富，小路小富，大路大富，好路快富"，是昔阳干部群众的共识。宋明珠的报告文学《情动太行》和《来自虎头山下的报告》全方位地描写了昔阳人民在县委、县政府的带领下为打通昔阳通向外面的道路，为实现"乡乡通"和"村村通"的艰苦奋战。在宋明珠的作品中，讲述了修路中多少可歌可泣的故事，描写了广大干部群众所付出的难以想象的艰辛，所创造的奇迹。一条路渗透了昔阳人民的多少汗水、泪水，甚至血水；一条路寄托了昔阳人民的多少梦想和期待。宋明珠以饱满的激情写文章，在他的《情动太行》中集中描写感情、热情、乡情和豪情。他写"感情"，反映的是县委、县政府的决策；他写"热情"，表现的是乡镇领导和基层干部带领群众的拼搏；他写"乡情"，反映的是民营企业家和昔阳在外工作干部对家乡的奉献；他写"豪情"，表达的是广大群众路通梦圆的喜悦。宋明珠用一个"情"字贯穿全篇，村村通，民心通，一项重民心、顺民意、为民谋利益的工程，一定会激起各方面的强烈反响，真正是情动太行，情满昔阳。

昔阳有大寨。大寨、大寨人、大寨精神，是人们始终关注的对象，也是宋明珠热情关注并尽情表现的对象。人们熟知大寨的过去，更关心大寨的现在。因为大寨在中国农村发展史上占有重要的地位，书写过辉煌的篇章。宋明珠的报告文学《春满大寨》带着我们走向今天的大寨，向读者讲述大寨在精神文明建设方面的故事。

过去的大寨历史是陈永贵带领老一辈农民创造的，今天的大寨历史是由郭凤莲带领村民们书写的。作品表现1991年11月郭凤莲担任昔阳县委常委兼大寨村党支部书记后在抓精神文明建设方面所取得的成就。郭凤莲说："要想大寨物质文明上去，精神文明必须优先。精神文明与物质文明两手抓，两手都要硬。"郭凤莲，这位昔日的大寨铁姑娘、今天大寨的领班人，对于两个文明建设，看得很远，抓得很实，抓出了经验，抓出了成效。大寨博物馆、大寨小学、大寨科技文化活动大楼等设施建设，虎头山、狼窝掌、大柳树、陈永贵故居等一系列艰苦奋斗基地的建立，成为对年轻一代进行自力更生、艰苦奋斗的传统教育，进行革命理想和革命信念教育的基地。党员活动室、青年之家、民兵训练基地、妇女活动室的建立，文艺宣传队的组织，以及创建文明户活动的开展，使全村争当优秀党员、争做模范村民、争创五好家庭的活动蔚然成风。大寨精神文明建设的丰硕成果，赢得了一系列荣誉：大寨党支部被中组部表彰为"基层先进党组织"，大寨村被省委命名为"农村精神文明建设先进单位"和"省级革命传统教育基地"。

今天，大寨的经济结构变了，产业结构变了，生产方式变了，但是自力更生、艰苦奋斗的精神没有变，爱国家、爱集体的风格没有变。作者满怀深情地说，什么叫大寨人，什么叫大寨精神？大寨人就是"这样一个有朴素情感、有高尚情操、有宽广胸怀的中国农民英雄群体"，大寨精神就是"这样用自己的双手改变自己的命运，与一切自然灾害抗争，创造未来、创造辉煌的进取精神"。

读宋明珠的报告文学，感到他的作品就是新时期的昔阳英雄谱和战洪图。我们的时代呼唤英雄，需要表现英雄精神的优秀作品。宋明珠作品给我们的教益就是一切文艺工作者只有"贴近实际、贴近生活、贴近群众"，才能找到创作的源头活水，保持旺盛的创作生命力。

序言，多为介绍或评论本书内容，似无固定格式。内容可有侧重，或梳理书中要义，或窥测作者写作宗旨；形式可有变化，长短由之，不拘一格。我自己觉得这篇文章似赏析，似评论，更像读后感，就是不像序言。昔阳诸友盛情难却，也只好姑以为序，并求教于大家。

2008 年 8 月 8 日

抱愧常迅

——《岁月无情》序

常迅，是我 50 年前山西大学中文系的同班同学。大学期间，我就知道他是高平人，生得瘦弱斯文，为人谦和淳厚，学习成绩在班里也是名次靠前，只是敏事慎言，不爱张扬，是一个很内秀的人。大学毕业后，知道他在家乡任教，长达 25 年，后来听说他在高平县（后改为高平市）当了人大常委会副主任，成为同学中不多的几位从政者之一。这是"教而优则仕"的例证，也是教师地位提高的象征，因为一位教师竟可以进入地方的最高权力机构。这一干，又是 15 年，直到 1998 年退休。

1961 年大学毕业后，除了几次大学同学聚会外，我和常迅并不多见，可是进入 21 世纪后，来往倒多了起来。他不时地给我寄来几篇作品，主要是小说和散文，让我"提意见"，我读后颇觉写得感情真挚，文笔清新，篇幅短小，十分好读。我帮他向省里的几家报刊作了推荐，而常迅也同这些刊物建立了联系，他的稿子便陆续见诸几家刊物，成了他们经常联系的作者。不久，常迅成为山西省作家协会会员，我很为常迅步入省文坛而高兴。

2007 年年初，常迅把自己发表过的数十篇作品编了一个集子，准备出版，让我写个序言。我向来不喜欢为他人作序，只是别人有了作品，我阅读之后觉得有话可说，写点读后感之类的评论文章。再加上手头的事情也不少，怕耽误了常迅集子的出版，因此推脱再三，偏偏我这位同学办事有个执拗劲，声言这篇序言"非你莫属"，推不掉只好答应下来，并约好时限，年底交稿。现在年终在即，我方才动手，迟迟交卷，何能不愧！

常迅的《岁月无情》分小说、散文和"散章留痕"三部分。

常迅在《后记》中说："我的人生道路有坎坷、有逆境，也有幸运和坦途，甚至浪漫，但更多的则是艰难和苦涩。历经磨难，我对社会和人生有了深刻的认识。生活感动着我，生活激发了我的创作激情。我觉得把它写出来，是我的责任，也是一种感情的解脱。作品中的人物，有我的父母、妻子，也有我的老师和学生。他们和我的命运紧密关联着，书中的人物有的就是我自己。真实生动的生活是我创作的源泉。""因而作品的取材多是学校生活和亲人"，这可以作为解读常迅小说的钥匙。

的确是这样，在常迅的8篇小说中，就有4篇是以教师为主人公、写学校生活的，有2篇是以"我——尹老师"为第一人称直接写教师与学生的。在《岁月无情》中描写的是尹老师教的离校20多年的3个学生。有的是穷困的农民，为了给儿子做手术求到当了医生的同班同学的门下，有的是阔了以后就看不起同学的公司老板，真是岁月无情人亦无情。《金凤》中的尹老师看到的是另一个学生的变化。农村姑娘金凤原本是一个刻苦学习的学生，后来变成一个珠光宝气、只讲票子的阔少妇。只是这篇小说写学生的变化，只见结果，而无过程，显得有些简单。

《孟老师办事记》写孟昭文老师的儿子孟理从部队复员后的工作安排问题。孟老师"在三十年的教学生涯中，学生遍布各地，县里各行各业都有他的学生，诸如县组织部、人事局的头头，都是他的得意门生，在别人眼里，他给儿子办事是轻而易举的事，但这件事却让孟昭文很伤脑筋"。他觉得为儿子的事给人说好话，实在为难。"今天推明天，明天推后天，一推就是几个月。"儿子的埋怨，妻子的唠叨，沉重的思想压力使他不得不硬着头皮去找他的学生——县民政局局长杨跃。杨跃还真是给老师办事，正好有一个电力部门的指标，孟老师的儿子在部队表现又好，立过功，就决定把这个指标给了他。当孟老师接到通知兴冲冲地跑到民政局见他的学生时，这时杨跃突然接到一个电话，"脸色由红变得煞白"，原来是县委副书记耿仁打来的，指令民政局把这个指标留给他的外甥。这篇小说的艺术价值在于揭露社会腐败的同时，将一个在社会上处于无助状态的知识分子求人办事的复杂感情和沉重的内心细腻地描写出来。

《我们的老师秦家璧》写了一位教学成绩好但脾气很怪的老师。有一年中考，他代课的那个班，整整30名同学考取了中专。一位家长为了表示感谢，宴请代课老师，同时请到的还有学校的一位副校长。那位家长举杯跟老师们逐个敬酒，当走到那位副校长面前，十分谦恭地说："孩子考得好，全是领导的功。"这句别人听了只是一句客套话，秦家璧一听就觉得格外刺耳，他刷地站起来，对着那位家长说："学生考得好，既然是校长的功，那你又何必请老师？我秦某无功不受禄！"说罢扭头就走。这个细节十分生动地表现了秦老师倔强的个性。20世纪80年代，秦老师给儿子办喜事，几经斟酌，定了个48人的客请名单，主要是自己的学生。可是事出有因，客人请不到，等到中午12点多，只来了几个老同学、老同志，总共还不到两桌。这是为什么，他想得很多，是不是自己的行为有什么过错，还是因为前两年给儿子找工作损害了名声，要不然就是市教育局组织公开教学，因为准备不充分"砸了锅"而影响了自己的声誉？他越想越糊涂。他觉得时代变得太快了，人也变得太快了！自己人老不中用了，想着想着，脸红筋胀，血压急剧升高，一头栽到了地上。这以后，大家就再也没有见到秦老师。常迅的这篇小说使我想到契诃夫的《一个小公务员的死》。秦老师的悲剧完全是一个"小人物"的悲剧。

《作家请客记》和《我们的老师秦家璧》是同一个类型的作品。下岗工人景耀文从小酷爱文学，进入20世纪80年代试着写小说，也发表了几篇。一次景耀文得到一笔稿费，几个老同学串通好让他请客，他慨然应允。可是偏偏来了个不请自到的老同学、现任城建局局长赵铎。他看到餐桌上摆的几样菜太寒酸，就自作主张让加上几盘新鲜海味，还说："你们尽管吃，钱由我来付。"这下伤了景耀文的自尊心，他不加考虑，脱口而出："我的钱是凭本事挣的，他赵某的钱张张沾着老百姓的血汗！"弄得大家不欢而散。景耀文执拗的脾气正是反映了知识分子的自尊心受到伤害后被扭曲的心态。

《刘锐其人》写教师出身的刘锐当上了人大代表。他在"文化大革命"中因为说真话被批斗。他想到过去发生的事情，感到没有法制就没有民主，没有民主就没有人身自由。自己当代表就要为发扬民主、健全法制而尽忠。刘锐原则性强，敢于仗义执言，同腐败现象做斗争，被群众誉为"青天代表"。可是现实环境却使他难以发挥作用。在人大常委会上评议公安局长尹力，他当面批评公安局长的违法违纪问题，遭到打击报复；他把县里几个局级干部参加赌博集团的问题向县委书记反映，不仅没有引起重视，而且赌博集团的首要分子还得到了提拔重用；在县人代会上，为了体现民主，在选举副县长时，除去市里批下的4名候选人外，还由代表们提出了5名候选人进行差额选举。县委书记知道市里批下的4位候选人"都和市领导有着说不清的关系"，于是就找代表们提出的那5位候选人一一谈话，让他们放弃参选，于是市里批下的4个人全部当选。这些事给刘锐以沉重的打击，不久他辞去了人民代表职务，人们再也听不到刘锐的声音，再以后连刘锐的名字也听不到了。

常迅笔下的小说人物，大都是悲剧式的人物，是值得人们同情的"小人物"。常迅善于用细节表现人物的性格，并通过性格演绎人物的命运。这些带有悲剧因素的生活细节真实而深刻，构成作品的冲击力。

常迅的小说大都篇幅短小，感情浓烈，好像散文；而常迅的散文又常常有鲜活的形象和生动的情节，使人觉得又像小说。那两者的区别只在于是否有虚构。实际上即使是小说中的虚构人物，它的原型也往往是作者身边的人，甚至是作者自己，因而写起来得心应手，下笔有神。至于常迅的散文所描写的对象几乎无一例外地是作者身边最熟悉的人，也就带着更强烈的感情色彩。常迅用散文写他的父母、妻子和儿孙，写他的老师和学生，写家里的保姆和社会上的普通老百姓。因为他是以小说家的眼光来写这些他所熟悉的人物的，所以这些散文中所描写的人物往往具有鲜明的个性。

《我家的两个小保姆》都是 17 岁的乡下姑娘，但有不同的个性。第一个保姆是初中毕业的乡下姑娘，亭亭玉立，善解人意，自尊自爱很有素养，待人接物讲究分寸。再加上她炒得一手好菜，又摸熟了家里各个人的饮食习惯，所以大家都喜欢她。她喜欢读《红楼梦》，爱养君子兰，酷似寄人篱下、孤芳自赏的林黛玉。只是因为"我"无意中说了一句话"乡下人只认钱，遇事好图个小利"惹恼了她，收拾行李，辞了保姆，回了老家。后来听说，她家原是个大户，父亲是读书人，外曾祖父是前清的进士。第二个保姆也是初中毕业的乡下姑娘，只是身材比先前那个粗壮了些。她干活麻利勤快，爱热闹，爱管闲事，喜欢助人，但也很粗心，大大咧咧，满不在乎，还忘性大。她为了"我姨"（"我"的妻子）服中药，要大枣做引子，回家上树打枣，结果摔了下来，负了伤。我很佩服我的同学常迅居然在一篇短短的散文里把两个不同性格的乡下姑娘写得活灵活现，可见他观察生活的细致和把这种观察化为文字的笔下功底。

让人动情的还有《伴随我生命的两个妻子》这篇散文。常迅一生经历坎坷，家庭几遭变故。"文化大革命"中"我"被打成"反动文人"，挂牌游街，劳动改造，与朝夕相处的妻子离了婚。这时一个比他小 9 岁、时年21岁的姑娘自愿同他结了婚，理由是"你人好，又有知识，我情愿"。1970年"我"插队到离城45里东山后的郝庄。这45里全是崎岖不平的山路，从城里到郝庄骑车子要整整走4个小时。即使是这样艰苦的条件，妻子也毫无怨言地随他下了乡。过年时，到乡里领春节供应的5斤豆腐，"我"骑车子在路上被一块石头绊倒，当下脚腕就肿胀起来，硬是推着车子把豆腐领回来，妻子高兴地连夜把豆腐炸成丸子和好几样可口的食品，高高兴兴地过了个年。1972年，"我"又回到县一中教书，过了几年，盖起了房子，两个孩子也长大了，本想过上几天好日子，不幸的是患难与共的妻子却突然病故，全家就像失去了顶梁柱。幸运的是常迅遇到了他现在的妻子，是他前后毕业于一个学校的校友，快60岁的人了，端庄大方，温和可亲，善于料理家务，能够习惯常迅的"懒散"，容忍常迅的"邋遢"，还说什么"从李白到那些诗人、画家，哪个文人修边幅？如果是衣帽整洁、行为拘谨的人，还能写出好文章？"真是看话该怎么说，处处体现了对丈夫无微不至的关怀和体贴，常迅找到了"老来福"。

《浴池偶遇》写"我"在庶民浴池洗澡时遇到一位搓澡工，认真、细致，累得他满头大汗，而"我"一身疲劳顿时消失。这位搓澡工原来是"我"20年前最调皮、学习成绩也不怎么好的初中58班学生李天吉。他说："老师，您的学生成百上千，人家做大官的做大官，干大事的干大事，学生中我是最最没出息的，今天能为老师搓一次澡，心里很高兴，也算是学生对老师的一次报答吧！"这使常迅十分感动。他觉得："这不只是一次服务，而是对老师献上了他的赤忱的爱心。我突然发现：最真挚的感情，正是发生在这些普通人身上，这让我感悟到了人间的至情。"

我的同学常迅也退休多年了，但是他生活得很充实，很有意义，读书、写作，成了他退休生活的主体，这个集子所收的文章绝大部分都是他退休后写的。读了他的散文《退休生活散记》就更加深了这种印象。"我的家乡在城市农村的结合部，东靠七佛山，西临丹河水，离城只有两里地，既无城市的喧嚣，又无农村的寂寥"，很是舒心惬意。他给自己收拾出了一间书房，"无工作之累，无家庭之忧"，每天都是"书陪着我，我陪着书"，尽情地阅读。更痛快的是，他学习田园诗人陶渊明，种着半亩自留地，"早晨太阳一出，我荷锄准时下地躬耕，锄落草净，从南到北，每天一垄，待到锄完，正好微微发汗，全身顿觉轻松。回头一看，长长一垄绿油油的庄稼，培上湿漉漉的新土。这时荷锄即归，天天如此"。更有爽心事，"傍晚，儿时几个同学，小坐团聚，或满头银发，或一把长须。当年闯事的顽童，如今儿孙绕膝，彼此谈天说地，津津乐道，无所不及。他们劳作一生，追忆往事，感慨万千。一天，忆起儿时捉麻雀一事，为谁先上的树，几个人竟争论不休"。这就是常迅笔下的退休生活，写得情真意切，生动感人。

常迅《岁月无情》的第三部分是"散章留痕"，属于杂论式的文章。这一部分谈人生感悟，说社会风尚，论尊师重教，讲人大工作，大都有的放矢，是工作和生活中的体验和认知。特别是为教师的地位鼓与呼是这部分文章的主要内容。这既是他一生长期从事教学工作的责任感的反映，也是他从事人大常委会领导工作多年的使命感的体现。

为我的同学常迅写这篇不像序言的序言，为的是使更多的读者走近常迅，了解常迅。果真如此，也算我兑现了对老同学的承诺，尽管它是那样迟的交卷，最后能说的话，也只能是一句"抱愧常迅"。

2008年1月5日

《马丽军童话》序

乙酉盛夏，省文联党组副书记高国俊同志交给我一部书稿——《马丽军童话》，让我写个序。我自觉并非名人，当然不愿意以名人自居为他人作序。但略一翻阅，看到所选32篇童话，篇幅短小，文字清丽，十分好读，也就答应下来，权当作写一篇读后感。期间，因写其他应急文章，写序的事一直没有动手，说来惭愧，直到深秋，方才从头读起，体味欣赏，琢磨怎么写这个序。

为书作序，既要熟悉作品，也要熟悉作者。作品可以阅读，而作者从未谋面，我没有任何了解。从书稿"作者简介"中得知作者马丽军是一位1972年出生的年轻女士。她原籍吉林长春，现住河津山西铝厂。大学读书时她就喜欢文学，尤爱童话创作，发表过小说、散文、童话等体裁的文学作品多篇。这本童话集中所选的32篇作品就是其中的一部分。我为了多了解作者的一些情况，给河津铝厂打过一次电话，接电话的是马丽军的丈夫贾立言。他说马丽军写的童话都是为他们的小女儿贾寒琼讲的。后来又收到马丽军的一封信，介绍她写的每一篇童话的创作背景。这就使我明白了，马丽军在她的童话创作中，不仅充满了童心、童真和童趣，而且体现了一颗做母亲的爱心。她要把最美丽的故事讲给孩子听，用美丽的童话浇灌孩子的心田、净化孩子的心灵、编织孩子心中的梦想。

马丽军很小的时候就喜欢听老人们讲故事。她记得姥姥常常坐在床上为孩子们讲故事，述说她的往事。别的没有耐心的兄弟姐妹们早就跑出去玩了，可她一直陪着姥姥，因为她喜欢听故事。她童年时就有把长辈们所讲的故事写下来的想法。她十几岁时就喜欢写小故事，还爱画画。后来工作了，她常常写一些小散文、小小说在报刊上发表。她也把长辈们讲过的故事经过自己的加工讲给幼小的女儿听。于是她萌发了写童话的想法，就有了我们今天所见到的这本《马丽军童话》。

童话，儿童文学的一种样式，是通过丰富的想象、幻想和夸张来编写适合儿童欣赏的故事。马丽军的童话按当下普遍认同的童话概念，当属"抒情童话型"，或称为"诗化幼儿童话"。因为马丽军是用诗一般的优美语言，以诗一般的炽热感情，展开诗一般的想象翅膀，塑造了充满诗意的幻想形象，闪烁着文学质地的光辉。

马丽军以孩子的视角，把握孩子的独特的心理特征，写孩子们的所爱和理想，创作孩子们特别喜爱的有故事情节、有艺术形象、富有幻想色彩的童话。《马丽军童话》中较长的一篇是《清风公主》，可称这部童话集的代表作。

《清风公主》描写在一个美丽的平原上，有一个到处是树木、鲜花和草坪的绿色王国。童话的主人公清风公主是国王的小女儿。她单纯善良，朴实随和，从小喜欢穿着绿色的裙子在花园里跑来跑去。在18岁的生日舞会上，她身着绿色长裙，头戴绿色水晶冠，脖子上戴着绿色项链，脚上穿着绿色水晶鞋，清风公主遇到了年轻英俊的火星王子。王子向美丽的公主求婚，但是太阳神却不答应王子的请求，他认为"所有太阳家族的成员都不能有天和地不分、神和人不分的荒谬想法"。他不仅反对这门婚事，反而降灾人间，惩罚公主，地上的王国失去了阳光的温暖，成了黑暗、寒冷的冰雪覆盖的世界。清风公主每天祈祷太阳神，希望他能理解她和王子的纯真爱情。清风公主真诚的意志终于打动了太阳神，他允许王子在8月

8日清风公主19岁生日时娶她，大地也有了阳光。这天，王子降临，给清风公主戴上了美丽的项链，一起飞向了太阳宫殿。这个童话在马丽军的作品中是具有典型意义的。马丽军喜欢真诚的人生，喜欢人间的美好感情。她塑造的以自己的真挚感情和真诚意志感动了太阳神，实现了"天与地、神与人"交往的清风公主的艺术形象，表达了她的理想和感情。马丽军从小喜欢阳光、树木、鲜花、草坪绿色的世界，喜欢编织大自然的绿色的梦。她塑造的喜欢穿绿色裙子、热爱大自然、喜爱阳光和森林的清风公主的艺术形象，同样表达了她的理想和感情。

拟人化是童话常用的创作手法。拟人化，即事物的人格化，但凡宇宙万物都可人格化，赋以人的思维、行为和情感。各种小动物的拟人化，使它们会说话，会唱歌，具有人的感情，成为孩子们的最爱。它们同人一样，有自己的酸甜苦辣、喜怒哀乐。它们大都勇敢、善良、聪明、活泼，成为孩子们最好的伙伴，也寄托着孩子们天真的梦想。《马丽军童话》中的《乖乖猫》、《可爱猪》、《美丽兔》、《小蚂蚁西西》、《小红鱼和小黄鱼》、《狗熊和燕子》等就是以拟人化的手法创作的童话作品。

离开猫妈妈的乖乖猫到外面去闯世界，遇到了很多困难。她在小鸟花花及梅花鹿、小兔子、小狗熊的帮助下，建起了自己的美丽家园，实现了自己独立生活的理想。可爱猪上了幼儿园碰到了各种问题，在猪妈妈和大象阿姨的教育下，懂得了只有聪明健康的孩子才是最可爱的孩子。美丽兔在一年一度的森林联欢会上夺得了金杯，从此骄傲起来，不再和大家玩，她也失去了朋友，十分苦恼。后来在大家的关怀下，他知错就改，又回到了朋友们的中间。小蚂蚁西西由于她的聪明勇敢成了新的蚁王。小红鱼和小黄鱼的乐于助人，狗熊和燕子的和谐相处，无不显示了一种美好的品格。

马丽军笔下的乖乖猫、可爱猪、美丽兔、小蚂蚁、小狗熊、小燕子等拟人化的小动物，比起时下流行的机器猫、机灵猴、笨笨熊等动漫形象，别具特色，更有人情味，更具人性化的美感。马丽军自己说，写这些童话，"都是想通过故事来教育孩子，希望孩子勇敢、自信、勤劳、善良，不要自傲"。

通过童话创作表达作者对生活的一些哲理性的感悟，也是马丽军童话创作的特色之一。这些童话在生动的故事中所蕴含的深刻哲理，对于小读者具有重要的心智启迪作用。《阿珠的财富》写年轻的阿珠为了给病中的父母上山寻找食物，遇到了一位年迈的贵妇人，领她到山洞里拿宝贝。贵妇人告诉阿珠，每拿一分钟的珠宝就要给她一年的青春。结果阿珠拿了大量的珠宝金币，成了一个丑陋的老太婆，痛苦地死去，而贵妇人却变得年轻了。等着她拿回食物的父母早在30多年前就离开了人间。作品告诉人们，阿珠悲剧产生的原因就是"贪得无厌"。《会飞的小红花》中有一朵娇美的小红花，她想变成会飞的小鸟，在梦中她果然飞起来了，而小鸟也想变成小红花；小红花又想变成穿着美丽的裙子的小女孩，而小女孩则想变成会飞的小红花。妈妈告诉小红花，我们是不能变来变去的，只有自己拥有的才是最好的，每个人都有自己的幸福和快乐。《8》中的"8"是人见人爱的吉祥数字，自觉得了不起，看不起其他数字，十分骄傲。其他数字愤愤不平，一气之下都离开了它。世界上只剩下一个"8"，到处是一连串的"8"字。这下子可乱了套。人们分不清自己的楼号，看不清自己的车牌，打不了电话，商品没有了标价。人们甚至连自己的年龄、身高和体重也搞不清了。社会陷入一片混乱，无法正常生活。"8"知道自己闯了祸，重新认识了自己的能力，摆对了自己的位置，于是数字们又都回来了，欢欢喜喜又是一家人，共同支撑这个和谐的社会。其他像《扫帚和拖把》的争论，说明人各有所长，要保持一个健康的心态才能有一个健康的身体。《笼中之鸟和笼外之鸟》的互相羡慕，说明世界上没有十全十美的事情，只有知足才能快乐。《青蛙和蝴蝶》说明事物是变化的，"我们不能小看任何人"。这些童话都生动有趣，包含的道理明白易懂，耐人寻味。

童话是通过想象和幻想创作出来的，但是想象和幻想的基础仍然是现实世界。马丽军创作的不少童话就是来自于她的生活感受，来自于她身边人的生活经历。《神草》写一个强国的暴君欺压邻国，整天狂轰滥炸，邻国人民死伤惨重。在一个山洞里幸存着一位瞎眼爷爷和他的小孙女红红。红红出去为爷爷寻找食物，被敌机炸伤了腿。这时她发现身边有一株挂着红红的眼泪、闪闪发光的神草。神草使红红的腿好了，使爷爷的眼睛好了。神草还使强国的暴君变成了一头猪。神草帮助红红实现了最后一个愿望，使她的家园变得像以前一样的美丽，到处是青山、碧水、庄稼、花草，还有一栋栋漂亮的房屋。马丽军写这个童话是听长辈们讲的战乱年间的遭遇，母亲的瞎眼奶奶就是被日本人放火烧死的。她在想象中凭借神草惩罚了战争狂人。《大阿美和小阿美》的写作，是因为马丽军有一个比她大一岁的姐姐。她们从小形影不离，常常穿着一样的衣服，别人看不出她们谁是姐姐，谁是妹妹。浓浓的姐妹情使马丽军萌发了写大阿美和小阿美这对姐妹花故事的愿望，阐发了"什么是幸福，什么是快乐"的思想。《花公主》中所写的花公主穿的各种美丽的裙子，就是马丽军十几岁时用各种花朵编织的美丽的长裙。她要用童话把她设计的一系列美丽的服装图样珍藏下来。《依丹和熊》的故事其实是马丽军母亲的故事。她的母亲是家中长女，小时候上山打柴，在雪中的森林里遇见了一只熊，幸亏没有受到伤害。母亲的往事使马丽军编织了一个人和动物和谐相处的故事。《欢欢和乐乐》写松鼠妈妈带着她的两个孩子欢欢和乐乐去观看四季的变化，认识四季的不同景色，实际上是马丽军的母亲在假期里常常带着她和姐姐到山上水中游玩的回忆。《病孩子》写一个3岁的男孩金锁，因家穷没钱看病，死在奶奶的怀里。金锁在梦中见到了自己的5个兄弟姐妹，见到了父母和奶奶，觉得自己轻得就像一团空气，升上云端，雾中跑来许多天使迎接他进了天堂。这个童话其实写的是发生在姥姥家里的一个真实的故事。奶奶生了8个孩子，夭折了2个，其中就有一个最漂亮的3岁男孩，因发烧病死。这件事对马丽军刺激很大，她觉得孩子虽然死了，但他也应该有一个好的归宿，于是就通过幻想编织了这个让人感伤的故事。

童年的记忆影响着一个孩子的成长。对于一位作家来说，早期记忆往往成为他日后创作的重要资源，引导他写出许多动人的作品。马丽军就是运用了她的童年记忆，创作出许多优美的童话。从某种意义上讲，这也是一种很好的文化传承。因为她把自己的童年记忆讲给孩子听，就又变成了孩子们的童年记忆。

马丽军创作的童话是美丽的，因为她秀外慧中，有一颗善良的心。这颗善良的心，使她笔下的童话世界是美丽的，童话世界里的主人公是美丽的。她们真诚、友善、聪明、勇敢；她们同情弱者，愿意帮助别人；她们的一颗颗金子般善良的心，打动着小读者，赢得了小读者。

马丽军创作的童话是美丽的，因为她锦心绣口，有一枝生花的笔。这枝生花的笔，使她的作品具备了一篇好童话必须具有的故事和语言两大因素。她以巧妙的文笔、丰富的想象、绮丽的幻想、生动的情节，为孩子们编织的一个个神奇、美丽的故事，使孩子们同她一起进入美丽的童话世界，遨游飞翔，去感受真善美，感受美感的力量、道义的力量。

马丽军的童话具有一定的文学品位。因为她用的是优美的文学语言，塑造的是动人的文学形象，她以奇特的想象所构成的"幻想文学"的样式，正在成为中国儿童文学的主导潮流。

由马丽军创作的童话，我想到安徒生的歌颂真善美、鞭挞假恶丑，体现丹麦文学中的民主传统和现实主义倾向，渗透了浪漫主义情调和幻想的童话，像《丑小鸭》、《皇帝的新衣》、《夜莺》、《卖火柴的小女孩》这样的世界童话经典，至今仍为众多的读者所传诵。我还想到格林兄弟的反映人民丰富的想象力、优美的内心世界和崇高的道德境界的童话，如《灰姑娘》、《白雪公主》、《小红帽》、《不来梅城的乐师》等全世界儿童喜爱的作品，它们所展现的奇妙意境，已经成为孩子们幻想世界的重要组成部分。正是从童话的价值和影响这个角度我们赞赏马丽军的文学追求，欣赏马丽军的童话创作，期盼马丽军在童话园地里，为孩子们继续辛勤耕耘，结出更多的丰硕果实。

2005年11月3日

为霞满天夕照明

——《王颖诗文集》序

一

我的老战友、好朋友王颖要出书了，我听到非常高兴。王颖让我写序，我虽然极不愿意为他人作序，但王颖之事不能推脱，我们毕竟有近60年的交往，从1953年算起就快60年了！读《王颖诗文集》引起了我的无数回忆。这种回忆是愉快的，但也是苦涩的，甚至是残酷的。因为我们当年是青春年少，风华正茂，而今青春不再，年华迟暮，王颖虽然小我两岁，但我们毕竟都是年逾古稀的人了。

我同王颖的人生经历虽然不同，但有不少时候的经历是重叠的。因为我们在一个部队服役，做过同样的新闻宣传工作，有着同样的文学梦想，历史使我们在革命的道路上走到了一起，度过那激情燃烧的岁月。

我是1950年17岁时参军的，王颖是1951年16岁入伍的。我们部队从朝鲜回来，改编为解放军建筑工程第一师，王颖从第六高级步兵学校毕业后分配到我们部队，那是1952年的事。我在师政治部文化科当摄影员，王颖在一团政治处宣教股当见习宣传干事。师部在北京东直门外"八亩地"，一团在西直门外"九十六亩地"，均是准备建设使用的土地。当时一团同北京市建工局一、三两个公司一起承担了苏联展览馆（今北京展览馆）的建设任务。我到一团下部队采访，住在团政治处，就这样和王颖相识了，并成了同一条战线上的好友，那年我20岁，王颖18岁。王颖同我去工地采访、照相，结识了不少战士朋友、劳动模范。我们共同署名写稿，发表在当时建工部办的《建设报》上。我俩都是报社的特约通讯员。其实在这之前，我们部队在辽东半岛鸭绿江畔冒着零下30多摄氏度的严寒修建两个军用机场时，王颖就在工地办《战报》，我也每天到工地采访，只见过一面，而且是在一个晚上工地放电影时，看不清面孔，也说不上话。真正的接触、相识还应该是在1953年到北京以后。之后部队集体转业，与华北直属第一建筑公司合并，组建成建筑工程部华北大同工程总公司，我们又一起到了大同。我在公司党委会办小报，王颖在公司团委会当秘书，我们同在大同市西门外的一座办公大楼里上班。

1957年9月，我考入山西大学。不久就知道王颖结婚了，爱人叫张颖，北京人，年纪很轻，模样俊俏，公司的播音员。王颖写稿，张颖播音，帅哥靓女，日久生情，成了一对恋人。周围的朋友们说："一帮一，一对红，一双影（颖）。"虽然好事多磨，也遭到过若干阻挠，但有情人终成眷属，王颖和张颖，二"颖"合一，被视为"金童玉女"的一对伉俪，为人艳羡。王颖在他的散文《天安门前的婚礼》一文中有生动的描写。

1959年初，王颖随公司南下柳州、桂林，后来回到侯马，单位组建成省建一公司。1972年，他调到太原，当过省建筑安装工程公司党委书记多年。我们始终没有断了往来。1997年9月23日张颖去世。这一天，离张颖60周岁差9天，离他俩结婚40周年差4天。就差这么几天，他们没有过上这两个值得记忆的喜庆日子。爱侣分飞，阴阳两隔，徒唤奈何！失去发妻的王颖精神上受到极大打击，从此有多年不见他的身影。近年来，在《太原晚报》上屡见有王颖的作品问世，在山西诗词界的会上也常常能听到他声情并茂的吟唱，声音洪亮的朗诵，说明他逐渐摆脱了失妻的痛苦，精神又振作起来了。他不仅给《太原晚报》写稿，还参加太原市委宣传部举办的"首届激情太原文化才艺大赛"的演讲比赛获得金奖，更在太原电台"老年之声"做嘉宾，讲解自己创作的咏唱太原的诗词。王颖和我共同参与的省城诗词界的活动又使我们的经历重叠在一起。

王颖以"建筑人"自居、自豪，但在他的人生道路上始终没有离开过新闻写作和文学创作，使这位"建筑人"成为我们熟悉的作家和诗人。他还担任了山西散曲研究会副秘书长和唐踪诗社副社长。作为他的创作成果就有了我们今天所见到的这部内容厚重、装帧精美的《王颖诗文集》。

二

《王颖诗文集》分诗与文两部分。文分报告文学和散文随笔，诗有诗词欣赏和诗词作品。读王颖的诗文，深深地觉得王颖是一位充满爱国情怀和家乡情结的作家，他的作品有着浓得化不开的政治性和地域性。这和王颖的人生道路和生活体验有着极大的关系。王颖祖籍河北平安。父亲是铁道部的高级工程师，母亲是名门闺秀，职业是教师。1949年4月太原解放，14岁的王颖随着父亲参加军管太原铁路局的工作来到太原。王颖1951年参军，1956年入党，是典型的"根红苗正"。他的从军道路是从太原成成中学出发，从部队转业后又落脚在太原，所以太原成了他的第二故乡。我觉得了解王颖的经历，对理解王颖的作品很重要。

王颖的报告文学的主要内容一是写部队，一是写太原。写部队他写得最多的是1953年10月动工、1954年9月完成的占地面积13万平方米的苏联展览馆建设。这11个月的战斗生活给年轻的我们留下了极为深刻的记忆，也使王颖写下了不少的文字收入他的这部书中。《彭真在建设者中间》和《流金岁月——北京展览馆建设回眸》就是其中闪烁着青春之光的作品。作为反映一个"建筑人"脚步的还有为纪念建党90周年所写的《足迹留在大江南北》一文。从"北上辽东固我边疆"到"西出塞外建设工厂"，到"南下广西装点壮乡"，再到"贺帅点兵回师平阳"，作者随同英雄的建设部队从东北到西南再回到华北，走遍了大半个中国，为祖国的国防和经济建设献出了宝贵的青春年华。在王颖的报告文学中，有几篇写人物的，也写的是建筑战线上的英雄模范：《智慧·责任·本色》写的是省建安装公司工程师曹守忠；《电建战线一儒将》写的是省电建二公司党委书记赵彩东。

太原，作为王颖的第二故乡，他更是以满腔的热情赋诗著文歌颂太原的新生和变化。为纪念太原解放60周年他所写的《曙光初照太原城》是刚刚解放了的太原；为纪念改革开放30周年所写的浓荫密布、满目苍翠，堪称"北国江南"的《太原绿起来了》是今天的太原。他还关注太原的企业文化，写了多篇《双合成企业文化专稿》。

在王颖报告文学中，最值得称道也最有价值的是写周恩来总理的几篇作品。有写亲身经历的1973年9月15日《周总理陪同贵宾（法国蓬皮杜总统）访问大同》的长篇报告文学，有根据退休老干部口述整理的《周总理赴朝看望我们》，有采访"植棉八仙"之一的全国劳模吴吉昌写的《忆周总理两次接见》。这些作品或写亲历，或记访谈，都充满了作者对人民总理崇敬、爱戴的深厚感情。

三

王颖的散文随笔写得很多，也很好，大都是抒写亲情、友情和军旅情的。从这些作品中可以看到王颖的人生经历，也可以感受到他的丰富情感。《天安门前的婚礼》是写妻子的，《读得人生座右铭》是写父爱的，《生活在母校身边》是写成成中学师生情谊的，《默默的誓言》和《珍惜共产党员称号》是写作者作为一个年仅21岁的共产党员的誓言和忠诚的，《在军营庆八一》是回忆老校长孙毅将军、反映解放军第六高级步校生活的，《我的记者梦》是写自己以笔作刀枪的军旅生活的。这些作品表现了作者从家庭到学校到部队的战斗的生活轨迹和坚实的人生步伐。

王颖退休后，结交诗友，研讨诗艺，创作旧体诗词，成了他生活中的重要内容。散文《以诗会友，同抒情怀》、《夕阳红作家晚霞生辉》写的就是这种退休后怡然自得的赋诗、交友、旅游生活。他的散文有多篇描写他所结交的文朋诗友，有《童心未泯的老人》，写喜欢编写儿歌的赵彩东；有《极具生活情趣的老友》，写游泳、跳舞、写诗、朗诵，无所不爱、无所不会的卢仰祁；有《童心童趣伴夕阳》的老歌手章泉生；有《带头舞出健康来》的老夫妇李华和王少慧。王颖的这些描写老友的散文铺满了"夕阳无限好"的晚霞。

四

《王颖诗文集》的诗歌部分，包括诗评和诗作两部分。他的诗评涉及对诗人李旦初、寓真、李才旺作品的评论，说明他对我省的几位在旧体诗词创作方面卓有成就的著名诗人的关注。《〈霓裳续谱〉初赏》是王颖对这部清代时尚小曲集研究、赏析性的文章。《各领风骚千百年》及《试和武正国〈漫咏唐宋诗人词家一百首〉》十五首，反映了王颖在古典诗词方面的素养和追求。

至于王颖的诗词作品给我印象最深的是他对政治时事的关心和地方乡土的热爱。他对建党80周年、新中国成立60周年、改革开放30周年、抗战胜利60周年、红军长征胜利70周年、香港回归10周年，以及抗震救灾、两岸通航、神舟升空、奥运夺冠等，都有诗作，而且往往是组诗。山西的古今名人，如武则天、元好问、傅山、阎若璩、高君宇、左权、贺龙等，王颖均有吟诵。山西的名胜古迹，如壶口瀑布、五台山、万家寨引黄工程，以及太原的晋祠、天龙山、龙泉寺、永祚寺、迎泽公园、碑林公园、玉门河公园等，王颖均有题咏。可见王颖是一位真正融入三晋文化渊海之中的诗人。王颖对党对祖国的一往情深，对地域文化的无限热爱，构成了他诗歌创作的鲜明特点，也是他革命人生的真实写照。

"与君无期约，到来如等闲。"（刘禹锡诗）打开尘封的记忆，回到几近60年前的昨天，当时我们一起写稿时，可曾约定日后王颖若出书，必邀我作序？而今过去虽未有约，但我必信守当下承诺，草成此文，以为序。

2012年8月16日

文才风流战友情

——《烙印存稿》序

一

王文才，我的部队老战友。我们曾在一个部队——解放军建筑工程第一师服役。我在师政治部，王文才在一团干部处，驻地同在北京。师部驻东直门外，一团驻西直门外。从师部到团部乘坐公共汽车倒也十分方便。那时北京城人口不多，公交车也不拥挤。1953年，一团同北京市建筑一公司在西直门外修建苏联展览馆，我下部队就住在一团，采访、摄影、写稿，一住就是几个月，和一团政治处的王颖成了好朋友。通过王颖我也认识了同在一团干部处的王文才。那时，我们都是二十上下的小青年，风华正茂，激情满怀，要为建设祖国奉献青春年华。

其实在这之前，我同文才就在这个部队一起参加过国防机场的修建，只是我们彼此不熟悉。后来看到他写的几首有关修机场的诗，我才知道原来我们曾多次同在一个地方工作过。同文才在一团相识后，彼此便各奔西东，往来不多。

时移事易，三十年过去，弹指一挥间，想不到的是我和文才又成了近邻。1988年，我从省委宣传部调到省文联，而文才早在1973年就调到了省政府外事办公室。省文联所在的文艺大厦和省外办所在的国际大厦，正好是两厦并列，如同双子星座。文才当了处长，掌握审批公派人员出国的大权。我到省外办办事，发现原来负责审批的正是我的老战友王文才。文才处理公务热情待人，按章办事，尽职守则，当然对于老战友更是热情相待，办事也就更顺当些。及至我们都退休后，我得知王文才和王颖都迷恋上旧体诗词创作，而且取得了一定的成绩，也就有了他的这本诗集出版。这些都是写王文才诗序之前交代背景的话。

有成语曰"文采风流"。我读文才诗稿，觉颇有诗味，称文才其人其诗"文采风流"似不为过。故以"文才风流战友情"为诗稿"序"之题，也算是我对文才诗稿的一点总体评价。

二

王文才的《烙印存稿》包括"乡思曲"、"军旅情"、"名胜游"、"人物篇"、"应时篇"、"杂咏"及"环球吟"几个部分。从内容来看，大体上是属于抒情、叙事、感时、纪游几个部分。从形式来看，有诗有词有曲，但曲多于诗和词。《乡思曲》多为童年记忆，写的是白浪河畔、潍坊风筝、山东大葱以及表达思念父母的孝心。

由于共同的经历，王文才的作品，我更喜欢的是他的《军旅情》。从1952年秋到1953年夏，文才随部队先后参加了4个机场的修建。其中，我参加过3个，即吉林通化的三源浦机场，辽宁宽甸机场，还有山西临汾机场。在东北修建的三源浦和宽甸机场完全是为抗美援朝战争服务的，遵照中央军委的命令，要在最短的时间内修好机场，让我们的战鹰腾飞迎敌，痛击美帝，夺取制空权。我在师部做摄影员，背着相机到工地采访，把战士们战天斗地的英雄形象摄入镜头，把战士们的英雄业绩写成稿件。在宽甸机场，战士们冒着零下40摄氏度的严寒，削山填谷，昼夜奋战。我同战士们一起度过那些令人难忘的日日夜夜。时间的流逝，尘封了我的青春记忆，是文才的诗把我带回到那个激情燃烧的岁月。

文才有诗《首战三源浦》：

一声军令北征驰，耳畔犹闻战马嘶。

鸭绿江边敌空袭，三源浦里我兴师。

草滩夯出土机库，汗水筑成天路基。

钢骨铁肩担日月，丹心碧血苦相知。

文才还有诗《再战宽甸》：

抗美援朝壮志酬，横刀策马卫神州。

冰封天地何曾惧，空战当头不胜忧。

铁棍钢锹填谷壑，霜眉雪帽湿戎裘。

我鹰展翅腾飞日，仰望蓝天热泪流。

文才还有词一首《[双调·水仙子]四建机场》：

三源浦里晚霜浓，鸭绿江边三九冬，燕京南苑春雷动。挥师平水东，炎炎烈日花红。凯歌颂，战鼓隆，鹰击长空。

文才把三源浦、宽甸、北京南苑和临汾4个国防机场的修建写在一首词里，记载了我工程兵不畏艰险、不辱使命、顽强拼搏的战斗精神。我想，曾经转战这几个机场的建筑工程部队的战友们，如果能够看到文才的这些诗，他们也会从内心感激诗人的。我们部队的这段历史几近淹没，是王文才的诗为我们留下了这诗化的史料、珍贵的记忆。

三

《名胜游》和《人物篇》不是王文才诗的大宗，却有自己的特色，那就是描写本地风光，刻画本地人物，表现了一种浓郁的地域特色。王文才是山东潍坊人，但21岁时就随部队转业至太原，而山西便成了他的第二故乡。所以，在他的诗歌作品中往往流露出一种对太原、对山西深厚的情感。

文才曾遍游中国大部分的地区。但是他的《名胜游》写的几乎都是太原和山西的风光。他写太原的汾河公园、蒙山大佛，写圣寿寺前的蟠龙松，写赤桥村的古义士。《抛球乐·豫让》写了赵襄子和豫让：

> 刺赵酬恩在晋阳，赤桥从此世流芳。死为知己人钦佩，莫管贬褒论短长。遗爱今犹在，壮士惟留侠骨香。

这首词把豫让的任侠尚义、赵襄子的宽容大度和晋阳的赤桥遗址融为一体，不失为一篇记叙晋阳名人盛事的可读之作。

文才写晋南风光，有鹳雀楼的雄伟，普救寺的风流，更有黄河铁牛的千古沧桑，充满三晋文化的深厚底蕴。

王文才在《人物篇》里咏唱革命前辈彭真，历史名人元好问、傅山，以及山西籍的元曲大家，包括关汉卿、白朴、郑光祖等。《[中吕·喜春来]关汉卿》四首之一、二即是：

> 风流倜傥离骚面，浪迹勾栏书会圈，风尘烟月有奇缘。芳会首，惊世鸣屈《窦娥冤》。

> 天生一粒铜豌豆，宁折不弯藐视侯，有才难为国分忧。闲快活，花酒度春秋。

一曲《喜春来》写出了关汉卿的困顿人生、性格特点及代表作品。可见诗人对这位戏剧大家及其作品是十分熟悉和喜爱的。对于关汉卿剧中的人物窦娥更是专门赋诗：

世道昏，官衙暗。万种凌逼铸奇冤，雪飞六月三年旱。曲断魂，剧感天，珠泪涟。

（《[南吕·四块玉]窦娥》）

这是对窦娥形象的艺术分析，也是对大悲剧《窦娥冤》主题的深刻揭示，抒发了诗人悲天悯人的情感。

文才在《人物篇》中还把关注的目光投向普通群众，为他们咏唱放歌。他写太原33年义务植树、绿化荒山的"当代愚公"袁克良，写以微薄的退休金先后资助了13位贫困学生的古稀老人沈兆骅，写养育残女16年的农民工孙修田，歌颂无私的奉献精神和人性的光辉善良。

四

王文才诗《应时篇》，作为感时咏事之作，多抒发对党和祖国的热爱，对国事的关心。纪念建党85周年，诗人作《沁园春·七一颂》；纪念建党90周年，更作长诗《伟业》，赞颂党90年所走过的光辉历程。诗人有诗咏"嫦娥一号"奔月，贺"天宫一号"升天，赞奥运圣火点燃，无不是对祖国富强、民族复兴的讴歌。此外，如中美建交、两岸交往，都是诗人以诗歌的形式表达了对国家大事的关注。

王文才从1973年至1995年在省政府外事办公室工作了22年，由于工作的关系使他能够遍访世界五大洲，足迹远涉欧亚非，也就留下了不少诗篇，编入《环球吟》中。文才以诗的形式表现各国的风土人情、异域风光和历史文化，使读者随着诗人的脚步领略世界各地的奇异景象。其中，我感兴趣的有出访日本埼玉县时写的《浪淘沙·悼聂耳》：

> 鼙鼓似雷鸣，号角催征，一曲绝唱壮军行。唤起同胞齐抗战，乐发心声。　时代总关情，石破天惊，不朽旋律世扬名。血肉长城今筑就，告慰英灵。

一首词回眸了昨日，展现了今天，赞颂了音乐家的"不朽旋律"，彰显了"一曲绝唱"的光辉，可谓蕴藉深厚。

文才出访丹麦，瞻仰安徒生，诗咏"美人鱼"，别有情趣：

> 海天端坐神娴静，鱼尾人形影。蹙眉忧郁为谁衰，翘盼心中王子远归来。世界多少痴儿女，敢问情何物？人鱼大雁觅知音，常忆安元中外两同心。

作者所说的"安元"指的是安徒生的《海的女儿》和元好问《摸鱼儿》中的诗句："恨人间，情是何物？直教生死相许。"在中外文化的交融中讴歌人类美好的感情。

文才出访德国时，有词《杏花天·犹太人墓前沉思》：

> 高低起伏英灵萃，正对着、威严议会。仿佛谏诤倾言说，记住当年纳粹。　知罪者、代过下跪；掩罪者、神坛祭鬼。同为战败东西国，真伪人心向背。

对于"代过下跪"和"神坛祭鬼"这两种截然不同的对待战争罪行的态度，诗人充满了强烈的愤怒不平之气。

从这几首出访诗中，我们看到的是文才高度的政治意识、强烈的感情色彩和深厚的知识学养，这对于做一个成功的诗人都是不可少的。

五

王文才从20世纪40年代末就喜欢上了诗歌。他50年代就崇拜毛泽东诗词和赵朴初的散曲，80年代创作热情逐步高涨。1995年退休之后进入创作的高潮期。他曾拜师学诗，也同诗友切磋砥砺，诗艺日进，诗律日工，诗作日丰，而成就了今日的诗人王文才。文才有《七十感怀》：

> 韶光苦短惜年华，已近黄昏万缕霞。
>
> 剩有闲情歌盛世，诗坛结友笔生花。

真是"莫道桑榆晚，为霞尚满天"。

文才的一首《踏莎行·闲趣》更是说尽一位醉心诗歌者的追求和甘苦：

> 向往苏辛，神交李杜，悠悠自得敲诗句。退休难得有闲吟，夕阳点缀千山暮。　　岁岁年年，风风雨雨，平平仄仄人生路。有平无仄不成诗，抑扬顿挫方合律。

《闲趣》一首确是文才心得之作，读之有味，让人喜爱。

王文才诗歌创作在艺术上最大的特点是诗歌形式上喜欢旧体诗词，特别是钟情于散曲。1958年毛主席在一封信中引用的明人散曲《叨叨令》，1965年2月1日《人民日报》发表的赵朴初先生的自度曲《某公三哭》，对文才产生了极大的影响。他特别喜欢这种既可写景叙事，也可以表现重大题材，在形式上具有更大灵活性和自由度的诗体。他说："我在创作中，对诗、词、曲都有所好，但尤爱散曲。我之所以喜欢散曲，是欣赏散曲语言的本色当行，喜欢它的语言的酣畅美，尤其喜欢它那种能容纳嬉笑怒骂、痛快淋漓、泼辣尖锐、俏皮风趣的语言风格。它的语言比较接近人民大众。"所以，在文才的创作中，尽管诗词曲都有，但他用的更多的是散曲这一独特的诗体。

王文才不仅喜欢用散曲这一诗体进行创作，还写了《从赵朴初的自度曲探讨散曲继承与创新的发展方向》的长篇论文，写了《我是如何喜欢上散曲的》创作谈，从理论和实践的结合上对散曲创作进行思考和研究。

由于王文才喜欢散曲，所以他的诗歌语言质朴，不事雕饰，读之若口语，似民谣，入耳入脑，让人喜爱。如《白浪河沙滩看飞鸢》："和风绿染白浪河，两岸飞鸢比鸟多。五颜六色风摆动，几只春燕羡飞过。"百善孝为先，怀亲之作往往更为动人："……春晖不报惭为人，寸草空留掩啼痕。伤痕，伤痕，直言奉劝君，孝行莫待余晖尽。"（《[中吕·十二月过尧民歌]伤痕》）1951年，部队推广祁建华的"速成识字法"，开展"扫盲"运动，"千年铁树开了花，老粗翻身学文化"，有老兵会写家信，热泪盈眶。文才感其事，有诗："仓颉再世众人夸，俺栓娃，乐开花，而立之年，学会认'爹''妈'……"（《江城子·老兵家书》）这种接近口语的诗歌，同样是诗人语言质朴自然、本色当行的体现。

我平生不爱为他人写"序"，因为写"序"多有"指点"作品、"导引"读者之嫌，自知才疏学浅，难以担当如此重任。同时为人作"序"也需认真研读作品，了解作者，不愿虚与委蛇，作应景文章，所以写起来也觉费时费力，不是十分轻松的事。所以，我一般不愿写序跋之文。对于文才诗稿，出于战友情深，姑妄成文，倒觉是"评"，难以称"序"。但遵惯例，文末也得写上一句：是为序。

2012年5月4日

俊彩星驰　人杰地灵

——《大同文化人影录》序

甲午初春，我在太原认识了摄影家刘晋川先生。他背着相机从大同来太原为在省城工作的大同籍文化人拍摄照片，因为我是大同人，也在刘晋川先生拍摄对象范围之内，因此有幸同刘晋川先生相识。

刘晋川先生不是专职摄影师，他的本职工作是神经外科医师，工作在繁忙的临床一线，但他是一位优秀的业余摄影家。刘晋川先生祖籍重庆，母亲是大同人，他出生于大同，少年在外地长大，后长期工作在大同。就是这样的一位非专业的、非大同籍的摄影家，要拍摄大同文化人的风采，可见他对大同文化的热爱，对大同文化人的尊崇。

我是地地道道的大同人，出生在大同市内大皮巷，在鼓楼西街同宅巷24号度过了我的童年、幼年和少年。后去内蒙古读书、参军，1955年回到大同工作过一两年，之后考大学来到太原，毕业后在山西大学、省委宣传部、省文联工作，就成为离开故乡的游子。由于工作关系，几十年来我也断断续续地回过大同，但毕竟不是长期生活、工作在家乡的大同人了。童年的记忆，结识的朋友，使我心中充满了割舍不掉的故乡情结。刘晋川先生要拍摄、出版《大同文化人影录》正好满足了我对故乡的眷恋之情。

《大同文化人影录》共收入108位大同文化人。其实大同文化人的数量远远不止这些，只是限于采访条件，晋川先生能找到这么多人就很不错了。打开晋川送给我的收入影录的名单，发现大部分人我都很熟悉，而且有的是深交的好友。

一

大同，历史悠久，文化深远，素有"两汉要塞，北魏京华，辽金陪都，明清重镇"之美誉，是国务院首批公布的全国 24 个历史文化名城之一。大同，物华天宝，钟灵毓秀，既是民族融合之地，又是文化包容之乡，传写了一部长达 1600 多年的灿烂辉煌的文明史，绘就了一部数以千计的群星璀璨的名人谱。这是刘晋川先生编辑出版《大同文化人影录》创意的依托和根基。

在《大同文化人影录》这个名单里，首先映入我的眼帘的是同我交往最多的几位作家。曾任大同市文联主席的马骏、曹杰是我的好友。他们是山西文学一个发展阶段的代表性作家。马骏曾任省作协副主席。他们最大的特点是为人朴实、热诚，有着雁北人的美德。还有焦祖尧，江苏武进人，多年在大同工作，曾任大同市文联副主席、秘书长，后调到省里，任省作协主席，是以工业题材作品著称的知名作家。

当今给我印象最深的是大同的几位中青年作家。他们是王祥夫、曹乃谦、王保忠和聂还贵。

王祥夫，辽宁抚顺人，扎根大同，以小说、散文驰名全国文坛。王祥夫为人豪爽，坦荡，好客，一口大同话，让人感到是一位典型的大同作家。我省著名文艺评论家、文化学者李国涛先生在 1988 年所写的《大同的作家们》一文中说到："王祥夫是最近几年间写得最多、进步也最快的青年作家。在王祥夫的身上已经表现出一种艺术上的成熟。""他写出的小说大体都能保持一定的水平。"李国涛先生评论王祥夫的最后一段文字是这样写的："王祥夫开头挺顺。但现在应当寻到真正属于自己的艺术色彩，在当代小说创作里找到自己的位置。这个难度很大。但是我觉得他行。"李国涛说对了，王祥夫确实是行。他在中国小说界找到了自己的位置。王祥夫成为获得"鲁迅文学奖"、"赵树理文学奖"的全国知名作家。近读王祥夫、葛水平著的《来一场风花雪月》，"风从雁门来，花落上党边"，写大同的汉子、长治的姑娘，这两位在当今中国文坛上声名显赫的作家共同推出的这部书，散发着中国文化的浓郁芬芳。正如本书的策划者所言："祥夫和水平的小说好，好就好在你能寻着他们那块土地上的味儿。"当然，我更喜欢在王祥夫的笔下所散发出的云中土地和桑干河的味道。

这里我还想说另一位作家曹乃谦。还在20世纪80年代，马骏就对我说过，大同有一个曹乃谦值得关注。果不其然，李国涛先生在我们前面所说的同一篇文章中提到曹乃谦的小说《温家窑风景》，说这是一篇很有特色的作品，"一共四千字，但是由五个短篇组成，短的六百字，长的也才一千字"。"在写法上这是很地道的'截取生活横断面'方式，所以能集中一点。而由于集中，又不重在细细叙事。讲究跳跃和含蓄，每篇都深有情趣。"瑞典汉学家、诺贝尔文学奖评审委员马悦然在《一个真正的乡巴佬》一文中也有类似的评价。

王保忠是最近几年涌现出来的文学新秀，他一登上文坛，就以多产高质驰名全国。他的长篇小说《尘根》和《甘家洼风景》先后获"赵树理文学奖"。《甘家洼风景》的评委评语是："作品着笔在传统乡村的现实状态，最终意指现代人精神世界的变化，深入探索人性的复杂性，使得整部作品充满尊重人性的品格。"

山西省文联副主席、大同市文联主席聂还贵作为诗人、散文家、文化学者，近年来所取得的成就引起全国文化界的关注。2004年8月中华书局出版了他的长篇学术散文《雕刻在石头上的王朝》，著名学者曹道衡先生说："作家聂还贵先生，在对鲜卑拓跋氏和云冈石窟的历史作了深入的研究之后，采用文艺创作的手法写了《雕刻在石头上的王朝》这部作品。此书的写作涉及文学、史学、佛学、哲学、美学和建筑学等学科的领域。阅读此书，不但可以给人以丰富的美感享受，而且给人以各方面的知识，特别是拓跋魏这个历史上重要王朝的历史知识。"2012年8月中华书局出版了他的长篇纪实文学《中国，有一座古都叫大同》，被著名学者范咏戈评价为"诗有典章，史有雅文"的"一部诗史互证的历史文化散文"，获2010—2012年度"赵树理文学奖"，评委的评语称："作者全方位俯瞰，有强烈的时间与空间交叉感。构思大气磅礴，文字诗意盎然。"2014年3月，聂还贵又一部长篇学术散文《大同风》，由作家出版社出版。从《雕刻在石头上的王朝》、《中国，有一座古城叫大同》到《大同风》，聂还贵的长篇学术散文、纪实文学成为他在写作体裁方面的重要探索，并取得了优异的成绩。

张枚同、程琪以夫妻作家称誉文坛。尤其是张枚同作词、谷建芬作曲的《年轻的朋友来相会》成为家喻户晓、传唱不息的经典歌曲。剧作家王颂、影视作家胡传阁是驰名影视剧坛的名家。胡传阁的方言电视剧《塞外有家》，广受好评，获省"五个一工程奖"。文史专家韩府、要子谨等在整理、传承大同的历史文化方面做出了自己的贡献。

在大同的艺术家中，我熟悉的有创造了大同数来宝这一曲艺品牌，并推向全国的柴京云、柴京海兄弟。由于作为名家品牌大同数来宝在全国曲艺界的影响，2001年1月在大同召开了全国性的"大同数来宝学术研讨会"，2002年10月在大同举行"第十届晋冀鲁豫'浩海·山河杯'曲艺大赛"，2008年4月在大同举办"庆五一·迎奥运·中国曲艺快板艺术精品邀请展演"。在大同一个大同数来宝迎来了多个曲艺盛会。大同曲艺家在全国知名的还有山东快书表演艺术家李鸿民、"快板大王"王毅等。

收入《大同文化人影录》一书中的名人，在戏剧界我熟悉的有晋剧演员李爱梅、李玉成，中国戏剧"梅花奖"获得者、北路梆子演员张彩萍；在书法、美术界我熟悉的有书法家、文史学者殷宪，画家亢佐田等。他们都是各个艺术领域里的领军人物。

二

大同文化人多有在外地成名者，好像以北京、太原两地为多。在北京的我不大熟悉，而在太原工作的大同文化人就太多了，而且大都是在省新闻单位和文艺团体工作，这些人又大都是帅哥靓女，技艺出众，或担负领导职务，业绩显著。在这部影录里就收有多位在省城工作的大同文化人。

李平和李丽萍是山西电视界公认的美女主持人。李平后来调到中央电视台。原山西广播电视局副局长、山西电视台台长、省文联副主席，现任山西电视艺术家协会主席董育中，山西广播电视台编委、总编室主任王云飞都是我的好友，大同老乡。董育中精明强干，声望很高。王云飞是语言天才，风趣幽默，以大同方言说笑话、讲段子，常常让大家开怀大笑。

至于在省城文化演艺界的大同人就更多了。就我所知，省歌舞剧院有琵琶演奏家薛荣，板胡演奏家郭德金，手风琴演奏家马月兰，大提琴演奏家张瑞雪，舞蹈家冯玉梅、白波，歌唱家陕军；省京剧院有一级演员朱力；省晋剧院有一级演员孙昌、张智、陈红、李建清、杨盛林，张智现在是省京剧院院长。还有省群众艺术馆副馆长、研究馆员刘宇宁，省文史馆馆员、文化学者苏华，中国摄影家协会副主席王悦，中国民间文艺家协会副主席常嗣新等。也许是俊彩星驰、长袖善舞，大同竟有这么多的文艺家活跃在省城的舞台上，让人称羡，也引以为自豪。

三

文化是民族的血脉，是人民的精神家园。一切优秀的文化遗产，一切传世的精品力作，都是由作家、艺术家创造的，由文化人创造的。大同悠久、灿烂的文化，同样是由大同文化人创造的。他们理应得到社会的尊重和历史的记忆。刘晋川先生摄影、主编的《大同文化人影录》无疑为大同文化界做了一件有益的事情。当然，由于时间和条件的限制，收录不是十分完整的，比如在省城工作的大同文化人有的没有收录进来，今后如果有机会，我相信刘晋川先生是会补充完善的。

2014年5月28日

《唐诗赏析六首》小序

　　从 1997 年秋到 1999 年初，前后 3 个学期我为省戏曲学校主办的中国戏曲学院导演系山西大专班讲授古典诗词。从先秦两汉到隋唐五代，我引导大家漫游璀璨夺目的中国古典文学宝库，使大家走近历史文明，走近民族瑰宝，走近优秀的传统文化。我讲诗词，要求背诵。我认为只有入耳入脑，烂熟于心，记忆牢固，方能成为自己拥有的知识财富。同学们不负所望，晨吟夕诵，刻苦攻读，如今已会背诵诗词 200 余首，大家感到自豪，我亦引以为骄傲，因为有什么能比得上看到自己的学生知识见长而更为高兴的事呢？

　　诗读了，会背了，我就鼓励大家练笔，撰写诗词赏析性的文章，以进一步加深对作品的理解，提高自己的艺术鉴赏能力和文字表达能力。作业完成，选题不一，合起来倒能编成一本唐诗鉴赏的集子。作为习作，虽然有些似觉稚嫩，但也有的理解深刻，分析到位，语言纯熟，其中不乏独到的见解。贺海鹰的《山居秋暝》赏析，李秋生的《早发白帝城》赏析，雷亚芬、张凤宁的《春望》赏析，李惠琴的《望庐山瀑布》赏析，赵祥的《将进酒》赏析，张芬的《绝句四首》之一的赏析，张丽的《枫桥夜泊》赏析，王小东的《赋得古原草送别》赏析，武学文、茹霞的《行路难》赏析，李红梅的《月夜》赏析，王晓萍的《过故人庄》赏析，高小春的《登鹳雀楼》赏析，曹翠萱的《登幽州台歌》赏析，曹建萱的《春江花月夜》

赏析，等等，都是达到一定水平、读后令人感到欣慰的文章。今选出6篇，推荐在校刊上发表，这也是对大专班学习成果的一次检阅。

乙卯新春，江泽民同志在欣赏"中国唐宋名篇音乐朗诵会"的演出后指出，中国的古典诗词博大精深，有很多传世佳作，它们内涵深刻，意存高远，也包含很多哲理。学一点古典诗文，有利于陶冶情操，加强修养，丰富思想。我相信，大专班的20多位同学，结合自己的读书实践，对江泽民同志的这段讲话，一定会有更亲切、更深刻的体会。

1999年2月

走进力群的文学世界

今年1月6日，在三晋文化研究会新春团拜会上，看到薛苾先生编著的《力群的生活及文学世界》一书，非常高兴。作者薛苾先生从2006年8月动笔，2009年7月完成初稿，到2011年1月完成修改稿，全书36万字，前后共用了4年6个月的时间，作者的艰辛努力令人敬佩。更让我感佩的是出书的速度。三晋文化研究会李玉明会长2011年11月10日为这部书写了序言，其中包括罗广德同志11月3日写的审读意见。之后的一个月，即2011年12月书就出版了。12月25日，在力群先生百岁寿诞的时候，罗广德秘书长代表三晋文化研究会到北京祝贺，把这部书献给力老。我觉得这是献给力群先生百岁生日的最好礼物。

力群先生是我国当代著名的版画大师，是山西省委、省政府授予的"人民艺术家"，是山西省文联、山西省老文艺家协会的名誉主席。他的百岁人生历程，是一个有志青年追求艺术、追求理想信仰、追求革命道路的人生。力群先生不仅是一位遐迩闻名的美术家，而且是一位卓有成就的文学家，他在小说、散文、诗歌、理论方面的创作都取得了丰硕的成果。我们过去往往强调力群先生是一位版画大师，而忽略了他同时还是一位文学大家，这主要是因为他在美术方面所取得的巨大成就的光辉掩盖了他的文学光芒。薛苾先生的大作《力群的生活和文学世界》帮助我们解决了这个问题，带我们走进了力群的文学世界，原来竟是那样的光芒四射，璀璨夺目。

这部书的书名，薛荎先生原定的是"力群的文学世界论"，力老自己改为"力群的生活及文学世界论"，罗广德同志去掉了一个"论"字，最后定名为"力群的生活及文学世界"，就使这部著作成为一部侧重于力群文学活动的传记性的著作，而不是评论力群文学创作的学术著作。

罗广德同志读后评价这部书的特点是"三强"，即"可读性很强、史料性很强、文艺性很强"。这个评价很准确。

我觉得薛荎先生的这部书，是用散文笔法写成的一部集思想性、学术性、可读性于一体，内容厚实、文字优美的书。全书包括前言和结束语，共10个部分，基本上是以小说、散文、诗歌几大块来构成的。小说和诗歌一前一后是两个完整的章节，而其他6个章节是作者以力老的生活轨迹为线索用散文形式书写的。这就使没有条件接触到力老文学原作的读者，也能了解力老的文学创作，并熟悉力老的人生道路，走进力老的生活和文学世界。

读《力群的生活及文学世界》，我觉得这部书最大的特点是可读性强。我在读时不是一页一页地往下读，而是想读哪一节就读哪一节，而一读起来就放不下，被深深地吸引住。它的可读性在于作者大段大段地引用了力老原作的原文，而力老的文章，或讲他的人生经历，或写他的感情世界，或说他笔下人物的故事，都是极其吸引人的。而薛荎先生的议论和点评也起到了衔接作用和使读者从力老所讲的故事里跳出来的间离效果。

说起可读性，我想举"岁月俯仰'楼外楼'"一节介绍的力群《三进楼外楼》这篇作品。1932年，力群作为杭州艺专的学生一进楼外楼，要了一菜一汤，吃的是大米饭。结账时堂倌要两块多大洋，他因为身上的钱不够，只好让堂倌跟着到住处去取，使他感到受了带有欺骗性的侮辱。43年之后，1975年，力群与好友曹白二进楼外楼，由于"文化大革命"名店饱受摧残，连西湖鱼也没有吃上，无比失望，只好扫兴而归。又过了29年，2004年，力群作为母校（原国立杭州艺专，今名中国美术学院）的贵宾，应邀三进楼外楼，主人点了满满的一桌菜，其中就有楼外楼的两道名菜："叫花鸡"和"西湖醋鱼"。力群觉得这是一次受到尊重的愉快的聚会。力群《三进楼外楼》，前后相距72年，从作者的处境、身份、心情，以及楼外楼景象的变化，反映了时代巨变。这篇散文带领读者穿越时空，感受不同时代的烟雨风云，让人感慨万千。

第二个特点是历史感强，让读者在作者的引导下走进从20世纪30年代到21世纪初近百年的中国历史长河，知悉那个时代的历史风云，感受那个时代的民族苦难和民族觉醒，了解那个时代青年一代的理想追求和思想感情。可以说是读者随着力老的脚步回眸百年中国的沧桑巨变。

我们从书中可以了解到20世纪30年代的左翼文化运动，了解到同仇敌忾的抗日斗争，了解到朝气蓬勃的延安解放区生活，了解到从解放战争到新中国的成立，了解到社会主义革命、建设和改革时期所发生的巨大变化，一直到进入新的世纪。这些在书中都有生动的叙述和描写。读者从这部书里对历史的了解和掌握，不是从教科书式的讲义中读到的，而是从充满故事情节甚至传奇色彩的叙述中感知的。

第三个特点是感染力强。通过读这部著作，我们会被力老的革命精神和文学精神所感动。1931年力群到国立杭州艺术专科学校读书；1933年与同学曹白等组织进步美术团体"木铃木刻研究会"，从事鲁迅先生所倡导的新兴木刻运动，参加中国"左"翼美术家联盟；1938年加入抗敌演剧队第三队，从事抗日救亡宣传活动；1940年初到延安鲁迅艺术文学院担任美术系教员，参加延安文艺座谈会……力群一直坚持党的文艺为广大人民群众服务的路线。这种对党的文艺路线的坚守，对力老来说是终身的。

力老的文学精神同样令人感动。他的创作是自觉的，充满激情的。力老走了许多地方，也写了许多散文。这些作品，不是哪位领导交付的任务，也不是哪个报刊的约稿，而完全是发自内心的创作冲动所引发的。难能可贵的是力老即使上了年纪，也未敢稍有懈怠，而是笔耕不辍、创作不止。他曾以75岁的高龄登上北武当山，写了充满激情、笔法细腻的游记。这里想摘引一段，可见力老年轻的心态和精彩的文笔。写到当登上北武当山最高处的真武庙时，"我们凭栏远眺，看到在蔚蓝的天空下，四处森林郁郁一片绿海，远山如烟，重重叠叠，有如碧波浮沉；近松如盖，层层密密，好像绿云飘动；山鹰高飞，野禽低鸣，此情此景怎不令人心旷神怡"。真是一篇优美隽永的游记散文。

力老感染人的还在于他永远年轻的心态。这在书中，特别是"坦白的真情歌唱"诗歌一章中有充分的记叙。力老喜欢花草树木，喜欢鸟禽鱼虫，直到耄耋高龄，他的生活和创作仍然是充满童趣童真。

力老说人生有四大比，就是比成就、比贡献、比健康、比寿命。这四比中，力老都是绝对的优胜者，也是我们学习的榜样。我们应该做一个永远以力老为高峰的勇敢的攀登者。

薛荭先生的《力群的生活及文学世界》是成功的，是对宣传力群、研究力群的重要贡献。当然也有白璧微瑕之处。第一，有些离题较远的论述，包括对时代背景的过多介绍。第二，评论是文学创作的重要组成部分，应该提及。特别是力老撰写的《我与作家的对话》批评小说《永不回归的姑母》一文所引起的一场文艺论战，应该有所反映，力老对此事很在意。第三，由于赶时间出版，也有个别校对不精和标点符号运用不当之处。如《腹地明珠北武当》一节中"一只很大的灰色松树"（第366页），"松树"应为"松鼠"。在这里提出来，供将来如果再版修订时参考。

2012年2月10日

一代通儒姚奠中和他的传记

《姚奠中》传记近日由人民文学出版社出版。传主姚奠中先生是我的老师，作者王东满先生是我的朋友。姚奠中先生是名高天下的山右通儒，王东满先生是多才多艺的上党奇才。由王东满为姚奠中先生作传，可谓知人善任，实属难得。传主和作者我都十分熟悉，这就更增加了对这部传记作品的亲切感。

《姚奠中》传记全书9章50万字，内容厚重，印制精美，特别是书中有多幅插图，包括姚先生的照片、书信和书画作品，尤显珍贵。

我在山西大学读本科时，姚先生是教授，读研究生时姚先生是导师。在先生门下受教6年，此后仍不断地受到先生的教诲。今读《姚奠中》传记，对先生近百年的治学道路和人生经历有了系统的了解，更使我加深了对先生的敬仰。

一

姚奠中先生是我国著名的教育家、学者、书法家，被著名学者周汝昌先生称为"于学具识，于道能悟，于艺亦精亦通"的通儒，其诗、书、画、印被誉为"四绝"。早年师从民主革命家、国学大师章太炎先生，后怀着教育救国的理想，辗转江苏、安徽、四川、贵州、云南多所高校任教，1951年调入山西大学。先生一生从教60余年，称誉教育界，桃李满天下。

《姚奠中》传记以宏阔的视野、深刻的思辨，通过反映姚奠中先生近百年的人生经历与从教治学经历，将目光投向历史的纵深，反映当时社会的总体风貌和社会文化思潮。传记不但写出了传主个人的人生经历，还折射出整整一个世纪中国知识分子的命运，反映出中国近百年的政治风云、民族命运、文化发展、学术演变，引导读者阅读姚奠中传记、回顾近百年历史，使其成为一部以一位知识分子的传奇人生为主线的、艺术化的中国社会变迁史和思想发展史。这就使它的价值超出人物传记本身，而具有更加深刻的历史意义和思想价值。

《姚奠中》传记表现了姚奠中先生高尚的理想信仰、道德情怀、文人风骨和学术操守，表现了先生面对各种变故、劫难，无怨无悔，百折不挠，忠诚于教育事业，坚守做人为文之道的精神，表现了他对人民、对祖国的赤子情怀。

《姚奠中》传记我重点阅读了第七章"风云突变劫难频"（1955—1964）和第八章"历劫十年终不悔"（1965—1976），而这两章所反映的时间正是我在山西大学读书和工作的时期。我在山西大学从入学到毕业，从留校到调离，前后共13年。传记七、八两章所写的姚先生的经历共21年，我这13年正好包含在先生的21年里。这13年受教于姚先生门下，我感受先生的人品文品和道德风范，也了解到先生这21年挫折不断的艰难处境。

这21年，对姚奠中先生来说，是劫难频频的21年，也是先生人生道路上最难过的21年。对于先生的这21年，我有的了解，有的不了解，是书中提供的丰富的生活故事使我走近我的老师，了解了他当年所过的艰辛日子、所忍受的屈辱岁月，了解了他内心的愤懑和痛苦，但也感受到他的崇高人格和坚韧意志。

1958年响应"全民大炼钢铁"的号召，先生和我们班同学一起到西山西铭乡采矿；1959年响应"把课堂搬到农村"的号召，先生同我们一起到洪洞马牧下乡。无论是山上还是乡下，先生都是和学生同吃同住同劳动。在西山我们要冒着危险挖矿石，在马牧要顶着烈日割小麦。在马牧先生还要给我们讲课。课堂就在马牧村一座大庙的戏台上。这样的日子先生都是怀着乐观的情绪和我们一起走过来了，当然也更赢得了学生对先生的敬爱。师生间凝结了一种非同寻常、患难与共的情谊。

1958年到1960年，这三年困难时期是我亲身经历过的，印象最深的是吃不饱，饿肚子，得浮肿病。青年学生们是这样，年纪大的老师们也是这样。姚先生为了4个年幼的孩子能够填饱肚子也得去挖野菜。这种苦日子直到1962年实施"调整、巩固、充实、提高"的"八字"方针，国民经济得到恢复时才有所好转。

1962年春节，中文系召开教师座谈会。座谈会在主楼的一间大教室里举行，黑板上用粉笔写着"一年更比一年好"的几个大字。座谈会上给每一位教师发了一小袋干果，有花生和枣。当时这些食品大家都很久没见到了，拿到后都十分兴奋。姚奠中先生也参加了座谈会。他非常高兴，赋诗《春节联欢二首》："嘉会新春好，开怀纵谈深。风云观世界，济世有同心。""日丽山河秀，阳回大地春。前途花似锦，思想贵时新。"虽然日子过得艰辛，但诗中充满了积极向上的乐观情绪。

党的十一届三中全会后，中国进入了改革开放的新时期，在政治、经济、思想、文化各方面都取得了为世界瞩目的巨大成就。这一时期党的路线、政策给我印象最深的是贯彻落实科学发展观，构建社会主义和谐社会，在政治思想上进入了历史上最好的时期。思想上的解放，学术上的民主，言论上的自由，是从未有过的。提倡构建和谐社会，意味着过去的那种上纲上线、斗争哲学、动辄得咎的局面再也不会出现了。所以，广大干部群众特别是知识分子，心情舒畅，对党在三中全会以来的思想路线、党的知识分子政策是最满意、最拥护的。知识分子在社会上有了过去不可想象的地位。我的老师姚奠中先生的命运变化就最充分地说明了这一点。

传记第九章"天回地转开新史"（1977—2010）对先生这一时期的生活有生动的描述。这33年，先生"雨后老樗啸苍穹"、"年逾古稀笔愈健"、"书艺动京城"、"德业如日升"，谱写了"老骥伏枥，志在千里；烈士暮年，壮心不已"的新篇章。先生凭借自己的道德文章，以及学术上的突出成就和崇高地位，赢得了群众的拥护和社会的认可，担任了九三学社山西省委员会主任委员；1983年和1988年两次当选为山西省政协副主席和全国政协委员，并当选为省人大代表，成为倍受社会尊重的一代通儒、国学大师。

姚奠中先生在党的三中全会前后境遇的变化，极有说服力地反映了党的知识分子政策的变化。三中全会前先生劫难频频，三中全会后先生在社会上得到了应有的地位。这种变化体现在姚奠中先生的身上，也体现在每一个知识分子的身上，只是先生更具有代表性。

在这"天回地转开新史"的33年，先生虽然年事已高，但成果不断，接连推出几部有重大学术价值的著作。有与弟子梁归智共同编选出版的《梁园东史学论文集》，有与弟子董国炎合作编撰出版的《章太炎学术年谱》，有与学生阎凤梧共同主编出版的《通鉴纪事本末全译》，以及大量的诗词、序跋、论文等。

姚奠中先生1993年的《八十自述》、2003年的《九十自省》、《九十抒怀五首》是了解先生思想感情的最好的作品。《八十自述》的"坎坷蹭蹬，曾无芥蒂。不见成功，忧思难已"；《九十自省》的"未能息以踵，九十不薪期。德业愧前哲，尊闻行所知"；《九十抒怀五首》之五："满眼江山满眼新，平生志气一朝伸。不言衰老循规律，国富家兴遍地春。"先生一生劫难频频，挫折不断，但他不计前嫌，不存芥蒂，仍然是兢兢业业，笃行不倦，而九十回首仍然感到"德业愧前哲"，先生还要在"国富家兴遍地春"的好日子里，不言年衰老，迟暮惜光辉，可见先生胸怀的博大和志趣的高远。

更能表达先生好心情的是《迁居》和《小园》两首小诗。1955年，先生一家6口人住在"西楼"一套不足80平方米的居室里，一住30年后调整到"南楼"一套"文化大革命"前盖的旧房子，也就增加了十几平方米，直到1997年才搬入现在的新居。《迁居》表达了先生乔迁新居的喜悦心情："一住西楼三十年，南楼十载又搬迁。崎岖历尽成平路，耄耋迎来艳阳天。"新居后面连着一小块草地，先生想到恩师章太炎在苏州住宅有个园子叫"曲园"，就把自己的这块草地起名为"亦曲园"，并赋《小园诗》自赏："堂不标春在，园名亦曲园。前贤安可企，学圃有花繁。"先生还有《1997年6月迁居口占》一首："出有车兮食有鱼，老妻相将入新居。菲才未副明时望，珍惜耄年事业余。"对于此诗，东满说："先生一生如老黄牛一样，忍辱负重，躬身不息，到老也忘不了做事业、做贡献，住进新居之后更不敢愧对党和人民给予他的这份厚爱。"2001年，为纪念中国共产党建党80周年，先生曾为中共中央统战部书写自作诗《新七一颂》，更可见他对党的感情。

二

《姚奠中》作为人物传记作品，要写出传主的人生经历、思想发展、社会贡献，以及当时社会对传主的影响和传主对当今社会的影响，使其深刻、厚重，具有启迪和教育意义。这些最基本的要求，作家王东满做到了，而且做得很好。

1. 宏观把握和微观叙事相结合，既可以使读者了解先生当时所处的时代背景、政治气候、文化氛围和先生的思想脉络、事业成就，又可以通过许多引人入胜的细节描写和有血有肉的形象刻画，使读者走近先生的内心世界。书中既有"立主脑"的立意恢宏，又有"密针线"的细腻铺陈，读起来时感荡气回肠，又觉生动亲切，充满艺术质感。

2. 作者叙事和传主口述相结合，使全书更具真实感。全书主要是作者的叙事，但其中插进了大段的传主口述历史。这一部分对了解先生当时所处的环境及思想感情极为珍贵。我们从先生的口述中可以了解先生"大跃进"年代随同学生到太原西山采矿的艰辛，感受先生在困难时期带着孩子们苦度饥饿日子的辛酸，了解先生"文化大革命"中在学校烧锅炉的情景……先生这些不堪回首的往事在书中都有生动的描写。

3. 《姚奠中》是一部传记作品，但具有较高的学术性和知识性。作者考虑到不同层次的读者需求，对一些典籍、术语和人物往往有简明而准确的介绍，为读者排除阅读障碍，提升阅读兴趣，增加知识积累。

如1935年底，姚奠中先生投师章门，书中详细介绍了章氏国学讲习会和章太炎的学术历程和学术成就，以及姚奠中成为章氏七个研究生之一的经历，使读者感受姚奠中先生孜孜不倦的求学之道和攀登国学高峰笃志好学的精神。作者写到姚先生1951年到山西大学任教时，就根据《山西大学百年史》的资料，对建于1902年的山西大学堂作了介绍。写到1955年姚先生被隔离审查期间翻译《诗经》一事，就对中国这部最早的诗歌总集作了简明扼要的说明。写到姚先生对柳宗元的研究时，就对柳宗元的生平、政治主张和文学成就作了概括叙述，书中还比较详细地对姚先生在研究柳宗元辞赋、诗歌、文论方面的学术见解和学术成果进行评述。在涉及山西大学的一些人物，如梁园东教授、阎宗临教授、杨焦圃校长等，作者都有简明扼要的生平事迹介绍。

4. 姚奠中先生在坎坷人生中接触到各种各样的人。传记中对于帮助过自己的人或印象好的人往往书写其姓名以铭刻在心，而对于多次整过自己的人，在叙事需要提及时，则是只记其事而隐其名，显示了先生的仁者之心。这同样也反映了先生广阔的胸怀和气度。

5.作家王东满撰写此书，访谈传主，查阅资料，核对史实，遍访姚先生的学生、亲友，构思框架，撰写书稿，前后历时5年，终成巨著。书中饱含着东满对姚奠中先生的敬仰之情，也反映了作者渊博的文史知识和娴熟的文学笔法。东满以小说、诗歌和书法名世，这就使他笔下生辉，文采风流，增加了传记的可读性。作者记叙姚先生的学术成就时，用词严谨缜密，行文气贯神通，唯求论述准确，而叙述姚先生的日常生活时，又似喁喁私语，如诉家常，语言流畅朴素。

这里我想起姚奠中先生写给王东满的一首诗和东满献给姚先生的一首诗，读后又觉有新的感悟，那就是前辈对后辈的褒奖，后辈对前辈的敬仰，这同样是一种声气相通、薪火递传，光焰永续。

姚奠中先生曾为《王东满诗词书法集》题词："知君小说入千家，不料诗词亦可夸。自是多才多艺手，砚池飞墨笔生花。"姚先生对东满可谓褒奖有加，东满称之为"句句珠玑，字字千金"。王东满的《敬酬姚奠中老》："为人为学称双馨，桃李不言天下尊。寿若精金坚且美，学如瀚海广而深。一支秃笔矜高古，两袖清风布士林。墨舞龙蛇迎晚照，气扬神飞暮天云。"东满如此评价姚奠中先生的学识人品与精神风貌，可谓高山仰止，名实相副。

2011年9月3日

写在《郑笃文集》出版之际

郑笃同志是1992年5月省委、省政府授予"人民作家"称号的七位作家之一。郑笃同志1934年参加革命，长期从事文艺宣传、新闻出版工作。他既是一位在文艺战线上做出重要贡献的著名的文艺评论家，又是一位在新闻出版领域里做出突出成绩的优秀的编辑家，还是一位长期担任文艺、出版部门组织领导工作的领导干部，是山西文学艺术事业的重要开拓者之一。

郑笃同志在60多年的革命生涯中，始终坚定地执行党的路线、方针、政策，遵循毛泽东同志《在延安文艺座谈会上的讲话》所指引的方向，深入实际，深入生活，深入群众，走民族化、通俗化、大众化的创作道路，为繁荣和发展山西的文艺事业，包括民间文艺事业，做出了自己独特的贡献。讲通俗，写通俗，编通俗，是郑笃同志终生追求和身体力行的事业。正是在提倡通俗化、繁荣大众文艺上，郑笃和赵树理在太行区成了相知、相重的革命战友和文坛知己。

郑笃同志在太行老区创作过不少小说、故事、散文、报告文学等，反映革命战争年代的火热生活，塑造新的时期新的人物形象，在根据地文艺史上写下了重要的一笔。新中国成立后，郑笃同志结合他长期担任刊物编辑、图书出版和文艺领导等方面的工作实践，撰写了大量的理论、评论文章和随笔、杂谈等，使他成为山西文艺理论战线上领军人物，是我省老一辈的文艺评论家。郑笃同志在他担任山西人民出版社第一任社长、党组书记兼总编辑期间，在他一生参与或主编过13种文艺报刊的数十年间，他甘为他人作嫁衣裳，培育新秀，扶掖人才，在出书、出人、办刊方面均取得突出成绩。

为了展示郑笃同志60多年的文学创作成果，回顾郑笃同志在文艺宣传组织领导工作中的业绩，三卷本的《郑笃文集》最近由山西人民出版社出版。

由《郑笃文集》的出版，我想起了另一位人民作家李束为同志。郑老和李老都是我在文联宿舍的邻居。我和这两位长辈都有着密切的交往，深受他们的有益教诲。束为同志和郑笃同志一样，也是山西省文学艺术事业的主要开拓者之一，曾担任过山西省文联第二、三届委员会主席。李老1918年11月出生，1994年3月去世，享年76岁。郑老1914年10月出生，1996年8月去世，享年82岁。碰巧的是，2004年3月，在束为同志逝世10周年的时候，我受省文联党组和束为同志家属的委托，与束为的女儿李肖敏共同主编了三卷本的《束为文集》；两年后，2006年3月，也是在郑笃同志逝世10周年的时候，我又受省文联党组和郑笃同志家属的委托，与郑老的女儿郑晓君共同主编了三卷本的《郑笃文集》。这两套文集在省委宣传部和省文联的热情关怀下，在山西人民出版社的大力支持下，先后出版了，为总结和研究山西文艺发展的历史积累并提供了一份珍贵史料，为广大读者了解山西文艺发展、走近人民作家提供了一部有益读物。

在主编这两套文集的时候，我通读了李老和郑老的全部作品。《束为文集》的三卷本，一卷是小说，一卷是散文、报告文学，一卷是报告、评论；《郑笃文集》的三卷本，一卷是小说、散文、报告文学、科普作品，一卷是理论、评论，一卷是杂谈、随笔、讲话、报告等。可见，束为的作品是以小说、散文为主，他是与马烽、西戎、孙谦、胡正齐名的山西五作家之一；郑老的作品则是以理论、评论为主，是山西文艺评论界的前辈。在束为的作品中，我既欣赏到《好人田木瓜》、《老长工》、《于得水的饭碗》等优秀短篇小说，又欣赏到《桥儿沟风情》、《吕梁小夜曲》等散发着泥土芳香的散文作品。我特别赞赏束为在散文创作中生活观察之细，人生体验之深，字里行间都注满了浓浓的感情。在郑老的作品中，我欣赏到小说《情书》、报告文学《英雄沟》等在根据地产生了重大影响的作品，我更关注他写的理论、评论文章。在《郑笃文集》中所收录的119篇文章中理论、评论文章就有59篇，这是他的作品的大宗。在他的理论、评论文章和一些杂谈、随笔、讲话中，我深深感到郑老对各个时期文艺创作、文艺动向的关心和坚持党的文艺方针路线的自觉性。虽然这免不了在一些文章中留下了时代的印记，但在总体上却体现了他坚强的党性原则。我特别赞赏他在文章中的旁征博引，中外名人名言信手拈来，运用自如。这反映了他的博闻强记，重视知识的积累。他在谈文艺批评的标准时，既引用了中国古代文论家刘勰的论述，还引用了马克思、恩格斯和俄罗斯的批评家们的论述，富有很强的理论色彩。郑老的作品给我另一个深刻的印象是，他对民间文学的热爱。他支持山西民间文艺家协会的工作，主编《山西民间文学》刊物。他多次表示："叫我专门搞民间文学我都愿意。"郑老重视民间文学正是反映了他一贯重视"文艺为人民服务"的方向的态度。

通过《郑笃文集》的出版，我想到《束为文集》，想到这两位人民作家的创作道路。主编这两套文集，完成二老的遗愿，既是表达对老一辈作家的敬意，也是对山西文艺界做了一点有益的工作，这是我自感欣慰的。

2006年8月8日

且说李国涛

　　这篇稿子用了《且说李国涛》这个题目，大家一看便知是套用李国涛先生很有影响的一篇文章《且说"山药蛋派"》的题目来的。之所以叫"且说"，是因为实在不敢说对李国涛先生有所研究，只是因为看到山西文学社送来的《李国涛文存》，参加了省作协为李国涛先生从事文学活动举办的座谈会，引起我对同李国涛先生交往的回忆，也想说说对李国涛先生的印象，就写了这篇稿子，因对李国涛先生没有深入研究，姑且成文，故曰"且说李国涛"。

一

　　2014年5月6日，省作家协会在太原举办"李国涛先生从事文学活动六十年暨《李国涛文存》出版座谈会"，众多的作家、评论家和新闻媒体人士与会，回顾李国涛先生的文学创作道路，赞扬他所取得的杰出成就，充满喜庆、温馨的气氛，是一次典型的群贤毕至、高谈阔论的文人雅会。

　　省作协和山西文学社为李国涛先生从事文学活动60年做了一系列的准备工作，包括制作专题片，出版文存，召开座谈会，充分表明了省作协对于一位老文艺家的肯定、尊重，给予了他终身成就式的荣誉。这对李国涛先生来说是值得庆贺的事情，对所有的老文艺工作者也是一种激励和鼓舞。你只要做出成绩，作为"作家之家"的作家协会就不会忘记你，你就会得到不同方式的承认、尊重和褒奖。

　　李国涛先生是 1982 年由《汾水》改名的《山西文学》的第一任主编。李国涛自己说过："我同《山西文学》的关系最深。"所以《山西文学》的同志们也同他的感情最深。30 多年过去了，一代接一代的《山西文学》主编们，包括周宗奇、张石山、冯池、段崇轩、韩石山、朱凡，现任主编鲁顺民，都没有忘记了他们的老主编李国涛先生。

　　在李国涛先生 60 年文学活动的前后，山西文学社的同志做了许多认真细致的工作。社里的年轻同志吴沛、白琳给我送书，多次打电话、发短信，极其热情负责。她们在提到李国涛先生时，都是一口一个"李国涛老师"，非常尊敬。山西文学社的同志为他们的老主编所做的一切，使我深受感动。

　　为了纪念李国涛先生从事文学活动 60 年，三晋出版社出版了五卷本《李国涛文存》，包括 47 万字的理论卷、52 万字的随笔卷和 29 万字的小说卷，共 128 万字，这显然不是李国涛先生著作的全部，而是一种选编。仅以作者自己所言，出版了的两部论文集、两部长篇小说和一部专著，其字数也远远不止于百万字。这部 32 开本的文存，装帧简朴，素净大气，没有当今一些出版物的豪华气派，而内容厚实，格调高雅。更令人感叹的是作者自言："爱写稿，乱投稿，偶发稿。""三稿"感言，这对于李国涛这样一位大家来说，又是何等的低调、淡然。文如其人，书如其人，信然。

二

　　李国涛先生是山西文学批评界的领军人物，著名文学理论家、文学评论家和文化学者。在李国涛先生的带动和影响下，山西文学评论界从来是文人相重，惺惺相惜，团结和谐，令人称羡。山西文学评论界的这个优良传统一直延续着。从以董大中、蔡润田为主编的《批评家》编辑部，到杜学文、杨占平组织的文学沙龙，再到以段崇轩、杜学文、傅书华为主任的省作协文学评论专业委员会，文脉相承，薪火相传，一贯如此。

李国涛发表的第一篇评论文章是《诗爱好者的意见》，发表于1955年12月17日《光明日报》，是评论闻捷诗歌作品的，时年25岁，至今写作生涯已经是59年了。李国涛1957年来到山西，至今也已57年。1972年他从山西省哲学社会科学研究所调到山西省文艺工作室（这是"文化大革命"后期成立的机构，1978年5月恢复了省文联和各协会组织），至今亦有42年。李国涛先生是江苏徐州人，可以说是把近60年的宝贵岁月都献给他的第二故乡——山西的文学事业了。

三

我同李国涛先生的交往是早在20世纪60年代就开始的。那时他在省社会科学研究所编《学术通讯》，我在山西大学中文系任助教。省社科所在省委党校院内，和山西大学同在城南坞城路，两个单位一街之隔，步行可到，往来甚是方便。李国涛常来系里组稿，也给我在《学术通讯》上发过几篇文章。当时李国涛先生正年轻，身材高挑，风度翩翩，一表人才，由于是文人相惜，很能谈得来，我便同李国涛先生结识并有了交往。

在我的印象中，李国涛在省作协担任过副主席，但是没有做过行政领导工作，只是走着一条读书、写作、办刊、做学问的传统文人道路，在《汾水》和1982年改名的《山西文学》担任主编。1979年夏，省委宣传部贯彻党的十一届三中全会精神，拨乱反正，组织社会科学领域研究人员撰写文章，我写了一篇《围绕"写中间人物"的一场斗争》，发表在《汾水》杂志1979年第6期。有一天我在作协大院遇见李国涛先生，他说文章写得很好，下了功夫了。

这是我同李国涛先生最直接的几次文字之交，给我的印象是他对人和蔼亲切，温文尔雅，一派学者模样。

四

　　李国涛先生60年来，一直从事文学理论研究和文学评论工作，研究范围包括鲁迅研究、汪曾祺研究、小说文体研究、山西作家作品研究各个方面，均取得突出成就。李国涛的文学评论涉及面广、研究领域宽，但他始终以研究山西的作家作品为主。在对山西文学的研究中，他又以提出和确立"山药蛋派"在文学界的地位，扩大"山药蛋派"在全国的影响为最重要的贡献。我们常说"著书立说"，李国涛不仅有多部大作问世，而且做到了"立说"，就是从理论上确立了"山药蛋派"在中国现当代文学史上的地位。

　　"山药蛋派"形成于20世纪40年代中期至60年代中期。50年代后期有人提出"山药蛋派"的名称，但一直没有从理论上加以正式的确立，直至李国涛发表了《且说"山药蛋派"》（1979年11月28日《光明日报》）和《再说"山药蛋派"》（《山西文学》1982年第12期）引起了全国文学界的广泛关注。这是在提出"山药蛋派"这个名称20年后从理论上正式确立的。

　　1980年4月3日，马烽同志在省四次文代会的报告中说：山西"各个作家通过多年的创作实践和艺术探讨，逐渐形成了自己的风格。我们一些风格相近的作家，也就逐渐形成了以赵树理为代表的一个文学流派。对于这个流派，外地的同志有的把它称为'山西派'或'《火花》派'，也有人把它贬为'山药蛋派'。但山药蛋也是一种食物，同样富有营养，在全国众多文学流派之中，作为一种流派也没有什么不好。"马烽同志讲得非常中肯。"山药蛋派"有自己的鲜明特征：以农民为表现主体和服务对象；运用质朴通俗的语言和为群众喜闻乐见的民族化、大众化的艺术形式；具有浓厚的地方色彩。这是为全国文学界所公认的。

　　风格和流派的存在，是文学艺术繁荣的标志。一个文学流派的出现，往往会对整个文学运动产生广泛而深远的影响。以赵树理、马烽为代表的"山药蛋派"和以孙犁为代表的"荷花淀派"均是如此。"山药蛋派"不仅有以赵树理、马烽为代表的老一代作家，而且当时有一批中青年作家，如大同的陆桑、马骏，忻州的杨茂林、田昌安，晋中的刘怀德、彦颖，临汾的谢俊杰，运城的李逸民、义夫，晋东南的韩文洲，还有当时的青年作家张石山等都是属于这个流派的。这个流派实力雄厚，佳作纷呈，群星璀璨，活跃在文坛上。一直到2004年1月31日马烽同志逝世，2011年1月17日胡正同志逝世，被认为是"山药蛋派"的终结。如果从赵树理发表小说《小二黑结婚》的1943年算起，这个流派存在了有70年，也是一件了不起的事情。"山药蛋派"作为一个文学流派虽然不再存在，但"山药蛋派"所体现的文学创作的现实主义精神却是为众多山西作家所延续和发展的，并出现了许多文学佳作精品。

五

在李国涛的评论中还有一部分值得重视的是他写的《编稿手记》。李国涛说："我在《汾水》和《山西文学》做编辑工作的时候，常有一些偶然产生的感想。这些感想，大都是由于看稿、改稿、编稿而引起的。这些感想，有时也还有点意思。要把这点意思写成评论或随笔来发表也未始不可，但是自己没有这样从容的时间，刊物也没有这样从容的篇幅。所以我就想出'编稿手记'这样的小栏目。""这些小文章，有时向读者谈谈，有时又向作者谈谈，有时就诉说点编者自己的心情。""所言都无高论，然而皆系实话；每则大都仅仅三五百字，所以必须少说废话；又欲引起读者的兴味去读有关的作品，就力求写得有点趣味。""我甚至觉得，编辑在编稿过程中的一些随时的感想，对作者对读者往往都有可资借鉴的地方，因为编辑是第一个读者，读起来又较为细心。可惜不是每一位编辑都有写这类手记的兴趣和机会，这使许多编辑的许多好想法只在脑子里一闪，永不为他人所知。"李国涛就写《编稿手记》说得够清楚了，展现的是一位编辑同志的良苦用心和责任担当。

《编稿手记》在李国涛的《文坛边鼓集》中选了24则，这是真正起到了文学评论要启迪作者和引导读者的作用的小文章。他点评的对象有老作家李束为、胡正，有青年作家张石山、成一、马骏、权文学等，也有一些不知名的作者发表的处女作，他都给予热情的支持和鼓励。《汾水》1980年第8期发表了张石山的短篇小说《镢柄韩宝山》，李国涛说，张石山的这篇小说"是写农村生活的，又带有'山药蛋派'的意趣"。《汾水》1981年第5期发表了梁衡的评论《关于山水散文的两点意见》，李国涛说读后有耳目一新之感，作者笔下很有文采，"作者确是有感而发，且是积学而成。听他侃侃而谈，令你频频颔首"。他说："我喜欢这样的评论文章。评论文章应当文情并茂，有艺术性，并且可以有作者个人的风格。我国文学理论的宝库中，多的是这样的文章，它们本身常常就是灿如珠玉的漂亮的散文。"李国涛真是慧眼识珠，对梁衡30多年前发表的一篇评论竟如此赏识，而如今梁衡已是我国著名的散文大家。

李国涛作为评论家他强调的就是要为年轻作者"鼓吹"，所以他1986年出的一个集子就叫《文坛边鼓集》。在这个集子里，李国涛有多篇文章是评论赵树理、马烽、西戎、孙谦、胡正等老作家的，还评论过焦祖尧、成一、张石山等。此外，他还著文评论到李锐、蒋韵、柯云路的小说，潞潞、秦岭、梁志宏的诗歌，赵瑜的报告文学。让我惊奇的是李国涛在20世纪80年代写的《大同的作家们》一文中竟然关注到那么多的大同作家，有焦祖尧、九孩、陆桑、黄树芳、郭书琪、冯池、王子硕、张枚同、程琪、应化雨、秦岭、曹乃谦、王祥夫，等等。

在这篇文章中，李国涛特别提到曹乃谦的小说《温家窑风景》，说这是一篇很有特色的作品，"一共四千字，但是由五个短篇组成，短的六百字，长的也才一千字。""在写法上这是很地道的'截取生活横断面'方式，所以能集中一点。而由于集中，又不重在细细叙事。讲究跳跃和含蓄，每篇都深有情趣。"瑞典汉学家、诺贝尔文学奖评审委员马悦然在《一个真正的乡巴佬》一文中说到曹乃谦，"他的著作中不多一个字，也不少一个字。他会用不超过五百个字，把一个人的命运或者一个家庭的灾难都写出来。"马悦然的话是2005年说的，而李国涛早在1988年写的文章里就对曹乃谦小说的特点作出了与后来马悦然相似的评价。

李国涛用了很大篇幅评论的另一位大同作家是王祥夫。他说："王祥夫是最近几年间写得最多、进步也最快的青年作家。在王祥夫的身上已经表现出一种艺术上的成熟。""他写出的小说大体都能保持一定的水平。"李国涛在文中重点分析了引起山西文学界讨论的王祥夫的一个短篇《永不回归的姑母》，认为"这是一篇好小说。在王祥夫的小说里属上等的"。李国涛说："王祥夫的一贯写法是现实主义的叙述方式。多写凡人小事，写亲切、温暖又带一些凄凉的人生。"李国涛评论王祥夫的最后一段文字是这样写的："王祥夫开头挺顺。但现在应当寻到真正属于自己的艺术色彩，在当代小说创作里找到自己的位置。这个难度很大。但是我觉得他行。"李国涛说对了，王祥夫确实是行。他在中国小说界找到了自己的位置。王祥夫成为获得"赵树理文学奖"、"鲁迅文学奖"的全国知名作家。

李国涛先生作为评论家，对山西的作家作品和文学流派如此关注，深入研究，撰文著书，真是难得，体现了一位评论家的责任心和使命感。李国涛评论过的老作家是"山药蛋派"的代表作家，评论过的中青年作家现在都是山西作家群中的中坚力量。这就是一位评论家的价值和贡献。

六

李国涛先生的另一个成就是他的小说和散文。

从20世纪80年代末开始李国涛以"高岸"署名的小说创作，引起文学界的广泛关注。他先后发表了《郎爪子》《炎夏》《紫砂茶壶》《云水图》《往事凄迷》《故城旧事》等中短篇小说，代表作是1992年出版的长篇小说《世界正年轻》。"文存"小说卷仅收了6部中短篇和1部长篇，所作小说并未全收。

李国涛的小说创作大都以古城徐州为背景，再现徐州特有的民俗风情，描写人物形象，具有浓郁的文化色彩和鲜明的地域特色，表现了作家浓厚的乡土情结。

李国涛近年来写的文化散文，反映了他阅读的广泛和文笔的老到。他读的书很多很杂，几乎是每读一部书都能读出学问，写出文章，见诸报端，令人称奇。这些文化散文大都收在"文存"的两卷随笔里，"老年情怀"、"大题小做"、"书里情趣"、"窗外风光"等栏目所收的文章，无不语颇隽永，耐人寻味，可谓脍炙人口的美文佳作。

七

李国涛先生50多年的创作生涯给我的总体印象是对当代山西文学的关注，对家乡本土的热爱，对学问的追求，读书不断，笔耕不辍，为山西文学评论界所尊崇。

特别应当提到的还有李国涛先生做人的低调，做学问的高调。20世纪八九十年代，省里组建作家系列高级专业职称评审委员会，省委宣传部决定请李国涛担任评委，但他谢绝参加，因为他不愿意为读书写作之外的事情所干扰，占用他的宝贵时间。能够担任高级专业职称的评委说明组织上对这一同志专业成就上的肯定和秉公办事作风的认可，并且有一定的报酬，这在许多同志来说是都会欣然接受的，但是李国涛谢绝了。这是一件小事，但是反映了李国涛先生的独特个性和人生准则。

2014年5月6日

自是多才多艺手

——读《王东满文集》有感

王东满，当代著名作家、诗人、书法家。王东满，风流倜傥，玉树临风，才华横溢，人称"太行奇才"。这是我对他的整体印象。及至翻阅了他的十卷本文集，方知这些话不为过誉。

近日收到东满送来的印制精美的《王东满文集》，厚厚十大卷，洋洋600万言，真可以称得上硕果累累，著作等身。据东满说还有100多万字没有收入。收入文集的作品，既有长、中、短篇小说，侦破小说，还有散文、报告文学、诗词和影视戏剧，真是门类齐全，形式多样，如果加上他的书法、绘画作品，几乎可以涵盖文学艺术的各个领域。这不能不令人惊叹和敬佩。

我同东满相识也有20多年了。我在省委宣传部工作时，就读过他的一些小说，看过他的电影作品，还作过一些评论。1988年12月，省文联换届，我们同时被选为省文联副主席，东满当时是最年轻的副主席，后来他又干了一届。他还担任过省电影家协会主席，我们就更多了一些交往。

东满文有特色，人有个性，不随波逐流，更不趋炎附势，心直口快，有话直说，不管你是什么领导高官，不管你对我会产生什么看法，我是一个普通作家，能奈我何，颇有几分魏晋风骨。东满性格豪爽，活得潇洒，文朋诗友，交游甚广，但他不爱张扬，一切都是那样的平和自然。回到

《王东满文集》，想借用李旦初先生赠东满的诗句"早识并州小说家，诗坛又插一枝花"作为文中的小标题，书写所感。

并州小说家

作家王东满，是以小说立足文坛、闻名于世的。《王东满文集》十大卷，就有6卷是小说，包括6部长篇、4部中篇、39个短篇，还有11部侦破小说。

王东满属于20世纪80年代中期代表"晋军崛起"的中青年主力作家之一。这个中青年作家群是由两部分作家构成的。一部分是来山西插队的北京知青和分配到山西的外地大学毕业生，如李锐、柯云路、郑义、钟道新、成一等；一部分是山西本土生长的作家，如田东照、王东满、韩石山、周宗奇、张平、张石山等。他们当时都处于良好的创作状态，都取得了很好的成绩。王东满的小说大部分是在这个时期创作的。

20世纪80年代农村的变革引起了作家的极大关注。东满的小说大都是反映农村题材的，他的6部长篇就有4部是写农村的，包括《漳河春》《风流父子》《活人难》和《大梦醒来迟》。他的中短篇小说创作几乎都是写农村的，展现给读者的是一幅幅十一届三中全会以来，太行山区农村变革的风俗画。东满的小说创作深受"山药蛋派"的影响，注重人物性格的刻画，注重情节的巧妙安排，注重语言的通俗流畅。但同老一辈作家相比，他的作品题材更为宽泛，人物更为多样。他的作品除以描写农民为主外，公安干警、领导干部、知识分子、工商人士、战士等，都是他作品中表现的对象。东满的小说创作大都直面人生，紧贴现实，真实地反映时代的变迁，特别是表现新时期农村发生的伟大变革。东满的小说不同于老一辈作家的是，他笔下的农民形象，已经不同于背负着沉重负担的旧时代的农民，而是新的历史时期的富有时代特征的新的农民，他们有着与他们的长辈们完全不同的情感追求、生活习惯和人生经历。这是东满这一代作家对中国文学的重要贡献。

长篇小说《大梦醒来迟》标志着东满小说创作的成熟，是他的小说创作的代表作。小说反映的是新时期以来农村的改革生活。作品通过主人公陈必成一生的遭遇和一家人的命运，陈二冬与程梨花之间以及他们与程必成家族之间的矛盾纠葛，反映了两家祖孙四代、40余年的恩恩怨怨，作者把历史与现实、政治与人性杂糅在两家的矛盾冲突中，揭示了封建意识和"左"倾路线给群众身心造成的巨大创伤，显示出一种充满悲剧色彩的沉重的历史感和鲜明的时代性。

短篇小说《柳大翠的故事》和中篇小说《点燃朝霞的人》，描写的是改革初期农村实行经营承包责任制时的故事，但反映的不是在农村要不要承包的矛盾，而是反映了这场伟大变革在人们的思想观念、精神面貌和生活方式上所引起的巨大而深刻的变化。作品写的是偏僻的山村小镇和普通的凡人小事，但是从中可以看到时代潮流的折光，感受时代脉搏的跳动，反映了农村变革中存在的人们所关心的普遍问题。柳大翠是中国20世纪80年代农村妇女的典型形象，是具有时代特征的有血有肉的新人。在她的身上体现着新的一代农民坚定地走社会主义的信念和决心，也显示了农村的活力、希望和未来。短篇小说《县委书记的一天》反映三中全会以来农村的变化。但它不是简单地对比农村生活的前后变化，而是真实地反映了在这场伟大变革中尖锐复杂的斗争，接触到在这场斗争中各类人物的政治态度、思想倾向和精神面貌。作品强烈的真实性和倾向性使它具有巨大的说服力。侦破小说《无名牌手表》和《唇印之谜》早已在社会上广泛流传。《富婆之死》环环紧扣，案中有案，揭露了官商勾结的腐败行为。这些作品并非都是靠曲折离奇的情节取胜，而是反映了在万花筒式的世界里真善美与假恶丑的激烈斗争。

东满写小说会编故事，会构思情节，这并不是仅仅依靠他的想象和才情迸发，而是来源于生活。东满"自小在农村长大。长大后左一次'四清'工作组，右一次农村工作队，还是往农村跑。常来常往的朋友、亲戚多是来自农村"。东满还在襄垣县挂职两年，担任副县长。襄垣一向是他的作品取材和语言依托的根据地。即使这样，他还认为自己生活库存的底子不够丰厚，需要不断丰富生活积累，扩展生活视野，需要"重新审视、认识与熟悉当今农民生活，把握时代脉搏，从历史与现实的视角洞察、了解中国农民的命运，以及不断变化着的各类人的心态，更好地完成自己既定的创作任务"。东满十分重视深入生活，强调与时代脉搏合拍、与人民生活同步。他说："搞创作，离不开人民大众这片沃土。""从事创作之后，仍旧需要补充生活，重新感受生活"，"不断深入生活，开拓视野，敞开胸怀"。他还说："设若一个描写农民的作家、艺术家，对农民之痛痒了解甚少，甚至一无所知；而仅凭一点才气，将自己之所好所恶、所思所想，想当然地强加给你的描写对象，不亦悲乎！"

东满在报告文学方面最重要的作品是1995年为了纪念抗日战争胜利50周年创作的《与天为党——邓小平在太行》。邓小平在太行山整整生活、战斗过十个春秋。这一段历史是中国革命历史上最艰难也最辉煌的一页。山西人民出版社考虑到东满是在太行山长大的，对太行山的地理风貌、人文环境、生活习惯、语言等都比较熟悉，他的童年就是在抗日战争和解放战争的烽火硝烟中度过的，是伴着层出不穷的神话般的"刘邓大军"的故事成长的，于是就把这个任务交给他。东满上太行、下河北、赴上党、过黄河、到延安……沿着邓小平当年生活、战斗的足迹采访，跑图书馆、档案馆搜集资料，终于不负所托，按时完成了这部大作，受到广泛好评。

东满的散文收入文集的有161篇，内容多反映现实，描绘人生百态、大千世界、生活万象，叙事委婉动人，语言风趣幽默。他写的《初试桑拿浴》《学车记》等以其独特的生活感受，写得妙趣横生，让人忍俊不禁，在读者中被广泛传看。东满的散文很少触景生情、迎风落泪之作，或发思古之幽情，浇心中之块垒，而是充满愤世嫉俗、忧国忧民之情怀，针砭时弊，直抒胸臆，如《吃黑行》《山西能否免谈煤》《内陆风月场——"钱多，人傻，快来"》等内涵深刻、语言犀利的文章，都在读者中产生了广泛影响。

诗坛一枝花

东满以小说闻名，但在旧体诗词创作上取得了不俗的成就，一部《高扬斋诗草》引起诗坛的广泛注意。他在赋诗填词的同时，又酷爱书画，诗词、书法相得益彰，一部《王东满诗词书法集》更是引起书法界的极大兴趣。"诗锦补天缺，翰墨供逍遥"，是诗人的述怀。著名学者、书法大师姚奠中先生为东满题词："知君小说入千家，不料诗词亦可夸。自是多才多艺手，砚池飞墨笔生花。"

东满说："我近年复萌诗兴，'少年一梦韵乡长，壮岁登堂山药邦。花甲重圆骚客梦，诗书不让少年狂。'"确实如此。东满年少爱诗，后投入小说创作，近年来，诗兴大发，诗作不断，为诗坛所瞩目。东满诗词作品多忧国忧民之作，亦有诗友酬答之篇，还有写景咏物之诗，大都是有感而发，使读者感知诗人的人生体验，触及诗人的内心情感。东满诗集中最长的一首诗是长达122句的《怀念周恩来总理》，赞颂总理，思念总理，其情之真挚、深切，令人动容落泪。在《西沙纪行》一诗中，仅在序言中表达的对保卫祖国海疆牺牲的战士的怀念之情已经让人潸然泪下。

东满的旧体诗词创作显示了他深厚的学养和文化功底。王力先生的《诗词格律》他烂熟于心。一套四本的《词律》是他须臾不可离的枕边书。他自觉颇有几分"李杜才气，稼轩情怀"，虽然不敢自比前贤，但认为其诗词作品"或豪放，或婉约，或清新，或自然，多多少少总还沾那么点味儿"。阎凤梧教授称赞东满是"歌行敢步青莲韵，翰墨追寻怀素文"，赞扬他的追求、登攀精神。东满常常写对仗极为工整的格律诗，"篇篇嚼出菜根味，字字品含米谷香。身近平民知冷暖，官居显位忧农桑"（《读杨治国〈荷香斋诗草〉兼贺》）；"好韵泠泠入梦雨，锦章篇篇出岫云"（《收读贾真兄诗集即兴书赠》）；"寿若精金坚且美，学如瀚海广而深。一枝秃笔矜高古，两袖清风布士林"（《敬赠姚老》）。

东满认为格律诗的生命在于忧患意识、平民意识与审美意识，现代人写作旧体诗词重要的是创造意境和时代氛围，"意境是诗的生命"。今天的诗人写旧体诗词，"就应当写出具有今人、今时、今天、今地特色的诗词作品。如果也去效仿古人，硬去无病呻吟，写那些悲悲切切、缠绵悱恻之作，那绝对是玩不过古人的，只能落一脸'效颦'之羞"。东满主张诗贵情真，质朴天然，动人心魄；诗贵空灵，言近旨远，引人遐想；诗求美感，意美句佳，赏心悦目。

东满写诗严守格律，但绝不拘泥程式，以律害意；他也用典故，但绝不深奥晦涩，而是融入诗中，自然得体。他主张，"书贵硬且瘦，诗贵传神笔"，"不为平仄囚，信笔走千骑"（《说诗》）。东满对作诗填词的见解往往同他做人的准则联系起来。他说："无论作诗填词，我一向也是不怎么肯老老实实'循规蹈矩'，这是因为鄙人不愿意因文害意，更不甘因声害意，一如做人一般，'安能摧眉折腰事权贵'，绝难'屈就'！"

东满不赞成今天的人写格律诗，继续沿用古韵。他主张现代人写作格律诗可以"宽松"一些，但无论是怎样"宽松"、"解放"，不缠脚，总还得穿鞋吧，否则就不成其为格律诗了，所以他说："清规死守伤灵气，无法无天也害诗"，意思是写诗不能拘泥格律，但也不能完全不顾格律。此句为陈明强教授所欣赏，作《说诗答东满君》："无法无天也写诗，花开花落两由之。自然有道谁规范，诸艺融通人骋驰。"东满的"无法无天也害诗"被陈教授引为"无法无天也写诗"，东满认为"意境翻新，情性骤见，至为快意，可谓一字之师"。一字虽然不同，但在"诗为心声，张扬个性为上，不宜为清规戒律束缚"的主张上，二人是心有灵犀的。

由诗词到书画，东满在艺术创作上强调"天赋"、"素养"和"人生体验"。他说："作家、诗人、艺术家的敏悟、灵性首先取决于天赋，'天生我材必有用'"，"其次取决于你的文学素养、艺术素养和对生活、人生的超乎常人的体验。"东满认为书法的成功在于学养的根基，正是"纸上笔馨，腹中学养"。他在评价文朋诗友的书法作品时不止一次地说到学养问题。"笔韵馨香学养润，墨花灿烂匠心皴"（《酬答李慧英女士》），"翰墨赖由学养润，功夫岂止砚磨痂"（《赠书法家陈巨锁兄》），"诗家功夫赖情性，学养清深自润毫"（《和丁芒先生诗四首之四》），可见东满对书法与学养关系的重视，而他在书法方面所取得的成就正和他的学养有极大的关系。

钟情影视剧

东满儿时在乡下，最早结识的艺术形式就是戏曲和曲艺。他说："我一听见上党梆子唱腔，特别是女声花腔、流水、垛板等，还有上党落子、襄垣秧歌等家乡戏，浑身的神经都为之兴奋，感到荡气回肠，舒畅至极，甚至忍不住想跟上哼几句。"上党地区小剧种多，壶关秧歌、高平秧歌、长子鼓书，东满都喜爱，特别是哀婉动听的襄垣秧歌常常使他感动得掉泪。东满在读中学时就开始创作一些小剧本、小演唱，20世纪60年代考入山西艺术学院戏剧系，专业是编剧。写剧本重视情节结构和矛盾冲突，对他后来的小说创作很有帮助。东满说自己从攻读戏剧文学移情别"嫁"从事文学创作，推本溯源，还是应该"感谢戏曲"。大型戏曲剧本《男儿泪》就是根据他的同名中篇小说改编的，东满说这是对戏曲的回报。他还创作了反映干群关系的6场现代戏曲剧本《倒下跪》。

东满创作的长篇小说《风流父子》被孝义碗碗腔剧团改编为同名现代戏,1988年10月参加了在运城举办的中国戏曲现代戏研究会第七届年会演出。《风流父子》和山西的其他4台戏曲现代戏的成功演出被戏曲界的专家们称为"标志着山西现代戏创作和演出的黄金时代正在到来",是"现代戏的晋军崛起"。孝义碗碗腔剧团《风流父子》的成功,使他们接着又推出了《风流姐妹》和《风流婆媳》,构成了"风流三部曲",成为该团久演不衰的保留剧目。这是东满小说《风流父子》的持久影响。他的长篇小说《山月恨》被改编为电视剧;短篇小说《夜走祭子岭》被改编为广播剧,在中央人民广播电台广播后获1982年全国优秀广播剧奖。这些从村户院落的凡人小事入手的舞台、广播、电视作品,通俗易懂,引人入胜,渗透了强烈的时代意识。这一切都来自于东满小说创作的成功,为其他艺术形式的改编提供了良好的文学基础,包括语言、人物、情节和风格特色。

东满不仅从事戏剧创作,而且写过电影剧本。1984年,东满根据长春电影制片厂的意见,把他的一个中篇小说《点燃朝霞的人》改编成同名电影,成为山西作家创作的众多农村题材电影中的一部重要作品。此外,东满还创作了《哈尔滨姑娘》《大梦醒来迟》《真迹008》《梦圆母亲河》等多部电影作品。这些电影作品,有的是根据作者自己的小说原著改编的,有的则是直接写成电影剧本的。这些电影作品大多是农村题材,也有公安侦破题材,表现了东满电影创作题材的丰富性。东满多部电影作品的问世,使他成为继马烽、孙谦之后山西重要的电影作家之一。东满还创作了电视剧《风流父子》和《黄土魂》,都是农村题材。

《王东满文集》十大卷600万字,一时间难以通读,遑论评介,只能是有所感,有所获,书写片段,求教于东满和广大读者。

2006年9月2日

诗苑常青五十年

——《董耀章文集》出版感言

  诗人董耀章从事诗歌创作50多年了。耀章从青春年华到步入古稀，度过了人生道路最耀眼的时光，也为社会留下了宝贵的精神财富。作为诗人半个世纪的创作成果，《董耀章文集》六卷本最近由山西人民出版社出版了。莎士比亚说过："人的生命有两种留下：一是留下子孙，一是留下著作。"耀章是两种留下都有："四朵金花"（指耀章的四个女儿：董霞、董宇、董雯、董献）如花似玉，六卷美文可圈可点。

  《董耀章文集》包括抒情短诗、叙事长诗、诗词联俳、电视剧、散文、文艺评论等，还有即将出版的《董耀章诗书集》。耀章50年的创作有300余万字，其中虽然包括诗歌、散文、评论、电视剧等，但他主要是诗人，主要作品是诗歌。他的诗歌作品虽然包括抒情诗、叙事诗、诗报告、朗诵诗、旧体诗词、楹联、汉俳等，但主要是抒情短诗。

  五十年来，耀章由写新诗到写旧体诗词，是他在诗歌形式上由单一向"两栖"的一种变化，表现了他以自由的新诗形式抒情、叙事转变为以一种严谨的格律诗来表达自己的生命体验、人生感悟和内心情感。耀章由诗歌创作转向文艺评论，由写诗歌到写诗评，写书、画、剧评，是他在文学生涯中的一种延伸，表现了他由感性思维向理性思维的转变，他把自己关注的对象由社会生活转向文艺创作本身。耀章由诗歌创作转向书法创作，由诗人到书法家，从抒情到养性，是他更大的转变，表现了他在人生阅历和美学思想上新的追求。写诗和写字是两个不同艺术范畴的创作，诗人和书法家是两种不同专业的艺术家，但是耀章找到了二者之间恰当的结合点，那就是中国源远流长的传统文化。

这反映了一种不懈的文化追求，一种进取的人生态度，一种值得称赞的世界观。其中一些有益的人生理念和艺术经验，对我们也是一种启迪。

1. 现实主义是董耀章始终坚持的创作道路

耀章在20世纪分别由北京、天津、山西等地出版的短诗集《虎头山放歌》、《金色的山川》、《彩色的原野》、《阳光集》、《花潮》、《爱的风露》、《爱的星空》，长篇叙事诗《虎穴少年》、《美娘魂》等都是在70年代到90年代创作、出版的。其中除去1976年出版的《虎头山放歌》和1978年出版的《阳光集》外，其余的7部作品都是在1979年至1989年的"新时期十年"出版的。这一时期出现的"朦胧诗群"、"现代主义诗群"等诗歌流派和文艺思潮对全国诗坛的创作态势和一些诗人的创作走向，都有一定的影响。但是，耀章仍然坚持着现实主义的创作道路，以诗人的激情抒写着三中全会以来中国大地上发生的巨大变化。三中全会后，他深入农村生活，写了几百首反映农村巨变的诗，编成《金色的山川》、《彩色的原野》和《花潮》3部散发着泥土芳香、充满时代气息的诗集。

董耀章的近千首诗歌作品，体现着"生活是文学的唯一源泉，人民是作品的服务对象和表现主体"这一最基本的原则。在他的诗篇中，绝少个人感怀伤情之作，更无无病呻吟之语，只有"大我"而无"小我"，表现的是人民大众，面对的是生活和时代。

诗人在《杜甫草堂》一诗中写道：

我在大千世界昼夜跋涉，

是谁给了我常青的生命？

我掂量，

我思忖，

只有笔管里注满人民的热血，

诗才会与人民共振！

这是诗人的艺术宣言，也是诗人的创作实践，体现了诗人"为人民放歌，为人民抒情，为人民呼吁"的神圣职责。

董耀章以"贴近现实、贴近生活、贴近群众"的抒情短诗见长，同时也创作了几部很有影响的叙事长诗，以表达诗人的美学理想。《虎穴少年》是有关革命历史时期一个少年英雄故事的长篇叙事诗，《美娘魂》是有关一个优美动人的神话故事的民歌体长篇叙事诗，《汾酒歌》是有关山西杏花村汾酒的一个醉人的传说的故事诗。这些长诗的基本主题是歌颂真善美，鞭挞假恶丑，用民歌体的形式追求抒情美和叙事美的结合。

在新时期的长诗作品中，诗人更是直接对准了现实生活。诗报告《万家寨之歌》，朗诵诗《锡崖沟放歌》，就是体现主旋律的代表作。

2. 民歌体的新诗是董耀章诗歌创作的主体对象

耀章擅长写新诗，主要是民歌体或具有民歌风的新诗。他的9部长、短诗集都是新诗。他从中国传统的民歌中吸取了丰富的营养，他的新诗作品几乎无一例外的都是在吸吮民歌的乳汁和血液的基础上产生的。他喜欢富有民族传统的民歌和民歌体的新诗。富有民族传统的民歌正是耀章诗歌创作的源泉。他说："民歌丰富了我的诗歌创作，对我的诗影响很大。"他主张"从民歌和古典诗中吸取营养，走民族化、群众化的道路"，"把诗写得通俗一点，质朴一点，群众化一点，要俗中见雅，雅中见俗，雅俗共赏，雅俗兼备"。

在耀章民歌体的新诗中，故乡生活和童年记忆是他的作品的重要题材。耀章的故乡忻州，有着同内蒙古的"爬山调"、陕北的"信天游"、河曲的"山曲儿"相似的"撅席片"，这种高亢嘹亮、悠扬绵长、上下两句的民歌对他的创作有着巨大的影响。他的几部长篇叙事诗都是民歌体。民歌中惯用的叠字、排比、映衬、起兴、夸张、比喻等表现手法，在他的诗作中都运用得娴熟自如，使作品呈现出一种纯朴、真挚、自然、清隽的风格。

耀章的抒情短诗中，大量的三字句的诗，表现出一种欢快的节奏和欢乐的情绪：

葡萄紫，

西瓜甜，

雪梨香，

蜜桃鲜，

月饼全，

蛋糕软。

——山乡中秋夜哟，争芳，斗艳。

（《山乡中秋夜》）

在《杏花雨》、《喜开镰》、《葡萄架》等短诗中都有这样的民歌体式的超短句。

其他像《月下品茶》一诗：

后山一壶泉，

月下坐品茶。

邀些流星光，

拉些家常话。

……

精致流畅，朴实无华，更具有民歌的韵味和品质。

诗人在《民歌悠悠》一诗中更是宣示了自己对民歌的态度：

一段民歌唤起一段历史的回声，

一个民舞追回我失落了的记忆，

我在音苑探求，我在艺海寻觅，

灿烂的民间艺术给了我不尽的启迪：

该扬弃的决不珍惜，

该珍惜的决不扬弃！

所以，耀章主张"诗应回归民族传统"，他走的就是一条民歌与古典诗词相结合的创作道路。

3. 求变求新是董耀章在艺术道路上不断前进的动力

董耀章说："诗贵创新，立意要新，构思要新，语言要新。""创新，就是要不重复古人，不重复前人，不重复他人，不重复自己。诗，只有写得别开生面，新人耳目，才会感动读者，赢得声誉。"这不仅是耀章在诗歌创作上所走过的道路，也是他在整个艺术生涯中所走过的道路。所以，才有了他由新诗到旧体诗词在诗歌形式上的转变，有了他从创作到评论在文艺样式上的转变，有了他从诗人到书法家的转变。三个转变体现了董耀章不断地求变求新的精神。

这种转变并不是能够轻易实现的，需要付出艰苦的努力。

写新诗难，写旧体诗词更不易，最基本的要求是要懂得诗词格律，过平仄关，耀章在这方面有着切身的体会。

搞创作难，搞评论也不易，特别是搞书画评论更不易。搞书画评论，首先应该是书画家，才能做书画评论家。不懂书画，何谈评论书画。令人惊异的是耀章写了那么多的书画评论文章，解读了多位著名书画家的作品。诸如李夜冰的水墨画、裴文奎的写意花鸟画、孙海青的山水画、霍俊其的中国画、崔俊恒的水墨人物画、乔亚丁的花鸟画、王建华的水墨画，以及袁旭临的书法艺术等，耀章都做了很专业的、到位的解读。

做诗人难，做书法家更难。毛笔字不是书法作品，写得一手好毛笔字也不一定就是书法家。耀章实现了从诗人到书法家的华丽转身，的确走过了一条艰难的道路，夙兴夜寐，水滴石穿，下了很大的功夫，这是值得敬佩的。

耀章以求变求新的精神实现了从新诗到旧体诗、从创作到评论、从写诗到书法的三个转换，靠的是他的"牛劲"。就如诗人自己所说的："虽然我深知自己水平有限，笔不从心，但自强进取的信念一直在闪光，也许是我属牛的缘故，什么事总有一股子牛劲，从不懈怠。"正是这种坚持不懈的"牛劲"成就了董耀章，使他成为著名的诗人、评论家和书法家。

2010年6月18日

文学田园的拓荒者

——写在《焦祖尧文集》出版之际

我同焦祖尧先生相识有近40年，是老朋友了。2007年12月22日，省作协召开了"焦祖尧文学创作50年座谈会"。时间过去了近7年，今天，2014年9月2日，省作协又隆重召开"《焦祖尧文集》首发暨出版座谈会"。这对一位作家来说是十分难得的荣誉。

1. 焦祖尧先生是我国现当代文学史上的重要作家之一，是山西文学界承前启后的领军人物和著名作家。他继承了山西现当代文学第一代作家的优秀文学传统，开启了山西第三代作家的先河

我们说，焦祖尧在山西文学发展中是承前启后的领军人物，是因为在他的前面，有赵树理、马烽为代表的被称为"山药蛋派"的老一代作家，与他同时代、同他年纪相仿，但大多比他年龄大一点的第二代作家群，有韩文洲、李逸民、义夫、谢俊杰、刘德怀、刘思奇、曹杰、杨茂林等。他们大都是继承了"山药蛋派"风格的文学传统，以写农民、反映农民生活为主，而焦祖尧却是独树一帜，以写工矿题材著称的作家。

在焦祖尧之后，是20世纪80年代中期代表"晋军崛起"的第三代作家，如成一、李锐、柯云路、郑义、张石山、韩石山等。

在这两次文学高潮之间，作为山西文坛的领军人物、实力派作家，正是焦祖尧。所以，他是山西文学发展承前启后的重要作家，在中国和山西

现当代文学史上有着独特的地位。

焦祖尧的创作题材和作品风格虽然不同于他的前辈老作家，也不同于他的同时代作家，但他们走的是一条共同的道路，即现实主义道路。重视深入生活，反映现实，塑造普通人的文学形象，重视作品的社会价值，运用为群众喜闻乐见的叙述方式，是他们共同的艺术追求。

焦祖尧不仅在创作上有成就，在社会上也有地位。他曾任山西作家协会党组书记、主席，是党的十三大代表，八届、九届全国政协委员，中共山西省委委员，中国作家协会全国委员会委员、主席团委员。这一切职务和荣誉的取得是由于他在文学创作上所作出的贡献。

焦祖尧的主要成就是在文学创作上有实绩，在创作道路上有经验，能够给我们以教益和启迪。

焦祖尧先生近60年的文学创作生涯，给我印象最深的有两点：一是创作有实绩。作家必须有作品，这是最根本的。9卷本的《焦祖尧文集》就是他创作实绩的最好体现。文集收入作品共320余万字，有些作品没有收入，估计他的创作成果远远大于这个数字，说有500万字左右，当不为过。这实在是一位多产作家了。二是深入生活，关注改革，他始终站在社会主义建设和改革的第一线，用作品反映时代的变迁、社会前进的步伐。他用自己的作品体现了文艺为人民服务的方向。

2. 焦祖尧是一位在文学创作上有重要成就和实绩的著名作家

焦祖尧是以短篇小说进入文坛并取得成绩的。1957年初，焦祖尧在《火花》杂志上发表了他的处女作——短篇小说《两个年轻人》，开始了他的文学创作。

焦祖尧有4部短篇小说集先后问世，是他早期创作的主体，就是从20世纪60年代到80年代中期出版的《故事发生在双沟河边》（1960年，上海文艺出版社）；《春天在榆树堡》（1962年，山西人民出版社）；《在阳光下》（1975年，山西人民出版社）；《光的追求》（1981年，江苏人民出版社），马烽作序，称赞"他的作品有塞北的阳刚之气，又带着江南的明丽之情"。

焦祖尧还出版了中篇小说集《魔棒》（1988年，中国文联出版公司）；两个中短篇小说集《复苏集》（1985年，工人出版社）和《故垒西边》（1992年，《黄河》杂志）。

新时期焦祖尧创作的3部长篇小说，是他文学创作生涯的最重要的成就。他的3部长篇小说是：《总工程师和他的女儿》（1978年，人民文学出版社）；《跋涉者》（1984年，人民文学出版社），获首届"人民文学奖"；《飞狐》（2007年，作家出版社）。焦祖尧在新时期长篇小说创作的实绩，代表了焦祖尧小说创作的最高成就，也是中国新时期长篇小说创作的重要收获。这3部长篇小说都是工矿题材，塑造了知识分子、技术人员和煤矿领导干部的形象，反映工矿管理中的科学精神，反映开拓创新、励志改革的时代精神，属于主旋律作品，但又有好看的故事，深受文学界的好评和读者的欢迎。

焦祖尧在从事小说创作的同时，以很大的热情投入报告文学创作，反映了作家对现实生活的关怀和投入现代化建设的激情。他的报告文学集有《五十年沧桑》（1966年，山西人民出版社）、《火、犁、人间和明天》（1990年，北岳文艺出版社）和2003年作家出版社出版的《焦祖尧报告文学集》。更有3部长篇报告文学，即1996年山西教育出版社出版的描写引黄工程的《黄河落天走山西》，2002年作家出版社出版的反映大运高速公路建设的《大运亨通》，2008年作家出版社出版的反映改革开放前沿城市变化的《云帆高挂》。他的报告文学作品内容丰富，气势磅礴，既显示了史诗般的恢宏气度，又回响着撼人心魄的时代强音，为社会所重视，受到读者的欢迎。

　　这3部长篇报告文学同样是焦祖尧的代表作。

　　焦祖尧的创作实绩，概括起来说，有3部长篇小说、4部短篇小说集、1部中篇小说集、2部中短篇小说集、3部长篇报告文学、3部报告文学集，还有1部散文集《那人的展痕和远方》（2000年，北岳文艺出版社），总共17部著作，是焦祖尧文学创作近60年的丰硕成果，是对山西文学和中国文学的重要贡献。

　　在这么多的作品中，我觉得最具代表性的是一部短篇、一部中篇、一部长篇和一部报告文学。

　　一个短篇是发表于1965年第1期《收获》杂志头条的小说《时间》，是作者的成名作。小说以煤矿生产为题材，描写了老矿工季艾水和他的儿子的思想冲突和不同的精神境界。作品发表后受到《人民日报》《文艺报》等媒体的关注，在读者中引起较大反响，并被译为外文向国外介绍。作品被人民文学出版社收入《新人新作选》《建国以来的短篇小说》和《短篇小说（1949—1979)》，以及《中国新文学大系》（短篇卷）。

　　一部中篇是发表于1963年《人民文学》的小说《归去》，被收入《中华人民共和国50周年佳作文库》（中篇卷）。作品描写一位先当工人后做农民的吴福的故事，表现了一个普通人在社会转型期城乡巨大差别面前的感受和焦虑心态。吴福在露天矿开170大车，高强度、快节奏的劳动和令行禁止的法规，使他觉得"在露天矿干活不自在，生活不自在"，后来辞职回到农村，看到农村的一切，散漫、自私、落后、脏乱，他"又觉得不习惯起来"，于是作者提出了一个问题："一个人总有他该去的地方，可是他吴福该到哪儿去呢！"这个问题吴福回答不上来，恐怕读者也不好回答。1994年根据《归去》改编的电视剧《吴福的故事》播出，受到广泛好评并获奖。

　　一部长篇是1984年人民文学出版社出版的《跋涉者》，是我国最早反映改革开放的长篇小说之一。小说通过煤矿工程师杨昭远20年前后命运的遭遇，深刻地揭示了中国改革的历史必然性和斗争复杂性，是作家关注改革、反映改革的重要作品之一。

一部报告文学是1996年山西教育出版社出版的《黄河落天走山西》。引黄入晋，是一项功在当代、利泽千秋的伟大的生命工程。全书站在水运系乎国运、水与人类文明的关系的高度，力图从历史到现实，从决策到实施，全景式、立体化、多角度摹写这一伟大工程和工程的建设者。原中国作协党组书记翟泰丰在《黄河落天走山西》的《序》中说：这部史诗般的报告文学，"写出了引黄的英雄谱，奏响了治黄的交响乐——章章高歌黄河的精神，篇篇续写黄河的文明"。引黄工程总指挥郭裕怀评价焦祖尧说，写引黄，坚持三贴近，坚持讲真话，掌握了大量的真实事件和真实故事，用事实和数字说话，是一位严谨的对社会负责的作家。

3. 焦祖尧文学创作近60年，给我们最大的启示

一是一位作家近60年始终坚持从事工矿题材的文学创作，特别是反映煤矿生活，塑造煤矿工人形象，这在当代中国作家中是十分难得的。焦祖尧以煤矿为生活基地，以大同为第二故乡，用小说和报告文学写工厂，写煤矿，关注工矿的发展变化，关注矿工生活，反映工矿干部、技术人员和普通矿工的生活情态和精神追求，书写矿工的命运和矿工的疾苦，表现工矿企业实事求是的科学管理精神和改革创新的时代精神。他说，矿工艰苦而神圣的劳动使他动情，永生难忘。他的三部长篇小说都是反映煤矿生活的。

二是焦祖尧近60年来始终坚持深入生活第一线。他关注社会主义建设和改革，关注我省重大工程建设，关注社会改革的进程。他说，为了读好生活这部大书，"几十年来，在工厂、矿山、农村，在工程建设工地上，不断地行走，精神感情上获得了营养，懂得了底层劳动者们的意志、

愿望、情绪和要求，明白了自己干这一行是为了什么，应该如何去干"。"生活启示并教导我，一个作者不该违心地说话，不能先欺骗自己再去欺骗读者，应该去写自己所见、所思、所信的事。"（《焦祖尧文集》第9卷《编后记》）确如所言，焦祖尧的写作，没有一部一篇是能在宾馆或书斋里写出来的。他的每一部作品都是在全身心地投入生活后产生的。特别是他深入引黄工程、深入大运高速公路工地，感受、采访、收集资料、查阅档案，浓墨重彩地描绘山西的重大工程建设。他在深入煤矿和重点工程工地生活的同时，还两次较长时间地下放农村，接受锻炼，深入生活。

焦祖尧说："无论是工矿、农村，山西这块土地滋育了我，我的根在山西，我的感情在山西。"

为了撰写报告文学《云帆高挂》，焦祖尧在东莞潜心采访，接触了教育、经济、政治、文化、社会各方面的人物，然后才进入了创作。为了写《黄河落天走山西》，焦祖尧不顾体弱多病，1995年到引黄工程工地深入生活整整一年时间，1996年完稿，发表于《人民文学》，并由山西教育出版社出版。

三是强调写人。焦祖尧说："文学创作的中心是写人，写集体、社会生活中的人，写人与人之间的关系，以及这种关系在特定事件和环境中的变化。"他说："我的上帝是人民。我要由衷地为人民歌唱，要喊出自己的声音，要结结实实地写好人物。"他说："创作必须坚持两条，一是要写人，二是要在作品中喊出自己心里的声音。"所以，在他的作品中，不论长、中、短篇小说，还是报告文学，绝不仅仅是写事件、写冲突，而是写人，写各种不同职业、身份的人，写各种不同性格、命运的人，特别是写矿工们的生活方式、情感状态和精神世界。他关心矿工，因为矿工是矿山的主人。他不仅写矿工，还写工矿知识分子，写引黄人，写大运人。他通过写人，表达自己的爱憎感情，表现作家的使命感和责任感，表达作家自己的诉求、愿望和理想。所以，他的作品对读者有激励、有感染、有影响，能够在读者中产生共鸣和反响。

四是在题材、体裁和艺术表现手段上的不断追求。在焦祖尧的创作生涯中，小说题材不断有所拓展，不再局限于工矿生活，有农村生活，有家庭生活。叙述方式也有所变化，重视人物的心理感受、意识流动、时空交错，探索表现生活的新角度，尝试叙述故事的新方法，开拓新的视野，追求新的美感，走一条把继承传统与开拓创新结合起来又适合自己艺术探求的道路。这是他在创作思想和作品风格上更加走向成熟和个性化的变化。1992年在《黄河》杂志上发表的《故垒西边》就反映了农民生活、塑造了农民新形象靳宝山。

焦祖尧不但在小说、报告文学创作上取得了重要的成就，而且在文体上有所演变，他还涉足影视创作，也取得了可观的成绩。1974年至1976年，写作电影剧本《矿山的春天》，在电影厂几经修改，发表后因路线斗争突出不够，未获拍摄，使作家尝到了"触电"的苦恼，但并未使他放弃影视作品的创作。1991年，根据长篇小说《跋涉者》改编的同名8集电视连续剧，在中央电视台播出。1994年创作了电影文学剧本《异常事件》。1994年，根据中篇小说《归来》改编的电视剧《吴福的故事》，获"飞天奖"二等奖、四川国际电视节提名奖。1997年创作了反映煤矿改革的8集电视连续剧《大树临风》（合作），获"飞天奖"二等奖、第18届中国电视"金鹰奖"。2003年他参与编剧的大型历史题材电视连续剧《北魏冯太后》，已在一些国家播出。2010年创作了电影文学剧本《梦回云冈》，发表于《黄河》杂志，正在筹拍中。

2014年9月2日

文学"忻军"第一人

——杨茂林文学创作50年回顾感言

　　忻州地区，神山圣水，雄关古道，是一片历史悠久、文化繁荣的神奇的土地。踏上这块土地，就会为这里众多的人文景观和自然景观所构成的文化氛围深深触动。登上五台山，吸纳佛国圣地的仙气，使灵魂为之净化；来到忻州城，感受文学殿堂的文风，使思想为之震撼。忻州啊，忻州，真是物华天宝，人杰地灵，这里历史上产生过多少文学大师、文化名人。今天要评说的杨茂林，当是其中之一。

　　杨茂林，"山药蛋"文学流派第二代代表作家之一，当代忻州文坛的开拓者和领军人物，我的多年好友。

　　茂林从1955年在《山西文艺》上发表第一篇小说《一场暴风雨》，至今从事文学创作整整50年。茂林1965年调到忻州地区文联工作，担任过地区文联主席、《五台山》杂志主编，至今也整整40年。可以说茂林把毕生的精力献给了忻州地区和山西省的文学事业，对山西文学的发展做出了重要的贡献，在山西文坛乃至省外有着广泛的影响。文学创作50年，文联工作40年，既是作家又是领导，工作、创作双肩挑，这就是茂林的人生历程。

　　作为作家，茂林文学创作50年，发表、出版了大量的长、中、短篇小说，以及散文、诗歌、评论等。其中，1957年出版的中篇小说《新生社》是他的成名作。1961年发表的短篇小说《县长探妻》、1980年发表的短篇小说《酒醉方醒》、1987年发表的中篇小说《人间烟火》等是他的代表作。特别是新时期以来，茂林焕发了创作的青春，在文学道路上迈出了新的步伐。他一方面继承了山西老一辈作家深入生活、面向群众、反映现实的优良传统，另一方面又努力探索适应时代要求的新的创作路子。在这一时期，他除去继续在中短篇小说创作上取得新的成果外，还与人合作出版了长篇小说《冷月无声》、《神兵》，电影文学剧本《五台山奇情》，电视文学剧本《康熙遗妃五台山》，以及理论专著《艺术辩证法漫谈》等。1997年作家出版社出版了《茂林文选》。这个选本主要是茂林的中短篇小说选。他在编选时申明有"三个除外"："与人合作的作品除外，大部头作品除外，用今天的审美眼光来看不值得入选的作品除外。""三个除外"之后，他还编选了40万字的一本不厚也不薄的文选。如果"三个不除外"呢？那就会成为多卷本的有数百万字的《茂林文集》了。我期待着有一天《茂林文集》的问世。

作为文艺界的领导，茂林在文联工作40年，做了大量的文艺行政工作，组织了浩浩荡荡的忻州文学大军——"忻军"。忻州文联在《火花》、《黄河》、《山西文学》、《山西日报》等报刊上多次推出忻州地区文学创作专辑；发现和培养了一大批文学新人，著名的有成一、燕治国、段崇轩、田昌安、彭图、高芸香、晋原平、曹利军、薄子涛等；创办了文学刊物《五台山》；制定了《忻州地区文艺创作奖励条例》和《忻州地区1990—2000年的全区文艺创作发展总体规划》；建立了围绕繁荣全区文艺创作这一中心，重点抓好产前服务、产中服务、产后服务，以服务为核心的文联工作体系。忻州地区文联的这些做法多次在全省文联系统介绍、推广，受到各地市文联的广泛好评。所以，茂林不仅是山西的一位著名作家，而且是全省文联系统的一位优秀的文联组织工作者。茂林在这两方面所取得的成就都是值得我们尊敬的。

茂林50年的文学创作道路有自己的特点，有值得我们学习和借鉴的经验，主要的有三点：

一是茂林是农民的儿子，一辈子不脱离农村生活。他十分熟悉农民的喜怒哀乐，了解农村的矛盾斗争，所以他的作品从《新生社》到《县长探妻》、《下乡奇遇》、《酒醉方醒》、《成精瞎汉》、《血本》等，都是贴近现实、贴近生活、贴近群众的"三贴近"作品。他在20世纪80年代的作品中就涉及执政党的党风问题，也是从维护农民的根本利益出发的。

二是茂林勤于学习，勇于探索，追求思想解放，坚持与时俱进，在文学创作上做到了不断创新。

茂林在《我的少儿时代》一文中，讲到了自己精神上的五次解放。这五次精神解放对于一个人不断增强自信心、茁壮成长有着重要的意义。第一次精神解放是茂林在小学四年级第二学期被选为班长，使他开始认识到自己存在的价值；第二次精神解放是偷了母亲的糊窗纸，用毛笔写了万把字的剧本，这使他对文艺产生了浓厚的兴趣，初步开发了这方面的才智；第三次思想解放是1952年茂林在《山西日报》上发表了一篇读者来信，引发同水利委员会一些人的辩论，批驳得他们哑口无言，使他懂得了既然以笔为武器进行战斗，就必须具有一个战士的胆识和气概；第四次思想解放是报考范亭中学，在550名录取的学生中考试成绩名列榜首，使他进一步增强了成功意识；第五次精神解放是1957年中篇小说《新生社》出版，使他更加坚定了从事文学工作的志向。茂林在青少年时代的五次精神解放，是他不断地战胜自我、增强自信、取得成功的重要原因。这也是茂林在文学创作上不断创新的思想基础。

茂林20世纪80年代后的文学创作就说明了这一点。他不满足于过去的创作模式和表现手法，在作品结构上由故事结构法，即讲有头有尾的完整的故事，在矛盾冲突中塑造人物，发展为心理结构法，即以人物的心理活动为线索，结构故事，表现人物；在表现手法上从重视叙事发展为重视描写，包括景物描写和心理描写，重视叙事和描写的有机结合；在语言上从一味追求通俗化、口语化发展为重视语言的规范化、文学化，使作品语言风格更加朴实明快、清新流畅。

三是茂林一贯重视为人民大众写作、为人民大众服务。群众喜欢什么，他就写什么，多年来一直坚持面向大众的通俗文学创作。所以，茂林不仅写小说，而且写评书，写戏曲、歌剧，写电影、电视文学剧本。他知道一台好戏、一部好评书、一部好的影视作品会有更多的听众和观众，可能产生比书本更大的影响力。早在20世纪五六十年代，茂林就先后写过歌剧《锦绣前程》、《全家从军》、《走向生活》，戏曲《全民大练兵》，评书《大战滹沱河》、《白杨涧》（合作）等。进入新时期，茂林与人合作写了2部中篇评书《五台山的枪声》和《阎锡山登基始末》。

茂林坚持影视创作40余年，前后写过十多个电影文学剧本。20世纪50年代他创作了第一个电影文学剧本《地下长城》；70年代与人合作了反映五台山僧众抗日故事的《禅林伏魔》，还师从马烽、孙谦参与了电影文学剧本《山花》的创作，由北京电影制片厂拍摄成彩色宽银幕电影；90年代与人合作了《五台山奇情》和《圣地玩火》等。此外，还与人合作了电视文学剧本《故乡啊，故乡》，由山西省林业厅和忻州地委联合录制，中央电视台播出；与人合作了电视连续剧剧本《康熙遗妃五台山》。

茂林创作的影视文学作品中最重要的是电影《五台山奇情》和电视连续剧《康熙遗妃五台山》。1989年，《五台山奇情》由北京电影制片厂摄制成宽银幕立体声电影，发行拷贝240多个，十多年来上映不衰。1998年，25集电视连续剧《康熙遗妃五台山》由山西电视台运用市场化手段摄制完成，是山西电视台精心制作的第一部走向电视文艺市场的作品。由于它讲述了一个很好看很动人、能够吸引观众连续看下去的故事，所以很受观众欢迎。全国23家电视台先后播出，山西电视台收回了全部投资。

杨茂林在50年的创作生涯中，一贯地重视生活，一贯地重视创新，一贯地重视自己的服务对象，为广大人民群众提供了多样化的精神食粮。这三个"一贯"保证了杨茂林的成功。

参加杨茂林文学创作50年回顾座谈活动，我深深地感到忻州是文化大市，优秀历史文化传统源远流长，文学队伍基础十分雄厚，文学创作潜力很大，势头正健。加上有一个很好的文学阵地《五台山》杂志，忻州市一定会出现更好的文学前景。忻州在古代出现过大家白朴、元好问、萨都刺、傅山等。现当代老一辈的学者、教授著名的有贺凯、梁园东、阎宗临、郝树侯、郭根、马作楫、李冰等。比较年轻的著名作家、评论家有曲润海、董耀章、刘彦钊、燕治国、段崇轩、崔元和、周所同、周同馨、张发、王振华、郭新民、贾真等。忻州文坛真是人才辈出，灿若群星。

至于今后，希望借茂林文学创作50年回顾之东风，忻州市能够不断地出现更多的名作大家，无愧于时代和人民的名作大家，能够超越历史的名作大家，能够经得起时间考验、在文学史上占有一席之地的名作大家。这就是我对忻州文坛的祝愿。

2005年7月2日

山西抗战文学的重要收获

——长篇历史小说《从太行到延安》读后

为了纪念中国人民抗日战争胜利60周年，山西人民出版社最近出版了苏胜勇同志的长篇历史小说《从太行到延安》。这是山西抗战文学的重要收获，也是山西长篇小说创作的新收获。

《从太行到延安》作为一部长篇历史小说，它写了一系列好看的故事，可读性强，镜头感强，有吸引力，能够引起读者的阅读兴趣。它塑造了一些鲜活的各具个性特色的人物形象，丰富了文学作品中抗日民族英雄的画廊。它充满了爱国主义的民族精神，使我们感受到山西人民为夺取抗日战争的胜利进行了艰苦卓绝的斗争，为中华民族的解放事业做出了巨大的贡献和牺牲。《从太行到延安》从一个侧面艺术地反映了这一段永远不能被忘记的历史，它已经成为国家和民族集体记忆的历史，体现了"不怕牺牲，不畏艰难；百折不挠，艰苦奋斗；万众一心，敢于胜利；英勇奋斗，无私奉献"的太行精神。这正是这部作品的历史价值和现实意义。

作为一部描绘生活长河的长篇小说，《从太行到延安》在叙事艺术上有着自己的鲜明特点。

1. 叙事的历史真实和传奇色彩

《从太行到延安》描写了1942年至1945年，八路军东山游击队即汾河支队在八路军太行军区的领导和地方党组织的密切配合下，建立了从太行山区经过晋中平原（包括越过同蒲铁路、汾河、太汾公路）进入吕梁山区，最后到达延安的秘密交通线。这条秘密交通线成为华北、华东、华南抗日根据地到达延安的主要通道。汾河支队艰苦奋斗，英勇作战，前仆后继，克服重重困难，突破日伪封锁，先后接应护送过往首长、伤员、部队以及友人等3000余人。这条秘密交通线为连接太行和吕梁、根据地和延安，打击日本侵略军，夺取抗日战争的胜利，做出了重要贡献。

作者在抗日战争从战略相持到战略反攻大的框架下结构的故事，它的历史背景是真实的。在全书所写的10次接应护送中，主要有护送刘少奇、彭德怀、刘伯承、陈毅等从抗日根据地到延安，以及护送250名南下干部从延安经太行转赴全国各地。这几次护送过往首长和南下干部都是以史实为依据的。1944年2月护送陈毅从太行到吕梁，陈毅在途中写的诗，现在能够见到的有5首，小说中选入了《过汾河平原》、《水晶坡又阻雪》两首，这是有作品可查的。汾河支队的主要领导人物，如支队长杨柳青、政委周静、副支队长宋立清和张马良也都有各自的生活原型。

在这个基本历史真实的宏大叙事中，作者赋予故事以传奇色彩，使各次接应护送都有着不同的特点，接应护送的对象不同，路线不同，同敌人斗争的方式也不同，所以把每一次接应护送都写得惊心动魄，悬念迭起，情节曲折，引人入胜。如一次在护送三名反战日军士兵到延安的路途中，引出了年轻的女队员梁艳为掩护被护送人员而自己被俘、后来获救的险恶经历，构成了一系列的传奇故事。在描写1943年护送彭德怀和刘伯承的"零号任务"中，在策划护送路线和方式时，刘伯承显示了"战神"的超群智慧。在描写1944年护送陈毅的途中，则显示了陈毅诗人的气质和风采。在对我军将领的传奇性描写中，表现了他们的个性，他们的气质，也交代了整个时代背景，使作品更富有历史的真实感。

2. 人物的叱咤风云和儿女情长

《从太行到延安》是战争题材小说。表现战争与人是战争题材小说的主要内容。写英雄故事，塑造英雄人物，是战争题材小说的审美要求。八路军汾河支队的指战员，从支队长杨柳青、政委周静、副支队长宋立清和张马良到普通战士"小晋南"，梁艳和八路军交通员孙大汉等无疑都是英雄。一些地方干部和群众，如榆太祁平中心县委书记梁明达、中心县委交通员李长安大叔和他的老伴长安大婶等都是英雄。活跃在晋中平原的秘密交通线上的军民是一个英雄群体，同仇敌忾，抗击日寇是他们共同的愿望，同时他们也有着不同的人生经历和生活道路，他们是各具个性特色的英雄。

　　小说中表现了几个不同特点但同样是悲欢离合的家庭，作为一个普通家庭成员，他们都是英雄，又都充满了人性的光彩。作品中所展现的人性，不是泛人性化的抽象的人性，而是扎根在革命英雄主义基础上的具体的人性，因而更能展示人性的光辉和魅力。周静父女、李长安父子，就是最具人性魅力的传奇式英雄人物。

　　汾河支队政委周静原来是一家三口，长征出发时，时任红军师长的周静把独生女湘湘寄养到亲戚家里，妻子钟长荷长征开始时在湘江战役中牺牲了。在汾河支队接应护送的战斗中，周静遇见了新四军外科医生小周。父女相见不相识，经过一番曲折的经历后，周静知道了小周医生原来就是自己失散了多年的湘湘，现在叫周湘灵。

　　榆太祁平中心县委交通员李长安的18岁独生子李晋峰在红军长征的时候跟着红军走了，从此杳无音信。李晋峰后来当了八路军团长支援汾河支队，父子见面，李长安还见到了儿媳周湘灵，即周静的女儿。李长安与周静成了儿女亲家。

　　梁艳是作品中形象塑造最为成功的人物之一。她的父亲是八路军游击队交通员，在执行任务时牺牲，母亲被日寇残害。八路军交通员孙大汉从小父母双亡，为梁艳父母收养。梁艳和孙大汉从小结下了很深的感情。打仗时胆小畏缩的游击队员刘安却大胆地追求梁艳，但梁艳不为所动。刘安叛变后，出卖了长安大婶和孙大汉，二人均被敌人杀害。后来梁艳杀死了刘安，救了刘安的父亲，自己被敌人追击时又为刘安的母亲所救。梁艳认刘安的父母为爹娘。梁艳和刘安一家的恩怨关系，构成了曲折的引人入胜的故事情节，展现了梁艳复杂的情感历程和善良的人性光辉。这种人性描写是从人物的思想基础、人物的生活经历、人物的成长过程表现出来的，真正显示了英雄人物的人性美。

3. 惨烈的战争环境描写和充满情趣的生活画面

《从太行到延安》所描写的地下秘密交通线在接应护送过程中，绝大多数的斗争方式是迂回曲折，斗智斗勇。敌人对我们人员的行动摸不着，追不上，更打不着，但在全书中也不乏激烈的战斗场面的描写，因为我们面对的是装备精良、嗜血成性的日寇。第一章叙述日寇包围了太谷县梁家坡村进行"扫荡"，屠杀乡亲，东山游击队掩护群众突围，救援榆太祁平中心县委书记梁明达，战斗打得十分激烈。在最后几章描写汾河支队护送延安干部队伍从咸阳口进入太行山的战斗，新组建的长枪中队，护送干部队伍的加强排，以及赶来增援的分区独立团加强骑兵营，同敌人展开了阵地战，打退了鬼子的多次进攻，保证了延安干部队伍进入太行山，从太行老区奔赴全国各地，去迎接中国人民抗日战争的全面胜利。这些战斗场面的描写悲壮惨烈，渲染了硝烟弥漫、刀光剑影的战场氛围，表现了抗日军队的英雄气概。

作品中不仅有战争场面的描写，而且有宁死不屈、英勇献身的英雄形象的塑造。被叛徒出卖在范村镇被鬼子"示众"的长安大婶，不甘受辱，触柱而亡；同样，被叛徒出卖的孙大汉身负重伤扑向鬼子的枪刺壮烈牺牲；梁艳的母亲被鬼子强暴后一头撞向路边的山石；汾河支队副支队长宋立清、榆太祁平中心县委书记梁明达、太谷火车站信号工秦在山，都在战斗中献出了自己宝贵的生命……

另一方面，作品在惨烈的战斗环境描绘中不时出现生活情趣的场面，反映了抗日军民的信念和理想。在彭德怀、刘伯承青纱帐里过中秋节的描写，显示了我军将领高洁的人格和朴实的作风。陈毅在汾河支队驻地同战士们一起过年，披着满身雪花，吟诵着"雪涛冰柱鸟难过，水晶坡上蚁旋磨"的诗句。

汾河支队的"百灵鸟"梁艳，苦难的经历难以掩饰她对未来美好生活的向往，"一朵朵白云天上飘，一群群肥羊青草里跑……"山歌小曲给艰苦的烽火岁月增添了快乐的音符。

特别是书中围绕小铜碗和铜顶针两个细节的描写，生动地表现了革命家庭的美好情操。红军师长周静在长征前同女儿湘湘相别时送给她一个碗底刻着"周宅"二字的小铜碗。湘湘说："将来不论在什么时候、什么地方，只要你看见了铜碗，就看见了女儿。"后来通过这个小铜碗，周静在战斗中见到了自己的女儿和女婿。 长安大婶牺牲前，把婆婆送给自己的见面礼——一个铜顶针，托乡亲们送给丈夫李长安，让他转交给未来的儿媳妇。李长安见到儿子李晋峰后，把这个李家唯一的传家宝交给儿子，李晋峰给妻子周湘灵戴在手上说："这是咱爸咱妈给你见面礼。"小铜碗和铜顶针这是多么平常的东西，但是在革命人民的手里，却成了连接几代人感情的无价的传家宝。

作品中，雄奇峥嵘、高峻险要的太行山，壁立千仞、群峰巍峨的吕梁山，沃野千里、林丰水茂的晋中平原，浩浩荡荡、纵贯南北的汾河，都有生动的描写。在作者的笔下，无论是莺飞草长、花繁树绿的春日，还是北风呼啸、大雪纷飞的严冬，都充满了生活的光彩。只是这大好江山被日寇的铁蹄无情地践踏，因此在美好的景物描写中也时刻弥漫着战争的血腥和硝烟。

　　苏胜勇是临汾市交通局副局长。作为一部业余作者的作品，能够达到这样的水平确属不易。不足之处是主要人物的性格不够鲜明。在表现一个英雄群体的作品中，要使每一个人物都写得个性突出，栩栩如生，确实很难，但《从太行到延安》在主要人物形象塑造上存在明显不足，如汾河支队支队长杨柳青，副支队长宋立清、张马良等人物的性格，只有类型特征，而少个性特色，更无大的发展。而一些一般人物如梁艳、李长安、孙大汉，以及日伪军的一些头目和交际花陈小妹等则具有比较突出的个性特点。

　　人物形象塑造的个性化，以及文学作品语言的文学化，这两点希望能够引起作者在今后创作中的重视。

2005 年 5 月 28 日

文学画廊中的新形象

——长篇小说《日月》读后

　　苏胜勇先生的长篇小说《日月》最近由北岳文艺出版社出版。苏胜勇2005年出版了45万字的长篇历史小说《从太行到延安》，2007年出版了50万字的长篇小说《辛亥遗事》，2009年又出版了他的第三部42万字的长篇小说《日月》，两年一部长篇的创作速度，让人赞叹。当然，不是说一位作家写得越多越好，越快越好，但是从苏胜勇这位业余作家来说，在繁忙的工作之余，能挤出时间，投入小说创作，而且出版面世，实在是难能可贵，很不容易。

一

　　《日月》的书名好，"日月"就是"日子"。作品中的主人公石永存对妈妈说："我把自己一生的好日月，把自己的半条命都丢到战场上了……"日月有交替，这日子也就有冷暖，书名倒也颇有几分哲学意味。

　　《日月》反映的是东山县皂荚树底下村石家四代人30多年所过的日子。小说通过一个参加过八年抗战、三年解放战争和大西北剿匪的部队复转军人石永存自新中国成立初到改革开放初期几十年的人生际遇以及他和儿女们各自婚姻家庭生活的艰难历程，反映了中国老区人民在特定的历史条件下的生存状态和心理状态。这种生存状态是极其艰难的，这种心理状态也是极为苦涩的，但是在艰难和苦涩中有着农民的希望和期待，反映的是中国农民的性格和命运，特别是革命根据地老区农民的性格和命运。

新中国成立60年，分为两个阶段：前30年是社会主义革命和社会主义建设时期，后30年是改革开放时期。长篇小说《日月》反映的就是前30年的这段历史，包括农民在合作化运动、三年困难时期和"文化大革命"时期的遭遇。作者是以新中国成立60年的眼光来审视、描写前30年的社会生活的，皂荚树底下村村民们的日月，就是这前30年社会生活的缩影，这就使作品既具有历史价值，更具有时代意义。

长篇小说《日月》在人物塑造、故事结构、语言运用，以及民情风俗描写上，比起作者早先的几部作品有一定的提高。特别是不少符合人物身份的个性化语言令人赞赏，主要人物曲折离奇的遭遇使人同情，跌宕起伏、充满悲剧色彩的故事情节让人落泪，整个作品充满了民族的精神、爱国的激情和对中国农民生存状态和命运的关怀。

二

塑造鲜活的人物形象是小说创作的根本。长篇小说《日月》的主要成就在于塑造人物上。《日月》中描写的有血有肉、有名有姓的人物不下二三十个。如石家第二代的主要人物、伤残军人石永成和他的母亲"三奶奶"，他先后的两个妻子苏冬花、灵巧子，为了抗日献出了全家人性命的没胡子爷爷和献出了儿子的孙吉祥老人，参加过抗日战争，为老百姓做过一些好事但后来腐化堕落、抛弃妻子，担任过地县要职的刘良驹，同样是石家长辈但为人自私、偏狭的石猛，具有改革创新精神的石家新一代石天锁、刘春梅等，都是活跃在东山县皂荚树底下村的重要角色。其中最为鲜活的个性突出的人物，当属石永成、三奶奶和苏冬花，他们是山西文学人物画廊中出现的新的人物形象。

三

三奶奶是抗日战争时期一位伟大母亲的形象。她既有普通母亲的慈祥，又有抗日军烈属的情怀、"巾帼英雄"的刚强。她的身上体现了不屈的民族斗志和感人的慈母心肠。作者是把这个人物放在惨烈的战争环境和奇特的家庭变故中来描写的，而赋予她特定的疾恶如仇、爱憎分明的坚强性格。

三奶奶所在的东山县皂荚树底下村是个有着革命传统的老根据地村。三奶奶的丈夫石硬是因支前累死的烈士。三奶奶本人为了掩护游击队的战士，头上留下了被日本鬼子用刀砍的伤疤。三奶奶把她唯一的儿子石永成送走参加了八路军，走了15年，家里人都以为他牺牲了，成了"抗日烈士"。三奶奶的儿媳苏冬花同样参加抗日工作，险遭日本鬼子杀害。三奶奶的孙女，石永成15年没见过面的女儿，从小就成天躲鬼子逃反，没有名字，人们就叫她"小跑儿"。三奶奶用她瘦弱的肩膀支撑的就是这样的一个堪称"满门忠烈"的家庭。

三奶奶的伟大母亲形象，作者主要是通过对话来塑造的，而很少用肖像描写、心理刻画等一般长篇小说常用的表现手段，体现了作者对生活的熟悉和对人物性格的准确把握。

石永存离家15年回来后，说："妈，这些年您老人家受了多少熬煎呀。"三奶奶说："受点熬煎算啥。你妈啥苦都能吃，啥罪都能受，就是不死，就是要等我儿活着回来。你看，我这不是把你等回来了？"这是支撑一位母亲活下去的坚强信念。

特别是她在处理复杂的儿女婚事时，深明大义，顾全大局，尽到了一位做母亲、婆母的责任。

在石永成参军3年杳无音信，上级机关又授予他"革命烈士"称号时，三奶奶做主让儿媳苏冬花带着唯一的女儿小跑儿嫁给了抗日干部刘良驹。15年后，石永成又活着回来了，得知实情，认为刘良驹霸占了自己的老婆，要找他算账。在这种情况下，三奶奶给儿子讲述了原委，劝说儿子："我娃，世上的事情都有个根根由由里里外外，咱在世上活个人就要讲这个理呀。……咱石家老三的门里可不能出叫众人戳脊梁骨的事情呀。走，跟妈回家。"

三奶奶为了给儿子再找一个媳妇，跑到南岭村找到同样是一位烈士的遗属——灵巧子，结果掉进河沟的泥水里。丈夫石硬过世后，本家二哥石猛为了争夺石硬家的几间破窑，让他的儿子"顶锅子"，三奶奶和媳妇苏冬花据理力争，让孙女小跑儿"顶锅子"，保住了自家的安身之处。

刘良驹和廉莲的女儿刘春梅被她母亲抛弃，被苏冬花收留养育成人。春梅认为"我是苏妈养活大的，苏妈就是我的亲妈"，结婚时不准备告给她的亲妈，三奶奶生气了："憨娃。你妈怀了你生了你，就在你身上有天一样大、地一样深的恩情！你们结了婚也要生娃。生了娃，你们就知道啥叫父母恩情了。"

三奶奶并没有多少文化。她讲的这一段段话是那样的感人肺腑、动人心弦，因为她的话是发自内心的深处，体现了她的人生经历和崇高人格。

三奶奶的形象是一位为革命做出奉献的抗日母亲的形象，也是一位为儿女们操碎心的慈祥老人的形象。她80岁时无疾而终。在她弥留之际，儿媳苏冬花"把三奶奶的裹脚布子解开，用温水给她洗洗脚，把脚指甲细细剪了一遍，展开手掌揉揉老人那一双奔波了80年的狭窄的脚板……"这是一双什么样的脚！读到这里怎能不让人动情，伤心落泪。

四

石永成作为中国复转军人的形象具有典型意义。作者对于石永成形象的塑造完全是通过人物的行动完成的。作者通过人物的行动描写表现人物的性格和命运，反映生活的真实和复杂。

作者笔下的石永成是一个硬汉子的形象。他什么时候都不忘记自己的军人本色。即使自己回到家里面对的是妻子的改嫁和女儿的认生，苍老的母亲和贫困的家庭，但他时刻不忘村里穷苦的乡亲。他用自己很少的伤残金去帮助别人。他为了帮助战友、革命烈士孙大胖的弟弟孙小胖成亲，卖掉了与自己朝夕相处的黑马。

石永成担任大队支书和村长职务，为了村民的利益，他认"死理"，嘴巴硬，不服软，敢于同歪风邪气进行斗争。三年困难时期，村里眼看就要饿死人，他同马区长带领工作组进村搜夺农民种子粮、砸烂农民做饭锅的违法行为进行斗争，结果被扣上"反对三面红旗，瞒产私分，破坏公粮征收"的帽子，被撤销了大队支书和村长的职务。他为县里制造的所谓地主分子陈孝毒死牛被判刑15年，其父急死、其妻哭死的假案，上访奔波，以求讨个公道，结果被加上"丧失阶级立场，革命斗志衰退，为反动地主鸣冤叫屈"的罪名，被开除党籍，撤销公社副主任的职务，又成了一个"赤条条灰土土的光头老百姓"。他当了饲养员，住在饲养棚里，别人见他老了，让他回家，他却说："家里太静了，半夜听不到牲口哗哗尿尿的声音，闻不见牲口粪热乎乎的臭味儿就瞌睡不了。"

石永成命运不佳，遭受的折磨不断，但他始终牢记自己是一个革命军人。他把儿子天锁送去参军。八一建军节时，他要带上外甥陈光景去参加纪念大会。家里人不同意他带个娃去，他说："我娃是支前烈士的重外孙子，老八路的外孙子，解放军的外甥子，为什么不能参加八一建军节大会？将来长大了，也要当正规军去。"

石永成是贯穿全书、结构故事的中心人物。作者在他的身上寄托了自己的人生理念和社会理想，因而以带有鲜明感情色彩的笔触描写这个人物，使之成为一个独具个性特色的复转军人形象。

五

苏冬花是《日月》成功塑造的几代女性形象之一，体现了人性善良之美。情节的丰富性和细节的真实性是苏冬花形象塑造的主要手段。

苏冬花先嫁石永存，后嫁刘良驹，是一位抗日的战士、孝顺的媳妇、贤惠的妻子和慈祥的母亲。她最大的特点是人善。她养育了三个女儿：大女儿小跑儿是和石永成生的；二女儿雪梅是和刘良驹生的；三女儿春梅是刘良驹和廉莲生的。"文化大革命"中廉莲把自己的亲生女儿抛弃了，而为没有任何血缘关系的苏冬花所收养并抚养成人，后来嫁给了石永成和灵巧子生的儿子石天锁。这种奇异的婚配关系是在苏冬花的关心下结成的。刘良驹把握不住自己，陷入地主小老婆的圈套，为了"自救"，竟提出同冬花离婚。就是这样一个无情无义的人，但当他在"文化大革命"中遭难时，是苏冬花和石永成救了他的性命。

石永成同灵巧子结婚了，灵巧子身体不好，又是冬花同她姐妹相称，照顾她的病情，直到去世。姐妹一场，灵巧子去世后，冬花在灵巧子的遗像前跪下磕了一个头，说了一句话："妹子，以前，是你替我照护永成子；以后，是我替你照护永成子，你就放心地歇着吧。"一席话表达出这位善良、贤惠女性大海一样宽阔的胸怀。

灵巧子去世时的描写也令人伤心落泪。她对冬花说："姐……你妹子这一辈子最幸运的事情就是遇上了你这一个好姐姐……这些年要不是你来来回回地照护，我早死了……妹子心里清楚，你这一辈子有多不容易。姐，我死了以后，麻烦你叫天锁子把我送回南岭村我原来的婆家，那里还有一个人在等着我……也是烈士。这是当初我和石永成结婚的时候说定了的。"

小说中有一段为灵巧子送葬的描写：

> 八十多岁的孙吉祥老汉叫孙子扶着，跟在送行的队伍里朝路上撒纸钱，嘴里不停地念叨："灵巧子，皂荚树底下村里也是你的婆家……常回来看看，记住回家的路……那些闲魂野鬼不敢找你的麻烦

......"

　　铜元大的纸钱从皂荚树底下村里一路撒到南岭村。黄色的纸钱落到绿色的草木上很是显眼，远远望过去，弯曲的山路也染上了依稀的黄色——那是灵巧子回家的路。

这唯有在战争年代里才会出现的送葬场面，让人唏嘘不已。

"两个婆家"，又是战争年代出现的特定的景象。这些情节和细节都是表现主题、塑造人物的重要手段。

2009年12月15日

逝水悲兴废　浮云阅古今

—— 高克军：真正的"城市英雄"

作家郭润生的长篇小说《城市英雄》近日问世。《城市英雄》，这是一部描写城市生活的小说，一部反腐倡廉的小说，一部歌颂当代英雄的小说。小说内容丰富，人物众多，情节曲折，确实好看。省长、书记和市长，官场、市场和情场，债券、股票和房地产，老板、小姐和投资商，宾馆、歌厅和夜总会……光怪陆离，五花八门，作品描绘了好一个热闹非凡的大千世界。它有很强的视觉冲击力和思想震撼力。从阅读的第一页起，直到全书结束，我的心情久久不能平静，因为它是如此揪心，又是如此动情。在这个社会生活的万花筒里，它无情地揭露了官场的黑暗，行贿受贿，买官卖官，权钱交易，贪污腐化，上下勾结，把一座美丽的滨海城市搞得一塌糊涂。它深刻地解剖了上至省市下至局科大大小小的官员的心灵世界。他们以一己的私利为中心，结成利益集团，滥用职权，违规操作，造谣惑众，商业贿赂，不惜以一切卑劣的手段，巩固既得的利益，谋求新的权势。只有小说的主人公，以"官廉民自安"为信条的海市市长高克军，"天欲堕，赖以拄其间"，才给海市带来了希望，也为小说增添了亮色。

小说中高克军的形象，作者是把他放在当今社会的大环境下塑造的，是放在风起云涌、变化莫测的官场和市场上塑造的，是在强烈的人物性格对比中塑造的；小说不仅是通过人物的行动表现人物的性格和命运，而且以诗意化的语言充分揭示了人物丰富的内心世界。这就使高克军这个新时期的艺术典型具有强烈的时代感和个性化色彩。

高克军，这位坚持以民为本的理念，一切从人民的利益出发的海市市长，从小说开始送别妻子到美国，到小说结束被"双规"，其间经历了多少惊涛骇浪、艰难险阻，暗杀陷害，造谣中伤，没有过过一天舒心的日子。

作为海市市长的高克军是在海市遭到金融危机影响的大背景下推动海市经济发展的，是在海市即将换届选举、各种势力都在蠢蠢欲动、各色人等都在充分表演的大环境下投入海市建设的。但是，他无论是在家庭，还是在官场，都得不到应有的支持。他承受着巨大的压力，在崎岖坎坷的道路上艰难地跋涉。

在家庭，妻子金芗芷认为他"在官场上没有自己的人脉"，劝他随自己去美国，他却愿意留在海市实现自己的理想，于是妻子留下了"要么赴美，要么离婚，你自己看着办吧"的最后通牒。妻子和女儿在国外，家里只有一位年老痴呆、生活不能自理的老母，需要自己照顾。

在官场，市委书记陈光玉恋着自己的权势和地位，老谋深算，专讲"政治"。他追求的是海市的形象工程和经济发展的高速度。他要求"年初定的十大重点工程要按计划完成"。高市长说："计划得适应变化。我们原来的战线拉得太长。"陈则强调："在政界，核心就是核心"，"这官场上有个公理，就是领导者的观点是不可改变的"，"否则，失信于民，自毁形象"。就是在他的这种思想的指导下，他违规办事，随意批示市财政局给一个承诺给旅游公路投资 5000 万美元的骗子公司拨款人民币 500 万元。他违背民主决策程序，不上市委常委会，随意把因几十亿元周转金的使用问题被政府给予行政撤职处分的市财政局局长王连元任命为市纪检委常务副书记，理由是"事急从权"。他欣赏自己的作风："上级就是上级。温良恭俭让的部队，从来没有战斗力。"他对高克军的看法是："他本质上是个诗人。诗人的浪漫与政治的严肃是格格不入的。他做经济工作不能算差，但经济只是政治的一小部分。政治功夫不到家，就难以行走了！"在市长预选人上，他把李国仁作为第一人选，因为李国仁是省委庄书记的秘书。他对李国仁说："凡是庄书记说过的话，理解不理解，我都会执行；凡是庄书记交代的事情，不管有多难，我都会做好。只要我在这个位子上，就还能为你讲一些话的。"

由市委书记陈光玉的前妻万芬组建的万方公司制造的海关走私闯关案件，在社会上造成了极坏的影响。由于上面有根子，法院包庇，罪犯一直逍遥法外。陈光玉表面上置身度外，实际上利用他的地位对案件的处理施加影响。他为万芬打保票："她可以承担失察失职的责任，而绝对没有走私的罪行。"在万方的问题正在深入调查的时候，他却对高克军说："万方公司的事情可以告一个段落了吧？"

到海市任市委副书记的李国仁，原来是省委庄书记的秘书，据说是内定的下一届市长的候选人，时刻觊觎着市长的位子，成天谋算着搞掉高克军，自己好早上台。他忙着出了一本名为"一切为了人民"的人大代表必读书，强迫企业购买，20本书就要2万元，积极地捞钱、造舆论、拉选票，在工作上处处和高克军对着干，出难题。

管工业的刘市长年已59，马上要退了，急着给自己安排了一次欧美之行散心去了；管城建的王市长，唯恐在选举中差额下来，心思都用在拉选票上，离选举还有一年就啥事也不干了。

不仅如此，高克军还要承受上面的压力和下面的刁难。刘副省长写条子，派人来海市让他女婿在海市搞一个五星级宾馆项目，还给高克军送了卡，"卡在我这里不是通行证"，被高顶了回去。因为海市重复建设严重，金融危机扔下了成百上千栋烂尾楼，"我再批一栋，就是明目张胆的渎职"。

建设局局长陈光文是市委书记陈光玉的弟弟。他以在千雾山上建设职工培训中心为名，挪用上千万的城建专项资金为个别领导人修建桃花源别墅区。他向香港的投资商大肆索贿，生活腐化，作风败坏，并多次密谋，制造事端，要杀害高克军。就是这样的一个十足的坏人，因为是市委书记的弟弟而长期受到重用，逍遥法外。

高克军在海市实际上是孤军作战，腹背受敌，举步维艰。但他坚持原则，不随波逐流，不迎合世俗，凭着自己的党性和做人的良知，在这样的环境中开展自己的工作，施展自己的抱负，实现自己的理想。高克军的基础在人民中。人民群众拥护他，人民代表为他说话，使他战胜险阻，越过难关，艰难地前进。

作为海市市长，高克军强调各个部门都要有"亲民思想"、"亲商意识"，"要为民谋利，不能与民争利"。他积极支持民营企业的发展，为民营企业良华公司兼并市机械厂，与东海证券公司合作上市，排除障碍，打通道路。他动员良华公司投资旅游公路建设，进行多元化经营。他帮助恒通公司转产新项目，进行投资改造。他引进港商资金，解决了洋泾江西岸开发区沉淀了100亿资金、积压的400万平方米的房产销售问题，启动了房地产市场……在查办万方公司的案子时，他对法院把"一桩走私大案变成普通的刑事案件"的判决，对包括万芬在内的涉案人员"来了个交钱走人"的做法，十分愤怒："枉法简直比罪行更加丑恶！"对于这样的判决，"政府不接受，人民不答应。法律不能向任何人献媚，检察院当然要抗诉"。在高克军的坚持下，调查组三进三出，终于使这一大案水落石出，罪犯受到了应有的惩罚。就是这样一位好市长，竟被陈光玉以莫须有的罪名进行了"双规"。厄运并没有使高克军失去自己的信心："我宁可黯然地丢掉官帽，也不要没有廉耻地在台上干下去！历史会给我公道，民心会给我公道，党会给我公道！"

小说着力表现高克军是一个有崇高理想和深刻思想的市长。高克军的不少语言表达了他的心声，闪烁着思想的光芒，成为这部作品为读者提供的格言警句。高克军认为："人之所以为人，就在于他有精神操守。""官越高，权越重，越要自察自省自重。"在生活中、在官场上，他的看法往往与一些世俗之见针锋相对。有人说："哪一个领导不是一手撑着大伞，一手拎着小鞋"，劝他识时务，为领导办事；高克军说："我是一市之长，我有说了算、定了干的权力，但那是公权，克军不敢滥用，辜负老百姓的信任。"有人说："这官场也是互联网，讲究团结就是力量，相互帮忙产生加速度。关系和圈子太重要了"；高克军说："我只做自己认为正确的事情，瞻前顾后，左顾右盼，患得患失，不是高某人的个性。"有人说："官场第一活动定律是作用力与反作用力方向一致，大小相等"；高克军说："我的第一定律是老百姓第一"，"以民为本，公权公用"。有人说："对于敏感的事情，该绕道的绕道；对于尖锐的矛盾，该捂住的捂住"，"沉默是金"；高克军说："我没有沉默的习惯。"有人说："前程不是汗水和廉洁就能铺出来的"，"金钱会左右一切"；高克军说："不管在什么情况下，我始终维护我的尊严，只当人民的市长，不当人民币的市长"，"不受贿，是我为人为官的红线"。有人说他不懂官场这本经，他说："我的确不懂官场这本经。但我说，一个人要有多少双耳朵才能听到群众的声音。"高克军言必信、行必果，他以自己的行动实践了自己的诺言，赢得了海市人民的尊敬和爱戴。

高克军是一位诗人市长。他吟诵大海，喜欢大海，"大海给我胸怀、勇气和力量"，"大海哟，你这旷世的诗人！波澜不惊是你内敛的理智，惊涛骇浪是你迸发的激情"。高克军就是在惊涛骇浪中波澜不惊的弄潮儿。他崇拜英雄，赞美英雄，他向往的是："号令三军，纵横驰骋，挽强弓射天狼，一场战争多么令男儿心驰神往啊！但在这和平年代，硝烟散尽只见迷雾，尽是纠缠，也有牺牲，但很难悲壮，人皆苟且，谁是英雄？"他感叹："英雄常遇穷途，好汉常走末路。""我可以驰骋市场，却难以驰骋官场。"当他一个人的时候，也会陷入深深的孤独的痛苦中。

《城市英雄》是一部充满理想色彩的小说，也是一部充满悲情的小说。《城市英雄》最大的成功是塑造了一个具有英雄情结、带有几分悲剧色彩的艺术形象——高克军。他喜欢英雄的乐章，他以自己的所作所为在海市演奏了一曲动人的英雄乐章。他感受到了音乐雄魄的召唤。他明白英雄可绝望而不会颓废，可失败而不会低头，可沉睡而不会死去，即便死去也不会倒下。他的男儿气概，英雄胆识，诗人情怀，赤子情操，给读者以鼓舞，以启迪，让我们看到希望，看到亮色，看到由当代英雄所撑起的一片蓝天。

2006 年 6 月 25 日

作家良知和诗人情怀

——张不代和他的长篇小说《草莽》

诗人张不代的首部长篇小说《草莽》是一部内容复杂、头绪众多、思想深刻、底蕴深厚，充满悲情的小说。诗人用诗性的语言、奇特的想象、诡谲得近乎荒诞的手法，为我们讲述了一个个骇人听闻、动人心魄的故事，塑造了一系列活生生的人物，描写了以农村为中心的几十年的社会生活，内容涉及政界、军界、文化界及城乡各个领域，反映了我国转型时期的种种社会现象和人生景观，读后让人震撼，发人深思，令人警醒。

一

《草莽》通过一个名叫龟崇庄的村的历史变迁，一个名叫公孙龟年的人的人生遭遇，触及历史，直面现实，反映了广阔而复杂的社会生活。

某省黄原地区河阴县老城乡龟崇庄村本来是一个草深树密、泉多水丰，以林牧为主的富裕村庄，"文化大革命"期间，割资本主义尾巴，铲除资本主义思想，走大寨之路，放火烧荒，毁林造田，结果是好端端的一个富裕农村硬是被搞成一个年年靠国家救济的贫困村。

在这场大火中，由于公社秘书陶重农运用他的"政治智慧"，以假象盖真相的一番即兴表演，把制造了一场特大森林火灾事故的一帮人变成了救火的"英雄群体"。这个成功的作假天才也由一个公社小秘书一直爬到省委副书记、代省长的宝座。直到20世纪90年代，由省委组织部青干处处长白东明带领的省委扶贫工作队进驻龟峁庄村，大做"草"文章，以龟峁庄村为试点，使河阴县成为体现国家重大国策"退耕还草还林"的先进典型。而当初那位放火烧荒、毁林造田的陶重农，摇身一变，居然成了全国最早大唱"退耕还草还林"经典之歌的省长。这就是长篇小说《草莽》的基本情节线。

公孙龟年是作者倾注全部热情和心血塑造的人物。作者不仅描写了人物曲折离奇的人生经历，更触及人物的精神世界，表现了他独特的灵魂。公孙龟年作为军旅诗人，曾经是一个为"形势大好"热情歌唱的歌者。但"文化大革命"期间的现实生活，所谓的"四大民主"、庆祝最高指示发表的欢庆锣鼓、跳忠字舞等，"犹如全中国人都得了流行性感冒一样，整齐划一地打着一个巨大的喷嚏……"，使他感到迷茫迷乱，困惑不解。他对自己的灵魂进行拷问："我为何长期以来狂热地为这种民族流行性感冒歌唱？"于是有了署名"千夫"的政治抒情长诗《为什么》（即《天问》），为此差点被打成"反革命"；有了署名"纤夫"的长诗《老人家，你住手》，为此受到了记过和降职处分；有了署名为"驮夫"的第一部长篇小说《天眼》和后来的《国家公务员》等。这些作品都在读者中引起强烈反响，同时也遭到无情批判。他甚至因为在刊物上转发了一篇关于"割舌头"事件的稿子，被撤职和开除了党籍。他转业到地方，分配在《场》杂志社工作后，先后两次到河阴县调查一桩震惊全国的小学校危房倒塌事件，并把它反映在长篇小说《天眼》里。这部作品为他赢得了巨大的声誉，也遭到了一些人的嫉恨，为此后的受到迫害埋下了隐患。在等待处分期间，他同省委扶贫工作队队长白东明、植物生态学家唐雨一起共同完成了龟峁庄村的"退耕还草还林"工程，发现和创造了退耕还草扶贫模式和经验，为改变农村面貌做出了重要贡献。不幸的是，在一次山体滑坡崩裂的灾害中公孙龟年失踪了，消失在一个山洞的深湖里。公孙龟年是作者为之歌颂、为之哭泣、为之感叹的人物，是表达作者的爱与恨、情与仇，寄托了作者理想、抒发作者情怀的人物，是长篇小说《草莽》所塑造的中心人物。

在《草莽》中，作者十分重视典型人物的塑造。作者认为，没有典型，就没有深度，也就没有艺术。典型的意义，关系着作品的生命，也关系着作品的价值。作者的这种典型观就是赋予作品主要人物以典型性，体现在公孙龟年身上就是时代的印记和知识分子的特性。公孙龟年是一位为科学与民主奋斗不息的战士，是一位主张"立场比艺术更重要"的作家。他的作为反映了中国现当代知识分子的责任和良知，他的命运也是中国现当代知识分子命运的缩影。在他的身上体现了共产党人"实事求是"的精神，也反映了中国知识分子"为民请命，秉笔直书"的品格。他想的是老百姓，为老百姓说话，敢对政治发言。作者塑造公孙龟年的形象，是以他的几部作品的发表和随之浮沉变化的坎坷人生为纵线，以同各色人等的不同关系演变为横线的，如同他共事的《场》杂志总编辑唐风、工作队长白东明、植物生态学家唐雨、龟峁庄村委主任宣石狗等人的关系，同政界人物陶重农、杨大康等人的关系，同把他视为"梦中情人"的宣素兰等人的关系，纵横交错突现了人物个性。

小说中，作为公孙龟年对立面的主要是那位运用"政治智慧"爬上省长高位的政客陶重农。公孙龟年并没有和陶重农发生过正面冲突，陶重农是省级领导干部，而公孙龟年只是一个等待处分的扶贫工作队队员，在政治权力场上，公孙龟年根本不是陶重农的竞争对手。但是在陶重农的潜意识里公孙龟年一直是他的宿敌，他不会轻易放过公孙龟年，因为他认为公孙龟年会影响他的仕途。公孙龟年先后两次到河阴县调查的那桩小学校危房倒塌事件，就涉及陶重农本人。同公孙龟年过不去的还有公孙龟年的副手，即《场》杂志社党组副书记、副总编辑兼社长杨大康。他使用两面派的政治手腕欲搞掉公孙龟年，取而代之，后来不仅如愿以偿，而且又获高升。这些人都是公孙龟年难以对付的。

在这场是非分明而力量悬殊的较量中，陶重农是"胜利者"，因为一切渎职行为、腐败作风和卑劣的灵魂都阻挡不了他的升迁。而把自己的全部精力，甚至生命投入龟崈庄村的公孙龟年却逃不脱悲剧命运。

龟崈庄村两个不同时期的历史变迁，公孙龟年和陶重农两个不同人物的人生经历，构成了长篇小说《草莽》的基本内容。对龟崈庄村历史变迁规律的揭示，包括人与人、人与自然的关系的揭示；对公孙龟年和陶重农两个主要人物截然不同的人生轨迹的思考，包括政治的、社会的、伦理的、道德的思考，正是对当今社会的一种本质意义上的警示，也是这部作品的认识价值和现实意义。

二

《草莽》是诗人写的小说，从构思到创作，无不抒发着诗人的情怀，体现着诗性的品格。

《草莽》充满了想象，而且是丰富的、大胆的、奇特的想象；《草莽》充满了感情，而且是真挚的、炽热的、强烈的感情。而饱和着丰富的想象和感情正是诗的主要特征，体现了文学艺术的创造性。作者把联想和想象的手法运用在小说创作中，往往赋予人物以传奇性甚至带有宿命论的色彩，使作品充满了神秘感。这一点特别体现在作品的主人公——公孙龟年的形象塑造上。

千夫—纤夫—驮夫，几个笔名的变化，反映的是公孙龟年的创作生涯，这是一种现实性的叙述。而奇特的是在公孙龟年的人生历程中，往往与一个"龟"字紧密相连。公孙龟年从部队转业后，工作所在地的省城叫"龟城"。公孙龟年所在单位——《场》杂志社的小院里，有一组黄色大理石雕塑，雕塑的主体是一尊黄河纤夫，纤夫的基座竟是一只传说中的神兽，名为赑屃的龟形动物。据传，此物好文且能负重，为龙之三子。这组雕塑所象征的传统文化的古老和沉重，洋溢着的力感和抗争感，使公孙龟年不禁心旌摇荡，这预示着什么？而公孙龟年人生的最后一个驿站，又是一个叫"龟崶山"的山、一个叫"龟崶庄"的村！龟城—龟形动物—龟崶山—龟崶庄，使公孙龟年不禁又有一种宿命之感，这又象征着什么？

更有怪事频频出现。在公孙龟年犯病时，趴在地上缩成一只巨龟。当公孙龟年在妙峰山下一个山洞里失踪后，人们却在洞中的湖水里发现一只巨龟，"爬上石头，缓缓地升起它长而细的脖颈，在集束的手电光下，怔怔地望了他们很久很久，似乎还在向他们点了点头，然后，那东西就慢慢地转过身去，沉入水中，缓缓游走了……"它好像还留恋着它所熟悉的一切，它不愿意离开这个对它极不公平的世界，然而它又无可奈何……读到这里，不禁潸然泪下。作者在奇特的描写中，是对作品主人公的痛彻心扉的哀叹，是以直接抒情的方式表达的强烈的深厚的感情。

《草莽》中，这种想象奇特、具有神秘色彩的描写还表现在唐风、唐雨这一对孪生兄弟身上。这对孪生兄弟同公孙龟年的命运有着极为密切的联系。唐风是《场》杂志的创始人，曾任杂志社党组书记、总编辑，是欣赏、重用公孙龟年，并让他接班的人。唐雨是植物生态学家，同公孙龟年共同完成了龟崶庄村的退耕还草还林工程。唐风、唐雨同是平反右派，都有着极其坎坷的人生经历。公孙龟年同唐雨的相识充满荒诞、玄虚的色彩。公孙龟年在山上植树时，突然发现沟对面绝壁栈道上正走着一位蹒跚老者。这位老者就像腾跳在高山峻岭峭壁间的黑色老山羊，又像一只大蚂蚁。后来公孙龟年在一天晚上沿着山沟小路回村时，脚下踩空，跌落在路边青石堰下沟岔里的一堆麦秸垛上。而在麦秸垛里竟藏着一个长脖子怪人，这个人竟是那天下午他看到的在绝壁栈道上行走的被他惊呼为"老山羊"和"大蚂蚁"的老者。这老者极像原《场》杂志总编辑唐风。老者见到公孙龟年说了几句禅语般的话："我是我你是你，我非我你非你……"走出禾场，走上沿沟小路，消失在茫茫夜色中。而老人念诵的那些诗句正是公孙龟年自己20多年前写的那首长诗《天问》里的句子。那人的嗓音竟和老总编唐风毫无二致，这使公孙龟年惊得七魂出窍。

作者的奇特想象和丰富感情，同样倾注在作品中的几个女性身上。她们中有同公孙龟年共度苦难的妻子茹花团，有仰慕公孙龟年的年轻女性，如龟峁庄村老宣头的大女儿、被称为"河阴之花"的大美人宣素兰，《场》杂志美编室主任、女画家叶秀子，《场》杂志总编室主任欧阳亚男，有被贫困和愚昧逼疯了的村妇宣荷叶。她们大都是公孙龟年故事中的一部分或公孙龟年熟悉的人物，为公孙龟年孤冷的生活增加了温暖和色彩；也因为她们的善良和美丽受到了恶势力的伤害，更增加了公孙龟年凄苦人生的悲剧氛围。

公孙龟年同宣素兰的关系，是最具传奇色彩的。由公孙龟年的作品引发了一系列出人意料、动人心弦的故事。公孙龟年的长诗《天问》被一个名叫宣素兰的美丽姑娘读出了自己向往的爱情，"千夫"成了她的"梦中情人"。她一直以"玄鸟"的名义给公孙龟年写信。宣素兰是陶重农的前妻，被陶重农找借口甩了后，成了一个疯女人，一直流浪在外，后来被汽车撞死在从河阴到地区的公路上。一位知情者说："完了，总算打扫干净了，这个老狐狸！"一个美丽的生命被活活地扼杀了！先遭遗弃、后被逼疯、又遭算计、丧身车祸的宣素兰，是个悲剧式的人物；不能和自己的恋人结亲，被逼嫁给一个二流子而疯了的宣荷叶同样是悲剧式的人物。龟峁庄村出了两个让人同情又痛心的傻美人。

同是"河阴之花"的宣素兰的妹妹宣素青也没有什么好命运。她嫁给了一位农民企业家，这位企业家利用陶重农的关系承包了河阴县中小学危房改造工程，却因受上面的指使以支持地方五小企业、"精工换料"的名义进行偷工减料酿成大祸，被判处死刑，而她本人却成了她的姐夫陶重农的情人。照陶重农的说法是，要在古代，在这黄原地区，"我不是皇帝，起码也应该是一位国王"，"别说你们姐俩儿了，你们龟峁庄所有漂亮女人都是我的"。宣素兰、宣素青姐妹都成了陶重农魔掌下的牺牲品。

陶重农和宣素兰的女儿、大学生陶莹，出于父亲的"政治需要"被迫嫁给一位同父亲年龄差不多大小的高官之子，因为崇拜公孙龟年，喜爱他的作品，同她母亲一样，公孙龟年也成了她的"梦中情人"。小说中有一段陶莹同公孙龟年的对话，最为精彩和动人。这是一次解剖灵魂的对话，是出自肺腑的对话，是一个年轻女性同"梦中情人"的对话，是一个晚辈同长者的对话。陶莹以身相许的愿望虽未实现，而代之以女儿的名义添在公孙龟年墓碑前的一个小小花环："深切怀念心中珍藏的父亲公孙龟年先生"。

公孙龟年的妻子茹花团本来是他的大嫂。大哥死在一次修大寨田山体塌方时。大哥去世3年后，他遵照娘临终前的遗愿，答应同拉扯自己长大成人的嫂子成亲。茹花团退休前当乡邮员，为公孙龟年邮寄稿件是她给丈夫做的最重要的一件事情。公孙龟年死后，她在墓前的哭诉令人心碎："三儿，你能听到俺说话吗？三儿，俺知道你心里委屈哩！俺给你哥说了啊三儿！俺下辈子还是当你嫂子呀三儿！"她为三儿求亲结冥婚，"咱娶上素兰妹子回老家呀……有啥憋屈你就回家吧呀三儿……"这是一位嫂娘——妻子为公孙龟年的哭诉，也是作者为自己所塑造的人物的哭诉！

《草莽》充满了悲情，因为作者更多地赋予他笔下的人物以悲剧的色彩。公孙龟年是悲剧式的人物。在作者的笔下，公孙龟年是高尚的，受到人们的敬重和爱戴，却也受到了一些卑鄙者的诬陷和嫉恨。更可悲的是公孙龟年生前为一些人所不容，死后又以公孙龟年变为龟形动物的传说为那些人所乐道。宣素兰、宣荷叶等年轻女性是悲剧式的人物。她们的美丽青春遭到了无情的扼杀，她们的美好理想一一破灭。一切美好的东西都被毁灭了，而那些灵魂卑劣、手段残酷的官员却步步高升，飞黄腾达。作者这种强烈的爱憎观体现了他作为诗人的激情和忧愤。这使我想起鲁迅先生的两句名言："悲剧将人生的有价值的东西毁灭给人看，喜剧将那无价值的撕破给人看。"《草莽》所反映的何尝不是一出让人哭泣、让人感叹的人间悲喜剧！

三

作品是表现作家的情感观念和美学理想的。渗透在这部长篇小说中的是作者张不代的政治勇气、作家良知和诗人情怀。

随着我国社会大转型的深入发展，作者一直想以"文学形式"对我国社会发展的这种历史性的推进，表达一种纯然的"个人发言"，而在"文学形式"中"诗歌的声音和力量是越来越小越来越弱了"，"声音和力量最大最强"的是小说，所以，作者就以小说的形式来表达自己的"个人发言"，这就是作者倾注7年的心血精心创作的长篇小说《草莽》。

《草莽》是通过一个农村的变革反映整个社会的，反映了作者对我国"三农"问题的一贯关心。作者认为，在"三农"问题上我们走过太多的弯路。无论是公社化，还是学大寨，都是在搞脱离实际的"唯意志论"，结果农业非但没有上去，反而造成大自然对人类的疯狂报复，自然生态受到严重破坏。小说中所描绘的龟崂庄村的状况就是艺术地反映了这一严峻现实。对于"三农"问题，作者注重寻根求源。20世纪六七十年代，"农业学大寨"逐渐走上极端的过程，成了他注视的焦点。80年代实行的土地联产承包责任制，农民个人承包治理小流域所取得的成效，90年代作者担任省委一支扶贫工作队负责人两年多的经历，21世纪初国家"退耕还草还林还牧"政策的出台，这些都使作者心头一惊，思想一亮，找到了想写的这部小说要寻找的"契合点"——反映国家政策的调整和中国农村的历史变革。

张不代的小说创作是基于长期生活积累的艺术诉求，是人生阅历、情感体验的艺术表达，但是，却有着作者自己独立的理性思考，有着对生活的独特的发现和独特的表现。《草莽》中陶重农的形象塑造，公孙龟年悲剧命运的描写，正是作者注重理性思考而诉诸形象的艺术成果。

由一个公社小秘书"快速"爬上高位的陶重农这样的政客是怎样出现并取得成功的？公孙龟年的悲剧人生是怎样形成的？作者把我国悠长、悠久、幽深的封建主义传统作为小说的大背景，找出了答案，写出了陶重农这个位高权重的人物的典型性和涵盖性，写出了公孙龟年这个知识分子的典型性和传奇性。

作者对出现"陶重农现象"的原因寻根溯源，认为源头在体制上，在我们全民族的"集体意识"上，在浓重的封建主义思想几乎无处不在而我们还麻木不仁上，具体则表现为，那些想当然的决策、一把手现象、长官意志、官本位、唯意志论、迷信、造神、人治、公权私有等。正如作品所揭示的，河阴县的政权不是资本主义复辟，骨头缝里是一个封建主义小王国，骨头缝里是一种类似皇权思想在作怪。公孙龟年的悲剧人生和悲剧命运，同样是作者思考的问题。作者认为公孙龟年这个形象标示着文明的成长与提升是多么艰难，标示着历史传统的惯性力量又是多么强大。

通过作品中两个主要人物命运的描写，《草莽》提出的清除封建主义思想的主题，并不是一个新的话题，而确实是一个至今仍然有着现实意义的问题。党的十一届六中全会决议，在分析"文化大革命"的形成原因时，就提醒全党要把清除封建主义思想作为一项长期的重要任务。作者思考的是，我国有着数千年的封建主义传统，中华人民共和国成立以后，封建统治作为一种社会制度被消灭了，但封建主义的思想体系不仅依然存在着，而且还具有一定的传承性，思想的消灭要比制度的消灭慢得多，以至至今还浸淫于我们全民族的意识中。从一些把政权视作特权的政治人物身上，就可以窥见封建主义思想的影子。如何历史地看待这一切，并艺术地反映出来，这需要作家的政治勇气和政治眼光。我们钦佩的是作者的敏锐眼光、政治勇气，以及对历史的负责态度和承担意识。

谈到《草莽》这部作品，作者说："我已经做到的是，把我曾经经历和关注的社会生活，作了全方位、多层次的艺术展示，把我多年来对于社会、人生、政治、文化的诸多思考，也尽可能地提升到哲学高度，通过我所塑造的人物形象，给予了我力所能及的揭示和表露。""我可以宽慰于自己的，是我大胆地切取了一大块社会组织，且将丝丝缕缕的肌理骨骼剖开来给人看，同时还给人一些指点和提醒。"说得够明白了，作者把为什么写《草莽》以及怎么样写《草莽》完全告给了读者，这就为我们理解这部小说提供了最好的思路。

作者指出，胡锦涛同志告诫全党，必须牢记"两个务必"，牢记为人民服务的宗旨，我们党的执政地位，"既不是与生俱来的，也不是可以一劳永逸的"。作者认为，可以用总书记的这句名言作为解读这部作品的钥匙。由此可见作者的深刻思虑和良苦用心。

读过《草莽》，我突然想起张不代20年前出版的一本诗集《黄土魂》。《黄土魂》写的是黄河、黄土地，表达的是诗人对这片黄土地执着和深沉的爱，也反映了诗人坚持走现实主义创作道路的文学主张。张不代明确提出："诗要反映现实。"他认为，古今中外，凡是在人民中发生过较大影响的文学作品（当然诗也在内），"都同作家当时所处时代的现实生活和政治生活密切相关，更不说那些几乎是同作者所处时代同步的作品了"。"历史是过去的现实，现实是未来的历史"，而政治同现实不可分离，那种所谓"同现实拉开距离"和"同政治脱钩"的说法，就像说"把光线同光源拉开距离，把光线同光源脱钩"一样的荒唐。《黄土魂》反映了诗人张不代的创作观。作家麦天枢在为《黄土魂》所写的序言《诗，品格的较量》中，说张不代"对人对事，他变得更加不能泰然，总激动，总委屈，总兴奋，总伤怀"，"生命与使命，对于他来说，似乎是同一含义"。张不代反映在他的作品《草莽》里的思绪，不正是"总激动，总委屈，总兴奋，总伤怀"的吗？张不代通过《草莽》这部小说，通过公孙龟年这个人物，要表达什么，反映什么，不是也十分清楚了吗？张不代是用自己的作品去履行作家的使命，体现生命的价值的。通过长篇小说《草莽》，我更了解了诗人、作家张不代。

2007 年 4 月 28 日

（文中所引张不代有关《草莽》创作的言论见钮宇大《为民立传，为史立镜，为世报警——与作者张不代谈长篇小说〈草莽〉的创作》一文，原载于《黎都文苑》2006 年第 4 期。）

梨园艺苑风情图

——读张雅茜的《角儿》

张雅茜是一位女作家。张雅茜写小说，也写散文，但是，不管是小说还是散文，翻翻她已经出版的十多部作品，几乎所有的角色都是女人。这次获"赵树理文学奖"的中篇小说《角儿》中的角色自然也不例外。张雅茜说她总是走不进男人的内心世界，所以她笔下的男人"一个个是那样的苍白和索然无味。远不如我写女人那么自如，那么亲切"。"我总觉得，最知女人的莫过于女人。那苦，那乐，那悲，那哀，只有女人才能品咂得有滋有味。品过了，再去写，也会写得有滋有味。"（《五里一徘徊·战胜自我》）这就是张雅茜为什么总是喜欢写女人的创作独白。我们看看她的几部作品的名字，长篇小说《依然风流》、《烛影摇红》，中短篇小说集《红颜三重奏》、《五里一徘徊》，散文集《掀起我的盖头来》，又有哪一部不是充满或带点女人味！既然是女作家写女人，所以她的前期作品往往喜欢倾诉，充满悲情、隐痛、哀怨和伤感，呈现出一种阴柔婉约的风格。

随着生活领域的不断扩大，张雅茜对社会生活和人生舞台有了新的经历和体验，新的视野和感受。她的作品不再局限于表现女性面对爱情、婚姻和家庭问题时的苦恼和遗憾、希冀和失落。"不再沉醉于倾诉，有了理性，有了美，也有了让人思考和回味的地方。"（《掀起我的盖头来·不再倾诉》）张雅茜获奖的中篇小说《角儿》就是这样的作品，但是作品中的角色仍然有着眼泪和忧伤。这是张雅茜女性作品的不可改变的风格。

《角儿》的主人公邢月兰，是凤城市蒲剧团团长、"梅花奖"获得者，是作者倾注全部热情塑造的有别于她以往作品中女性形象的新人物。

《角儿》中的邢月兰是凤城这个戏曲之乡培育出来的一代名伶。她的师傅是8岁就唱红了西安城，一生能演100多个剧目的老艺术家王玉兰。师傅的师傅是民国时期以跷子功著称，表演《挂画》、《杀狗》等闻名山陕的王存才。名师出高徒，从小就在戏曲圈子里泡大的邢月兰，16岁就一炮走红。她学戏、演戏、琢磨戏，糅合了民歌的发声方法使蒲剧唱腔耳目一新。她以《烤火》、《藏舟》、《貂蝉》几个经过改革的精品戏夺得了"梅花奖"。邢月兰对蒲剧痴迷热爱，情有独钟。她一见到戏台就激情涌动。演出前，她化好装，闭目养神，静静候场，无论在什么样的演出场所，这几十年如一日的习惯也不会改变。作品写邢月兰到豆津镇演出，在古戏台上踩台，转身亮相，碎步走场，一招一式，惟妙惟肖，使读者有身临现场之感。邢月兰想起这个古戏台是蒲剧前辈王存才演《挂画》观众挤得水泄不通的地方，也是师傅王玉兰连演三天三夜群众还不让走的地方。古戏台的墙壁上刻着蒲剧老前辈岁岁红、叫破天、小桃红的名字，使她心情激荡，浮想联翩。这个古戏台是她同几代蒲剧前辈心灵感应、感情交融的地方，对它满怀神往和敬畏。

邢月兰既是团长，又是团里挂头牌的台柱子。下乡演出，人们要的是邢月兰，剧团靠的是邢月兰。这使她的事业如日中天，但也给她带来许多苦恼和无奈。

邢月兰台上是深受观众喜爱的蒲剧名角儿，台下却是一个丈夫被富婆挖走的单身女人。在剧团，她工小旦，丈夫乔成仁唱小生，小生小旦，青梅竹马，台上台下18年的丈夫，却被富婆的宝马车和豪华别墅俘虏了去。她热爱艺术，献身艺术，但只会生活在戏中，而不会做一个合格的妻子，导致她的家庭残缺。她坚持艺术家的品格，但在市场经济大潮的冲击下，无所适从，十分尴尬。她不做"戏子"，拒绝"走事"（即唱堂会）。她认为"走事"是对艺术的亵渎，她要正正经经在戏台上唱。可是现实生活却对她提出了挑战，没有经济的支持她很难搞自己的艺术。为了拍摄5集舞台戏曲片《梨园世家》和20集电视连续剧《梨园魂》，她不得不接受了夺走丈夫的那位女企业家的资助。在《梨园世家》中她又不得不和原来的丈夫同台演出"夫妻戏"，因为这是女企业家提出的条件。

张雅茜对邢月兰这个人物的描写没有简单化，而是在时运更迭和人物命运的浮沉起落中揭示人物丰富的内心世界，描绘人物复杂的内心情感。这里有她对艺术的不懈追求和为经济所制约的无奈，有只会对戏曲的痴迷而不会做一个好妻子的矛盾，有对丈夫的怨恨却又不得不接受女企业家资助的屈辱。张雅茜笔下的这个角儿的遭遇是独特的，性格是独特的，是她的作品中女性人物画廊中的"这一个"。

张雅茜的《角儿》更大的价值在于对剧团、演员和群众戏曲生活的极其生动的描绘，好似一幅幅戏曲演出图和民情风俗画展现在读者面前。

农村的红白喜事往往要请剧团，唱大戏，这在作品中有着写实般的描绘。农村葬礼简直是一台大戏，一台既古老又现代的悲喜剧，一台融民俗风情和音乐戏曲为一体的大戏。剧团的演员也是这台大戏的看客。唢呐是这台大戏中的主旋律音乐，吹着包括传统歌曲和流行歌曲在内的五花八门的曲目，风头出尽，魅力无限。而更为生动的是送葬队伍中的哭灵。身着重孝的女眷们的哭诉声像是一曲悠扬的蒲剧曲牌，抑扬顿挫，却少了悲切。邢月兰看着孝子们哭灵的一举一动，模仿着表情，比画着动作，倒成了这出民俗大戏中的主角。突然，"娘呀——"一声哭喊，如裂帛，撕碎人们的神经，一串蒲剧滚白似念似唱，忽急忽慢，如泣如诉。她哭得哽咽难耐，她诉得真切诚恳，她唱得字正腔圆、有板有眼，那独具韵味的声音，有绕梁三日的魅力。邢月兰没有想到这位没有师承的农家女子，会把蒲剧滚白唱得这么地道。邢月兰劝她进剧团到戏台上正正经经演戏，说那是搞艺术，可那位女子说，"艺术不艺术的我不管，我只知道你们剧团唱一晚才拿15元，可我哭一次灵能挣300块"，"如今是市场经济，能挣钱就行，这唱大哭灵的，方圆十里八乡没有人能唱过我"。邢月兰无言以对。作品在这世俗化描写的背后潜藏着令人深思的内涵。

作品中唱擂台戏的描写更是充满浓郁的生活气息和地域特色。河东焦炭大王魏如龙出30万元请3家文艺团体在他们村唱擂台戏，庆祝建厂10周年。在新修的山门台阶搭的舞台上，演出的是现代歌舞，疯狂的迪斯科舞曲和流行歌曲《纤夫的爱》，赢得了男女青年们满场的狂呼乱叫。院内两座古戏台并列。东台叫"春雪楼"，西台叫"歌舞楼"。东台上请的是自乐班，演的是《张连卖布》、《王婆骂鸡》，滑稽的扮相，夸张的扭动，一个人演活了一个戏台，引得观众连连喝彩。西台是市蒲剧团演的获奖剧目《烤火》。由邢月兰的徒弟，人称"小邢月兰"的张越，出演主角尹碧莲，"把一个洞房里娇羞、妩媚、幽怨的落难女子演得含羞而雅致，娇俏而灵秀。尤其是一耸肩一搓手一哈气，直把台下观众也弄得如同进了寒风刺骨的腊月，忘记了春日的明媚阳光"。可是当领导们看了一出折子戏告别后，台下就突然空旷许多。这时本戏《貂蝉》刚刚开演，也吸引不了多少观众，人们纷纷向东台涌去。直到演出后两天，市蒲剧团调整了剧目，上演了老百姓都能背下剧情的戏，才有了稳定的中老年观众。"三台节目相安无事，各有各的特色，各有各的观众群，男男女女老老少少，都仿佛进入了一出大戏里。人在戏中，戏在人中，真应了俗话说的那样：唱戏的是疯子，看戏的是傻子。"

这次唱擂台戏，邢月兰有病没来。剧团要走，成百上千的群众堵在村口，说剧团不讲信誉，头道旦邢月兰没有来，邢月兰一日不来，他们就一日不放剧团走。文化局的领导没有办法，只好把病中的邢月兰接来。"邢月兰一露脸就像上了戏台，一个亮相，顿时精神抖擞，光彩照人。每一步都是戏里的动作，每一个神态都是剧中的表情。没有敷衍，没有应付。吵闹的人群顿时鸦雀无声，人们自动地分开两道人墙，邢月兰就像一位凯旋的将军，从几百双渴望的痴盼的敬慕的惊奇的喜悦的目光中一步步走过，然后登上已经卸台的春雪台。"邢月兰没有化装，没有着戏装，立在台中，英姿飒爽，清唱佘太君的一个唱段。"邢月兰这一段大流水倒紧二性唱得慷慨激昂，如同一泻千里的黄河水，激荡着这个小小的村庄，激荡着热爱戏曲的人们。"这时雨越下越大，台下静悄悄的，连鼓掌都忘记了。那位请剧团唱戏的焦炭大王感慨道："啥叫角儿？值！就这几句我花30万都值！"剧团的车在一程一程的送行中缓缓开动，那个"品"字形戏台在烟雨葱茏中渐去渐远。车里的演员们泪流满面，邢月兰泪流满面。蒲剧，名角儿，就是凤城群众精神生活的支柱和期盼。

这种风情画般的描写是多么动人心弦，令人震撼。我十分惊奇张雅茜怎么有这样的生活体验！如果她不是曾经粉墨登场的剧团中的一员，那么她怎么会有这样生动的细节描写。答案只能是，来自她女性的细腻的观察。我猜想，这也许同她在永乐宫8年守庙的生活经历有关。在这8年里，她曾有过多少个日子冷雨幽窗挑灯面壁，观赏三清殿《朝元图》里那逼真生动的人物造像和流畅自然的神奇线条，养成她观察细微的习惯；还是她在森森道院青砖甬道上缓缓漫步，思绪万千，养成她思维缜密的习惯；也许是吕公祠外荷塘里的残荷一片引起她对生机和希望的遐想？这些都会使她在这条认准了的道路上走下去，沿着她的观察、思索、描写、叙述的道路走下去，于是有了她的《角儿》，还会有许多许多其他女性角色，继续她的女性系列作品创作。

2007 年 11 月 15 日

郭恩德和他的历史小说《郭子仪》

一

郭恩德是我的老朋友，相识已有40余年。给我印象最深的是，他为人热情，刻苦勤奋。作家孙谦对他的印象是："朴实、勤奋，好管闲事，乐于助人，爱动感情，是个艺术型人才。"在他的人生道路上不管遇到多大的磨难，他都能坚持下来，奋斗到底，所以，能够有大作为，成就大事业。在我的印象中，郭恩德担任过的最大的官职是省文化厅创作室主任和省剧协副主席，而这些都不是行政官员的职位。他只是一位剧作家，有成就、有影响、一生默默耕耘的剧作家。

近日，我翻阅了1993年12月戏剧出版社出版的郭恩德影视剧作品选《不舍集》，共收入他的14部电影、电视剧、戏曲、话剧文学剧本。这14部剧作，包括历史题材和现实题材。历史题材，有根据《赵氏孤儿》改编的戏曲《孤儿记》，有表现北魏冯太后助其孙孝文帝拓跋宏进行北魏改革大业的话剧本《青台记》，作品分量都比较重。在现实题材作品中，有写农村、矿山的，有写体育、学校的，反映的生活面很广。这个剧作选叫《不舍集》，所谓"不舍"，语出《论语》子罕篇："子在川上，曰：'逝者如斯夫，不舍昼夜。'"孔子在河边，叹道："一去不复返的都是这样吧，白天黑夜不停地奔流。"荀子《劝学篇》："锲而不舍，金石可镂"，也是讲坚持不懈的精神。郭恩德就是靠这种"锲而不舍"、"不舍昼夜"

的精神成就自己事业的。

郭恩德的《不舍集》所收的14个影视剧文学剧本，大部分都拍摄成影视作品或搬上舞台，成活率很高。其中《神行太保》是我省拍摄的第一部彩色故事片。《不舍集》出版于1993年12月，此后的18年，我没有看到郭恩德的其他作品，但一直关心他的情况，知道他在人生道路上遭遇了老年丧子的不幸，又逢妻子多病，但是他们夫妻俩硬是挺过来了。就像郭恩德自己所说的："软汉越压越软，硬汉越压越硬。"郭恩德就是一位令人尊敬的硬汉子。就在郭恩德好像多年沉寂之后，他的大作长篇历史小说《郭子仪》由山西人民出版社出版了。这就是说从他1993年出版《不舍集》之后，并没有停笔，而是在酝酿、构思、写作更大的作品。从20世纪90年代初到2010年，经过近20年的努力，终于完成了我们今天所见到的这部长达120万字的《郭子仪》。这又是何等的"锲而不舍"、"不舍昼夜"啊。

二

塑造民族英雄是文学艺术作品的重要使命之一。崇拜英雄人物是我们民族的优秀传统。自汉代司马迁开始，中国文人就有为英雄人物作传的传统，而且形成了"人物志"这一"以人写史"的模式。历史小说《郭子仪》是以小说的形式为英雄立传，表现我们民族的英雄情结，延续了"以人写史"的优秀传统，是我省长篇小说创作的重要收获，称得上是一部无愧于历史、无愧于时代、无愧于人民的优秀作品。

长篇历史小说《郭子仪》读后，我很受感动。这部作品是将史诗性的品格融入传奇性的故事中，反映了光辉瑰丽的大唐盛世，表现了郭子仪奇崛壮丽的伟大人生，具有很高的认识价值和艺术魅力。

郭子仪，祖籍山西汾阳，唐代名将贤相，生活在盛唐、中唐时期，而主要是在唐玄宗开元、天宝年间。他历事玄宗（李隆基）、肃宗（李亨）、代宗（李豫）、德宗（李适）四朝，为将一生，为相24年，文武兼备，英勇善战，为官清廉，执法严明，深得民心。郭子仪以武举入仕，平安史、联回纥、征吐蕃，一生系天下安危达数十年，战功累累，为大唐安边定国立下了不朽的功绩。同时，他还提出削减冗官、选贤任能、轻徭薄赋的政治主张，为了解决军粮困难，身体力行，躬耕百亩良田。郭子仪一生显赫，但也并非一帆风顺。他也被主上怀疑过，被宦官诽谤过，晚年也有失误处。一生三起三落，但他都化险为夷，加上天假高寿，使他能够为国为民，奉献一生。史称他"权倾天下而朝不忌，功盖一代而主不疑"，"一代纯臣，千古完人"，确实是实至名归。

郭子仪深悟儒家修身、齐家、治国、平天下之道，精通治国、治军、治民、治家之术，在他的身上集中了我国古代英雄人物的崇高品德和中华民族的传统美德，是中国历史上不可多得的一位出类拔萃的民族英雄。长篇历史小说浓墨重彩地描绘了郭子仪的形象，笔墨酣畅地歌颂了这位民族英雄，给读者留下了深刻的印象。这是小说《郭子仪》在思想和艺术上的最大成就。

三

长篇历史小说《郭子仪》全面地反映了盛唐时期的社会生活，包括宫廷秘闻、市井情态、教坊乐工、乡野风情、边塞风光、战场烽火，以及政治、经济、文化、军事、边防，等等。唐代经济发达，文化繁荣，外事活跃，诗坛璀璨，歌莺舞燕，以及科举、联诗、灯节、酒宴、茶道，等等，都在作品中有生动的反映。在某种意义上，《郭子仪》可以看作是一部形象化的盛唐史。

小说《郭子仪》描写了众多的唐代历史人物。从帝王将相、皇亲国戚、叛贼逆党、文人学士、山野农夫，等等，有名有姓的人物不下百人，如武则天、唐玄宗、唐代宗、杨贵妃、李林甫、杨国忠、高力士、李泌、仆固怀恩、安禄山、鱼朝恩等，还有平民百姓乳娘、老根宝、山娃子等。其中有不少是在历史上闪光的人物。如阻止武则天举行华山大祭以节省民力财力，主张立李氏子为太子，以延续李唐王朝的一代贤相狄仁杰，智勇双全、用兵得当的大将李光弼，任侠豪放、才情横溢、沉香亭醉写《清平调》的大诗人李白，民间音乐家李龟年，大书法家颜真卿，怒斥叛贼、英勇就义的长公主，等等。

小说中对郭子仪的夫人王氏的描写极具感染力。她贵为汾阳王的夫人，但她深明大义，勤俭持家，为人低调，不爱张扬，对丈夫影响也很大。第三卷第十二章写到当郭子仪在修了坟、立了碑，沉溺于酒宴之中时，她督促丈夫身边的人"要随时给他提个醒，这是为他，也为咱全家"。她还直接对丈夫说："以前咱们常说别人不务正业、喝酒聚赌……咱们今天也当注意了……一辈子都过来了，老了老了，可别让人也戳脊梁骨，给儿孙们丢脸呀！"郭子仪能够成为"一代纯臣，千古完人"，同夫人的不时提醒和劝阻有很大的关系。其他的女性如淳朴善良、秀美可人的表姐月儿，身世独特、聪颖过人的女中豪杰泱姬等，小说中都有非常生动的描写，对郭子仪的感情生活有着很大的影响，也增强了作品的可读性。

郭恩德在创作长篇小说《郭子仪》时深受我国古典名著《红楼梦》《三国演义》《水浒传》的影响。这种影响主要是对社会生活深度的反映，也包括表现方法、写作技巧的借鉴和语言的运用。小说开篇，郭子仪出生时，少华山一僧一道的预言，巨龙化作彩云"帝王之气"的描写，隐藏着玄机莫测；小说尾声，泱姬陪着郭子仪迎着美丽的夕阳，缓缓而去——这充满玄妙而诗意的叙述使我们想起《红楼梦》的开篇和结尾。

从历史小说《郭子仪》的语言运用中，也可以看到几部古典名著对作者的影响。小说《郭子仪》的语言，简洁流丽，明快晓畅，既有历史韵味，又符合当代语言习惯，典雅而不艰涩，通俗而不低俗，呈现出语言的美感和作者驾驭语言的能力。

特别是小说中不时出现的大量格调高雅、清新明快的古体诗词，绝大部分出自作者之手，更可见其深厚的古典诗词功底。其中最有代表性的是郭子仪为战争中英勇牺牲的儿子郭旰所写的祭文。这篇出自作者之手的四言韵文，既抒发了郭子仪对儿子的感情，又概括了郭旰短短的一生，可谓声情并茂，字字珠玑。还有郭子仪70大寿时，众子女联诗祝寿，虽然水平不一，倒也反映出吟诗者不同的身份和心态。再如第三卷第十一章郭暧娶升平公主，做了驸马，婚宴中醉酒，说道："美酒待饮微醉后，好花看在半开时"，醉态诗意，恰到好处。同卷同章，郭子仪的王氏夫人说到大家族和睦的秘诀就是一个"忍"字。她还讲了诗僧寒山与诗僧拾得的关于"忍受"的一段对话，反映的是郭府人的处世哲学和文化修养。

历史小说要反映历史，表现历史的真实，大的历史人物，重要的历史事件，不容许背离历史真实；而作为小说，则要求艺术的真实，要进行大量的虚构，编写好看的故事，引人入胜的情节。历史小说《郭子仪》在这些方面处理得比较好。在小说行文中，往往出现"史载"字样，以"史载"引出叙述，或以"史载"结束叙述，使史料与演义结合起来，对读者的阅读起到间离效果，给读者留下思考余地，也反映了作者创作历史小说的严肃态度。

四

《郭子仪》是一部历史小说，但是它的现实感很强，容易激起读者的联想和思考。郭子仪艺术形象所体现的传统美德、爱国精神、和谐思想，具有重大的现实意义。其中，最重要的有两点：

一是爱国主义精神。在大唐盛世、歌舞升平的表面繁华下，奸相弄权，宦官当政，皇帝沉溺于宫妃，统治集团内部争权夺利，社会动荡不安，民族矛盾上升，充满了国家危亡的景象。安禄山起兵范阳，发动叛乱，攻陷两京，使李唐王朝陷于灭顶之灾时，郭子仪临危受命，运筹帷幄，英勇善战，平定了安史之乱，解除了大唐的心腹之患，成为"再造大唐"的功臣。内乱方平，边患又起，回纥、吐蕃不时侵犯中原。在这种情况下，郭子仪单骑退回纥，不战而胜，又联合回纥击败吐蕃，巩固了边疆，维护了国家统一。这是郭子仪最受后人称道和敬仰的原因。崇拜、敬仰英雄，特别是崇拜、敬仰维护国家统一、领土完整的民族英雄，是我们民族永不丢失的优秀传统。

二是维护安定团结的和谐精神。在郭子仪这位民族英雄的身上，不仅集纳着"治国平天下"的思想谋略，而且积淀着"修身齐家"的文化底蕴。他能够正确地处理国与家、君与臣、将与兵、官与民，以及家庭中上下左右的关系。他恪守家规、言传身教、宽宏大度、忍辱负重，体现了至仁至爱、至情至义的思想和品德。多少年来，最为广大群众所熟悉和称颂的是他巧妙处理郭暧打金枝的故事。郭子仪被世人誉为"和谐之圣"。

今天，我们通过小说架起历史与现实相通的桥梁，促使我们认真思考在新的历史条件下，中华民族如何构建新时代的理想、信仰、道德。这是历史小说《郭子仪》的现实意义。

五

郭恩德创作长篇历史小说《郭子仪》的成功给我们许多有益的启示。

一是人生要有理想和目标。郭子仪是郭恩德从小就崇拜、敬仰的英雄。作为郭氏宗亲，他立志要为这位民族英雄、郭氏先祖立传。为了实现这个目标，他始终坚定不移，终成大业。这正如作者自己所说的，"我的做人，决定了我写郭子仪；郭子仪的做人，激励我终于完成了《郭子仪》"。

二是为实现为郭子仪立传的目标，郭恩德有坚持不懈的精神。20世纪90年代中期，郭恩德完成了《郭子仪》第一部。此后一直不断地进行修改，2000年完成了第一部的第七稿。后经失子之痛，停笔6年，2006年完成第一部的第八稿。此后加快了写作进度，写得也比较顺手，2008年完成第二部，2010年完成第三部，几乎是两年一部，也就是每年写20万字，终于完成了这部长达120万字的长篇。郭恩德把这部作品当作自己的"晚生子"，确实是倾注了作家的全部心血和感情。他是把这部小说创作作为自己的生命来对待的。

三是为实现为郭子仪立传的目标，郭恩德做了充分的准备，包括生活积累的准备，知识学养的准备，艺术表现的准备，以及有关史料、素材的准备。

这部作品在案头写作之前他做了大量的准备工作。他在浩如烟海的正史、野史、志籍、诗文、传说中，沙里淘金，精心采撷；还到陕西、宁夏、青海、甘肃、河南、山西等有关郭子仪出生、生活、战斗过的地方进行实地考察，查阅志书，深入民间，体验生活，掌握了许多史籍上没有记载的第一手资料。郭恩德为了写作小说《郭子仪》，在妻子战毓萁的协助下，曾根据《资治通鉴》等多种典籍整理出一部长达7万多字的大事记，还有百万余字的7卷创作手记。郭恩德从案头工作和实地采访两方面提炼出丰富的素材，就使他的创作建立在扎实的史料基础上。

创作，离不开生活，同样也离不开技巧，包括艺术修养和文字功底。郭恩德就读于山西艺术学院，专攻戏曲编剧和影视编剧，加上他长年的创作实践，使他具备了编故事、写人物的能力。他十分熟悉有关郭子仪的各种戏剧作品。这无疑又是他得天独厚之处。20世纪70年代初，他还跟随马烽、孙谦两位著名作家修改电影剧本《山花》，相随4年，使他深受两位作家人品、文品的感染，也学到了不少编剧知识，这同样是一种很好的准备。

郭恩德创作长篇历史小说《郭子仪》的成功，应了老子《道德经》中

"自胜者强"的那句老话。一代英雄郭子仪是"自胜者强"，当代作家郭恩德也是"自胜者强"。这是人生的箴言，也是历史的辩证法。

2011年11月29日

字字珠泪《大豆谣》

——王洛宾和他狱中的小囚友

　　罗力立（初名俐丽，王洛宾叫她莉莉，后来她的父亲改成力立）是我大学时期的同学。她是当时班上年龄最小的学生。我只知道她是烈士的女儿，性格开朗活泼，举止落落大方，爱好文体活动，是个很引人注意的女孩子。毕业后她分配到运城康杰中学当了教师，名校名师，也算是班上很有出息的同学之一。

　　弹指一挥间，40年过去。从罗力立最近寄给我的一部即将由陕西人民教育出版社出版的书稿中，我才了解了她的近乎传奇的身世。这部书稿就是《大豆谣——王洛宾狱中小囚友》。

　　说起来真是令人不可思议。1940年6月，刚到人间、未满周岁的俐丽，竟同父母一起被国民党投入监狱，直到1946年母女获释，整整待了7个年头。正是该享受阳光雨露、被人精心呵护的花蕾般的年龄，竟受到如此摧残和折磨，真不知她如何承受得起。

　　俐丽的父亲叫罗云鹏，黑龙江省巴彦县人，当时担任中共甘肃省工委副书记兼组织部长。母亲张英，山西省安邑县人，时任中共甘肃省工委妇委会组织委员。经党中央派驻甘肃省的党代表谢觉哉同志的介绍，二人于1938年8月结婚。1939年9月21日俐丽出生。1940年6月6日，国民党发动第一次反共高潮期间，罗云鹏同中共甘肃省工委书记李铁轮、中共甘肃省青年委员会书记林亦农一起被捕。次日，张英带着刚刚出生9个多月的俐丽亦被捕。一家三口，被关进兰州的一所监狱，俐丽成了国民党监狱中最小的"囚徒"。

1946年2月27日，罗云鹏被秘密杀害，死时年仅37岁。同年，张英获释。母女相濡以沫，相依为命，苦熬苦等，有多少个日日夜夜在盼望着亲人的归来。岂知亲人一去不复返，张英直到1950年才得知丈夫遇难的消息。

罗云鹏、张英这对革命伴侣，结婚8年，铁窗6载，未亡人竟不知丈夫带着国民党的镣铐先她而去！他们没有新婚蜜月，没有温馨爱巢，甚至没有自己的家。他们同监一狱，分别囚禁，咫尺天涯，相见而不得语，更哪能互相照顾，共同抚育他们生命的唯一结晶——小俐丽。

1至7岁，这是一个孩子来到人世后长身体、长见识、长本事的多么重要的7年，是应该在父母面前撒娇、淘气，享受幼儿教育和学前教育的7年。可是俐丽竟像《红岩》中的小萝卜头一样，看到的是高墙、深牢和刺刀，听到的是拷打声、哭喊声和难友们不屈的斗争声，吃的是难友们从自己的碗里分出来的黑面糊糊和几片土豆，接触的是监狱里的"政治犯"——那些和她的父母同辈的伯伯、叔叔和阿姨。这个没有阳光和雨露，没有鲜花和绿树，没有伙伴和朋友，没有玩具和小动物的与世隔绝的环境，就是俐丽的"家庭"、"学校"和"社会"。

在这里，俐丽有了教自己认字的老师——新中国成立后任陕西省委党校教务长的郭仪；她有了送给自己一个"花皮球"的大朋友——在狱中被杀害的、归国参加抗战的爱国华侨青年胡润宝，"花皮球"是他拆掉自己贴身的线衣缠成的；她有了自己的王姨——毕业于北平铁道管理学院的共产党员王芳玉，她利用在看守所帮灶的机会经常偷偷地给俐丽带一点吃的东西；她有了自己的王伯伯——监狱派他到黄河边驮水顺道送俐丽上过两天学的老红军王昌明……

对俐丽影响最大的囚友，是俐丽在兰州沙沟秘密监狱结识的西部歌王，那位大名鼎鼎的音乐家王洛宾。王洛宾还专门给俐丽写了一首歌，那就是用作这部书名的《大豆谣》。这对一老一少的囚友，他们之间的联系一直持续了几十年。这正是这部书告诉读者的最为动人心魄、引人入胜的部分。

王洛宾的名字是同《在那遥远的地方》、《达坂城的姑娘》、《半个月亮爬上来》、《掀起你的盖头来》等欢快轻松的西北民歌联系在一起的。这些歌家喻户晓，终久不衰，广为传唱。可是有谁知道，王洛宾竟在1943年写过一首《大豆谣》，而这首歌就是写给他的小囚友——罗俐丽的。"蚕豆秆低又低，结出的大豆铁身体，莉莉对囚徒夸大豆，世界上吃的数第一"，"小莉莉笑眯眯，妈妈转身泪如雨，街头上叫卖糖板栗，牢房里大豆也稀奇"，"小莉莉有志气，妈妈的哭声莫忘记，长大冲出铁大门，全世界大豆属于你"。王洛宾之所以给俐丽写这首《大豆谣》，因为俐丽口袋里只有几颗大豆，俐丽告诉他："世界上最好吃的东西是大豆。"王洛宾听后一阵心酸，便把他的满腔悲愤化作带泪的旋律，写出了这首《大豆谣》。正是在这首童谣式的歌声中，俐丽回忆起她和她的王洛宾叔叔的交往。

1941年3月，年仅30岁的王洛宾因为和共产党人有过交往，也被关进了这所监狱。这位长满连鬓胡子的叔叔就住在俐丽对门6号牢房里。当时只有4岁的俐丽特别喜欢这位"大胡子"叔叔。因为他会用娓娓动听的北京话给她讲述猪八戒、孙悟空、白雪公主、丑小鸭的故事，把俐丽带入一个她从未听说过的世界。他还把俐丽的长头发编成许多小辫子，让俐丽站在小土炕上，转圈儿，扭脖子，学跳新疆舞。只是俐丽的衣服太破了。王洛宾心痛地说："小莉莉，赶明儿大胡子叔叔一定给你买新衣服，再给你买朵大红花戴在头上，那跳舞才好看呢!"可惜的是俐丽并不知道什么是大红花，因为她来到这个世界上还从未见过。这可难住了王洛宾，他怎么也说不清、比画不出什么是大红花。王洛宾还教俐丽唱他自己写的歌，教京剧唱段和抗战歌曲。俐丽一时成了难友们最欢迎的小演员。

俐丽与王洛宾同坐监狱整整4年。在这位大胡子叔叔的思想影响和艺术熏陶下，她懂得了什么是美。俐丽牢牢地记着王洛宾的一句话："幸福中有美，幸福本身就是美。苦难中也有美，并且美得更真实。"俐丽至今觉得她在狱中同大囚友——王洛宾叔叔的结识，是她的幸运、缘分和机遇，这是一位受过苦难，但对生活又充满信心的人的感悟。

王洛宾1944年出狱。出狱后他始终惦记着他的小囚友……俐丽。在俐丽刚上小学的时候，王洛宾还特意托朋友给她捎来10斤大豆、一件漂亮的衣服和一束鲜艳的大红花。王洛宾也真够不幸，1960年被打入冤狱竟长达15年之久。平反后在新疆乌鲁木齐军区歌舞团工作。令俐丽难过的是，新中国成立后几十年，由于种种原因，她和她的洛宾叔竟没有见过面。

1994年3月10日，已经是82岁高龄的王洛宾从千里之外专程到运城看望俐丽和她的母亲。整整50年过去了，俐丽面对这位身材不高、面色红润、留着山羊胡子的老人，仍然认出这就是她半个世纪梦寐追寻的洛宾叔。王洛宾给俐丽带来一本出版不久的《纯情的梦——王洛宾自选作品集》和一包大豆，还情不自禁唱起了他50年前创作的歌曲《大豆谣》，仍然是那样感情真挚、亲切动人。当时4岁的俐丽现在已经年过半百，听着这优美、熟悉的旋律，不禁珠泪滚滚，唏嘘不已。俐丽的年已八旬、中风失语、昏睡在床的老母，竟被这歌声唤起了遥远的记忆，突然放声大哭起来。50年前的铁窗苦难和难友情谊，汇成一股强大的感情巨流，猛烈地撞击着这对母女的心扉，使她们再也无法平静下来。

　　1995年12月28日，俐丽应邀赴京出席了大型纪录片《往事歌谣》的首映式。这部长达88分钟的传记片，反映了王洛宾一生的坎坷经历和艺术追求，其中就有俐丽与她的洛宾叔久别重逢的一组感人镜头。

　　1996年3月14日，从中央电视台传来了王洛宾在乌鲁木齐病逝的噩耗。俐丽真不敢相信这个消息。两年前还那么潇洒健壮的洛宾叔怎么会走得这样匆忙！就在3月14日这一天，俐丽和她的爱人还正在商量要给远在乌鲁木齐的洛宾叔寄晋南特产——稷山大红枣呢！

　　1996年5月28日，在北京西郊金山陵园举行王洛宾墓碑揭幕暨骨灰安放仪式。黑褐色的大理石墓碑正面镌刻着王洛宾与合葬爱妻黄玉兰的名字；背面刻的是他1938年谱写的蜚声中外的歌曲《在那遥远的地方》的手稿。俐丽因为母亲病重需要服侍，无法去北京拜谒王洛宾的陵墓，只好通过电话托北京的友人把挽幛和花篮送到王洛宾的墓前。

　　人们都说世界上有华人的地方就有王洛宾的歌。世界著名歌唱家罗伯逊把《在那遥远的地方》作为保留曲目唱遍了全世界。王洛宾的歌征服了亿万人的心。然而，俐丽认为，王洛宾的人品比他的作品更能震撼人心。这位谱写了多少带有浓郁西域风情的美丽乐章，用质朴清纯的音乐语言传达了人类共同感情的艺术家，在半个世纪的人生舞台上却扮演着一个默默无闻的孤独的采风者的角色。很多人都是唱着王洛宾的歌长大的，却不知道王洛宾是谁。直到1988年，《在那遥远的地方》才第一次署上了王洛宾的名字，而这一年他已经是75岁的老人了。他的被承认和被广泛宣传，也不过是近几年的事情。

　　罗力立在她的书稿中深情地说："为什么爱情的失落，家庭的破灭，19年的铁窗生涯都没有能浇灭王洛宾生命中的艺术之火，这是因为他对祖国、对人类、对生活、对一切美好的事物都抱有一种超乎寻常的执着和爱心。正因为他有这样一颗金子般的心，他才能'从苦难中提炼美，从绝望中获取希望，从痛苦中感受欢乐'。"

《大豆谣》一曲是一位人民音乐家用一颗赤诚的童心写给一个孩子的歌。《大豆谣》一稿是一位人民教师用一颗滚烫的爱心写给广大青少年的书。作为一位终身献身教育事业的教育工作者，罗力立在书中所用的语言是朴实纯净的，罗力立在书中所讲述的故事是动人心魄的。这是她从苦难和磨砺中寻找美、感受美的体验，是她从理想和期待中激励人们追求美、传播美的贡献。

罗力立在这部书稿的后记中说："少年朋友读完此书后，如果能够受到一点儿思想的启迪，明白一些人生的道理，便是对我莫大的慰藉；如果能够从中感悟到在我们今天所享受的明媚春光之前，还有过凄风苦雨，懂得应该十分珍惜今天的幸福，并能够为更加灿烂的明天而努力奋进，这将是对我的最高奖赏。"

人们是向往美、喜欢美的使者的。读者也一定会喜欢罗力立的《大豆谣》，并感谢陕西人民教育出版社出版了这本好书。

1998年5月5日

旧体诗词：新田园诗诗体的走向？

——一篇过时的评论

山西牵头的全国新田园诗歌大赛，从1993年到2002年，前后共举办了四届。前三届以新诗为主，旧体诗词寥寥可数。据丁芒先生统计，前三届获奖作品共348篇，其中旧体诗为69篇，不到1/5。可见，在新田园诗歌大赛中仍然是以新诗为主体，旧体诗词不过是点缀而已。第四届的参赛作品全部是旧体诗词，应征的8289篇作品中有332篇获奖，几乎等于前三届获奖作品的全部。这又该怎么理解？我想，这不一定是主办者有意的操作，而是反映了新田园诗发展的走向。今姑妄言之。

一

当代新田园诗是新诗体好，还是民歌体好，抑或是旧体诗好？对这个问题的认识和理解，涉及诗歌的表现对象和服务对象，即新田园诗应该扎根并传播于中国广大农村，而不仅仅是在文人圈子里传阅和欣赏；涉及我们倡导的新田园诗发展的方向，当然在新田园诗的园地里，应该是百花齐放，而不是一枝独秀。问题是什么样的诗体更能反映今天的农村生活，更富有生命力？这应该从田园诗的源与流，以及当代读者的审美情趣来分析。

追本溯源，毫无疑问的是，新田园诗源于旧田园诗，而旧田园诗有以陶渊明、王维为代表的田园诗派的优秀传统。这个传统是绵延千年而不会中断的。

新田园诗也来源于中国民歌，而整齐、押韵的中国民歌同样是中国文人格律诗的源头，从《诗经》到《楚辞》，从五言歌谣到汉乐府歌辞，再到文人五言诗，从小令、竹枝词到宋词，概莫能外。

研究新田园诗，我们不能不提到以陶渊明、王维为代表的在中国文学史上占有重要地位的田园诗派。因为他们对中国的新田园诗有着十分深刻的影响。陶渊明是一位不与统治阶级同流合污，"不为五斗米折腰"，洁身守志、退隐归田的诗人。因而他写了大量的田园诗。他的田园诗充满了对污浊社会的憎恶和对淳朴的田园生活的热爱。"……万宅十余亩，草屋八九间。榆柳荫后檐，桃李罗堂前。暧暧远人村，依依墟里烟。狗吠深巷中，鸡鸣桑树颠。户庭无尘杂，虚室有余闲。久在樊笼里，复得返自然。"（《归园田居》之一）诗人细致地描写了纯洁、幽美的田园风光和淳朴、宁静的田园生活，流露出诗人脱离"尘网"、重返"自然"的由衷的喜悦。"结庐在人境，而无车马喧。问君何能尔？心远地自偏。采菊东篱下，悠然见南山。山气日夕佳，飞鸟相与还。此中有真意，欲辨已忘言。"（《饮酒》之二）更是表达了诗人避开达官贵人的车马喧扰，在悠然自得的生活中，获得了自由而恬静的心境。在他的田园诗中，"种豆南山下，草盛豆苗稀。晨兴理荒秽，带月荷锄归。道狭草木长，夕露沾我衣。衣沾不足惜，但使愿无违"（《归园田居》之三），描写了诗人对劳动的体验和躬耕田亩的喜悦心情，超出一般士大夫的思想意识，使他的田园诗闪烁着进步的思想光辉。最能表达陶渊明社会理想的作品是《桃花源诗并记》，还有历来为人们称颂的名篇《归去来辞》，表现了诗人对田园生活的热爱和高洁的志趣。

通过朴素的语言、白描的手法，描写淳朴淡泊的田园生活，表达诗人光明峻洁的人格，构成了平淡自然的陶诗风格和平静安谧的陶诗境界。诗人写田园诗，目的并不在于客观地描摹田园生活，而是要强调和表现这种生活中的情趣。陶渊明的田园诗为中国的古典诗歌开辟了一条新的道路。陶诗的风格、意境和情趣，对后代田园诗的创作产生了巨大的影响。到了唐代就形成了以孟浩然、王维为代表的山水田园诗派。

唐代社会安定，经济繁荣，是生活悠闲的诗人们创作山水田园诗的物质条件。盛唐山水田园诗派继承了陶渊明、谢灵运的传统。孟浩然的《过故人庄》写农家生活，简朴而亲切，写故人情谊，淳淡而弥厚，生活气息相当浓厚，而诗"淡到看不见诗"的地步，给人以历久难忘的印象。王维的《渭川田家》描写薄暮农村的美丽景色，以及村民们那种闲逸和谐的气氛情调，让人痴迷，令人陶醉。特别是王维的《辋川集》绝句，如"空山不见人，但闻人语响。返景入深林，复照青苔上"（《鹿柴》），"独坐幽篁里，弹琴复长啸。深林人不知，明月来相照"（《竹里馆》），在艺术上取得极高的成就，既像一首格调清新的抒情诗，又似一幅构图优美的山水画。

宋以后，写田园诗的诗人更是不可胜数了。毫无疑问，中国古典诗歌中田园诗派的优秀传统，影响到今天的新田园诗创作，包括选材、体式、情调、韵律等。这种切割不断的源流关系，是新田园诗健康发展的母体和根基。

二

《新田园诗词三百首》，收诗195首、词134首，共329首。称"三百首"是沿《唐诗三百首》之传统，取其约数而已。全书诗比词多，此其一。在诗中，包括绝句128首、律诗62首、古风5首，说明绝句比律诗多，此其二。在绝句中，以七绝为大宗，共120首，五绝仅8首，这又说明七绝最为新田园诗的作者所欢迎，此其三。这三者足以成为我们分析诗体长短的基础。

七言绝句源于魏晋时期的民歌。作为民歌都是句句用韵的七言小诗，而到了文人手里，第三句不用韵，平仄已暗合近体诗的规格。七言一句、四句一首的七绝，能够包括更多的意象、表现更深的意境、抒发更为强烈的感情，而受到更多作者的喜爱。特别是七绝音调和谐婉转，民歌气息浓厚，在表情达意上具有为其他诗体所不及的优势。唐人多用七绝，盛唐诗篇，乐府唱词，主要用七绝，正是由于这种诗体易于入乐。

对七绝用力最专、成就最高的唐代诗人，当推太原人王昌龄。他被称为"七绝圣手"、"诗天子"、"唐人七绝第一"。王昌龄的七绝与李白的七绝齐名，共为不朽。他的《出塞》一诗："秦时明月汉时关，万里长征人未还。但使龙城飞将在，不教胡马度阴山"，更被推为唐人七绝的"压卷之作"。

同样是盛唐太原诗人王翰的《凉州词》："葡萄美酒夜光杯，欲饮琵琶马上催。醉卧沙场君莫笑，古来征战几人回"，是选家必录的七绝。太原诗人王之涣既有《登鹳雀楼》"白日依山尽，黄河入海流。欲穷千里目，更上一层楼"这首流传极广的名作，也有奠定他在边塞诗派中的地位的《凉州词》："黄河远上白云间，一片孤城万仞山。羌笛何须怨杨柳，春风不度玉门关"这样的传诵千古的七绝。

山西祁县人王维的《送元二使安西》："渭城朝雨浥轻尘，客舍青青柳色新。劝君更尽一杯酒，西出阳关无故人"，是极富盛名的唐人七绝之一。以这首诗为歌词的《渭城曲》，又称《阳关三叠》，是唐代最出名的送行歌，充满同情、关切、悲伤的依依惜别之情。当时为梨园乐师李龟年传唱，吟之动情，闻之动容，获得了千百年来最广泛的共鸣。它的成功亦源于七绝这一诗体。

今人写诗多用七绝，同样由于这种诗体耐人反复吟诵，读之朗朗上口。《新田园诗词三百首》中有不少七绝可谓上品。这些作品善于捕捉典型的情景，善于概括和想象，底蕴深厚，而意味深长。如罗艳华的《插秧女》："细雨霏霏柳色浓，秧针飞舞绣葱茏。芙蓉出水泥难染，笑绽桃花两瓣红"，可为一例。

律诗格律严格，讲究押韵、对偶、平仄，在新田园诗的创作中，为之者甚少。至于句数、字数、平仄和用韵都比较自由的古风也不多见。被称为"长短句"的词，则又有着与诗在格律上不同的要求，更增加了创作的难度。新田园诗中的词多为文人所作，就是由于填词有着更为严格的要求。在《新田园诗词三百首》中有律诗，也有词，其中也确有好诗，但相对来说还是绝句更适宜反映田园生活，也更为新田园诗的作者所喜爱。

所以，新田园诗在诗体上诗多于词，而诗中绝句又多于律诗，绝句中七绝又多于五绝。一句七言、一首四句、字数整齐、讲究押韵的七绝成为最适宜表现田园生活的新田园诗的诗体。难怪在《新田园诗词三百首》中，七绝就有120首，真正是三分天下有其一。

新田园诗中的七绝大都吸收了民歌的音乐性元素，具有民歌风的特色。短小精悍、明白晓畅、口语化、韵律感强，有一定规律的体式，具有民族化、大众化的风格，正是脱胎于古典诗词和民歌的新田园诗的基本美学特征。王义钫《村耕》："无边暖气柳先知，折柳当鞭耕未迟。靓妹帅哥情切切，一行泥浪一行诗"；黄友富《田间》："风和日丽沐村庄，碧野铺金耀眼黄。漫步田头蜂引路，一身花瓣一身香"——其中透露的不仅有古典诗词的意蕴，而且有民歌的影响。凌世祥《棉收时节》："陌上娇声笑语稠，新棉如雪染山头。村姑竞摘无留意，误把浮云一篓收"，民歌体的想象、夸张等修辞手段运用得十分自然。这些诗底蕴深厚，意味深长，形象鲜明，诗中有画，读来朗朗上口，令人难忘。

三

新田园诗的形式是一方面，新田园诗的内容是又一方面，而且是更重要的一个方面。这无疑地是由新的时代、新的农村生活所决定的。新时期的农民有着与过去完全不同的生活方式和社会交往方式。他们从事着农林牧副渔、工商运建服（务），几乎包括了无所不在的行业、产业和事业，农民的精神状态也随之发生了急剧的变化。当代的农村已经不是过去的农村，当代的农民也不是过去的农民了。诗歌是时代的心声。以新时期的农民和农村为描写对象，就是新田园诗的时代定位和题材定位。新田园诗中的许多思想深刻、意象新颖、意境深邃、情感厚重的作品，正是新时期田园诗时代精神的体现。

这种新田园诗有描写新农村的自然景色和丰收景象的；有表现新型农民的时代形象和喜悦心情的；有全景俯瞰，写大气势、大风景的；有以小见大，写小景、小事、小典型，反映农村的巨大变迁和农民的精神风貌的。

田园诗的抒情主人公是农民。新时期的农民随着生活的变化和视野的扩大，已同传统意义上的农民完全不同。现在有了城市里的村庄的农民，有了工矿企业的农民工，所以，在新田园诗主人公形象里，有村姑、有农妇、有蚕妇、有插秧女、有牧羊女、有采茶姑娘、有农夫、有山娃、有村童、有渔夫、有花农、有菜农、有放蜂郎……包括了农业的各行各业。新田园诗所表现的已经远远超过了过去的乡野山村、渔樵耕牧的田园生活和农村风光，反映的是大农业、新农村，新的生活，新的人物。旧田园诗包括牧歌型、悲悯型、闲适型和隐逸型。新田园诗多了几分牧歌和闲适，少了几分悲悯和隐逸，因为它充满了新意，注入了时代精神，特别是抒发乡思、乡情、乡恋、乡愁的诗，更是充满了时代的美感。

曹德润《花木乡竹枝词》："妹整花畦蝶绕衣，哥寻信息去关西，多情想起知心话，一擦泥巴打手机"；周剑痕《淮上农村夏收》："农机联袂到田间，道是农忙亦甚闲，树下一盘棋未决，传呼十亩已收完"——手机、农机、传呼入诗，突出了新世纪、新农村、新农民的"新"。刁水泉

《牧鸭女》："炊烟断续隐檐牙，曲水桥头渡晚霞，群鸭回眸听小唱，深藏人面掩荷花"；龚一峰《采茶》："燕剪春风细柳长，山村久雨泛晴光，白云深处姑娘笑，摇动青枝一岭香"，突出了新世纪、新农村、新农民的"美"。

我说这是过时的评论，是因为全国第四届新田园诗歌大赛举办于2002年9月，获奖作品选入由武正国、翟生祥先生主编的《新田园诗词三百首》，并于2003年10月出版。今天已经是2005年10月。重读三百首，思考田园诗，深感新田园诗的倡导者、实践者十多年辛勤耕耘之不易。抒写自己读后的感悟，何尝不是一篇迟到的评论、抱愧的评论。

2005年10月12日

新田园诗要走到群众中去

——从《新田园律诗三百首》所想到的

2003年10月武正国、翟生祥先生主编的《新田园诗词三百首》出版。时隔8年，武正国、翟生祥先生主编的《新田园律诗三百首》面世，这是诗词界的一件难得的大事、好事。

田园诗，古已有之，代表作家有陶渊明、孟浩然、王维。新田园诗是翟生祥先生首倡于1993年，至今已有18年。18年间，在一无机构编制、二无经费支撑的情况下，翟生祥先生硬是凭着自己坚定的理想信念、坚强的意志毅力和不懈的敬业精神，在山西诗词协会历届领导和有关厅局领导的支持下，分别于1995、1996、1998、2002、2010年举办了五届全国新田园诗大赛，先后出版了五部获奖作品集，包括《新田园诗词三百首》和《新田园律诗三百首》，还出版了两部有关新田园诗的理论著作，即《论新田园诗》（1999年作家出版社出版）和《论新田园诗三百首》（2006年7月作家出版社出版）。新田园诗，有诗人、有作品、有理论支持，于是在全国树起了新田园诗派这面旗帜。

山西倡导发起的新田园诗歌运动得到了全国诗界前辈和全国著名诗人、诗评家的肯定和支持，如臧克家、李瑛、张志民、杨子敏、丁国臣、丁芒、刘章、杨金亭、雷舒雁等。这大大加强了新田园诗在全国的地位和影响。

翟生祥先生不仅组织全国新田园诗大赛，而且为了推广和宣传新田园诗，还在自己的家乡成立了翼城县新田园诗书画研究会，创办了《新田园诗书画》刊物。所以，一个新诗派的崛起，首先离不开的就是倡导者和实践者。

前三届大赛参赛作品都是新体诗，而后两届的参赛作品则全部是古体诗词，特别是第五届完全是律诗。在古体诗中，律诗的创作难度最大，因为格律要求严格，平仄、押韵、对仗都十分讲究。我的观点是古体诗词可能是新田园诗体的走向，而主要指的是适宜表现田园生活的七绝。

我们现在面前的这部诗集《新田园律诗三百首》，恰恰是我认为不好表现田园生活的律诗这一诗体。据介绍，这次以律诗要求的新田园诗大赛，共收到来自全国29个省、市、自治区的1800多位作者报送的6500余首（组）作品，收到诗集里的作品300首，仅是参赛作品的1/12。可见全国以律诗诗体写新田园诗的作者还大有人在，这是出乎我的意料的。

我通读了全书，确实感到，律诗虽然难写，但是好诗还是比较多的。诗人们掌握律诗这一诗体还十分自如，可以说是得心应手，在格律上也很讲究，确实难能可贵。

从入选作品可以看出，这些诗不是作者坐在书斋里写出来的。作者对农村的生活有着切身的感受，同农民的感情有着深入的交流，所以能够反映出农村的现状，表达出农民的真情实感。

用古体诗词的形式反映现代生活，主要强调两点，一是继承古典诗词的优秀传统；一是要有时代风格，也就是要做到古体诗词的现代化。

《新田园律诗三百首》最大的特点，是反映在党的取消农业税等富民政策的指引下，农业的新发展、农村的新变化和农民的新面貌，这几乎是所有作品的共同主题。农业新科技、农村新风尚、农民新思想，几乎是全部作品所表现的内容。至于电脑、网络、鼠标、手机、信息、营销等新词入诗的情况更是比比皆是。如获得一等奖的《一个老农的欢歌》这首诗："山歌不唱旧时腔，自演自编情趣长。满院桃花争曙色，一弯溪水淌春光。种田无税天荒破，养老有金茶饭香。最是丰年销特产，鼠标轻点到西洋。"（《诗选》第1页）这里写的种地不纳粮、养老有保障、网络销售、出口贸易等新鲜事都最能反映时代特点。

《新田园律诗三百首》中反映的农村新生活，不仅限于一省一地，而是遍及全国。我们在诗中能够看到江南水乡的新景象，也可以看到塞外村寨的新日月；我们可以看到采茶姑娘靓丽的身影，也可以听到牧羊女嘹亮的山歌。大江南北，大河上下，农业、农村和农民，都能够在这本诗集里得到艺术的表现。从这个角度来说，这本诗集可以称得上是一部诗化的新时期农村变迁史。

《新田园律诗三百首》在艺术上也有不少可圈可点之处。如言志、缘情特点的体现，意象、意境的创造，诗中形象的塑造，抒情与叙事的结合，新旧两种声韵的运用，对仗的工整，对古典诗词语言的吸纳，语言的清新、朴实、生动、形象，等等，都有许多可以琢磨玩味的地方。对仗的工整，如《田园春色》一诗的中间的颔联和颈联："千山绿柳千山秀，十里红花十里香。花蝶亲花花蝶艳，蜜蜂采蜜蜜蜂狂。"（《诗选》第105页）语言的本色、诗风的清新，如"一夜东风起，催开垄上花。驱车邀故旧，把酒话桑麻。水漾千层绿，山披百里霞。小康春意足，最美是农家"（《诗选》第137页）。

我还想举一首诗人参加诗会的诗——《应邀赴农村参加诗会》："青山横绿野，碧水绕村流。鸟语声声脆，花香阵阵幽。诵诗歌国政，挥笔写春秋。今日农家会，诗词唱未休。"（《诗选》第88页）诗里既有诗人的身影，又有农村的景象，更有农家诗会这一新鲜事物，可以说这是反映我们倡导的新田园诗运动的一首新田园诗。

读《新田园律诗三百首》，欣赏赞叹之余，似有不足之处，那就是不少作品内容相同、手法相似，缺乏诗人独特的感受和体验，难见新意。如写感谢党的好政策，就写"免税农家乐"、"耕田免税破天荒"、"免缴公粮添富路"、"农家最喜蠲租税"，等等；写反映农村新生活，就写"网上推销点键盘"、"儿搜网讯荧屏注"、"手机频报芳鲜事"、"微机下载新闻稿"、"村妪闻铃瞧短讯"，等等，词意相近，诗味不足。

今年10月，首届中国古体诗词创作学术论坛在京召开。这是在学习贯彻党的十七届六中全会精神之际举办的一次学术论坛。六中全会精神的核心是，加快文化体制改革，推进社会主义文化大发展大繁荣。而社会主义文化要实现大发展大繁荣，离不开继承优秀传统文化，当然也就离不开推动古体诗词的发展。这就把发展繁荣古体诗词创作、研究提到一个很高的地位。

为了使古体诗词创作有一个适当的位置和发展的空间，论坛提出如何促进诗词的"三入"问题，即"入当代文学史，入国家级奖项，诗词格律和当代诗词入校园讲堂"，这实际是体现诗词创作在当代文化生活中的意义和价值问题。

"入当代文学史"的问题没有解决。现在出版的中国现当代文学史有几十种，文学界公认比较好的是北京大学出版社出版的洪子诚著的《中国当代文学史》。在这部文学史中提到的诗人有20世纪50年代的郭沫若、臧克家等，有80年代的舒婷、海子等，说的都是新诗，而不见古体诗词。

"入国家级奖项"问题刚刚开始解决。中国作家协会主办的全国性文学评奖主要有三大项：一是专门评长篇小说的"茅盾文学奖"，一是评中短篇小说、报告文学、诗歌、散文、理论评论的"鲁迅文学奖"，还有一个是为少数民族文学设立的"骏马奖"。在"鲁迅文学奖"中诗歌可以参评，但诗词获奖的机会不多，听说最近有诗词获了奖。

"诗词格律和当代诗词入校园讲堂"的问题,有的地方可能做得比较好,有的则不一定能做到。在山西,李旦初、阎凤梧教授和诗人时新等这方面做得比较好。

我想的是新田园诗的"三入"问题,主要是新田园诗能不能真正走到群众中去,走到农村去的问题。这就涉及一个问题,究竟什么诗体更适合作为新田园诗的形式。收入《新田园律诗三百首》中的作品的作者情况,我不熟悉,有多少是专业诗人的作品,有多少是业余诗人的作品,有没有农民诗人的作品,我不清楚。对于新田园诗,我们提倡新、旧体并重;在旧体诗词中,我们对于古体、近体、律诗、绝句也不分亲疏,这是好的,但是适合表现新农村生活,适合农民从事新田园诗创作,适合新田园诗真正走进群众中,究竟用什么体裁、什么诗体比较好呢,是否可以作为一个专门问题进行研讨。

我赞成毛主席关于诗歌方面的论述。毛主席说,新诗应该精炼、大体整齐、押大致相同的韵。也就是说,应该在古典诗歌、民歌基础上发展新诗。我觉得新田园诗也应该这样,"好听,易懂,记得住,传得开",让群众特别是农民群众真正喜欢、爱读。我曾经同翟生祥先生一起到阳城参加过一个农民诗会。农民们创作的诗、朗读的诗,的确具有这样的特点。

《新田园律诗三百首》出了好诗,可以作为新田园诗的一体,我觉得律诗不会成为新田园诗的主体。我们的作品要真正成为群众喜爱的作品,而不能是诗社圈子里的作品。毛主席在唐诗中喜欢"三李":李白、李贺、李商隐。毛主席在《致陈毅》的信中说:"律诗要讲平仄,不讲平仄,即非律诗。我看你于此道,同我一样,还未入门。……李白只有很少几首律诗,李贺除有很少几首五言律外,七言律他一首也不写。"这也说明作律诗很难,用律诗的形式写新田园诗就更不容易。

我想举两首歌词,因为这两首歌具有"动听,易懂,记得住,传得开"这样的特点。

一首是《国家》（童谣版）："一玉口中国，一瓦顶成家。都说国很大，其实一个家。一心装满国，一手撑起家。家是最小国，国是千万家。在世界的国，在天地的家。有了强的国，才有富的家。国是我的国，家是我的家。我爱我的国，我爱我的家，我爱我国家。"

一首是《中国红》："开天有东方红，开国有红旗红，开口有女儿红，开怀开心有开门红。迎春有杜鹃红，迎日有荷花红，迎客有长城红，迎亲迎喜是满堂红。红红红遍了南北西东，红红红遍了春夏秋冬……红红火火是中国红。"

我们希望新田园诗也能写得像这样的好听、好记。

至于新田园诗派走入文学史的问题，就更不容易了。我们只有18年的历史。要真正成为一个为社会所承认的诗歌流派恐怕还要付出更多的努力，有更多的优秀诗人参与，有更多的优秀作品问世，还应该有系统的理论支持，而不仅仅是几篇诗评就能达到这个目标的。

最后有一点建议：我们出版的新田园诗大赛作品选有5本了，大约有千余首。如果能出一个《新田园诗精选三百首》的选本，可能对推广优秀的新田园诗有一定的意义。这个选本不仅要选诗，而且要有简明的作者介绍和作品点评。

2011年11月18日

一项有文化意义的伟大工程

——《诗咏五台山》读后

一

看到武正国先生主编的《诗咏五台山》，十分惊喜，非常高兴。这是我省诗词界的一个重要收获，是一项具有文化意义的伟大工程。历代题咏五台山的诗很多，但是像这样一部收罗完备、精选得当、注解翔实的吟咏五台山的诗集，还是第一次看到，具有开创性的意义。一书在手，我们诵读历代诗家词人的吟诵题咏，领略五台山的旖旎风光，感受佛国文化的深奥禅意，净化自己的心灵世界，大有裨益。

由山西人民出版社出版的《诗咏五台山》，编排讲究，版式疏朗，装帧大气，印制精美，堪称精品诗集，让人爱不释手。武正国先生的序言《博大精深处　诗情画意浓》写得很好，既有对编选全书的扼要简介，又有对所收作品特点的概括分析，如"景有新意，情有独钟，禅有顿悟，人有新秀"，可谓知人知诗，十分到位，序言实际上是全书的导语。

《诗咏五台山》分古代篇和近现代篇两部分。古代篇从现今能看到的1300多首选了291首，近现代篇从广泛征集到的1884首中选了646首，总数是937首，可谓优中选优，堪称各个时期的代表性作品。《诗咏五台山》收诗900多首，洋洋30万言，的确不是一个小数字，可谓大工程。编委会的各位先生付出了巨大劳动，值得敬佩。

二

千百年来，许多文人雅士、高僧名道、帝王将相、达官贵人，或来五台山朝山拜佛，或游览避暑，常常是赋诗题咏，留下了许多诗词歌赋，自晋代至清末，共有歌咏五台山的韵文作品1300余首。《诗咏五台山》从这1300余首中选了291首，虽然仅是全部存诗的一个零头，但是代表性的作品大体收入。如唐代的李白、杜甫、张籍、温庭筠，宋代的张商英、苏轼，金代的元好问，元代的萨都剌，明代的董其昌、顾炎武，清代的傅山、朱彝尊、孔尚任、纳兰性德等大家的作品尽皆收入。我们可以从这些大诗人的作品中一睹五台山的历史风貌，感受诗人的当年情怀。书中收入的元好问的《台山杂咏》16首，可谓吟诵五台山是千古绝唱。其中第五首："山云吞吐翠微中，淡绿深青一万重。此景只应天上有，岂知身在妙高峰。"向来为人所传诵，可称诗咏五台山的代表作。

清代的几位帝王多次登上五台山，并有题咏存世。其中康熙曾五次巡游五台山，乾隆六次巡游五台山。特别是乾隆所到之处，皆有吟咏，存诗233首。《诗咏五台山》对顺治、康熙、雍正、乾隆、嘉庆五位清帝的诗作都有收入，可让我们感知他们登上五台山后的所见所思所想。

诗中所收《归山词》传为顺治皇帝在五台山出家后所作，托名"痴真喇嘛"，后被康熙发现，认定为其父皇所写。《归山词》中讲到作者身世："朕乃大帝山河主，忧国忧民事转烦。百年三万六千日，不及僧家半日闲。"讲到人生感悟："来时欢喜去时悲，空在人间走一回。不如不来也不去，也无欢喜也无悲。"真是一代帝王看破了红尘。

乾隆吟咏五台山的诗多，选得也多，有六首，其中确有清新自然的："向来看寺原如画，此际分明画里人。欲问陌头凝望者，果真谁是主和宾。"（《镇海寺即目三首》其三）倒也表达了这位皇帝的真性情。

人常说："写诗难，解诗尤难。"令人感佩的是《诗咏五台山》的编者为了读者的方便，偏偏在这个"难"字上做文章。在古代篇，编者对每一首诗的出处、作者情况都有所介绍，对难懂的词语，特别是有关佛教文化的术语都作了简明而准确的解释。如"招提"是寺院别称，"阇梨"指高僧，"禅栖"指出家隐居，"和南"是佛门稽首、敬礼之意。特别应该指出的是，编者选诗不是从已有的诗词选本之类中选出，而是直接从志书和纳入集部的诗人文集中选出。前者选诗易，后者选诗难，编者弃易从难，为的是对选篇出处的说明更加准确有据。编者选诗，反映的是编者的学识和眼光；编者解诗，既表现了编者严谨的学术态度，也反映了编者深厚的文化素养。不懂古文，不懂历史，不懂佛学，绝难担此解诗重任。

三

近现代篇，是《诗咏五台山》的大宗。从所选的600多首近现代诗人吟咏五台山的作品中，我们可以随着诗人的足迹游赏这清凉世界、佛国圣地；我们还可以品味这些优秀诗篇所创造的诗的意境、所揭示的佛的禅意、所显现的诗的韵律，成为一种真正美的享受。

意境美、禅意深、感情真，是近现代篇中多数作品共有的特点。我喜欢一些诗，是最具吟咏佛教名山五台山特点的诗，即人在寺中、佛在心中，把五台山、佛国和诗人交融在一起，创造出一种只能在五台山创造的充满禅意的意境的诗。

刘章诗："文殊院里看双松，喜鹊巢边针叶青。人到佛门心自善，客来客去鸟无惊。"（《文殊院内双松茂盛，有雀巢无损感赋》）佛门向善，人鸟和谐，写的是佛对人的心灵的触动。寓真诗《五台山雨中道场》有句："鼓击忽闻开道场，伞遮不住湿襟前。袈裟起舞伴吟唱，听得游人同入禅。"活活画出一幅雨中道场入禅图。李才旺诗："雾笼五台山，进山不见山。钟鼓来天际，僧歌唱云端。"（《雾中五台》）云雾山中，钟鼓声声，僧歌响彻云霄，此情此景，游人怎不荡尽尘世俗念，皈依佛门。殷宪有诗《过北台》："云渡无边海，车行一叶舟。山高知佛近，不敢信天游。"短短小诗，情真意切，书写了游人朝拜佛国的无比虔诚。还想引一首女诗人张梅琴的诗："一踏高台万里秋，寒云缕缕去悠悠。知它不解相思味，只会漂浮不会愁。"（《台怀秋思》）寒云不知愁，诗人却知愁，谁解其中味，诗中觅悲秋。

《诗咏五台山》编者选入80后的四位年轻人的作品，其中赵应丹的《咏五台山》读后也觉颇有新意："太行极北五台巅，灵秀奇崖荡紫烟。朝代兴亡遗古寺，人间香客拜金莲。有幸今游观圣境，唯心静谧也参禅。"

立意新奇，角度独特，时代感强，是近现代篇作品的又一特点。说起诗中的时代感，我觉得首推叶剑英的《过五台山三首》及朱德、董必武的唱和之作。叶剑英诗其三："南台山下白云低，人在云中路径迷。可有神工能扫雾，让吾放眼到平西。"朱德和诗："五台高耸白云飞，天朗气清路不迷。世人觉醒何须佛，来自西天去自西。"董必武和诗："秋风秋雨一叶飞，白云深处五台迷。抚今感昔多浩宕，好句传来我欲西。"时居阜平温塘的董老见到叶参谋长的好诗，他自己也真想西去五台山看看呢。这三首无产阶级革命家写的诗，是描写云雾五台的好诗，但更多的是抒写对世事变化的感慨，对国事民生的关怀，表达战友之间的深厚情谊。无疑这是《诗咏五台山》中的精品。

田成平的《游五台山有感四首》，王东满的《读田成平〈游五台山有感〉四首戏和之》，可谓构思奇特，出乎想象。今各择其前两首，与读者共享。田诗："可叹名山怎清凉，哪堪世人热如狂。五爷果真能赐福，三晋何至仍多荒。""文殊菩萨源流长，暗笑众生欠思量。居士不修佛功课，满心烦恼乱烧香。"王诗："清凉山寺不清凉，难怪朝山香客狂。也非五爷不赐福，几人跪拜忧多荒。""朝山拜佛溯源长，非是众生欠思量。香火丛中看香客，达官新贵上高香。"田成平诗也是发自内心，确有所感，而王东满诗语涉讥讽，更多锋芒，确是诗人的内心剖白。其他如武正国的"听说五爷灵，有人心态异。来祈名位权，谁料俱无戏"（《五爷庙》）。朱春和的"五爷门下最灵光，香火布施今盛昌。倘若平凡能预见，帝王座上有何慌"（《随笔五台山五首》其三）。樊积旺的"……多少善男信女，无数游人香客，朝拜看蜂拥。祸福能轻许，菩萨亦无公"（《水调歌头·咏五台》）。白平的"五爷灵应有人求，七佛端庄少客游。果是功夫存道外，熙来攘往看钱流"（《五爷庙》）。这真是一样的虔诚朝拜，不一样的心灵感应，也丰富了诗咏五台山的风格和品种。

我很喜欢刘德宝的长诗《清凉世界五台山》。当我冒着炎热酷暑写这篇稿子时，读刘德宝诗顿觉凉气袭人，心神怡然。刘德宝诗开头就是："省城暑热比蒸笼，陪客台山作仙翁。三百弯转上凉界，一弯一分凉不同。"接着写"山是凉乡寺凉城"，"天然伞下享爽清"，"石牌坊前借凉风"，"素菜凉食入夏令"……一个"凉"字好生清爽，乐得诗人高唱："难得台山两日游，满身暑气一扫空。诚信台山凉世界，感慨自然造化功。"这是诗人登上五台山的独特感受：清凉世界就是凉。

锤字炼句，讲究格律，尽显语言之美，是近现代篇大部分作品的重要特点。

旧体诗词属于格律诗，既作旧体诗词当严守格律，这是最起码的要求。诗的平仄，可使诗抑扬顿挫，声调铿锵；律诗的对仗，可使诗整齐形象，文采斐然，这都是在格律诗中不可少的。《诗咏五台山》编者在这方面的要求也很严格。令人可喜的是，在《诗咏五台山》一书中，有不少作品是符合这一要求的，如李旦初、时新、陈巨锁、殷宪、谢启源、牛贵琥、朱生和、刘江平等诗人的作品就是在对仗方面达到了比较高的水平。我们读李旦初《登东台顶二首》其二的额联和颈联，也就是中间两联："如茵碧草铺鳌背，似锦瑶花缀鹿园。眼底云翻呈幻象，身边日照现奇观。"对仗工稳，平仄和谐，"云翻"、"日照"，描绘出东台望海峰云海日出的动人景象。时新《台怀古寺》的中间两联："香客难开名利锁，寺僧犹带色空枷。天行有健成今古，命运无常出绮霞。""香客"对"寺僧"，"名利锁"对"色空枷"，"天行有健"对"命运无常"皆极工稳，并道出了僧与俗、天道与命运的关系，内涵很深，值得体悟。朱生和《咏五台山》的中间两联："佛号文殊陟仙境，经声般若度浮屠。黛螺神顶青衣庙，菩萨灵峰黄刹隅。""文殊"对"般若"，"仙境"对"浮屠"，"黛螺神顶"对"菩萨灵峰"，"青衣庙"对"黄刹隅"，显示了五台山是青庙与黄庙并存、显教与密教共生的佛国圣境。

山西诗词学会倡导"我诗我书"，即希望诗人也是书法家；也倡导"我书我诗"，希望书法家也是诗人。这一倡导体现了中华传统文化的特质，中国传统文人常常是诗书画兼通的，最为典型的就是唐代大诗人王维。我的老师、国学大师姚奠中先生，以及我的朋友李才旺、王东满先生都是以诗书画俱佳的艺术家。在《诗咏五台山》中，我发现许多诗人都是书法家。我们且不说有作品收入书中的全国知名的大书法家赵朴初、沈鹏等，单以我省来说，收有作品的既是诗人又是书法家的就有刘江、李才旺、陈巨锁、殷宪、谢启源、王东满、解贞玲等。这些"我诗我书"或"我书我诗"的作者，在诗词创作方面也是严守格律的。这就说明，我们诗词界的诗友们大都具有很深厚的文化底蕴和素养。

四

读《诗咏五台山》，特别应该提到主编武正国先生。武正国先生的著作很多，主编的图书也很多。在历史上，有价值的个人著作可以流传后世，而编撰的图书典籍更是民族文化的积累，对传承、发展中华文化有着重要的意义。正是从这一点上，我特别欣赏武正国先生在主编图书方面所做出的贡献。2007年11月作家出版社出版的武正国先生主编的漫咏唐宋诗人词家唱和集《论诗千首》，收正国先生《漫咏唐宋诗人词家一百首》，还收了诗友73人的唱和诗1607首，对重温古典诗词、研究唐宋诗人词家有很高的学术价值。今天，武正国先生主编的《诗咏五台山》收古代和近现代诗人的吟咏五台山的作品937首，对宣传五台山文化有着重要的意义，可以说是做了一件弘扬佛法、功德无量的大好事。

2012年7月21日

走近学者诗人李旦初

李旦初先生，久闻大名，知道先生是一位由中国传统文化哺育出来的学者型诗人，也多次在一起参加诗词欣赏、研讨活动，聆听过旦初对诗词创作的高论灼见，但惭愧的是在此之前并没有系统地拜读过李旦初先生的大作，当然更谈不上对旦初先生的了解。

感谢省诗词学会主办这次"李旦初诗词座谈会"，促使我通读了《李旦初诗词》和《李旦初获奖诗词》这两本书，包括武正国、张厚余、阎凤梧等先生对李旦初诗词十分到位的评论。《李旦初诗词》是作者从1957年至2003年近50年所写的大量作品中精选出来的308首、约20万字的作品，《李旦初获奖诗词》也有近20首。

据《李旦初文集》（全十二卷）卷目所介绍，第四卷至第七卷就收有100多万字的作品，其中《嘤鸣斋诗稿》27万字，《嘤鸣斋诗稿续篇》30万字，《嘤鸣词》28万字，《历史名人题咏》20万字，粗略估计也有1600多首，而我仅仅读了300多首，不到他的全部诗词作品的一个零头。但是，这些作品足以使我震撼，使我感佩，使我走近了学者诗人李旦初。

这些作品使我了解李旦初先生其人其诗、其文其德，了解李旦初先生写什么样的诗、爱用什么形式写诗、诗人对诗词创作的主张是什么，这是一个很大的课题。在今天的座谈会上，我只能就给我印象最深的作品谈两点看法：一是通过以《浮生杂咏》十二首和《花甲咏怀》为代表的一批诗作了解李旦初的人品、理想和情怀；二是通过以七言歌行体长诗《红豆歌》为代表的咏人物诗词和以《骊珠篇》和《桑梓篇》为代表的论诗绝句了解李旦初的学识、学养和才情。

—

"书山上下勤开路，宦海沉浮懒问津。宇宙无诗天易老，人间有画地常春。"（《嘤鸣斋诗稿·自序二首》中的四句）表明了诗人做人的宗旨和作诗的追求。

诗人一生坎坷，并不畅达，虽然最终成为学者、教授，山西最高学府的领导人，但也是历经磨难，饱尝辛酸，是靠美好的理想支撑和不懈的学术追求成就了自己的事业。

七律《浮生杂咏》十二首和古风《花甲咏怀》都是写诗人自己的。《浮生杂咏》十二首书写了从1947年到2003年近60年中诗人生活经历和情感历程中印象最深的大事，几乎概括了诗人在逆境中前进的一生。其中《戴帽》一首："烟雨茫茫浪拍天，青春抛在大江边。他乡白发家乡梦，破帽遮颜二十年"，写1957年春就读于武汉大学被错划为右派，直到1979年春恢复名誉，蒙冤22年之久。即便如此，在1961年诗人于武汉大学毕业后分配到晋中师专任教时，赋诗《自楚赴晋途中》："苍穹碧野望中回，万里关山度若飞。北雁南归人北去，九分希望一分悲"，这不是正常的楚材晋用的毕业分配，而是戴着"帽子"的远方发配。正如诗人在《花甲咏怀》中所说的"告别江南画，忽闻敕勒歌"，即便如此，诗人还是怀着"九分希望一分悲"，的苦涩的理想。政治上的蒙冤未能阻挡当时年仅26岁的热血青年的鸿鹄之志。1995年《为益阳师范校庆作二首》中还讲到，"四十春秋心未老，几番磨难志犹雄。相逢莫道伤悲事，把酒频频醉塞翁"，可见诗人的宽阔心怀和平和心态。

1984年，诗人担任吕梁师专校长，从三湘水乡到吕梁大山，诗人并未伤感，而是充满了乐观的情绪。他把吕梁师专所在地——离石，龙、凤、虎三山环抱，东、北、南三川合流的环境，比做古代仙人所居的蓬莱、方丈、瀛洲的三山，比做河书洛图所出自的伊、洛、河三川，"皆圣者受命之瑞。以古况今，不亦悦乎"，又是何等的达观、大气。

诗人在《花甲咏怀》中写道："弃官如弃屣，拊髀自吟哦"，人生获得自由，其他有何留恋；"六十今初度，人言三十多。眼明心豁达，腰直背不驼"，这是何等的潇洒；"平生本无待，梦蝶舞婆娑。垂钓秋池畔，青山映碧波"，这又是何等的自在。诗人自称"1995年退休后，以饮酒、钓鱼、写诗为三大乐事"，"人间岁月闲难得，醉读青山更钓诗"（《浮生杂咏十二首·退休》）。正如武正国先生在《李旦初诗词》序中所言："饮酒的豪情，钓鱼的闲情，写诗的深情"，"钓鱼豪饮频陶醉，陶醉诗香胜酒香"，更可看出诗人豁达的胸怀。

1974年李旦初奉命编写的晋剧《三上桃峰》又给诗人带来了一场灾难。一个《三上桃峰》事件使一大批文艺工作者和文艺界领导干部受到株连，其中包括李旦初先生。1978年9月《三上桃峰》事件得到平反，为蒙受冤屈的同志恢复了名誉。李旦初在《浮生杂咏十二首·编戏》一诗中记述了这件事情："口诛笔伐讨桃峰，红马何辜万炮轰。雨过天晴谁落马？桃花依旧笑春风。"他在《花甲咏怀》中也写到这件事："新创桃峰剧，舞台鸣玉珂。一朝成毒草，万马见阎罗。且喜乌云散，尧天见笑涡。新潮随地涌，死水泛清波。我亦从头越，拉车不退坡。"在《〈三上桃峰〉平反喜赋》中诗人高唱"沥血呕心吾所愿，长征快马再加鞭"，可见诗人心无芥蒂、豁达大度的情怀。

二

李旦初诗中有古代帝王、当代元帅，有革命先驱、英雄志士，有诗人作家、社会名士，表现了诗人学识渊博、学养深厚、才华出众的特点。

我十分欣赏李旦初先生的三首七言歌行体长诗《红豆歌》、《麓山行》、《信鸽吟》。《红豆歌》写陈香梅女士和陈纳德将军的异国婚恋，《麓山行》写美籍华人潘力生和成应求夫妇两情相悦、两心相通的世纪苦恋，《信鸽吟》写宋氏三姐妹的传奇人生。三首长诗的共同特点是：时间跨度长，长达半个世纪；地域跨度大，大到东西两个半球，中美两个国家。这三首长诗，其事奇，其意浓，其情笃，不是史而胜于史，不是传而胜于传，从中可以了解诗中主人公的人生轨迹，感悟诗中主人公的情怀心声。这三首长诗文笔流畅，感情真挚，韵律和谐，读之朗朗上口，感心动耳，意味无穷，似有白居易《长恨歌》、《琵琶行》之余韵。

其他咏人物的有《十大元帅题咏》，突出了元帅们的战功、经历和个性。《中国早期留学生名人题咏十二首》、《校史人物题咏》、《安化十大名人题咏》、《湘西名人题咏十六首》、《中国历代帝王题咏十一首》等均写出所咏人物的各自特点。这是在深厚的学力基础上所作的高度凝练的形象描绘和哲理概括。

特别应该提到的《骊珠篇》和《桑梓篇》中论诗绝句，品评对象涉及古代、现当代和海外的诗人诗作，反映了作者深厚的学养。有的论者认为"读之等于重温一遍文学史"，可见评价之高。张厚余先生说："这是继承了杜甫、元好问、袁枚等古代诗人'论诗绝句'的优良传统而又有所创新和发展。"（《学者的行吟——评李旦初〈嘤鸣斋诗稿〉》）

风格扎根传统，笔墨当随时代，在市场经济、商业大潮中，诗人有不少咏商之作，但在题材选择、主题表达上却别有见地，独出心裁，《商海古韵四章》就可让读者大长见识。其中之一《鹧鸪天·咏摇钱树》："人勤果有摇钱树，德厚终无独木桥"，"诚是本，信为苗，根深叶茂竞妖娆"，强调的是，在商场搏击中，只有"人勤"、"德厚"、"诚信"才能"摇开商海新天地，无限生机逐浪高"。

当前反映晋商精神的作品很多，但李旦初先生从歌颂历史名人的角度，强调"诚信"、弘扬晋商精神的作品还是独树一帜的，给人以耳目一新之感。《西江月·咏范蠡》中的"卧薪尝胆"、"戴月披星"、"德厚才高"、"扶贫济困"、"坦荡胸怀"，何尝不是商人之德、经商之道。《沁园春·咏丝绸之路》，表现"张骞持节，两通西域；郑和航海，七下西洋"的神州伟业，突出的是"凭诚信"、"铸名牌"、"重然诺"，"把五洲闯遍"，赢得"无限风光"的丝路精神。《水调歌头·咏郑和》颂扬"商界启明星"的郑和，在"越边界，跨非亚，访名城。寒来暑往，昼夜星驰"中开辟"海上丝绸路"的重大贡献。

李旦初先生写旧体诗词在诗界一向以格律严谨著称。他的诗词作品平仄讲究，音韵和谐，对仗工整，顺畅通达，很少用典，所以好读、耐读，读他的作品是一种真情的陶冶和美的享受。我们欣赏到的上述作品几乎无一例外地具有这样的韵味和品格。

2005 年 10 月 30 日

诗意人生著华章

——《李才旺诗选》读后

一

《李才旺诗选》，2010年5月由山西人民出版社出版，印制精美，开本时尚，让人爱不释手。

《李才旺诗选》包括诗人的三部诗集：一部是1996年2月作家出版社出版的《有伞的风景》，收创作于1977年至1995年的诗歌作品100首；一部是2001年10月作家出版社出版的《无雪的冬天》，收创作于1995年12月至2001年5月的诗歌作品116首；一部是这次收入《诗选》中的《丰收的季节》，收创作于2001年6月至2009年12月的诗歌作品148首。总起来说，《李才旺诗选》编入诗人从1977年至2009年共33年创作的诗歌作品364首。虽然这不是诗人诗作的全部，但大部分优秀之作基本收入，从中可以研究诗人的创作道路，了解诗人作品的风格、特点，感受诗人的诗意人生。"辞赋文章能者稀，难中难者莫过诗"（唐·杜荀鹤《读诸家诗》），李才旺先生有诗300余首，可谓"能者稀"、"难中难"中的佼佼者了。

《李才旺诗选》所包括的三部诗集，从书名即可了解诗人的思想追求和审美理想。《有伞的风景》书名取自《南京夫子庙遇雨》一诗的意境。"风皱千池水，伞开一街花"，一条街上有伞的风景甚至比驰名中外的夫子庙、秦淮河更为生动，更具魅力。这有伞的风景风光了夫子庙，风光了秦淮河，风光了十朝古都南京城。当然，也风光了诗人自己，此书一出，众皆关注，引起诗界的一片赞叹和好评。《无雪的冬天》，冬天而无雪，个中境况，不言自明。这本诗集所收作品选自 1995 年 12 月至 2001 年 5 月的创作，期间诗人由党政界转入文艺界，岗位发生了变化，"独步庭前吟冷暖，丹青伴我度朝夕"（《庚辰春日偶成》）的生活，使诗人生出无限感慨，也是这本诗集收入大量题画诗的缘故。《丰收的季节》既是诗人完全进入文艺界后之作，也是诗人在新中国成立 60 周年前后所写的作品，一些作品反映了祖国的巨大变化和城乡新貌，所以，这本诗集所选入的作品既是诗人创作的丰收，也是祖国建设的丰收。李才旺先生的三部诗集——《有伞的风景》、《无雪的冬天》、《丰收的季节》所反映的何尝不是诗人的诗意人生、时代的时光变迁，可以说，诗伴随着诗人的人生历程，留下了时代的前进印迹。

李才旺先生是诗书画俱佳的全才。2010 年 5 月出版的《李才旺诗选》和他以前陆续问世的《李才旺书画选集》（两种）、《李才旺画作理趣》（合作）、《李才旺自书诗》、《李才旺书法》等著作，构成了李才旺诗书画系列的煌煌巨著。这是李才旺先生献给祖国和人民的宝贵精神财富，是他对传承、发展中华文化做出的重要贡献。

二

李才旺诗作皆旧体，内容丰富，题材多样，感事、抒怀、记游、题画等均有精品佳作流传于世。欣赏李才旺的诗作，首先要了解诗人的个性特点和独特的人生经历。李才旺是充满才气、豪气、胆气、霸气的性情中人，是位居要职的党、政、文"高官"，是诗、书、画俱佳的上党奇才，只有把握住这三个要点，即性情中人、党政文三栖"高官"、诗书画俱佳全才，知人论诗，方得要领，从而深入体会诗人作品的内涵、韵味和价值。

从李才旺的诗歌内容来说，主要是三个方面：

1．"诗言情，言真情"的抒情诗

"感人心者，莫先乎情"，是诗道之魂。"诗言情，言真情"（《李才旺诗选·作者絮语》），是才旺作诗的要义。诗是抒情的艺术，情是诗歌的灵魂。所谓"动人心魄"、"感人肺腑"、"催人泪下"等词语，无非是缘于一个"情"字。才旺的抒情诗围绕着一个"情"做文章，描绘所爱，谱写心曲。他的抒情诗抒发的是真性情，无论是表现亲情、友情，还是抒发对祖国、人民的大爱之情，都是有感而发，抒发真情，所以他的诗容易与读者在情感上产生共鸣，在心灵上有所感应。

诗人抒写乡情的最有韵味的诗篇是被人们所称道的新田园诗，可谓"田园美景入诗来"。

在李才旺已经出版的几部诗集里，包括不少田园诗。这些作品以新时期的农民和农村为描写对象，既有现实生活的反映，也有儿时记忆的再现，大都思想深刻，意象新颖，意境深邃，情感厚重，在闲适、清幽的氛围中涌动着催人奋进的旋律，体现了蓬勃向上的时代精神，而绝无旧时田园诗词的归隐、遁世意识。在形式上，多采用旧体诗词或民歌体，使作品好懂易记，通俗上口。李才旺的田园诗最为动人的是《访太行》、《邻里情》、《故乡行》和《放牧》。

请看诗人写的《访太行》：

> 十月金秋访太行，欢歌笑语满山庄。
>
> 卖粮踊跃愁仓小，存款争先喜队长。
>
> 贫寨翻身换旧瓦，穷哥迎亲伴新娘。
>
> 客来未酒因何醉，只为山风带酒香。

存款多，粮满仓，起新屋，娶新娘，一幅农村新景象跃然眼前。特别是尾联两句"未饮先醉"，更是令人神往。

小诗《邻里情》、《故乡行》更是别有情趣。

> 山高儿女远，地僻四邻亲。
> 隔篱一声呼，对酌坐槐荫。（《邻里情》）

隔篱相呼、乡邻对酌的画面跃然纸上，表达细腻，充满情趣。

> 半村新瓦一坡松，带露小草舞晨风。
> 漫步儿时牧牛路，耳边犹闻蛐蛐声。（《故乡行》）

诗中有画面有声音，眼前的农村新貌，脑中浮现的儿时记忆，情景交融，景幽意远。

《放牧》一首更具山野风味：

> 放牧出山村，纳凉卧柳荫。
> 牛吃河边草，我观天上云。

打破尘封的童年记忆，一幅生动的牧牛图呈现在读者的面前。山、水、草、云、牛尽在画中，而最为动人的是那位卧观天上白云飘飞的放牛娃。

"牛吃河边草，我观天上云"使我想起王维的《终南别业》中的两句："行到水穷处，坐看云起时"，同样别具妙趣。

《访太行》、《邻里情》、《故乡行》和《放牧》可以看作诗人表现故乡情深的新田园诗代表作。每一首诗中都是有景物、有人物、有声音、有画面，是典型的诗中有画。读才旺的诗，不仅能体味到散发着泥土芳香的语言的美感，而且能欣赏到一幅幅充满乡野情趣的山村风景图。

2.诗中上品的题画诗

题画诗是文人诗中的上品。中国诗歌史上，写题画诗的大家不乏其人。有的是在他人的画上题诗，有的是在自作画上题咏，多有千古传诵的名篇，如杜甫、王维、郑板桥之作。

李才旺先生的诗作多题画诗。诗人在诗歌形式上独钟题画诗，是缘于他本人就是书画家。

"诗得益于书画笔墨，而书画则得益于诗的文学底蕴"，是李才旺题画诗的精髓。诗人在《无雪的冬天·后记》中说："在这本集子里，有相当一部分是题画诗。就是说，这段时间，我业余的主要精力用在绘事上。一幅画作好之后，乘兴编几句题在画面上。"诗借助于书画的笔墨渗透与折射，与书画糅为一体，诗意画境相依存，达到"诗中有画，画中有诗"的境界，诗、画相映成趣，可谓画借诗而点睛，诗借画而驰名。

才旺题画诗，或题花鸟，或题山水，均为五七言绝句，多有好诗。才旺的题画诗既非补画之空白，也非诠释画之含义，而是情寄于中，通过题画表达自己的理想和志趣。其中题花中"四君子"——梅、兰、竹、菊的四首绝句更是精巧玲珑，秀逸隽永，意蕴深远，耐人寻味，让人喜爱。

《题梅图》赞梅之冰雪高洁：

老干新枝花点点，平生喜与雪为伴。

试问乔灌岁几度，梅龄小寿越千年。

《题兰图》咏兰之深谷幽香：

> 幽谷藏身沐春晖，惠风徐徐香送谁？
> 或许牧童能到此，晨露滴滴似清泪。

《题竹图》颂竹之高风亮节：

> 根植破岩有虚怀，叶舞清风无媚态。
> 只求雨露能生存，何曾奢望上瑶台。

《题菊图》歌菊之风霜傲骨：

> 群芳凋零百草衰，独有篱下黄花开。
> 为因生性能傲霜，引得陶公伴君来。

诗人以诗配画，以画释诗，诗画融为一体，读者吟诗读画，欣赏诗情画意，是何等的快意舒心。赏梅时吟诵"试问乔灌岁几度，梅龄小寿越千年"的诗句，顿感天高地阔，精神为之一振；赏竹时低吟"幽谷藏身沐春晖，惠风徐徐香送谁"的诗句，何不觉得心旷神怡，别有一番滋味；观竹时高歌"根植破岩有虚怀，叶舞清风无媚态"的诗句，又会感受到挺起腰杆做人的尊严；赏菊时浅唱"群芳凋零百草衰，独有篱下黄花开"的诗句，怡情悦性，亲近自然，向往生活的自由自在。

诗人既欣赏花中"四君子"（梅、兰、竹、菊），也赞颂"岁寒三友"（松、竹、梅），在《题三友图》一诗中：

大千世界飞玉鳞，苍翠幽香共乾坤。

丹青不厌歌三友，松魂梅品竹精神。

好一个"松魂梅品竹精神"！松讲落落不衰的魂魄，梅讲傲霜斗雪的品格，竹讲刚正不阿的精神，"苍翠幽香共乾坤"，当是做人之风范。国画大师董寿平先生以画黄山山水、松竹梅兰闻名于世，而最享盛名的是"董梅"、"寿平松"、"寿平竹"，其为人为艺所赞赏的就是诗人李才旺所咏叹的"松魂梅品竹精神"。

李才旺先生对苍鹰、青松有一种特殊的感情。作画多作松鹰图，赋诗爱赋松鹰诗，他总是把扎根高岩的青松与搏击长空的苍鹰并提，歌颂它们顽强的生命力。其中《题太行雄风图》可见诗人这种钟情松鹰、无法割舍的艺术情结和心绪：

高岩老松立苍鹰，太行无处不雄风。

远瞻环球观四海，志在振翼搏长空。

诗人通过老松、苍鹰写太行雄风，具有何等的气魄。

诗人以山水为对象的题画诗中以《题三晋山水图》最有内涵和韵味：

巍巍太行万古峰，幽幽峡谷千秋松。

表里山河谁与似，问罢暮鼓问晨钟。

这首诗既表现了时间的悠远，又表现了空间的广袤，把山西"表里山河"的自然风貌和"万古"、"千秋"的人文历史凝聚在短短的四行诗中，形象、精粹，给人以回味无穷的余地。

3.抒写人生际遇的感事诗

感事咏怀是李才旺先生诗作的重要部分。这一部分作品大都同诗人的人生经历紧密相连，表现诗人的思想情绪，抒写诗人的人生轨迹，表达诗人的人生感悟。

对人生的感悟就是对生活的发现和体验。发现、体验和感悟是紧密相连的。有独特的发现和体验就会有真切的感悟。"无怨无恨无人生，有风有雨有春秋"（《偶感》）就是一种诗人对自己对人生的最好的概括和感悟。这种来自生活的感悟往往能打动读者，而流传久远。这些感事咏怀之作，往往会迸发出思想的火花，充满生活的哲理，给人以教益和启迪。

工作职务的变化常常会引起人际关系的变化。飞黄腾达时官邸的门庭若市和无职无权时的门前冷落，诗人对此自有达观的看法。才旺认为，有职有权时人家找你办事，自然会登门造访；无职无权时人家找你也难办成事，又何必屈驾上门，造成彼此不便。当然亲朋挚友不在这个范围内。即使如此，诗人仍然会感受到"门前冷落鞍马稀"的景况。

一首《庚辰春日偶成》道尽此种情态：

门铃不语客来稀，面向梅山闻鸟啼。

独步庭前吟冷暖，丹青伴我度朝夕。

庚辰是2000年，其时才旺职务变化，已不在省委、省政府担任要职，所以有此诗意。梅山是省政府大院内的一个花园，山上有钟楼高立，按点报时，更有树木葱茏，鸟鸣啾啾，环境十分幽雅。诗人家居梅山之侧，钟声鸟鸣给诗人带来不少乐趣。如今鸟鸣依旧，门铃不语，使诗人徒生无限感慨。但诗人吟诗诉冷暖，丹青伴朝夕，自然也能排除心中烦闷，使诗作情调虽然低沉而诗人情绪倒也不觉低迷。这使我想起杜甫在《饮中八仙歌》中所咏唱的"左相日兴费万钱，饮如长鲸吸百川，衔杯乐圣称避贤"的唐玄宗左丞相李适之。李适之于天宝五载四月罢相，尝作诗云："避贤初罢相，乐圣且衔杯。为问门前客，今朝几个来？"古往今来人情冷暖何其相似乃尔！

《坦然》一诗也有同样情感表达：

  贵贱朝夕事，富后方知贫。
  为能淡泊故，心态如浮云。

《感怀》一首更能表现诗人的精神追求：

  心如柔水德如山，气若云岩情若兰。
  为人岂能无憾事，但愿平生不负天。

这是诗人对自己情操德行的要求，也是对自己的警策，为人如此，定能心神自宁，坦荡诚笃，何须终日戚戚。

诗人更多的咏怀诗是表达开阔的胸怀和远大的抱负，赋诗明志，激奋自励，《观陵川山貌有感》可为一例：

  遥览群山如浪涌，奔腾不息向天穹。
  何以极目能望远，为因脚下有高峰。

描绘逶迤不绝的群山如奔腾不息的浪涌，想象奇特，气势不凡，而"何以极目能望远，为因脚下有高峰"则充满了登高望远的哲理。这会使我们想起王之涣"欲穷千里目，更上一层楼"（《登鹳雀楼》）、杜甫"会当凌绝顶，一览众山小"（《望岳》）的千古名句。

《风竹赞》更以大风中挺拔直立的翠竹自励，生动形象而意蕴深厚：

> 黄昏入梦静无声，夜半忽闻起大风。
>
> 倚窗坐看小院竹，勃然依旧向苍穹。

三

李才旺先生的诗作，无论是抒情诗、题画诗，还是感事咏怀诗，都是旧体诗的形式，新时代的思想和语言，充满了浓郁的时代色彩和深刻的人文情怀，具有平民化的叙事风格。诗人在《有伞的风景·后记》中说："我喜欢诗，尤其喜欢旧体诗。却不曾想到要写旧体诗，更没有想过要当诗人。只是在生活和工作中遇到一些人和事，心灵上有了感触，便随时在片纸单张上写下一些五言或七言的句子。"这恰恰形成了李才旺诗作的艺术特点：气势雄浑，意象鲜明，感情真挚，语言清新，充溢着"豪华落尽见真淳"的落落大气、自然天成之美。

旧体诗的形式是因为这种中国传统的诗歌形式语言简练、节奏明快、悦耳上口，易为读者接受。诗人虽然用旧体诗的形式，但不受旧体诗形式的束缚，更不受旧体诗范式的影响。这种旧体诗形式实际上是一种充满新思想、运用新语言的新诗体。

李才旺的诗绝大部分是五言或七言的四句、八句，间有类似古风的多句，但他从来不标明自己的作品是五七言律绝或古体诗，而是自命题。这并非诗人不讲究平仄、对仗和韵律，他的一些类似五七言律诗的诗大都合辙押韵，音调和谐，而且对仗十分工整，只是他不愿意受律绝格律的束缚，以格律害义，而追求一种更自由的表达。他的诗有着很深的文化底蕴，一些词语可以看出它原来的出处，但是他从不用典，更不用已经没有生命力的陈旧语言。才旺在诗歌的内容与形式完美结合上的实绩在创建新体格律诗方面有可资研究的价值。正如诗人张承信在《无雪的冬天·序》中说："我以为对才旺的诗应该当作新诗来阅读和赏析。"诚哉斯言，形式是旧体诗，读起来是新诗，这就是李才旺诗作的重要特点。

这种旧体诗的形式，新时代的思想，还体现在诗作中的白描似的语言。如"漫步儿时放牧路，耳边犹闻蛐蛐声"（《故乡行》），"隔篱一声呼，对酌坐槐荫"（《邻里情》），"牛吃河边草，我观天上云"（《放牧》）的语言就明白如话，而意味无穷。

一首《赠鲁生同志》的语言更是明白如话：

> 鲁生并非生于鲁，籍贯山西泽州府。
> 自幼勤学爱写作，从军笔墨伴征途。

此等完全口语化的语言通俗流畅，别有味道。

从李才旺先生不标律诗绝句，不分古体近体，但讲究句式整齐、平仄韵律、音调和谐的诗歌形式，不搞雕琢堆砌的文字游戏而提炼出一种清新自然、好懂易记的诗歌语言，使我想到这种诗歌形式和诗歌语言它的根脉在何处？它的源头又在哪里？

且不说《诗经》、乐府，我觉得更主要更直接是来自盛唐时期的诗人群体。我常常想，为什么现在有些诗人写的诗倒不好懂，而在一千几百年前的唐诗为什么那么好懂，为什么同老百姓贴得那么近，为什么流传得那么广？王之涣、王昌龄、高适"旗亭画壁"的故事又说明了什么？说明他们的诗入脑入耳、好懂易记，为伶人歌女们所喜爱、所熟悉，广为传唱。白居易的"野火烧不尽，春风吹又生"的名句流传千古，传诵不息，就是因为他的诗通俗平易，语言浅显，相传老妪能解。我们常常提到唐代诗人太原"三王"：王之涣的《登鹳雀楼》"白日依山尽，黄河入海流……"，王昌龄的《出塞》"秦时明月汉时关，万里长征人未还……"，王翰的《凉州词》"葡萄美酒，欲饮琵琶马上催……"，就是因为语言清新，明白易懂，而脍炙人口，流传千古。

我还想起金代大诗人元好问，他的《雁丘辞》："恨人间，情是何物？直教生死相许"，成为描写爱情的名句，也是那样的平易好懂，特别的他的《论诗绝句三十首》中的文学主张，更是影响巨大。他反对辞藻华艳、刻意雕琢、滥用典故和各种单纯的形式追求。他评价陶渊明的诗是"一语天然万古新，豪华落尽见真淳"。我想，元好问的这两句诗同样可以用来评价李才旺先生的诗，那就是："一语天然万古新，豪华落尽见真淳。"

2010 年 11 月 30 日

心怀天下谱新篇

——读《武正国诗词选》

一

武正国先生近日送我他最新出版的《武正国诗词选》一书，版面疏朗，印刷精美，所收作品多属短篇，引起我的阅读兴趣，总想把所收千首诗词一口气读完。阅读中头脑中频频闪现出正国先生的身影和言谈，感觉最深的是我读武正国的诗，了解到的是武正国这位诗人，令人尊敬的人品和仰慕的文品。

正国的诗写得很勤，所以数量很多；正国的诗写得很细，所以内涵很深；正国的诗同生活贴得很近，所以现实感很强；正国的诗反映面很广，所以信息量很大；正国的诗感情很浓，所以感染力很强。

武正国先生的诗歌创作，大体上是起步于20世纪八九十年代，在新世纪硕果累累，佳作不断，走向成熟。这几年，正国送我多本诗集，正可看出他在诗歌创作上所走过的坚实道路。

武正国先生有2001年4月北岳文艺出版社出版的《拾贝集》，收入诗词200余首，分律诗、绝句、古风、词、杂咏5个部分。诗人自言，对诗词创作常怀敬畏之心，严守格律，规范于律绝，这就为他的古体诗词创作打下扎实的功底。至于这部诗集的内容，多反映现实生活，正如诗人所言："有情方咏叹，无病不呻吟"，赞美真善，陶冶性情。

有 2003 年 12 月作家出版社出版的《三春集》。这是诗人从 2001 年至 2003 年三年间所写的大部分诗篇，而这三年正好是新世纪的开端，是祖国崛起的春天，故曰《三春集》。诗集共收入诗词 360 首，内容是讴歌祖国，赞颂人民，寄情山水，抒写人生。正如诗人在《自题》诗中所言："时代迎来新世纪，中华崛起正当年。且将花甲融花季，诗报三春三百篇。"好一个"且将花甲融花季，诗报三春三百篇"，可谓诗人充满真情、激情的诗意表达。

有 2002 年 9 月山西人民出版社出版的《三晋咏怀》。全书收入诗词 280 余首，按"太原大观"、"大同览胜"、"朔州撷英"、"忻州集萃"、"吕梁英姿"、"晋中风采"、"阳泉佳境"、"长治锦绣"、"晋城形胜"、"临汾壮怀"、"运城雄风"11 个地级市分列咏诵山西的古今人物、自然风光和人文景观，可谓诗化的三晋文化，表达诗人爱祖国、爱家乡的赤子之心。为了让广大读者理解诗作背景，诗人对诗中所写的人物、文物、景物、事物大都作了言简意赅的注释。

这使我想起我的老师姚奠中先生主编的《咏晋诗选》。这部诗选按晋中、晋南、晋北、晋东南四大地区来划分，共涉一百余县，收录了时间跨度约两千余年的众多诗人所写的包括山岳河流、楼台寺庙、名胜古迹的咏晋诗。正国的《三晋咏怀》可谓姚奠中先生《咏晋诗选》的现代版。

有 2007 年 11 月作家出版社出版的《论诗千首》，收正国先生《漫咏唐宋诗人词家一百首》，还收了诗友 73 人的唱和诗 1607 首。其中一位诗友唱和百首者竟有 8 人。"一石激起千层浪"，武正国的《漫咏唐宋诗人词家一百首》掀起了山西诗界读诗、和诗的热潮，可谓众多诗家重温古典诗词、畅游诗海词洋的盛典和壮举。

今又读《武正国诗词选》，联系起来看，五本诗选各有侧重，但言志、缘情——诗歌创作的宗旨，诗心、诗品——诗歌创作的美学追求，创新、超越——诗歌创作的道路，皆可从中知晓。

二

武正国是深受传统文化影响的优秀诗人。

用诗来说诗，是我国古代诗歌理论常见形式之一。在大量的论诗诗中，论诗绝句占有较大的比重。论诗绝句始于杜甫的《戏为六绝句》，后有元好问的《论诗三十首》。元好问的论诗影响深远，后代仿作不断。清人谢启昆竟有读全唐诗、全宋诗、中州集分别写的《仿元遗山论诗绝句》共360首。自唐至清，论诗者有数百家，论诗绝句亦有近万首。今人有国学大师姚奠中先生的《论诗十首》。这些论诗绝句，或论诗学理论，或论作家作品，或论作家在文学史上的地位，或论作品的艺术特色、风格流派。在短短的四句二十八字中，往往能捕捉到作家作品最闪光的亮点。评论作家作品的论诗绝句，多为组诗，宛如一部简明的古代诗歌史或诗歌批评史。

论诗绝句的作者本身就是诗人，不少还是杰出的诗人。诗人论诗，以诗论诗，不同于枯燥无味的诗论，往往是隽永精美的艺术作品。我们从古人的论诗绝句中，可以看到"不薄今人爱古人，清词丽句必为邻"（杜甫：《戏为六绝句》其五）；看到"看似寻常最奇崛，成如容易却艰辛"（王安石：《题张司业诗》）；看到"一语天然万古新，豪华落尽见真淳"（元好问：《论诗三十首》其四）；看到"李杜诗篇万古传，至今已觉不新鲜。江山代有才人出，各领风骚五百年"（赵翼：《论诗》），这样传诵千古的好诗。武正国先生继承前贤以诗论诗的传统，作《漫咏唐宋诗人词家一百首》，令人耳目一新。

《武正国诗词选》所收《漫咏唐宋诗人词家一百首》，创作于2006年7月至12月。半年时间写诗百首，应该是快手。但作者能够写出这一百首诗，却绝对不是仅仅靠这半年时间能够完成的。正国从2005年底就潜心精读唐诗宋词，带着自己的感受和心得，边读边评，凝铸成诗，逐步完成百首。可见，没有对唐诗宋词的精读，没有对唐宋诗人词家的研究，怎么能对所咏诗人词家做出如此独特的发现和独到的评价。《漫咏唐宋诗人词家一百首》所反映的诗人的眼光和功底，也是我们探求诗人美学思想的一个重要方面。

读武正国的漫咏一百首，深感诗人对所咏诗人诗作的深刻理解和准确把握。咏王之涣："鹳雀登楼千里穷，凉州把盏忆春风。短篇不厌包容广，奇句全凭想象丰。"唐代大诗人王之涣的作品，由于没有编集，多已散失，《全唐诗》中仅收录6首。这6首诗里有两首最为有名，一首是脍炙人口、流传久远的《登鹳雀楼》，一首是同样有名的《凉州词》。正国的一首诗包容了王之涣的这两首诗，而且把其中的名句"欲穷千里目"和"春风不度玉门关"自然地融入诗中，概括出王之涣诗的艺术特点，令人叫绝。

还有一首，咏王昌龄："擅长七绝寓情真，兼备刚柔俱绘神。塞外老兵知己士，闺中少女解愁人。"这首诗更是使人称奇。边塞诗人王昌龄擅长五言古诗和五七言绝句，尤以七绝用力最专，成就最高，句奇格俊，雄浑自然，其七绝与李白并称，人称"诗天子"、"七绝圣手"。王昌龄以描写边塞生活的边塞诗和反映宫女怨情的宫怨诗、描写征人离妇的闺怨诗最为有名。我们为"秦时明月汉时关，万里长征人未还"（《出塞》）的气魄雄伟、悲壮深沉所感动；我们也为"闺中少妇不知愁，春日凝妆上翠楼。忽见陌头杨柳色，悔教夫婿觅封侯"（《闺怨》）的感情真挚、手法细腻所征服。我们从这两首诗，就可以看出正国对王昌龄诗歌思想内容、艺术特点和风格特色概括的"擅长七绝"、"兼备刚柔"、"塞外老兵"、"闺中少妇"，是多么的精确和到位。

正国的漫咏一百首，更多的是通过漫咏表达自己的诗歌观。如咏杨炯

"共研律体驱完善，荣列初唐四杰中"，咏卢照邻"承前革弊当时体，公论当推诗圣心"，言其在诗史上的贡献；咏皮日休"纳粮橡媪逢污吏，写尽苍生世事艰"，咏杜荀鹤"民流血汗吏升迁，意境诗风追乐天"，言其忧国忧民之情；咏贺知章"诗似白云行碧空，无须雕琢自然工"，言其诗风诗艺之天成；咏辛弃疾"好词岂止凭精艺，胸有江山气自豪"，咏文天祥"捐躯社稷死犹生，句句诗词血写成"，言其人品文品可称"丹心永照后人程"。正国漫咏古人，实为映照当今，反映了诗人忧国忧民的胸怀、主张革故鼎新的精神、提倡朴素自然的文风，特别是推崇那些具有爱国情怀的杰出诗人。这实际上是表现了诗人的诗歌观，为人为诗之道。

三

诗歌应该是性情之作。从作品可以看到作者的人格品行、学识修养和情趣理想。武正国的诗词作品正是性情之作。他是一位表达真情实感的诗人，是一位敢讲真话的诗人，是一位充满平民情怀的诗人。从他的诗词作品中，我们可以看到他同时代、同群众、同生活的密切联系。他不是关在书斋里的苦吟诗人，而是从生活中捕捉灵感、在群众中汲取营养的现实主义诗人。

为人民放歌、为人民抒情、为人民呼吁，以最广大人民为服务对象和表现主体，是一切有责任感的诗人最神圣的职责。在武正国的诗词里有很多作品都是反映人民心声的。正国在担任省委秘书长时，分管的办公厅在左权县羊角乡定点扶贫。他去过羊角乡15次，走过全乡各个村。他曾在不通公路的大山深处，翻山越岭，徒步跋涉整整一上午，到达一个叫小寺上的山庄，亲身感受了深山村民的苦乐愁愿，同他们共同座谈脱贫方案，作《深山访贫六首》，表达了同村民深厚的感情。他写翻山越岭的艰辛："岭高村落远，拄杖勇登攀。为察乡亲苦，何忧步履艰。咬牙将腿迈，俯首把腰弯。直上两千米，连翻数座山。"他写登门访贫的所见："屋漏油灯暗，家凉光棍寒。声声倾肺腑，句句痛心肝。"他写离村话别时的情景："如儿离母去，似母送儿行。径转山遮眼，心潮久不平。"这依依惜别的深情，如果不是亲身所感，哪能写出如此动情的文字！

诗人关心群众疾苦，也就十分关注有关民生的工程。他写《卜算子·太旧高速公路》、《卜算子·万家寨引黄工程》，写《陵川锡崖沟路魂五首》，总是把群众的冷暖放在心上，赋成诗篇。正国诗词写了不少历史人物，也写众多草根百姓，诸如山中脚夫、幼儿教师、厨师、理发师、搓澡工，尽皆入诗。诗人有《咏工》七首，写炼钢工、采煤工、勘探工、建筑工、纺织工、造林工、环卫工；有《咏农》五首，写粮农、棉农、菜农、果农、花农。这些同国家建设、人民生活密切联系的工农群众都是诗人笔下表现的主体。诗人还有一诗《飞机上观云海》："茫茫云海蔚奇观，洁白轻柔似絮团。裁向五洲贫困地，尽供大众御冬寒。"想象奇特，皆出于哀民生之多艰。

诗人关注民生，以诗言志缘情，总也出不了一个"民"字。"退休未敢享清闲，熬眼劳神何所牵？利禄功名犹草芥，万民忧乐大于天。"（《诗情》）"案头总积书和报，手下偶玩琴与棋。关注民生成习惯，退休未敢退思维。"（《退休写照》）这正是诗人写出这么多关注民生诗篇的思想缘由。

四

童年是武正国心中永远抹不掉的记忆，是诗人创作的题材源泉。他的《忆童年》十三首，既是童年时贫苦生活的记叙，也是农村民情风俗的描绘。在诗人的童年生活里，有"烧炕无煤草作柴，新刨土豆火灰埋。朔风窗外狂呼啸，我自温馨偎母怀"的《熬年夜》；有"过年有盼也生愁，乐放烟花怕剃头。发长刀钝钻心痛，指敷伤口血黏稠"的《过大年》；有"姐妹弟兄围灶台，锅中无米水空开。妈妈不禁泪花涌，外出借粮爹未回"的《度饥荒》……这真切、凄苦的诗人童年生活令人心中酸楚，读后潸然泪下。其他如《摘鲜枣》、《学种瓜》、《游卦山》、《赶庙会》等无不反映诗人的童年生活和当地习俗。时光流逝，岁月匆匆，诗人"辗转奔波千里行，初衷不改是乡情"，他的作品也多为《思乡》、《忆旧》等，而最使诗人萦怀梦绕的是对母亲的牵挂和思念。

2002年4月，正国闻母病回家探望，作《回乡探母》一诗："见我归来顿有神，未言热泪已沾唇。本来病痛确非浅，只道康宁岂是真……"2005年1月，母病重，正国再次回家探望，作《三赋回乡探母》："艰难起坐赖人扶，望子归来秋水枯。聊换新窗屏雨雪，还偎老炕度桑榆。当年儿冷母怀暖，今日母衰儿影疏。汤药多亏家妹待，至亲有我等同无。"诗人未能亲侍母侧，愧疚不已。2006年4月，正国母亲去世，诗人作《回乡葬母三首》，声声滴泪，句句泣血，痛断肝肠："惊闻母病入膏肓，汗浸单衫背透凉"，"肃立灵棚思绪纷，如今相聚竟相分"，"灵车缓缓向前趋，景物依然情却殊。曾是送儿求学路，今成引母不归途"，触景生情，物是人非，诗人笔下充满对母亲的深情大爱。

正国的几首"探母"、"葬母"诗，可以说是尽写人间的至爱真情。

五

武正国先生是担任过要职的高官，也是当今活跃在诗坛的著名诗人。他对做官与作诗有着自己独特的看法。他对做官看得很淡，而对作诗却看得很重。

正国有一首诗《接退休通知》："如今卸任享长休，小院小车仍保留。政绩几许心有数，人前岂敢瞎吹牛。"我读此诗十分惊叹正国的坦率和真诚。正国更有《接受慰问》一诗，更见诗人心胸之豁达："昔日过年忙送温，退休我也受人尊。觅春何必踏青去，早有兰花捧上门。"退休人写退休诗，竟写出这等好诗，让人过目不忘，感慨不已。正国还有《退休观钓》："有权未弄任逾期，无悔囊羞积蓄微。饵食香甜钩隐蔽，池旁观钓识玄机。"可谓警世之言。

正国退休后，或《与孙儿对弈》，听孙女"唱出童音胜鸟音"（《童音》）；或"上罢互联网，院中乘晚凉。浇花成嗜好，两袖总沾香"（《闲情》）。更多的是："诗书读罢又操琴，佳句华章伴五音。老有追求无老意，常怀一颗少年心。"（《述怀》）

武正国先生现为中华诗词学会顾问，中国作家协会会员，山西诗词学会会长。他钟情诗词数十年，而最近十多年对诗词创作更为倾力倾心。

正国有诗曰《写诗》："洞察人间事，畅抒心底音。有情方咏叹，无病不呻吟。"这是他的诗的宣言。有词曰《渔歌子·觅诗》："意绪绵绵脑际萦，千回梳理寝难宁。平仄仄，仄平平，翻来覆去到天明。"这是他对诗的锻造和追求。诗人还作《懊悔》一诗，言睡梦中忽得诗句两行，本想趁热打铁记下，因瞌睡懒得下床，等到清晨醒来，梦中诗句基本忘光，感叹"灵感稍纵即逝，空对白纸一张"。作诗痴迷如此，何愁不能觅得奇语佳句。还有《夜读七首》其七："一盏台灯桌一张，每逢周末醉书房。陶然未觉天将亮，错认晨光是月光。"诗人苦读苦吟，又是一个不眠之夜。诗人还有《初学打字贴诗山西诗词网》一诗："会员网上任奔驰，会长岂甘为白痴。苦练拼音三昼夜，也来贴首打油诗。"正国仰望诗空，遨游诗海，夙兴夜寐，笔耕不辍，终于在诗词创作上走出了一条自己的道路。

正国先生做人也好，作诗也好，他始终遵循的就是一种品格。有一首《无题》诗可以看作是诗人做人作诗的准则："撇捺向心立，相扶情笃真。不争长与短，合力写完人。"

六

武正国的诗歌创作多组诗，这是诗人表达感情的需要，也是丰富多彩的现实生活的需要。他的组诗多是纪游诗。诗人每到一地，景点多，游兴浓，一两首诗不能尽写其景，尽抒其情，便成组诗，如《游碛口》、《陇山行》、《晋祠览胜》、《厦门掠影》、《五台山抒怀》、《管岑山纪游》，等等，莫不如此。

正国的组诗也有纪事、咏史、唱和者，均为非组诗不能尽其意。诗人《忆童年》有13首，《咏历史人物》有8首，《古韵唱和》有10首，都是围绕一个共同的主题，尽情抒怀，放声高歌，表情达意。

《咏历史人物》，实为对历史人物品德行止的评价，以古人为鉴，而启迪今人。"巨著行行凝血泪，英魂磊磊炳千秋"，写忍辱谋生、负重图强的司马迁；"皇亲犯罪难逃网，百姓申冤径上堂"，赞黑脸红心、不畏强权的清官包拯；"为献光明甘作炭，欲留清白愿成灰"，颂为民兴利除弊、赋诗明志《石灰吟》的于谦；"十里虎门擂战鼓，万箱魔土化乌烟"，歌壮志凌云、为民除害的林则徐……诗人以组诗形式筑起的民族精英画廊，个个都是后人景仰的楷模。

《古韵新和》实为借旧题、赋新声，浇诗人胸中块垒，直指各种社会弊端，有很强的现实感。仅举一例《和杜牧〈过华清宫〉》："礼品繁多无处堆，前门紧闭后门开。起身送客心偷笑，又有信封留下来。"杜牧的原诗是："长安回望绣成堆，山顶千门次第开。一骑红尘妃子笑，无人知是荔枝来。"杜牧诗直指皇家权贵，正国和诗是讽刺当今时弊，如果说两诗亦有相似处，那就是深恶痛绝反腐败。

正国组诗更有长篇者，如《动物世界探奇一百五十首》、《植物王国记趣一百五十首》、《抗震救灾群英颂七十八首》、《北京奥运会中国金牌得主五十一首》、《北京奥运会外国选手风采二十三首》，如此大型组诗，让人叹为观止。这不能不让人感佩武正国先生对生活的热爱、观察生活之细腻和创作的勤奋。要知道观察每一只动物、每一株植物、每一位英雄、每一个选手，并且运用诗的形式、化为诗的意象表现出来，而且一写就是几十首上百首，这有多大的难度，需要付出多大的辛劳，难以言说，但是武正国先生做到了，而且做得这样好。我除去感到惊奇和表示敬佩外，不知还有什么话可说，只能是尽在不言中。

2011 年 12 月 2 日

诗书合璧　相映成辉

——《笔墨情怀》读后

温幸同志是我的老领导、老朋友、好朋友，潘建业先生是著名的画家。温幸诗词、潘建业书画《笔墨情怀》出版，诗书合璧，相映生辉，既是了却温幸同志的夙愿，对温幸同志的追思、缅怀，也是对潘建业先生书画艺术的展示、欣赏，实在是一件大好事。

阎爱英主任题写书名。董耀章先生撰写"解读"，阎登岗先生撰写"后记"，读者可以从"解读"和"后记"中了解这部书编辑出版的缘由。这部书可以读诗、读字、赏画，从中获得思想启迪和艺术美感。我想从温幸的诗和潘建业的画说说自己读后的感受，主要是说温幸的诗。

一

我同温幸从20世纪70年代就相识、相知，足有四十多年的交往，友情甚笃。20世纪70年代我们同在省委宣传部工作，我在文艺处当干事，温幸在新闻处当干事。1983年，温幸由干事被任命为省委宣传部副部长，分管新闻和文艺。我由干事被任命为文艺处处长，正好在他的领导之下。我从1983年到1988年一直在温幸部长的领导下抓全省的文艺工作，结下了深厚的友谊。1998年温幸到省文联当主席，我已经退休，仍然属他管。

温幸同志是一位正厅级的宣传文化官员，担任过省委宣传部副部长、省文化厅厅长、省文联主席等要职，为全省的新闻出版、文学艺术界做了许多有益的工作，但他为人十分低调，从不张扬，连我这个相处几十年的老朋友都不知道他写诗，只知道他喜欢书法。只是这一次由潘建业先生书写出版了这本书，我才知道温幸竟然写了这么多的诗词，而且不少作品写得很不错。

温幸的诗词作品以诗为主，有少量的词，而诗以旧体诗为主，有少量的新体诗，不过无论诗或词，旧体或新体都是从内容出发，该诗则诗，该词则词，该旧体则旧体，该新体则新体。从内容来看，温幸的诗词有歌颂党歌颂祖国的，有表现故乡情和农村生活的，有展现文艺领域风采的，有描写山川风光的，有表现人生哲理的，有为友朋题赠的，题材丰富，但最核心的思想是对祖国、故乡、人民的爱，表现了一个农家子弟、党员干部的赤子之心。

我很喜欢温幸的《沧桑正道》：

> 十月炮声响，南湖飘赤旗。星火燎原红满天，铁锤镰刀举。扫阴霾，人心齐，铸众志，泰山移。推翻三座大山，穷寇追到底。
>
> 中华挺脊梁，血洗百年耻。醒狮怒吼震寰宇，神州展雄姿。不崇洋，靠自强，不信邪，赖自立。开启千秋伟业，乐章从头起。

上半阕写历史，从十月革命一声炮响，南湖建党，星火燎原，到推翻三座大山，建立新中国；下半阕写今日，中华民族挺起脊梁，开启千秋伟业，诗中意象鲜明，概括性强。特别是"醒狮怒吼震寰宇"一句，让我特别震撼。温幸在多年前就在诗中用了"醒狮"一词，让我感到惊奇。今年3月27日，国家主席习近平在法国巴黎召开的中法建交50周年大会上说："拿破仑说过，中国是一头沉睡的狮子，当这头睡狮醒来时，世界都会为之发抖。中国这头狮子已经醒了，但这是一只和平的、可亲的、文明的狮子。"习主席的"醒狮说"一出，引起世界众多媒体热议，国人无不振奋。可以说，习主席的这一说法，正是对两个世纪前拿破仑说辞的世纪回应。温幸在诗中说："醒狮怒吼震寰宇，神州展雄姿"，不就是说"中国这头狮子已经醒了"吗？

在温幸为数不多的纪游诗里，也大都是抒写爱国之情，如《旅顺港》、《拜谒八女投江处》、《旅顺日俄监狱旧址》等。温幸还有《为香港回归书画展题》一诗：

> 笔下一扫百年耻，不见睡狮听吼狮。
>
> 喜欣港珠归来日，华夏无处不雄姿。

作者从"睡狮"写到"醒狮"，再写到"吼狮"，无不是为雪国耻、振兴中华而欢欣鼓舞。

温幸是山西文水人，少年时在北京上学，后来一直在省城工作，他觉得自己是一个浪迹天涯的游子，对家乡有着深厚的感情。他在外工作几十年，但乡音未改，说的仍然是文水话。他的诗《故乡情》典型地表现了他的这种割不断的思乡情结：

> 陵山峪水是我家，孤身只影走天涯。
>
> 年少离家不识路，归来搔首拢华发。
>
> 乡间世事父老知，岁月复忆游子遐。
>
> 饮遍四方醉人酒，不及故乡一杯茶。

这使我想起大家都很熟悉的两首唐诗。一首是贺知章的《回乡偶书》（其一）："少小离家老大回，乡音无改鬓毛衰。儿童相见不相识，笑问客从何处来。"这是贺知章八十多岁时回到故乡后写的诗，写回到久别的家乡的感受。还有一首是宋之问的《渡汉江》："岭外音书断，经冬复历春。近乡情更怯，不敢问来人。"宋之问是山西汾阳人，武后朝，官尚监丞，因攀附权贵张易之被贬为泷州参军。泷州在今广东罗定市东。这首诗就是他从被贬的广东北上返乡时所写。因为家乡音书隔断，不知家里的情况，所以当他快要到家的时刻，心情异常紧张，不敢向家乡来的人打听，以免听到家里什么不好的消息。这也是一个久别家乡的远方游子即将到家的心态。

温幸的诗正是表达了类似古人的这种感受和心态。"陵山峪水是我家"，"陵山峪水"指大陵山和文峪河，都在文水境内。诗中表现了诗人游子归家的心情，特别是"饮遍四方醉人酒，不及故乡一杯茶"，更可看出诗人对家乡浓厚的感情。

与《重回故里》表达同样思乡感情的还有一首：

巍巍大陵山姿秀，滔滔文峪水荡情。
阡陌纵横平野阔，甘霖滋润物尽盈。
民风淳厚多刚烈，自古热土育英雄。
浪迹天涯与海角，游子依恋故乡情。

既写文水的山川地貌，又写文水的民风淳厚，特别是点出这里出了刚烈不屈的女英雄刘胡兰。归结到一点，还是表现作者的思乡之情。

温幸还有一首新体诗《文水——可爱的家乡》两章，完全是对上一首诗的自由体表达，对家乡充满了自豪感。

温幸另有多首表现农村生活的诗，写得都很朴实自然，充满生活气息。如《太原草坪区柏板乡农村》：

墙外绿树墙内花，篱笆周边吊南瓜。

主人劳作在大棚，房门虚掩狗看家。

诗中有画，别有情趣。

还有《农家客栈》一诗，写到垂钓、对弈、品茶、尝野味、吃南瓜等做客农家的生活，令人向往。在《太原阳曲县侯村——中秋游生态园》一诗，"牛耕绿野，马啸青山"，"鸢冲蓝天，鱼跃池塘"，对仗工整，音调和谐，可见诗人在重视内容的基础上，也注意诗词语言的锤炼和诗词韵律的掌握。

温幸是长期在文艺界担任领导职务的干部。他有不少诗是写艺术领域的，如《戏曲》、《音乐》、《舞蹈》、《书法》、《电影》、《电视》、《摄影》、《民间文艺》，几乎概括了各个艺术门类。他还写诗题赠艺术家，如赠华艳君、胡嫦娥、张万一等，以及《为西戎老送行》，都表现了对作家、艺术家们的关爱与尊崇。

《为西戎老送行》一诗最能表达诗人对老一辈作家、艺术家的深厚感情：

雪扫阴霾百卉残，惊闻君去彻骨寒。

生离死别恨戚戚，逝水流云憾绵绵。

临行未得教诲话，常忆当年促膝谈。

漫漫长路须走好，遥祈山程永平安。

西戎于2001年1月6日去世，温幸愿西戎老"漫漫长路须走好"，而温幸于2012年10月6日病逝，我们今日读后逝者悼念先逝者之诗，更是黯然神伤。

温幸还有一首值得我们重视的诗，就是《常人悟》：

> 人生即矛盾，为善是根本。
>
> 做事先做人，得失心平静。
>
> 凡事来回想，冷热有分寸。
>
> 颂言需慎对，笑脸迎冷风。
>
> 相识满天下，知心仅几人。
>
> 功利如烟云，是非任公论。

这当是温幸人生之顿悟、做人之根本，至今对我们仍有教诲和启迪意义。

二

说说潘建业先生的书画。潘建业先生以流畅的笔墨书写了温幸的四十多首诗词。我们在阅读温幸诗词的时候，也欣赏到了潘建业的书艺。潘建业善行草，笔意畅达，饱含感情。他书写的苏东坡的《赤壁怀古》诗更有"大江东去"的豪迈气势，《惠风和畅》的横幅苍劲古朴，《运通人和》的横幅舒展恣肆，均表现了书法的美感。

潘建业先生是著名国画大家，绘画题材涉及山水、花鸟、人物各个方面，而以山水和奔马最为驰名。画作多题画诗，体现了作品的文学内涵。如《金秋》一画题诗曰："霜叶枫林树渐丹，浅滩环绕依晴峦。缤纷景物勤描绘，金秋一片静里看。"画法上多彩墨写意，给人以朦胧的美感，充满生命的张力和生活的情趣。潘建业先生有《画家片语》，是以散文的笔法对生活美好的赞颂，也是画家作画的基调。

画家画春亦画秋。画中季节虽然不同，但都充满了赞美自然、热爱生活、歌颂生命的激情。《牧春》写春，画中烟云飘缈，柳丝袅娜，牧童羊群，画出了一片山花烂漫、春意盎然的景象。《金秋》写秋，枫林尽染，落英缤纷，金黄和浓绿的色调与《牧春》形成了鲜明的色泽对比。其他如《登高揽元化　浩荡融心神》、《秋韵》、《红叶诗情》都是写秋的，视野开阔，满目葱茏，令人心旷神怡。

画家画山亦画水。《烟云奇峰看斜阳》的山势险峻，《云壑飞泉》的飞流直下，虽然描写对象不同，但都是气势壮观，显示了强烈的生命力。

画家写景物，更重写情调。《乡情》的农家生活，《晚霞》白日依山、红霞满天的诗情画意，《花溪独钓》悠然自得的钓翁，《飞珠散玉》形态各异的小鹿，《春酣》、《春趣图》中的嬉戏打闹的猫咪，《形影相随》欢畅戏水的小鱼，各尽其妙，各得其趣。

画家有多幅画鹤之作。鹤乃寿鸟，寓意吉祥富贵。《春满园富贵长寿图》，以传统的松鹤为中心，配以姹紫嫣红的多彩花卉，构图饱满，寓意长寿、富贵。《六合同春》、《玉塘仙风》中的各色寿鸟，俯仰跳跃，相盼和鸣，翩翩遨游于仙境之中，让人赏心悦目。

潘建业先生是画马大家。建业画马多写意，不仅在写形，更重在写神，写骏马奔腾的气势和精神。《踏浪歌》、《天马图》中的奔马风驰电掣，巨浪腾空；《雄风》中的奔马驱云破雾，势惊宇宙；更有《中华魂》一幅可集中表现画家画马之匠心独运。《中华魂》画上有题词曰："中华魂龙马精神，民族魂文明进步盛世腾。"可见画家画马重精神，这种精神就是表现中国魂、中国梦的奔腾不息的龙马精神。

画家画马重写意，《双骏图》和《宝马献寿》两幅最具代表性。图中奔马难见其形，但似可闻其声，可见其势，特别突出了画家画马的艺术特点。

从潘建业先生画马，我想到杜甫写画马的两首诗。一首是《题壁上韦偃画马歌》。韦偃曾为草堂壁上画马，"戏拈秃笔扫骅骝，欻见麒麟出东壁。一匹龁草一匹嘶，坐看千里当霜蹄"，在韦偃的笔下，骏马昂首长鸣，霜蹄千里，让诗人十分高兴，而成此诗。还有杜甫的另一首诗：《丹青引赠曹将军霸》。曹霸是唐玄宗时官至左武卫将军的画家。杜甫在诗中赞赏曹霸的画，也赞赏他的人品。诗中说："弟子韩干早入室，亦能画马穷殊相。干惟画肉不画骨，忍使骅骝气凋丧。将军善画盖有神，必逢佳士亦写真。"韩干也是当时的名画家，曾拜曹霸为师。意思是说，您的弟子韩干早已升堂入室，拜在您的门下学艺。他画马画得也不错，"穷殊相"，能画出马的各种姿态，但是他画马只能画出马的肥壮，意思是画出马的表面形状，而不能画出马的骏骨，即画出马的内在精神。而将军您会画画，重要的是能画出内在的精神，您为名士们画的人像也是能画出人的精神风貌的。

潘建业先生画马正是"画家善画盖有神"，所以获得画界和读者、观众的好评。

2014年4月18日

优美与崇高的赞歌

——哲锋《夏日的雨》读后

一

遆哲锋同志的诗集《夏日的雨》出版了。我首先被它那新颖别致的封面所吸引。"夏日的雨"四个大字下面挂着三颗晶莹剔透的水珠，是天上的雨水，还是诗人的眼泪？是雨水，滋养大地，润物无声；是眼泪，情动于衷，湿衣沾巾，表达了诗人对祖国、对人民的深沉的爱。这何尝不是这部诗集的深邃的内涵和高远的旨意。

哲锋的诗集《夏日的雨》是由四辑组成的："崇高的心愿"是对政事的关注，"远山的风景"是颂扬人与大自然的和谐，"雨夜漫步"是抒发对祖国和人民的爱。这前三辑都是新诗，第四辑"工余情怀"是旧体诗词，是哲锋诗歌创作体裁的扩展。

哲锋的诗写得很新、很深、很精。新在思想内容，贴近现实、贴近生活、贴近群众，歌唱主旋律，充满时代激情，激发读者的情怀。深在蕴含哲理，隐喻象征，隽语箴言，耐人寻味，给读者以感悟与启迪。精在艺术功力，咏怀抒情，多有佳作，长歌短调，不乏精品，使读者得到审美愉悦和艺术享受。《夏日的雨》是哲锋诗文创作的新成果，也是山西诗坛的新收获。

诗人是时代的鼓手，人民的喉舌。关心时代变迁，关心社会发展，关心人民生活，吟咏酬唱，引吭高歌，是诗人的庄严使命和神圣职责。历代诗人多心怀天下、心系人民的忧国忧民之士。中国诗史上也就涌现出不少将诗歌、时代和人民生活密切结合的咏怀诗。

<h2 style="text-align:center">二</h2>

"崇高的心愿"是一组政治抒情诗，实际上就是传统的咏怀诗。哲锋学习和继承了中国古典诗歌咏怀诗的传统，以满腔的政治激情创作了许多政治抒情诗。他不同于前贤的是，他"感慨时事"而不"感怀身世"；他的作品充满激情而不凄怆伤感，富有理想而不悲观失望，这就使他的政治抒情诗具有强烈的时代精神和激奋人心的艺术魅力。

《崇高的心愿——纪念小平百年》是对一代伟人邓小平的颂歌，以形象化的笔触概括了小平同志的一生。

"二十九年的抗争，二十九年的鏖战，换来了，天安门城楼上，那雷霆般的宣言"，诗人以大手笔、大气势、大场面歌颂了中国革命领导人小平同志的伟大功勋。十年颠簸，擘画筹谋，凛然掌舵，力挽狂澜，"让中国革命的航船，冲出浓重的迷雾，打破'左'的坚冰，从而风正帆悬、百舸竞渡"，诗人以时代的大变化来描绘改革开放总设计师小平同志的传奇人生。这是诗人对小平的歌颂，也是对时代的礼赞。

反映神舟六号遨游九天的《为了这一刻》，诗人不仅仅是讴歌和欢呼，而是以贯通古今的思绪描绘了多少代中国人美好的梦幻、历史的贡献和航天事业的征程，以饱含激情的语言抒写了"为了这一刻"航天人的奋战、航天员的苦练和总书记的关念。《为了这一刻》，是诗的篇章，是史的颂歌，是诗人"写在深邃的蓝天"上的"有志者事竟成"的"共和国的誓言"。

与《为了这一刻》异曲同工的是反映国共两党半个多世纪后重新相会的《历史的握手》。诗里既有昆明湖与日月潭两岸相望、玉兰花与相思树默默期盼、昆仑山与阿里山隔海呼唤的充满诗情画意的文学描写，又有中华儿女为御外辱、抗击侵略的金戈铁马般的慷慨战歌。诗人以史入诗，"谱写出，中华民族不屈服、不低头的英雄诗篇"，有着巨大的认知价值和情感冲击力。

《你可知道》是一首反映全民抗击"非典"的颂歌。诗人以亲历者的感受奋笔疾书：为了"0疑似"、"0病例"、"0报告"的出现，"多少人，久久地期盼；多少人，长长地呼唤"，"多少个科学家，在昼夜奋战"，"多少个将生死抛在脑后的白衣战士，争着抢着要上一线"……"神州处处"，"人自为战"，"一方有难，八方支援"，"这是民族精神的体现，这是党性觉悟的体现，这是社会凝聚力的体现"。重叠复沓的节奏和句式构成了这一激越澎湃的诗篇。

哲锋在他的政治抒情诗中表现的是一种对祖国和人民的深深的爱恋，是一种对政治和时代的热忱的关注，是对表现对象的一种独特的情感体验。这就形成了哲锋政治抒情诗的美学特质。

三

《远山的风景》是一组歌颂大自然的写景诗和咏物诗。在这些诗中浸透的仍然是诗人割舍不断的故土情结。他描绘的是太行山的风景，谛听的是壶口瀑布的涛声，探访的是历山的传说——这些山西标志性的自然和人文景观。他写的是《夏日的雨》、《远山的雾》、《九月的田野》，以及《巷口，那棵老槐树》、《西崖上那片柿子树》——这些最普通的乡村景象。一切景语皆情语。这些诗体现了中国古典诗学的基本美学观。

哲锋的写景诗不仅是写景，而且充满了情思与哲理，真正是情景交融，寓意深远。《远山的风景》就是他的写景诗的代表作之一。诗人眼中的远山是那样的美，"是镶嵌在旷野的画"，"是流淌在大地的诗"，"是徜徉在苍穹的歌"；是诗人"童年意念朦胧的远山"、"少年追慕向往的远山"，是诗人当今"看到人民把一条金带，太旧高速公路，缠到你云雾缭绕的腰间"的远山——太行山。"它是一条通风口，让强劲的海风长驱直入，厚重的黄土地，必将是黄金一片。"诗人从眼中的远山到心中的远山，展现了太行山的无限风光。

《夏日的雨》是一首优美精巧、耐人寻味的诗。春雨沙沙，润物无声，曾得到多少诗人的赞美。秋雨绵绵，充满幽怨，曾引起无数诗人的悲叹。可是有谁曾咏唱夏雨——夏日的雨，因为它没有"春雨的温柔妩媚"，没有"秋雨的缠绵悱恻"。而诗人眼中夏日的雨则更有现实的价值："你的巡游，令酷热威力顿失；你的淋漓，令旱魔退避三舍"。夏日的雨的硬朗的性格和无畏的做派，使"春雨，佩服得五体投地"，使"秋雨，愧疚得满脸羞涩"。诗人咏唱夏日的雨，是赞赏它的"威威赫赫"，评说它的"有功有过"，是对自然与人生的关注，而不醉心于春雨的温柔和秋雨的缠绵。《夏日的雨》是诗人心灵的袒露、情感的宣泄，也蕴藏着诗人的做派和性格。

《九月的田野》是"负载着多少人的付出，也回报着多少人的期盼"的田野，是诗人反复吟颂"收获"的赞美诗。《壶口听潮》是诗人"驻足——仰望母亲河上，壮丽的景观"、"聆听母亲河，春雷般的涛声"，讴歌华夏民族"钢铁一样的骨骼，虎豹一样的胆略，大海一样的胸怀，烈火一样的性格"的颂歌。这些作品无一不是诗人在生活中激发灵感，进行美的创造。

四

诗以抒情为本，抒情是诗歌基本的美学特征。脱离了感情，诗歌作品就无从谈起。《雨夜漫步》这组诗就体现了诗歌的抒情特征，表现了诗人的情感世界，抒发他对祖国、对故乡、对亲人、对人民的大爱。在哲锋的抒情诗中反映了情感的多样性，表达了他的一种体验、一种感悟、一种心境。

《雨夜漫步》是诗人 2005 年 3 月随同民族交响乐《华夏之根》乐团到香港访问演出时的作品。诗人在"轻柔的雨"、"多情的雨"中漫步,有"几分浪漫"、"几分恬淡"、"几分得意"、"几分微笑"。在这种自豪的惬意的抒情中,诗人思想上却有一种理性的升华:"雨夜漫步,雨丝浇旺了灵感,黑暗彰显了霓虹,静寂激活了思维,雨帘阻隔了远树,是一种体悟,是一种感应,令人神醉,令人难忘。"思想与艺术的交融,感性与理性的转换,引人深思,耐人寻味,成为哲锋抒情诗的重要特点。

《故乡》凝结着诗人过多的爱。在诗人的笔下,"故乡是一个不老的话题"、"故乡是一片美丽的港湾"、"故乡是一首不衰的歌"、"故乡是一棵绿荫蔽天的树",因为故乡有说不完的话、唱不败的歌,故乡有能够遮风避雨、温暖的家。故乡"没有高耸入云的山",却有显示"人类进化的遗迹"、"一座座形似蜗牛、状如石磨的土岭和坡垣";故乡"没有倾国倾城的佳丽,却有让人引以自豪的前贤"。诗人面对有着悠久历史传统和深厚文化积淀的故乡,"没有对历史的沉湎,没有感怀伤逝的喟叹,没有追慕虚荣的欲念,只有摆脱贫穷的意愿,只有祛除愚昧的勇敢,只有疾驰奋飞的谋算","我嬗变的故乡,将拥有一个光灿灿的明天"。诗人对故乡一往情深,礼赞故乡的昨天,歌颂故乡的今天,更憧憬故乡的明天。

哲锋的故乡情结,包含着对亲人特别是对母亲的深深的爱。《童年的除夕夜》、《母亲》、《母亲的秀发》这几首诗就体现了诗人的孝心,集中地抒发了对母亲的爱。"童年的除夕夜,永远是我心中的一幅画","更是一首、无言无字的育儿诗",因为除夕夜里母亲彻夜操劳、为孩子们所准备的一切,都"寄托着母亲的心愿","书写着对儿女人生征途的嘱托","用毕生的心血诠释着母亲的伟大"。如果说《童年的除夕夜》是用叙事的手法写母爱,那么《母亲》这首短诗则完全是用诗的比喻、诗的意象去塑造母亲的形象。诗人描绘母亲的一生是"锄头上抹不去太阳的疲惫，针尖上走来了月亮的无眠"。母亲的愿望是"盼小苗早成大树，去装扮桃红杏白的娇艳，去佑护荷塘蛙鸣的安恬，去捧出谷山棉海的喜悦，去遮挡呜呜作响的风寒"。用这么美的、发自诗人内心的语言编制的花冠，只配戴在母亲的头上。《母亲的秀发》诗人赞颂的是母亲"那头乌黑的秀发"，但随着岁月的流逝，母亲的秀发会由乌黑变成花白，可是在诗人的眼里，母亲"那头青春永驻的秀发，它飘在田间、炕头，飘成了，我眼里，风吹不灭的航标灯；飘成了，我心中，永不凋谢的喇叭花，想起时，不禁是潸然泪下"。这些体现"优美和崇高"的歌颂母爱的诗包含着巨大的情感容量，使我们为之激动，为之震撼。

"工余情怀"是哲锋写的一组旧体诗词，内容多为感怀行吟之作，虽然也有不少可读之篇，但我更喜欢的是哲锋所写的新诗。因为这些诗是那样的想象丰富，感情强烈，酣畅淋漓，充满美感。

2006 年 5 月 5 日

为人民抒情的歌者

——哲锋《秋日的枫》读后

一

2006年3月初春，哲锋推出了他的第一本诗集——山西人民出版社出版的《夏日的雨》；时隔三年，2009年5月初夏，哲锋又推出了他的第二本诗集——作家出版社出版的《秋日的枫》。从《夏日的雨》到《秋日的枫》，哲锋写的诗不算多，但是写得很精也很美，诗的韵味浓郁，诗的感情强烈，诗的节奏鲜明，读后让人沉醉，难以忘怀。哲锋在诗歌创作道路上迈着坚实、稳健的步伐。

同《夏日的雨》一样，《秋日的枫》在装帧设计上仍然像诗人本人那样的朴实、大气，透露出一种纯净、自然的美，但是它所收的诗作却是充满了诗人炽热的感情。诗人描绘的是祖国的山川、时代的风采和故乡的景色。诗人关注的是人民的生活，抒发的是人民的情感，吟唱的是人民的心声。哲锋可谓努力实践胡锦涛总书记所倡导的"为人民放歌，为人民抒情，为人民呼吁"的诗人。

读哲锋的诗，我发现他的诗不像一般文人诗那样，他很少抒写个人的闲情逸致，也很少有诗友之间的唱和应答，但是，他把燃烧的激情、火热的感情，把他的诗情人生献给了祖国和人民，表现了诗人的思想、情怀和人格精神。读哲锋的诗，我还发现他的诗多长篇，少短章。我想这也许是诗人为了能够反映更广阔的社会生活，抒写自己在生活中涌动的激情，表达自己对生活的感悟所需要的。我想，这就是逯哲锋，这就是当代山西诗人中的"这一个"。

二

诗人热爱生活，反映生活，他把诗歌创作同人民的生活紧密地联系在一起。在诗人的作品中弹拨着时代的旋律，吟唱着时代的主调，抒写着人民的心声。一种自觉的社会担当意识体现在他的作品中。哲锋站在时代的最前列创作的大量政治抒情诗就反映了这样的特点。

诗人期盼着官员的廉洁、社会的和谐，面对贪腐歪风，诗人义愤填膺，仗义执言，因为人民需要的是社会的公平正义。《天眼》、《我们是卫兵》就是表达诗人这种感情的诗篇。"天眼，人民大众的化身与集合"，"警示着人们，不要觊觎公众的餐盘；警醒着人们，谨防贪念的滋生和蔓延"，一切弄权者"都必将难逃天眼，难逃历史正义不阿的惩办"（《天眼》）。诗人赞颂"手中高举着惩治和预防的反腐利剑"的工作在党的纪检战线的共和国卫士们（《我们是卫兵》）。

诗人关注汶川地震，面对灾难，诗人感情起伏，噙满泪水，因为人民遭受着巨大的苦难。一曲《大爱如山》反映四川汶川大地震，彰显民族伟力，讴歌人间真情，至今读起来仍然震撼着读者的心灵。

2008年5月12日以来，我的眼中常噙满泪水，那是为震灾中罹难的同胞。猖獗的震魔，吞噬着巴山蜀水，吞噬掉数以万计的生命，吞噬了家的团圆，吞噬了花的芬芳。2008年5月12日以来，我的眼中常噙满泪水，是为灾区父老的安康。2008年5月12日以来，我的眼中常噙满泪水，是感动废墟里生命的顽强。2008年5月12日以来，我的眼中常噙满泪水，是为废墟上长出的希望。2008年5月12日以来，我的眼中常噙满泪水，是为那些把生留给别人，把死留给自己的英雄。2008 年 5 月 12 日以来，我的眼中常噙满泪水，为舍生忘死的救援队员，为参加救灾的将军和士兵，为视民如国之圭臬的党，为灾难面前，那如林般齐刷刷伸出的臂膀，为灾难面前，我们民族的空前理智与坚强。

这是歌颂人民、礼赞生命、告慰逝者、激励生者，鼓舞民族斗志的献歌。

诗人关心生态、资源、环境，面对资源遭破坏，环境被污染，诗人忧思忡忡，内心难以平静，因为这是人民赖以生存、繁衍的根本。

《礼赞，右玉精神》，诗人以生动的笔触、形象的画面描绘了 58 年右玉 17 任县委书记带领右玉人民"凭着对绿的向往和执着，鏖战了一场场沙狂风啸，植下一片片饱含辛勤的希望"，建成了生态良好、宜居宜发展的，森林覆盖率由昔日的不足 0.3% 达到今天的 50% 的"塞上绿洲"。诗人饱含激情高歌右玉精神，但他不忘心中的伤痛，于是就有了呼唤人们关注资源、环境的诗，《沉甸甸的竹篮》就是其中的一首。

诗人在诗中描述着"我们的家园"曾经有"春兰妖冶，冬梅娇艳，蝉鸣垂柳，塘蛙悠闲"的白云蓝天，有"水车低吟，骡马撒欢，蜂蝶曼舞，燕子呢喃"的千里沃野，可是后来的"向湖泊，向海洋，向草原，索要耕田"的蠢举，使我们的家园遭到无情的摧残；"小钢铁，小化工，小煤矿，小炼焦"，使我们的资源遭到恣意的破坏，结果导致了"春天扬沙、夏季洪灾、病毒变异"，灾难频发，受到了大自然的惩罚。所以，"一只竹篮，一块手帕，唤醒着人们沉睡已久的意识，托举起地球人共同的期许"，"竹篮和手帕在召唤"，"召唤人们环保意识的树立"。

在《草原组诗》里，诗人描写"草原的路标，爱河的滥觞，剽悍的摇篮，精神的家园"的敖包，赞颂"无畏是你的名字，不服输是你的本性"的驭手。但是，草原的现状也引起了诗人的"困惑"："没有了草的土地，还叫草原吗；没有了狼的偷袭，还叫家园吗？""铁蒺藜的围栏，涂抹妖冶的混凝土蒙古包，我不知该为之喝彩，还是该为之流泪！"诗人呼吁：不能"让'风吹草低见牛羊'的美景，成为过去，成为憧憬"。敢说真话，不事粉饰，正是表现了诗人的良知和勇气。

诗人关注2007年6月在我省南部发生的"黑砖窑"事件，写出了催人泪下、发人深思的《童工》。诗人关注举世瞩目的2008年北京奥运会，创作了《北京的风采》、《八月的五环旗》、《在祥云的怀抱里》、《艺术的精灵——观北京奥运雕塑有感》、《跑道上的闪电——献给世界短跑冠军牙买加运动员博尔特》等激情四射的诗篇，讴歌奥运"更高、更快、更强的旗帜"，期盼世界"合作、和平、发展的潮流"，倾注了诗人对北京奥运、伟大祖国的无限深情。

在这一系列或高亢或低回的诗歌作品里，表达了诗人的喜悦和激奋，但也不乏诗人大量个人内心痛楚、愤懑、焦虑、无奈的流露。因为这是时代和事件在诗人心灵上的折射与划痕，是诗人心路历程的书写和记录。

这些政治抒情诗体现的是诗人哲锋的政治理念和道德风范。《我崇尚》一诗就是诗人的人生宣言，也是这些政治抒情诗赖以产生的思想根基。诗人崇尚"愚者"的执着，鄙弃"智者"的嬗变；崇尚"强者"的昂扬，鄙弃"弱者"的萎靡；崇尚"庸者"的诚信，鄙弃"弄权者"的食言；崇尚"钝者"的劳作，鄙弃"钻营者"的诌媚——一句话："我崇尚庸者的本色，我追求钝者的风范。上善若水，千世承传；厚德载物，亘古绵延。""诚信"和"劳作"是诗人做人的根本，也是诗人作诗的标准。

三

哲锋饱含激情和忧思的政治抒情诗写得真挚、深沉、隽永；哲锋的记游、怀乡、表现亲情友情的诗则呈现出另一种优美、朴实、明快的风格。但二者之间有一个共同的艺术坐标，那就是诗人在《秋日的枫·后记》所说的："诗歌是诗人用心血绘成的心灵的画卷，是用文字砌筑的逶迤绵延的万里长城，是用情感谱曲的生命的交响。"

诗人写北京的微笑、扬州的美景、福建的土楼、井冈山的哨口、莲花山的笑声……大江南北，江山如画，抒写着对祖国大好河山的赞颂。但这不是一般的醉心山水、放歌抒怀的记游诗，而是有着更深的意蕴和内涵。诗人往往能在记游诗中感悟出新颖深刻的哲理，激起穿越时空的遐想，给予诗意的表现。"微笑是中国，是北京，传递情感、增进友情的彩带；微笑是抑扬顿挫的诗；微笑是情谊悠悠的歌"，这是诗人笔下的《微笑的北京》。"水巷流动着，昨天的故事，水巷映照着今日的笑颜"，这是诗人心中的《梦幻水乡》。这些韵味深长的诗句是诗人的"游踪印迹"。

诗人的《故乡情缘》是"无法泯灭的记忆，无法割舍的念想"；在《月光下的青纱帐》，诗人"看庄禾叶子的翩翩起舞，听夏之夜的田园交响，天籁之音，让你、我、他，如痴如醉共享人间神话"；诗人向往"水在渠中缓缓流淌，蛐蛐难抑制歌唱的欲望"的《仲夏的田野》，痴迷"不知吹了多少年，不知响了多少代"的《旷野上的唢呐》——这些充满诗情画意的"故乡怀远"充满了浓郁的生活气息。

在哲锋的作品中，《冰凌花》引起诗的联想，《雪中漫步》表现诗的寄寓，《雨中的伞》构建诗的意象，《秋日的枫》蕴含诗的哲理——这些描写"冰"、"雪"、"雨"、"秋"的优美诗篇无不散发着诗的独特魅力。

"生活本是五味瓶，世事常是万花筒"（《观央视〈圆梦行动走进山西〉有感》）；"公仆是众人的役佣，众人是社会的脊梁，社会是历史的阶梯，历史是岁月的海洋"（《随想》）——这些格言式的诗句，或是具象的比喻，或是抽象的说理，又显示着诗人锤炼语言的功力。

四

哲锋的诗是"源于人民、为了人民、属于人民"的。他特别注意自己的诗要为人民群众所喜爱、所欣赏、所接受。一部诗歌作品面世后，如果能有读者去吟读、去朗诵，那是诗人期望获得的最高奖赏。为此，哲锋写了不少朗诵诗。收入《秋日的枫》中的描写老区新貌的《在太行山上》，歌颂改革开放、表现科学发展观的《发展是幸福的源泉》，诗人自己就注明是朗诵诗。其他像反映安徽凤阳小岗村十八户农民联名上书中央要求分田到户的《生死印》，反映中华儿女众志成城战胜冻雨暴雪灾害的《罕见》，歌唱党的十七大胜利召开的《放歌十月》等同样是朗诵诗。这些诗特别重视诗歌语言句式的美，重视诗歌整体结构的美，重视诗歌韵律的和谐动听，重视诗歌节奏的抑扬顿挫，就是为了适应群众朗诵的需要。

在《在太行山上》蕴涵了诗人对英雄的太行山的更多的敬意和激情。诗人眼中的太行山："太古老了"，因为它"见证了沧海桑田的变化"；"太厚重了"，因为它"滥觞过引人入胜的神话"；"太壮烈了"，因为它"开满了英雄的鲜花"；"太感人了"，因为它"更有乡村公园长出的童话"。这是诗人笔下的"古老的太行山"。在诗人的笔下，还有"一个个村庄"、"一批批村民"、"一幢幢楼房"、"一所所学校"、"一座座矿山"、"一处处景点"，"鼓舞着蓬勃发展的动力"，"高挑着人们情感澎湃的浪花"，这是"不老的太行山"。铺张、渲染、复沓、排比，使诗歌充满了音乐的韵律美，也迸发着思想的穿透力。

2007年10月，党的十七大胜利召开，诗人满怀激情用铿锵有力的排比句《放歌十月》：

十月是理想的放飞

十月是勃发的希望

十月是稻菽的竞秀

十月是锣鼓的喧腾

十月里鸽子在长空撒欢

十月里喜鹊在枝头亮嗓

十月的风儿

激昂着《唱支山歌给党听》

十月的雨儿

澎湃在《希望的田野上》

十月里处处回荡着《祖国颂》

诵读这些充满火热激情的诗篇，使我想起许多中外诗人、作家在群众中广为传诵的文学经典。高尔基的《海燕》、马雅可夫斯基《苏联护照》，曾经拨动了多少人的心弦。艾青的《大堰河——我的母亲》、郭小川的《致青年公民》、贺敬之的《放声歌唱》，曾经使几代人心潮澎湃、热泪盈眶。毫无疑问的是，哲锋从这些经典作品中汲取了丰富的营养，而使自己的朗诵诗充满激情、富有韵律。

哲锋是为人民抒情的歌者。他的诗不是写给自己或小圈子的人欣赏的，而是面向人民大众的。他追求自己的诗不仅要有读者，而且要有听众。在诗人营造的诗歌殿堂里，让人们经受诗的熏陶，感受诗的魅力，接受诗的洗礼；使人们有诗的博大胸怀，有诗的激越情感，有诗的创造精神。"腹有诗书气自华"，用诗培养具有深厚文化底蕴和高尚情操的一代新人，是诗人最大的愿望。

2010 年 3 月 25 日

风姿绰约一株梅

——张梅琴《朵梅集》读后

张梅琴的新作《朵梅集》近日由作家出版社出版。这部诗集收入了诗人1992年4月到2005年10月创作的诗词曲共240首。《朵梅集》有诗，有画，有题词，有照片，装帧讲究，印制精美，的确是一本让人赏心悦目、爱不释手的好书。我很快读完了集子里所收的诗人的作品，拜读了丁芒先生的序言和丁芒、温祥、谢启源、张福有诸位先生的点评，以及附录所收的李旦初、阎凤梧先生等撰写的7篇诗评文章，还欣赏了书中插页上的书法和绘画作品，使我走近了梅琴，走近了这位才貌出众、人品诗品俱佳的女诗人，走进了常箴吾先生所题写的"画里梅园"、"韵里梅园"，真是丙戌岁末、初冬季节难得的一次"赏梅"盛会，有一种发现美、欣赏美的欣慰。

我认识梅琴是在20世纪70年代。我当时在省委宣传部，她在省委办公厅，正是她"十六离家赴省城，梅山脚下步人生"的时候。梅琴当时是省委大院里最年轻也最漂亮的女孩，想不到这个在省委大院里成长起来的女孩，一不留心今天竟成为一位引人注意、获得广泛好评的女诗人。

张梅琴是怎么成为诗人的？这使我好奇，也引起我的思考。这同她的天赋才情、执着追求、刻苦钻研和笃志好学有关系，但我更觉得这同她工作、生活的环境有关，特别是同省委大院这块风水宝地有关，同省诗词学会这个社会团体有关，同全省传统文化的复兴、旧体诗词创作空前繁荣的文化氛围有关。梅琴所在的省委大院先后出现了温祥、李才旺、武正国等著名诗人。梅琴所在的诗词学会拥有武正国、时新、李旦初、阎凤梧等诗人、教授，诗词学会所属的各个诗社中又有多少诗人和诗词爱好者。这众多的诗人、学者和教授无疑地都是梅琴的师长和诗友。耳濡目染，相互切磋，使梅琴受到了很好的诗的熏陶和美的感染。但我觉得对梅琴成为诗人最大的影响是时代的影响，是时代成就了张梅琴。

梅琴作为一名国家干部，一位优秀诗人，她的成长年代正好是1978年至今近30年的改革开放时期。这近30年是新中国成立以来经济发展、社会进步、文化繁荣的最好的时期，是广大文艺工作者思想解放、精神焕发、创作活跃的最好的时期，是整个文坛艺苑更加团结和谐的最好的时期。这就是梅琴作为一位诗人的成长环境，这就是她的诗作格调清新、积极向上的根本原因。人常说："乱世出英雄"、"愤怒出诗人"，但是，政通人和、国泰民安的和平盛世，同样可以出诗人。讴歌人民、昭示光明、凝聚力量、鼓舞人心的作品，同样可以成为传世之作。从时代的角度看张梅琴的成长，可能会更深刻地理解她的创作道路和她的作品的蕴涵和美感。

对于梅琴的诗，不少专家、教授和诗人以梅为题的诗，以梅入诗的文，都给予很高的评价。其中，我最欣赏的是仲元先生写给梅琴的一首诗："丰姿绰约一株梅，南国苗移北国开。事业巅峰花正艳，又朝诗苑送香来"，形象地概括了梅琴和她的诗。

梅琴的诗充满了积极向上、昂扬乐观的格调，绝无半点哀怨忧伤的情绪；梅琴的诗有女性观察细致、思维细密、表达细腻的特点，但无一丝一毫的女儿态。梅琴的诗的形式是传统诗词，但诗的内容却充满了强烈的时代感。她的作品是旧的形式，却有新的意境和新的语言。她的作品较好地解决了继承与创新的关系，既延续着传统诗词的特点和优势，又创造着新鲜活泼的内容和形式，体现了一种独到的艺术创新精神。

梅琴的诗包括绝句、律诗、词、曲和楹联5个部分，240首，我的理解在题材上大体上可分为写景诗、咏物诗以及同诗友之间的酬唱应答诗。梅琴写的纯粹的抒情诗不多，因为在她的各种题材的诗词作品中都渗透了浓郁的情感。从抒情诗来说，我觉得她写得最好的是《摸鱼儿·接女儿电话称已领结婚证有忆并嘱》：忆幼时，"牙牙学语颠颠步"；看今日，"戎装并，飒爽英姿威武"，"精心描画鸳鸯谱"；嘱往后，"望携手相持，蓝天比翼，振翅云中舞"，其情切切，其语殷殷，一片慈母心，读之让人心头一热，泪水夺眶而出。

梅琴诗作的创新体现在写景诗中，最主要的是在诗的意境中具有强烈的时代精神。梅琴的诗集中收录了多首《越调·天净沙》，但她绝不因袭古人，而是充满新意。马致远的《天净沙·秋思》："枯藤老树昏鸦，小桥流水人家，古道西风瘦马。夕阳西下，断肠人在天涯"，是千古传诵的曲作名篇。梅琴的《【越调·天净沙】九寨沟》："涌泉流瀑飞霞，青山绿树红花，碧海蓝天骏马。如诗如画，仙乡誉我中华"，以满腔的激情和优美的语言赞美祖国的大好河山，从形象、色彩、格调、意境都同马致远曲作中的荒漠、孤寂绝无相似之处，这种不同就在于时代。

梅琴的写景诗的创新之处还体现在它不仅是一般的诗中有画、情景交融，而且突出的是梅琴写景诗的抒情主人公往往不是"小我"而是"大我"，正如她自己所说的："抒情要体现历史发展，抒情要体现人民性，抒情要体现时代进步性"，一句话就是要通过写景抒时代之情、抒人民之情，而绝非个人的忧愁之怀、伤感之情，这也正如梅琴自己所说的个人感情必须具有社会性才有意义。

如《晋城大张村巨变感怀》："俯仰人生岁月长，曾经暗夜恋晨光。

只缘多受饥寒苦，百姓由衷爱小康。"诗人用百姓的眼光和期盼来反映大张村的变化，颂扬党的好政策。

梅琴诗作的创新体现在咏物诗中，不仅是寓理于物，而是把诗中意象、内含哲理和诗人感情融为一体，使作品具有高度的美感。被大家誉为梅琴诗中精品的《骆驼》一诗："平沙一叶舟，饥渴不低头。历尽天涯路，心中有绿洲"，描绘了大漠孤舟的浩茫景象，表现了刚毅顽强的伟大精神，赞颂了笃信未来的崇高理想，充满了动人心魄的情感力量，真是一首蕴涵丰厚、感情深沉、言短意长、入耳入脑，让人记得住、传得开的好诗。

梅花是人格高洁的象征。自古以来有多少人咏梅、赞梅、写梅、画梅，咏梅诗是历代咏物诗的大宗。梅琴的咏梅诗自有特色，表现了她的独创。如《梅》："偏爱超前绽，羞于步后尘。嫩苞迎雪日，自信已临春。"诗有寄托，含有哲理，诗人自己的解释是："永远充满希望，乐观地迎接困难，相信美好的前景就会到来。"又如《颂梅》："凌寒独放早知春，铁骨柔情融一身。疏影暗香藏玉洁，清芬尽献惜花人"，表达诗人的情感和理想。

其他如"仍驱寒雪舞，触地即融姿"的《春雪》，"心中多海韵，世上少炎凉"的《椰子》，"巧手村姑分彩线，绣成大地绿绒绒"的《春雨》，"忽闻布谷声声叫，似报农家抢种忙"的《布谷》，"百折千回流不废，长驱到海未蹉跎"的《黄河》等，都是鲜明的意象、深邃的哲理和浓郁的情感相交融的好诗。这样的咏物诗不但有理，而且有景有情，扣人心弦，启人心智，感人肺腑。

梅琴诗作的创新还体现在她的以诗会友的作品中。她写的许多同诗友唱和酬答的诗和为重多诗社成立表示祝贺的诗，都务去陈言，不落俗套，能够写出新的感受，表现新的思想，成为她的诗作的重要组成部分。我特别喜欢她的几首写诗人的诗，以诗人的视角评价其他诗人，可谓独出心裁，独具慧眼，具有独特的美感。

《贺戴云蒸先生八十寿辰》："八秩春秋筋骨坚，出鞘利剑舞翩跹。诗情入墨龙蛇走，夫妇同台弄管弦。"梅琴抓住戴老宝刀不老、夫唱妇随、吟诗作画、共谱新章的特点，写出这首诗，绝非一般应酬之作。

《读武正国先生〈三晋咏怀〉感赋》一诗也是抓住了所咏诗人、所论作品的特点写出的诗篇。2002年武正国先生出版了《三晋咏怀》一书。我在《诗家清景在新春》一文中做了赏析，认为这部诗选"好像是三晋沿革的诗史、三晋名胜的诗品、三晋人物的诗赞"，"一册在手，可以使读者思接千载、神游万里，寄情于三晋的古往今来"。文字用了不少，还不如梅琴对此书的评价："情景互辉映，古今相贯通"，抓住了正国诗作的特点，"一支时代曲，十载暑寒功。赤子呕心血，长凝诗史中"，道出了正国诗人的艰辛，真是语言简约，内涵深刻。

《致李旦初先生》："才子三湘秀，平生坎坷奇。桃峰挥壮笔，杏苑育繁枝，美酒添豪气，金钩钓碧池。多情心不老，出口顿成诗。"一首五律写尽了旦初先生的才情、经历、风度和成就，对仗工整，声律和谐，难得梅琴笔下竟有如此真切的表现力。

在《致谢启源先生》一诗中，有"草书成一家"、"挥笔走龙蛇"的评价，有"傅师如健在，翘指赞源娃"的奇想，突出启源先生继承傅山、工于草书的成就。

在旧体诗词创作空前繁荣的情况下，全省各地纷纷成立诗社，所致贺词最忌语言陈旧，落入俗套。梅琴不随俗，不从众，即使是一般贺词也要写出新意。梅琴在《贺唐明诗社成立》一诗中称："枝叶迎风长，金秋结硕瓜"；在《贺唐风诗社成立》一诗中称："汾滨新结社，艺苑又添花"；在《贺唐渊诗社成立》一诗中称："金凤雕玉树，汾岸绽新葩"；在

《贺唐槐诗社成立》一诗中称："作画吟诗相伴乐，晚霞蓄势赛朝霞"……从贺唐明、唐风、唐渊、唐槐诗社的成立，到贺晋中、榆次、吕梁等地诗社的成立，同为祝贺诗，但既不因袭别人，也不重复自己，都是独出心裁、抓住特点的原创。

艺术贵在独创。梅琴在旧体诗词的创作中有所创新，难能可贵，值得肯定。最近，胡锦涛总书记在全国八次文代会和七次作代会上的讲话中强调，一切有理想有抱负的文艺工作者都要做到"四要"：要担当起时代赋予的神圣使命，积极投身讴歌时代的文艺创造活动；要密切同人民群众的血肉联系，积极反映人民心声；要大力发扬创新精神，积极开拓文艺的新天地；要做到德艺双馨，积极履行人类灵魂工程师的职责。我们学习胡锦涛总书记的讲话，特别感到在旧体诗词的继承上，创新更为重要。胡锦涛总书记还指出："不善于继承，没有创新的基础；不善于创新，缺乏继承的活力。在继承基础上的创新，往往是最好的继承。"梅琴诗词创作的成就和经验就很好地说明了这一点。

梅琴是一位有基础、有才气、有成绩、有前途的女诗人。到目前为止，梅琴写的诗大多为写景、咏物以及与诗友酬答之作，这同梅琴的生活经历、工作性质和个人气质有很大的关系。不过人们希望梅琴能够扩大生活面，多写一些"为人民放歌，为人民抒情，为人民呼吁"的诗，因为历史上一切进步的文艺，一切经得起时间考验的作品，都是"源于人民、为了人民、属于人民"的。

2006年12月16日

诗歌情结和军旅情怀

——张全美诗集《红尘月下》读后

一

张全美先生是我在我省干部诗人队伍中结识的新朋友。此前，从未谋面，更没有拜读过先生的作品。通过《红尘月下》，使我结识了全美先生，了解了其人其文，特别是他对退休后生活的看法，真是心有灵犀，感同身受。全美先生在职时是生活的强者，从战士到师长，走过了一条卫戍守边、驰骋疆场，为国为民建功立业的道路；退休后更是生活的强者，寄情诗书，醉心翰墨，晨耕暮步，怡情养性，如同闲云野鹤，获得了更多的自由和空间，踏上生命的第二个征程。"昔来多是客，今访才知己。万物等闲看，一世平常比。春花惹人爱，落霞招你迷。莫言孤与失，人生又春晖"（《退休生活半年有感》）。可见全美先生为人豁达大度，任性率真，洒脱豪爽，以诗会友，以墨养心，以影留念，大有王维"行至水穷处，坐看云起时"之超然。此情此境，何有免冠之憾，何来孤寂之感；此时此地，作诗何愁不工，学书何愁不成，春华秋实，结下了累累硕果，出版了一本本诗集，成就了一位军旅诗人。

二

张全美先生的《红尘月下》是继《冰滴集》、《警营新歌》之后的第三本诗集。《红尘月下》诗是主体，书是诗作的翰墨载体，影是相关人物和场景的实录。三者珠联璧合，多维展示，相得益彰，融为一体，读书、品字、观影，可以引起读者更大的阅读兴趣。

《红尘月下》所收作品全部为旧体诗词，而且以绝句为主，绝句中又以七绝为主，也有律诗，包括五律、七律和排律，词不多，仅3首，可见诗人最喜欢的是七言绝句。

全美先生是军旅诗人，也是性情中人。他的诗，无论是咏怀、抒情，还是写景，都充满了感情，率真、热烈、隽永。其中有军人的豪情、战友的真情和家庭的亲情。诗人认为，人生的悲欢离合、喜怒哀乐、酸甜苦辣是"家常饭"、"寻常事"，红尘月下，无限风情，但是反映和表达这种感情，没有哪一种方式比诗更深刻、更完美、更感人、更神远。这种"诚之于心，发之于情，咏之于口，笔之于篇"的诗，"可谓情多言少，语短情长"。于是，全美先生选择了诗，和诗结下了不解之缘。作诗成了诗人退休生活中不可或缺的部分，"犹如美味佳肴可尽情品尝，恰似阳光雨露在滋润心田，又像衣冠革履而形影相随"。诗性的感受，诗化的语言，反映了诗人心中解不开的诗歌情结。

全美先生作诗，不仅娱己，更在娱人，一切皆为读者着想。他的诗作，大多有题解，有注释，为读者加深理解提供方便，特别是他写的题解语言优美，文字简练，让人赞赏。《题照》一诗，五言绝句，不仅感情真挚，晓畅自然，"冰霜封客路，情暖化通途"，而且题解文字极其概括凝练，说《冰滴集》发行暨研讨会召开时，诸位在京诗友千里风尘赶来参会，并认真点评，"其言之切，情之真，义之重，感心铭肺"。《与来福相约格根塔拉草原》一诗的题解说战友们的聚会"遍赏草原风情，共饮塞外美酒，情无限，乐无穷，谊更长"，真是"秋尽花难见，心芳四季香"。在《退休感言》一诗的题解中，诗人"往事历历，故情依依，思绪绵绵，感慨万千，夜不能寐，戴月冥思"，终成七绝三首，以抒发"戎马生涯三十九载，今天终于画上句号"的感叹。在注释中，既有对历史人物如神农氏、成吉思汗等的介绍，也有对人文景观和自然景观如赵州桥、鹳雀楼、平遥古城等的说明，还有典故成语如"南柯一梦"等的阐释，省掉了读者翻检查阅之劳，可见全美先生的有心和用心。

三

全美先生是一位军旅诗人。他的不少诗作彰显军人的威武，充满爱国的激情，具有唐代边塞诗慷慨报国、意境高远的特色。《将军下基层蹲点》："毫端寄望细柳新"，唤起读者对汉周亚夫将军抵御外敌、屯兵戍边细柳营的历史记忆。在《参观山东淄博出土车马》一诗中，诗人为几千年的中国战车发展史所震撼，脑海中浮现出古代波澜壮阔的战争场面，吟出"天下春秋车辆载，兵家诗册马鞭书"，金戈铁马、气壮山河的诗句。当某部赴广州黄埔海关执行特殊任务时，诗人赋诗壮行："别离三晋南粤征，再写篇章生力军，免用刀枪打硬仗，忠心赤胆卫国门。"诗人曾到位于吉林延吉市珲春的中俄朝交界地的边防哨所看望守边战士，"一眼三国望，碑界你我他。草木皆神圣，寸土更中华"，真是壮我国威、掷地有声的军人誓言。诗人赞颂用年轻的生命谱写抗日壮丽篇章的八女投江是，"国破家亡巾帼恨，江涛激墨写忠贞"；赞颂捍卫祖国南大门，与美军飞机勇斗蓝天，殉难大海的海军某部飞行员王伟是，"报国冲天壮，热血染朱霞"，气势是多么豪迈。在这些诗中所表现的始终是一种军人对祖国对人民的忠诚和激情。

全美先生是一位重感情的诗人，表现亲情、友情、爱情，特别是对战友的深情，是他的诗作的大宗。"无情未必真豪杰，怜子如何不丈夫"（鲁迅诗），全美先生的诗正是体现了这一"丈夫"情怀。战友的相聚、送别往往是全美先生入诗的重要内容。"相思长梦四十春，重会青城幻亦真。琼液未斟已半醉，心声恰似马头琴"（《与战友恩怀相会青城》)，当年弱冠、今已霜鬓的战友相聚怎不如醉如痴，似梦似真，心潮难平。几首送别退伍老兵的诗写得更是动情："双双泪眼别长亭，对对执手烟霭沉"，"血汗凝情几多重，车不堪载地难承"，情真意切，感人肺腑。他送别首长赴京任职，"汾水别意东逝去，君行千里问短长"（《送中朝将军京城赴任》）；他思念远隔千里、多年不见的老首长，"有缘无远僻，不语尽心声，岁月匆匆过，悠悠故旧情"（《赠友人》），战友之情溢于言表。"五湖曾经会聚，四海几度离愁"，"相知无远近，风雨总同舟"（《水调歌头·战友情深》），这就是一位军人在戎马生涯中和朝夕相处的战友们所结下的深厚感情。

全美先生表现亲情的诗也不乏动人心弦的好作品。诗人祖籍山西定襄，当天命之年返回故乡时，"父老惊喜昵称唤，邻友迎面疑路人。岁寒寡情春不在，乡音问归柳色新。""故地"、"父老"、"邻友"、"乡音"使诗人沉浸在故居寻梦中。诗人母亲一世含辛茹苦，不幸早逝，看到一张有母亲的老照片，不禁泪涌，思念无限，发出"忆往追怀肝胆裂，沧桑岁月几多寒"（《看老照片追思母亲》）的感叹。全美先生身为军人，与妻赵美华长期分居两地，《遥思》一诗表达了这位钢铁汉子对妻子的无限柔情："不曾相面红豆思，一日三秋让人痴，梦起边城冬至夏，仰望明月问还期。"儿子张伟留学美国，三十岁生日时寄诗励志："百草尝得方为济，丰年在望稼穑艰。"孙儿嘟嘟满月，但相隔万里，不能亲近，只好赋诗祝贺："浓浓亲情至，绵绵似水溪。今朝满月贺，何日膝下嬉。"嘟嘟周岁生日时，从美国返回，全美先生喜享天伦之乐，"共度情无限，相离似别魂。京城周岁庆，乾坤正阳春"。全美先生以诗感念母恩，以诗表达亲情，写出了不少儿女情长的动人诗篇。

全美先生是一位"偶出山水圣，闲居圣贤陪"、追求"读万卷书、行万里路"的行吟诗人，祖国的山水美景是他的诗作的重要题材。全美先生热爱生活，热爱自然，诸如长白山天池、韶关丹霞山、端州七星岩、太行大峡谷、九寨沟、香格里拉，等等，诗人足迹所到之处皆有题咏。祖国的名山胜水开阔了诗人的视野，陶冶了诗人的性情，而诗人的华章也为祖国的山水增添了光彩。"一切景语皆情语"，融情于景，情景交融，是一般写景诗的共同特点，但在全美先生的写景诗中不仅蕴涵了浓浓的感情，而且往往包含着深刻的哲理。这是诗人从大自然中获得的感悟，是人与自然和谐相处凝结的思想火花。《登七星岩天柱峰》："披荆云冠戴，旋上四体艰。巅峰穷远阔，只要肯登攀。"两句写登山，两句说感悟，颇有杜甫"会当凌绝顶，一览众山小"和王之涣"欲穷千里目，更上一层楼"的旨意。在《云游池夜钓》一诗中，诗人自谦"虽钓技不佳，候钓时长，终钓得大鱼"，这使诗人生发出无限感慨："贪食终为擒，贪心何堪忧，一牵生百虑，一竿去千愁。"这感悟所得简直胜过钓到一条大鱼。《回游邯郸黄粱梦》，黄粱梦是作者曾经服役过的地方，作者想到的是发生在这里的黄粱美梦的故事，而生发出"未曾风雨苦寒度，赢得富贵亦悲歌"的感慨。《参观巩义康百万庄园》，庄园内有"留余"匾额，故诗云："和睦昌家传曲调，留余自古弦外弹"，意为"造物忌尽，事太尽，未有不贻后悔者"，即昌家之道，留余忌尽。

<h2 style="text-align:center">四</h2>

全美先生是一位重视继承和发扬中华诗词传统的诗人。他学习掌握诗词的格律，讲究语言的锤炼，追求诗的美感和意蕴。他的诗作在对仗、平仄、押韵上，并非无可切磋之处，但确有不少可圈可点之作，给人印象深刻，使人难以忘怀。如写医德高尚、医术高明的医生是"除疾三指硬，解痛一根针"（《赠赵华》）；访西柏坡的感悟是"三大战役赢天下，两个务必敲警钟"（《访七届二中全会旧址——西柏坡》），对仗工整，平仄讲究，内涵深刻，韵律和谐。全美先生的诗作大多是七绝，这是他继承和发

扬中华诗词优秀传统的重要表现，反映了他在诗词创作上的美学观。

全美先生喜欢七绝，是因为七言一句、四句一绝的七绝，能够包括更多的意象、表现更深的意境、抒发更强烈的感情，特别是音调和谐婉转，民歌气息浓厚，在表情达意上具有为其他诗体所不及的优势。在中国诗歌史上，唐人多用七绝，盛唐诗篇，乐府唱词，主要用七绝。对七绝用力最专、成就最高的唐代诗人，当推被称为"七绝圣手"的太原人王昌龄。他的《出塞》一诗"秦时明月汉时关，万里长征人未还。但使龙城飞将在，不教胡马度阴山"，更被推为唐人七绝的"压卷之作"。其他如太原诗人王翰、王之涣，祁县诗人王维均有极负盛名的七绝行世。全美先生苦学前贤，钟情七绝，也正是由于这种诗体耐人反复吟诵、读之朗朗上口。

全美先生如此钟情诗歌，必然会在诗歌创作上有新的收获和建树。全美先生作为军旅诗人，也一定会在自己的诗作中形成自己的特色和风格，在我省的干部诗人队伍中成为一位独具个性的诗人。我们热切地期待着。

2007年3月30日

"精神家园" 的守望者

——读《徐炳林诗词》

徐炳林同志是我国著名古汉语学家王力先生的弟子、北京大学的高才生。炳林的大名早已闻知，但交往不多，只是觉得他为人谦和内向，不事张扬，十分低调。今读《徐炳林诗词》，方知在省委大院竟有这样一位优秀的诗人，让人高兴。

读炳林的作品使我感到，这位诗界才俊在北大燕园所受中国优秀传统文化，特别是中国古典诗词的影响之深；也使我感到，在他走上工作岗位后，这种渗透在他骨髓里的传统文化影响着他的精神世界、人生道路和诗词创作、书法艺术。通诗词，精书艺，重操守，甘清贫，说他是中华文化哺育的骄子，当不为过。

炳林的诗词创作，新诗不多，仅偶然为之，他独爱旧体，因为他折服于"从古歌谣、诗经、楚辞、汉魏六朝诗直到鼎盛时期的唐诗宋词，这些经典所蕴含的人类思想的精髓以及高超的艺术感染力，至今无人企及"的独特魅力，在守望"精神家园"中，他作为一名耕耘者、探寻者和继承者，自然就把自己的感情独钟于这些经典之中了。

炳林的诗词创作，诗词俱佳，律绝皆工，古近诸体兼备，不论何体何调均有可圈可点之作，特别是律诗中常有令人击节赞叹的对仗，表现了他深谙诗词格律的扎实功底。一些作品严守格律又不完全拘泥于格律，尽量使用现代汉语读音，以求朗朗上口，这种不以词害义的有意为之又反映了诗人在严守格律基本范式时的变化与自由。

炳林的诗词创作，词多于诗，也胜于诗，这也许是词这种在格律上既更为严格又词调多样的形式更适宜表达他的哲思感悟和诗性激情。

登临山水，纪游抒怀，发思古之幽情

"读万卷书，行万里路"，是中国知识分子研修学问、增长才智的重要途径。所以，历代中国诗坛上出现过众多灿若群星的山水田园诗人，产生了无数脍炙人口的山水田园诗篇。炳林同样走着这样的一条道路。他参加工作后，尤其是20世纪90年代和21世纪初的这十多年间，有机会游历一些祖国的名山大川、名胜古迹，兴之所至，激情喷涌，也就留下了不少对祖国大好河山诗意描绘的好诗。"一切景语皆情语"，在这些既是纪游又可称为咏怀之作中充满诗人炽热的感情。

锦绣中华，三晋大地，不少地方留下了诗人的足迹。丽江风光，阳朔景象，香格里拉，茶马古道，看不尽的旖旎景色，听不厌的天籁之声，但是眼前的山光水色割不断诗人浓浓的文化乡愁："云渺渺，水迢迢，客思乡更杳"（《更漏子·阳朔即景》），使作品富有深沉的情感意蕴。

杀虎口、雁门关、金沙滩……这些古老苍凉的文化遗址仿佛更能激起诗人的思古情怀。"穿忻城，过云中，古堡平集，堞雉绕青峰，已见残阳西欲坠，石板路，酒旗风"（《江城子·过杀虎口》），使我们想起驼铃声声的大漠古道上"茶布盐粮，骡马走如篷"的风尘晋商；"城门辙印深深碾，石痕已凹沧桑远，沧桑远，星移物换，几多伤感"（《忆秦娥·过雁门关》），使我们看到阻断"声声哀叫，归程难见"的南飞雁的昔日雄关；"平畴无际野茫茫，风卷沙飞衰草黄。西汉征卒冢尚在，北宋将士墓何方"（《七律·过金沙滩》），又让我们感受一代忠良杨家将血洒沙场的历史悲剧。这些思想深邃、内涵丰厚、意象鲜明的诗篇，使读者遐思不断，浮

想联翩，进入诗人营造的幽远朦胧的意境中。

秦蜀杂咏、武夷绝句中有不少写景纪游的好诗，可见诗人描摹山水的笔下功夫。"擎天一柱出神州，日月星辰过肩头"（《秦蜀杂咏·远眺华山主峰》），极言华山南峰之高；"援索贴壁走，悬心半天中"（《秦蜀杂咏·登剑门关》），极言剑门雄关之险；"南山下雨北山晴，明晦三时各不同。画家到此也驻笔，不知画淡或画浓"（《武夷山绝句六首》之一），极言武夷山气象变化之奇。言"高"、言"险"、言"奇"皆诗人亲身所感，发之于心，写来何等形象、传神。而更能触动读者感情的是诗人思接千载、视通万里，表现在作品中对前贤的景仰与追思。

炳林有感于苏轼一生虽屡遭贬谪而处之泰然、历任地方官员常为民谋福祉的人品和政绩，以及才华丰茂、笔力恣肆、创立豪放词派的成就和影响，发出"宦海何沉浮，文苑翰墨香。心系解民悬，情深泽四方"（《秦蜀杂咏·游眉山三苏祠》）的赞叹，使我们走近这位高唱"大江东去，浪淘尽千古风流人物"的豪迈奔放、坦率开朗的杰出词家。炳林有感于杜甫反映现实生活、关心人民疾苦的现实主义诗歌创作在中国诗歌史上的地位和影响，抒发"岁丰伤路骨，屋破念黎苍，怀忧悲民瘼，含泪漫诗行"（《秦蜀杂咏·谒杜甫草堂》）的感慨，使我们想起这位"穷年忧黎元，叹息肠内热"的伟大诗人。炳林用生动精粹的诗歌语言，表现这些大诗人的人生历程和道德文章，表达自己对前贤的仰慕，给读者以精神上的激励和启迪。

以诗人心目中的杰出人物入诗的作品更是比比皆是。诸如，诗人登代州城楼，想到的是"服改尽从胡骑射"的赵武灵王、"璧完尚归赵朝廷"的蔺相如。诗人谒诸葛亮墓，发出"敛装简葬当时事，尽瘁鞠躬两朝名。身无长物溘然去，万古千秋第一丞"对巨星陨落的感慨。诗人三峡行"看江山如画，独领神州"，想到的是"巴东三峡巫峡长，猿鸣三声泪沾裳"

的郦道元精妙绝伦的《水经注》，想到的是"朝辞白帝彩云间，千里江陵一日还"的李白的《朝发白帝城》，想到的是"王濬楼船下益州，金陵王气黯然收"的刘禹锡的《西塞山怀古》，于是有了"文有《三峡》，梦得诗壮，太白行吟乘扁舟，三美并，问源出何处？爱在心头"的美文佳句。诗人访麻田，想到的是"百姓安康，将军夙望，魄魂眷恋清漳浪"的左权将军。诗人庐山行，想到的是"我心起波澜"的彭德怀元帅。在这些诗篇中，有流逝的岁月，有尘封的记忆，有功过的评说，有灿烂的文明，深邃的内涵震撼着读者的心灵，读后令人振奋，使人感慨，让人唏嘘不已，甚至涕泗横流。

缅怀前贤、仰慕古人、借景抒怀、表达心情，是炳林纪游诗的主调，视角独特、充满新意、别出心裁、回味无穷，是炳林纪游诗的特色。炳林的纪游诗词有一种新意独具的魅力。

感怀时事，书写记忆，抒爱国之激情

面对历史长河和现实社会中曾经发生和正在发生的重大事件，作为诗人能否予以关注；如何以诗歌的语言表现重大事件与时代变迁，书写一个民族共同的公共记忆；在抒发个人感情的个性化写作中如何对待诗歌的公共性与个体性的关系：是当今诗人面临的挑战，也是诗界关注的话题。读炳林的作品使我感到，他不缺少表达个人感情的抒情诗，然而更多的是表现重大事件、书写民族公共记忆、具有强烈爱国主义情感的诗词。"国事家事天下事，事事关心"这句表现中国知识分子责任感的话，其实就是炳林人生道路和创作题材的写照。

炳林回眸与反思历史的诗词作品中，最为震撼人心的当推诗人"写在长平大战2267年"的《杂体诗·历史的悲怆》。长平之战是我国春秋战国时期一次持续最久、规模最大、战况最为惨烈的战争，历时三年，以秦将白起坑杀赵军40万、秦国取胜为终结。诗人呕心沥血以宏大叙事的手法

写出这部长达108行的叙事诗。它通过部署、相持、换将、激战、坑杀、哭祭等段落艺术地再现了这场长平喋血的历史悲剧。"以逸待劳兮深谋远虑，以守为攻兮尽耗敌顽。军民齐心兮共拒外侮，坚壁固垒兮已自岿然"，诗人言简意赅，突出廉颇老将与敌相持的谋略；"弓矢杂乱兮箭镞如雨，只手相刃兮寒光森森，凭陵杀气兮以相剪屠，犀甲撕裂兮鲜血淋淋"，血溢丹河，魂魄何依，诗人笔下两军激战的场面让人惊心动魄；"岂料其背信而肆戮兮，坑降卒于巨港之濠渠。血流盈窟兮哭声干云，其惨其烈兮震惊四宇"，降卒枉死，天理难容，诗人以愤怒的笔触描绘这惨绝人寰的悲剧。在长诗的最后一节，诗人为死难的生灵呼天唤地："尔不负天兮天何置尔以刀俎，尔不负地兮地何驱尔为冤魂"；为这场战争悲歌一曲："人将至老兮岂皆无用？廉颇至今兮青史留名"，还举出定军山下横刀立马的老黄忠，周王朝里挥麈定乾坤的姜太公，感叹"'纸上谈兵'究可哀，良将虽老不可轻"。诗人从历史的教训中寻觅人生的真谛，其言切，其情真，字字句句掷地如金石声。从《历史的悲怆》这首长诗中可以看到楚辞的魂魄、杜诗的精髓，屈原、杜甫的爱国主义诗歌传统渗透到诗人的血液中。诗人与前贤文脉相承、血脉相连，而铸就这火与剑、铁与血、生与死，具有史诗品质的优秀诗篇。

与《历史的悲怆》同工异曲的还有杂体诗《警钟十鸣——南京大屠杀70周年祭》和《千古一憾——读〈三国演义〉"彝陵大战"》，可以称为充满爱国激情的"史鉴"三部曲。

《警钟十鸣》，诗人以激愤的笔触揭露日寇制造的震惊中外的南京大屠杀事件，书写一个民族共同的公共记忆，"旨在痛斥日军兽行，含悲以悼亡灵；呼号以警后人，勿忘国耻也"。面对30万平民惨遭屠杀，扬子江畔的雨血杂陈，钟山之下的血雨腥风，诗人"六声钟鸣兮扣问天庭，天兵天将兮何不救我苍生"，"七声钟鸣兮诉诸地神，尔等何故兮作哑装聋"，句句泣血声声泪，面对日寇的兽行，诗人表达的人性包含着对受难者的同情和对残暴者的仇恨。七十年祭，告诫国人，勿忘国耻，勿失戒心，"记忆沉重兮不可忘却，秣马厉兵兮固我长城！泱泱大国兮崛起东方，魂魄有知兮当可安宁"。今日，诗人的期盼正在成为现实，可以告慰天上的亡灵。

近代中国百年的屈辱历史，当代中华的伟大复兴，凡是历史上发生的重大事情，诗人皆以诗歌的特有方式书写成篇。炳林曾在一首词里用简约、凝练的词语概括中国的百年屈辱："神州历练重重，百年去家国半衰兴。痛维新戊戌，垂成功败；八国列强，践土津京。甲午风云，卢沟血溅，横扫阴霾旭日升"（《沁园春·北京奥运》），中华热血儿女回顾这段历史莫不痛断肝肠。诗人参观甲午海战纪念馆描写民族英雄邓世昌、林永升等率领北洋舰队与日舰决战东海："水面怒涛冲天起，空中霹雳接地吼。铁甲虎胆逼贼遁，碧海丹心荐神州"，悲壮，激越，是在屈辱中发出的民族最强音。

特别是在新世纪前后，我国发生的许多重大事情，诗人都赋诗吟咏，表达爱国的激情。香港回归一周年，诗人填词《水调歌头》："力挽香江碧浪，净洗百年国耻，只为我同胞。举目望台岛，归程路途遥"，为香港的回归欣喜，并期盼台湾早日回到祖国的怀抱。62届联大再次否台湾入联案，诗人调寄《满江红》："马关辱吾家国恨，五十八载人相隔。满环宇，盼一统江山，遗恨莫"，表达了炎黄子孙盼望祖国统一的心情。为庆贺我国"嫦娥一号"探月成功，诗人填词《忆秦娥》，以"嫦娥"的视角，写出在绕月飞行中"'嫦娥'喜，扶摇直上青霄里。……千年梦想，一朝遂意"，"'嫦娥'虑，俯身回望风烟聚……连番恐怖，玉皇惊异"，"'嫦娥'颂，三十二首歌助兴……频传喜报，普天同庆"，写尽了喜悦与自豪。我国首枚载人飞船升空，诗人调寄《清平乐》："风雷激荡，烈焰喷万丈。'出水长鲸'扶摇上，环宇遥相观望"，是何等的气魄。

2008年5月12日，四川汶川发生特大地震，举行祭奠之时，诗人没有缺席，先后作《七律·悼汶川》、填词《贺新郎·送别最可爱的人》，悲悼遇难同胞："家国震荡三千里，生死离别两重天。诘问苍天罪在谁，目睹废墟情何堪"；送别抗震救灾的子弟兵："牵衣执手大道边，相拥惜别泪涟涟。冀喇叭声催且放慢，此处别，何时见"，军民依依惜别之情，感人至深。

2008年8月8日，举世瞩目的北京奥运会隆重开幕。诗人填词《沁园春》以表祝贺："望茫茫天宇，飞虹流彩，鸟巢内外，万众欢腾。击缶而歌，丹青画卷，壮阔波澜展国风"，描绘的开幕场面宏伟壮丽、精彩纷呈。诗人更作《仿乐府·北京奥运竞技感言》："中华健将，百折不挠，竞技场上，屡建奇功。金牌榜首，再攀高峰，万众瞩目，举世震惊"，诗人以整齐的诗句记述我国体育健儿在各类竞赛项目上所取得的骄人成绩，历数令海内外炎黄子孙倍感骄傲和自豪的辉煌战绩。

这些对时代风貌的诗意记录成为炳林作品中难得的篇章。

从《诗经》开始的"美"与"刺"的写作传统，也体现在炳林的诗词创作中，他不仅歌颂真善美，也鞭挞假恶丑，激浊扬清，表现了诗人的责任和良知。他的三首《七律》如投枪、匕首一般无情地揭露在煤炭生产上与民争财、私挖乱采、官矿勾结的罪恶行径。"挖煤无序乱掘坑，满目疮痍心倍惊"，"草木枯焦水污秽，几人欢乐几人疼"（《七律·阳光下的遗恨》），这是被"败家子"、"耗子精"们祸害的矿山；"白骨堆上聚横财，黑煤窑主乐开怀。宝马奔驰兜威风，天津北京购豪宅"（《七律·阳光下的怪象》），这是对聚敛横财的暴富的无情挞伐；"小煤窑里险象生，工人命贱不如虫"（《七律·阳光下的功罪》），诗人把国家安全生产监督管理部门的负责同志入诗，寄托着诗人对解决矿难问题的期待和信心。

"文章合为时而著，歌诗合为事而作"，以诗歌反映时代、关注现实、贴近群众，是诗人应有的责任。这种责任感在炳林的身上得到了充分的体现。

田园觅踪，亲情萦绕，咏思乡之深情

炳林作为一位时刻关心国家和民族命运的诗人，也有着自己割舍不掉的亲情和友情。忆父母、念兄妹、疼儿女、思战友，同样是他诗词创作中的重要题材。这种亲情表现在炳林的作品中往往化为表达童年记忆的浓浓的思乡之情。正像炳林自己所说的："随阅历的增长和生活的历练，常有陶潜'归去来兮'之追求。"

近城老屋是诗人青少年时期曾同父母、兄妹全家共同生活的老宅院。只因父母已故、庭院依旧，倍感惆怅不忍进屋，陷入对老人的思念中，"久立不闻唤儿声，唯有秋风号白杨"（《七律·近城老屋不入》），心中的凄楚难以言表。诗人在几首词里更是直接抒写这种对父母的思念："儿时随母到山西，颠沛且流离。而今二老安在？墓上草萋萋"（《诉衷情·往事》），"十年离去意犹伤，不思量，怎能忘"，"夜深托梦忽还乡，土坯墙，木门窗。脚步蹒跚，院里喂鸡羊。醒后月圆人不见，坟草密，柳丝长"（《江城子·思母》），梦中见母，劬劳依旧，怎不令诗人痛断肝肠。炳林与二哥徐秉琦不仅有手足之情，而且谈诗论文，惺惺相惜，互有诗词应答，曾作《水调歌头·答仁兄》；堂兄徐秉坤虽非同行，然感其操劳一生光荣退休，炳林亦写诗赞颂："虽是同侪如长辈，仁者寿比松柏年"（《赞堂兄秉坤》）。炳林遵循孝悌之古训，只是多了一份沟通亲情的渠道——以诗词表现一种深远的艺术关怀。

亲情中最动人的诗篇是题为《父女往事》和《小女趣闻》六首七绝小诗。炳林诗多感怀时事，而与女儿喁喁细语亦十分动情。"闻说儿时忒调皮，木床底下逗猫咪。母亲下班四处找，呼呼大睡生怜惜"（《七绝·小女趣闻》之一）；"公门难得半日闲，携女河畔放纸鸢。鸢飞上天她不喜，

绷断线时笑开颜"（《七绝·父女往事·汾河放鸢》）。往事如烟，趣闻多多，女儿的憨态可掬、活泼淘气，使诗人倍感欣慰，更觉怜惜。

诗人曾归家祭祖，"祭奠之时，适逢夕阳西下，雁阵掠过，不知归程何处，其声亦哀，其悲亦切"，于是有"秋雁过，晚霞红，何人解道断肠情"（《渔歌子·祭祖》）之句。诗人也曾同兄嫂、小妹一起乘车返乡河北，途中诗情涌动，"轻车亦解故园情，一任穿山越岭"，"行程已过太行东，更喜乡音渐重"（《西江月·回乡道中》），生动地表现了诗人游子归来、近乡情更切的激动心情。而最能表现诗人乡愁的是一首《七律·无题》："久客唐明城，归心与日增。寻根大槐西，寄情邢台东。醉舞松烟墨，醒看南华经。问君何能尔，无语对寒星。"文化乡愁是中国知识分子的一种解不开的情结，是一种对故土的依恋，是一种对根的思念。融化在乡愁之中的就是诗人浓浓的割舍不掉的亲情。

2009 年 7 月 15 日

文灯诗火照华颜

——漫语上党才子钮宇大

一

钮宇大，山西黎城人，20世纪60年代就读于山西大学中文系，其时我在中文系任助教，曾为他们这个班代过课，是为师生。钮宇大1965年毕业，留校任教，我们同为中文系青年教师，是为同事。"文化大革命"期间，社会上派性膨胀，两派对立，山大亦不例外，我俩观点相同，并肩战斗，是为战友。就是这样的一种关系——师生、同事、战友，但是宇大对人谦和有礼，先是称我为"先生"，后又称"老师"，其实在钮宇大的面前，对我来说，这"老师"之名怎能担当得起！宇大文化底蕴深厚，诗词皆通，新旧诗体都有佳作问世，更是书画篆刻皆精，久负上党才子之盛名，我除去比他痴长几岁外，宇大其实在各个方面都应该是我的老师，如今却被宇大称为"老师"，甚感惭愧。

钮宇大读高中期间就有诗作发表，大二时有书法作品参展，毕业后，更是著述连连，不断有新作问世。1979年12月，山西人民出版社出版的钮宇大和崔巍合著的长篇小说《爱与恨》，首次印数就是28.1万册，在社会上引起强烈反响。2004年10月，远方出版社出版了钮宇大的学术著作《范词今填三百首》，30万字。2010年5月，山西人民出版社出版了六卷本《钮宇大文集》，包括长篇小说、中短篇小说、报告文学、诗歌、诗词、散文随笔、文艺评论、日记等卷，共262万字。2014年1月，山西人民出版社出版了《钮宇大诗文新作》，32万字。几部书加起来，钮宇大的著作就有364万字，其实还有些作品，作者并未完全收入在《钮宇大文集》和《钮宇大诗文新作》这两部书里。粗略估计，钮宇大的作品足有400万字，可谓著作甚丰了。

钮宇大有着很好的传统文化素养，是诗、书、画、印皆善的全才，是一位新中国培养出来的典型的中国知识分子。他除去文学作品外，还出版有《钮宇大书法》（2000年9月）、《钮宇大书艺》（2011年12月）、《当代中国书画名家——钮宇大》（2014年6月）。

钮宇大闻名于三晋文坛艺苑，主要是诗歌（包括新诗和旧体诗词）、书法和篆刻，但是他一贯低调做人，静默冲淡，不爱张扬，从报刊上也很少见到对他的评论，即使是在《钮宇大文集》出版后，也未见他举办过首发式或研讨会之类的活动。他做过宣传工作，但是从不着意宣传自己，就是在那里默默地耕耘着。其实山西文学界名流对钮宇大的诗歌创作早有评论，如他2004年10月出版的诗集《笔耕余韵》就有王志华、张不代、张石山、韩石山、锺道新、蔡润田六人为书写序。王志华称赞钮宇大的诗是"豪情壮彩铸诗魂"；张不代誉其为"古今最数诗魂瘦"；张石山赞美钮宇大是"书神效天宇，诗情追浩大"；韩石山在序言中说："文人的标志很多，不说外国的，光说中国的，在我的观念中有两个，一个是会写毛笔字，一个是会写旧体诗，不是说会了这两样有多大的本事，是说会了这两样让人觉得像那么回事，有格调，有品位。"韩石山认为钮宇大就是这样有格调、有品位的文人。韩石山还认为，钮宇大的诗作走的是"关心民瘼而又多愁善感，清词丽句而又气象峥嵘"的龚定庵诗的路子，这是对钮宇大诗的很高的评价。锺道新在读钮宇大《为某公造像》一诗后说："我觉得诗就应该这样，能将平常话、平常事入之。当然，这要有大才才行。我记得郁达夫就很有这个才能。"蔡润田在序中称赞钮宇大是"沉静覃思，学养有素，诗文兼能，尤擅新诗"。但是，钮宇大并没有用这些专家学者撰写的文章去扩大宣传自己。直到今年7月在山西美术馆举办《钮宇大书法展》，才又引起书画界和社会上的重视和关注。在《钮宇大书法展》举办期间，我也曾去观赏，为宇大在书法方面的成就赞叹不已，也引起我想写写我的这位学生、同事、战友，上党才子的欲望。

对于钮宇大的行藏，蔡润田先生有过一段十分到位的评述："宇大兄曾辞退社会地位优越的大学执教而回乡；也曾辞退南方某特区城市年俸不菲的官职而北归。为文可发表而不求发表，为人可为师而不必为师，官场可做官而不去做官。行事若此，在当今这尽为名利所驱策的商品社会，真可谓特立独行，风韵高标了。"我的这篇文章也正好以润田先生的评述来评价钮宇大的人品、文品，探析他的创作道路。

二

孝敬父母、尊重师长是钮宇大做人的根本。他之所以辞职山大离开太原，回归故里返回黎城，就是因为他是独生子，父母年迈多病无人照顾。钮宇大从省城调黎城，"其时正值'文化大革命'期间，物资匮乏，父亲因患老年性哮喘，家里没个扛事人，两位老人常常连副药也抓不全，很是困难。我面对这种情况，再三考虑后，毅然辞别大学教席，调回本县工作"。

钮宇大有多篇诗文写到父母的养育之恩、对父母思念之苦，读后让人动容。他的诗歌《父亲的脊梁》，散文《读父》、《读母》描写了父母辛劳的一生；他的诗词《病父吟》、《哀老父》、《困母病》、《忆母亲》、《致父母书》，散文《父亲的草帽》、《母亲墓前的怀念》抒发了对父母的刻骨的思念。钮宇大的父亲是1942年入党的老党员。他曾当了十几年的长工，参加工作后当过乡书记、村支书，还当过大队的饲养员，他一辈子不脱离劳动、不脱离群众，受了一辈子苦。在钮宇大的印象中，父亲的手，"是一双受苦人的手，关节粗大，老皮灰白，叠满了茧花"。父亲曾对钮宇大说："当干部能耐大小，不在呼一喝二，就看在节骨眼处能不能做群众的主心骨。"父亲的言传身教对钮宇大的成长有很大的影响。父亲1979年冬去世，只活了63岁。宇大的母亲是一位农村妇女，一生就扑闹着"吃穿"二字，顾怜着儿子孙子，勤俭持家过日子。由于生活的劳累，从二十多岁起就落了一身病。母亲1986年去世，享年67岁。母亲人性善良，勤劳一生，同样给钮宇大留下了终生难忘的印象。钮宇大在《读母》一文中说："父母没过上一天好日子，苦熬苦受了一辈子，等到乾坤顺转该他们享享福了，却相继诀别了人间。"写到这里宇大不胜歔歠，涕泗横流。

钮宇大是个大孝子，以孝亲之名闻名黎城。钮宇大有诗曰《孝亲》："父母恩同三月雨，赐儿骨血和儿亲。树高千尺怀根土，一簇青枝一片心。"就在母亲离世后的这一年，1986年，钮宇大挥泪别母，负笈南下，调广东珠海特区，任特区政府办公厅副主任，真是风生水起，飞黄腾达，成了令人艳羡的美事。宇大后因气候不适，返回山西。这件事在他的许多朋友看来不好理解，特区高官，正是前程似锦、大有发展时，他却从锦绣繁华之地回到黄土高原上的山西。我的理解是，"气候不适"虽然是他离珠返晋的原因之一，但最主要的他割舍不断的故土情结。太行山、大黄河，钮宇大离不开这养育他成长的英雄山和母亲河。他曾有词《无闷·苦恋山西》道尽其中情愫。

三

钮宇大对于教过他的老师一贯尊崇敬仰，视同父母。他不仅对可以诗词唱和的大学老师是这样，即使是给他启蒙的小学老师亦是如此。我读过他的一篇散文《恩师难忘》就是写他的小学老师的。钮宇大在本村小学上三年级时，代课的老师写得一笔好字、全县出名挂号的杨德祥。杨老师喜爱书法，使小小的宇大受益匪浅。"那时候，小学对毛笔字很重视，一天写一篇仿，雷打不动。"当时写仿还是描红。杨老师为钮宇大打了一张仿引，钮宇大写得好，写得认真，得到杨老师的当堂表扬。杨老师看到宇大这个孩子可教，就对他说："你回家找上个方砖，磨光了，再化上一碗烧土水，就用笔蘸着在砖上练字吧，又省纸，又能把笔放开了。我看你有成。"钮宇大确实"有成"，在这位书法启蒙老师的教诲下，后来成为一位著名书法家。这位老师教学有方，但命蹇时乖，"文化大革命"中因所谓的历史问题被清理回村务农，疾病缠身，生活拮据。有一次在县里杨老师遇见钮宇大，"低声说：'宇大，我的身体不行了。冬天我想做上料丸药，你能给我个钱吗？'我摸摸口袋，只有五块钱，不好意思地交给他"。我想起杜甫《又呈吴郎》的一首诗："不为困穷宁有此，只缘恐惧转须亲。"一位做老师的人张口向学生要钱，这需要多大的勇气、忍受多大的内心痛苦啊！后来还是在钮宇大的帮助下，杨老师彻底平反，重新回到了教师队伍。这真是恩师难忘，师恩有报。钮宇大还有写他中学老师的文章《怀念蒋逢春老师》，同样是感情深切，动人心弦。

在钮宇大表达师恩的诗篇中，最多的还是致山大中文系姚奠中和马作楫教授的作品。《姚奠中书艺》出版后，钮宇大赋诗著文予以评价。诗曰《读〈姚奠中书艺〉》："拔山笔力谁能追，承汉继唐法有规。龙虎声喧迷草泽，天鹰翅展耀星辉。书风读透应人品，学力深究识斗魁。倏忽年高望九秩，恢宏一卷可扬眉。"极写姚奠中先生作为书法大家的传承、创新和风格。钮宇大还著文《拔山笔力谁能追——姚奠中先生书法艺术探源》，以"大、雄、古、雅"概括对姚先生书艺的感觉，以"名师、古碑、厚学、彻悟"揭示姚先生书艺的源流。2002年5月，钮宇大作《永遇乐·姚奠中师90寿辰志庆》，上半阕曰："花甲添卅，丹成九转，寿跨新纪。学子三千，声名四海，文墨金堆聚。章门举翼，江南设席，俯仰百家经语。

恰当时，风流潇洒，激发太多思绪。"下阕末句云："师未老，高云一片，育花好雨。"2012年姚奠中先生百岁寿辰时，宇大又作诗《姚奠中师》："百岁期颐庆寿丰，年高九秩始名宏。颜公笔意参碑石，普国声传姚奠中。"

钮宇大对马作楫先生亦有多首诗词称颂。1980年夏，作《致马作楫恩师》："三晋诗坛一宿将，遍栽桃李吐芬芳。一帧〈忧郁〉逝旧梦，健笔河汾颂春光。"2003年春，宇大还为马作楫老师八十大寿作词《布蟾宫·书奉马作楫师》，下阕曰："雍容清韵鸣风笛，出幽谷、更生云翼。唱人生，抒壮志，纵豪情，遍三晋，清音飘逸。"2005年3月，钮宇大著文《身边站着一面镜子——马作楫文集断想》，说"师有德，生有范"，自己今日的所成，"不啻得益于马老师的言传身教"。2011年冬月，钮宇大撰长联一副致马作楫先生，并曰："龙年春节将至，忽念恩师年近九秩，身壮体健，不胜欢喜。谨缀长联一副，以表祝福，以祈大寿，以表拳拳之心，惟情有不尽耳。"马作楫先生读此长联后说："山西大学文学院阎凤梧教授赞赏此联全面准确地概括了我的一生，评价平实而不虚夸，词语雅致而不古奥，规模气势宏大，感情充沛真挚，对仗、格律也基本规整，确是一副难得的优秀长联。"

笔者有幸，亦承宇大赠诗词各一。诗为《书赠韩玉峰师》，1987年夏作。诗云："纵笔论三晋，华章名古并。扬清还击浊，立论每鲜明。修德怜昆玉，耕心比艺峰。居高声自远，奋翼效云鹏。"2002年冬，宇大又作词《绮罗香·致韩玉峰师》，其上阕云："学燕飞冰，追鱼击水，都是当年风景。结胆连心，'战友'更添情盛。严师训，授业经年，宽友道，立身为镜。最动人，剪烛寒窗，艰危奋发写操行。"对宇大褒扬之词愧不敢当，但对他表达的深情感人肺腑，难以忘怀。

四

钮宇大是诗人，且是一位独具个性的诗人。他既写新诗，《钮宇大文集》中有"诗歌卷"，又写旧体诗词，《钮宇大文集》中有"诗词卷"。还有出版于2004年10月的旧体诗集《笔耕余韵》。《钮宇大文集》出版之后于2014年1月出版的《钮宇大诗文新作》中既收属于新诗的"诗歌"，也收属于旧体诗的"诗词"。就一位诗人来说，既工新诗又工旧体的似不为多。

钮宇大是以写新诗知名并步入文坛的。早在20世纪70年代，钮宇大就以他的《护线员之歌》、《秋天来了》和《高崖红梅》三首新诗引起诗界关注。特别是发表于1972年10月《光明日报》上的《秋天来了》获广泛好评。诗的第一段是："秋天来了，赠谷山一领金袄，赠棉岭一身银袍，向朝霞借一笔朱红，抹上满山的柿子树梢——秋天啊，把大地打扮得分外妖娆！"其中"向朝霞借一笔朱红，抹上满山的柿子树梢"被视为警句。第二年，这首诗被收入教育部编的高中语文补充教材。《秋天之歌》和《高崖红梅》还被收入为庆祝中华人民共和国成立30周年山西人民出版社编辑出版的《山西诗歌选》。这三首诗的发表，有评论称钮宇大和文武斌、赵越是山西诗坛的"三大柱石"。

钮宇大的另一代表作是发表在1985年4月11日《深圳特区报》上的抒情诗《老区——特区》。当时诗人从太行老区来到特区深圳采访，看到《深圳特区报》上正在开展"特区究竟姓'社'还是姓'资'的大讨论"。诗人面对这座流光溢彩、车水马龙的现代化大城市，思考它同高垣厚土、民风淳朴的太行老区之间是什么关系？诗人经过自己的观察、思索、判断，以一系列生动的意象和排比的句式回答了这个问题，那就是"骋目特区，谁不说这是老区新的崛起！追源溯本，谁不说它们就像一对孪生兄弟！""老区——特区，历史发展的必然趋势；特区——老区，共同创造新中国奇迹!"诗歌发表后引起不小反响,编者认为"这是一首构思精巧、情真意深的好诗";珠海特区的一位负责人赞赏这首诗"用形象回答了特区姓社姓资的问题,很是难得"。这首诗后来编入《山西诗选》。

钮宇大1988年6月18日写的《抒情诗集〈山魂·海魂〉后记》,1993年9月写的《爱情诗集〈苦涩的恋情〉后记》,可见他对诗的崇拜以及创作的甘苦。

钮宇大写的新诗不少,佳作不断。但是,他自认为"这类诗写的多是我的心情和意念,表现我的点滴感受感触",反映社会变革和时代旋律"则多不合宜","诗也不可避免地变为少数人供奉的小摆设","加之年与岁增,我的写作热情终至由诗歌转向了别的文体,从而告别了诗坛"。(《钮宇大文集》第一卷《诗前小议》)实际上钮宇大并没有告别诗坛,只是他由"诗歌"转向了"诗词",并有许多言论和创作实绩,还引起了诗坛的一番争论。

钮宇大的"转向"从理论主张上来说,集中在他写的三篇文章里,即《久违的回望——关于诗歌发展的思考》(1998年10月),《〈范词今填三百谱〉跋:让中国诗回到中国》(2004年春),《用事实说话——也与张祖台、张厚余先生商榷》(2003年5月21日《太原日报》)。

钮宇大提出"让中国诗回到中国"的问题,主要是针对新时期诗歌创作现状提出的。朦胧诗的出现,过多地使用西方现代派的表现手法,诗歌创作所表现的柔弱、平庸、贫乏,没有激情和缺乏震撼力,脱离时代和人民,闭门造车,孤芳自赏,表现个人的闲情逸致,以致出现写诗的比读诗的多的怪现象。作者就此类作品本身概括出五大问题:一是诗风不正,二是没有个性,三是晦涩难懂,四是不讲声韵,五是不便记忆。作者提出这些问题,就是想探讨一下当代诗歌的发展走向,呼唤发展具有中国风格、中国气派的中国诗,找到一条既能充分施展诗人的胆识才华,又为广大人民群众所接受所喜爱的诗歌崛起之路。这条路是弘扬民族传统文化、继承和创新之路，是尊重和捍卫我们民族的诗歌传统，让中国诗回到中国之路。

钮宇大"转向"的重要标志和创作实绩，便是一部被称为"集学问与创作"于一身的书，即2004年10月远方出版社出版的《范词今填三百谱》问世。书中收古词调范词及作者依谱填词的新作（书中称"今填"）共三百余首，可谓钮宇大鼓吹"中国诗"的宣言。我国著名古典文学学者霍松林教授作序。序中说："书名《范词今填三百谱》，旨在弘扬中华传统词学，为当今以至后来的赏词、填词者提供一部囊括从唐到清的代表性词谱。""书中所选范作，大多为历代词家的正体、名篇，单是从浩繁的古籍中把这些词作筛选出来，就是一件耗神费力的事。"作者"在逐一填写中，既要依谱合律，又要保证思想、艺术都达到一定高度，就更是对作者学养、才华的综合检验"。霍松林教授说，钮宇大诗歌、小说、散文诸文体的写作都有一定成就，还研习书法、篆刻等相关艺术，综合文化素养较为扎实，"所以他编著这部'集学问与创作'于一身的书，也是有相当基础的。"

对于中国诗的问题，钮宇大有自己独到的见解。他说："传统的中国诗是由我国表意的汉字及其优美的'四声'孕育的高超艺术，世界无双。然而自'五四'一刀斩断中华古典诗歌的血脉，中国诗几无传统可言。国诗既亡，国格无尊，国气不扬，国运何昌！因此，中国诗的出路在重建，在重续祖宗血脉"，"延续祖宗的文灯诗火，创造出更新更美的中国诗"（《范词今填三百谱·自序》）。为了向读者普及诗词知识，他还为《山西老年》杂志写文《学词碎语》。他在另一篇文章中讲到"词"，说"宋词是中华诗文学的最高形式，它融汇千余年中华诗艺于一炉，运用各种修辞手法，把音乐也吸收到文学之中，从而形成一种可视可感可听可诵的中华汉文学所独具的高超艺术"。

<h2 style="text-align:center">五</h2>

钮宇大不仅是诗人、小说家，还是我省著名的书法家和篆刻家。他在山西大学大二读书时，就与大三的赵望进同学一起参加了《山西省首届书法（篆刻）展》，由于作为大学生参展的就他们两位而名噪一时。2000年10月，钮宇大在太原举办书法个展；2002年1月和5月，先后在珠海和深圳举办书法个展；最近又于2004年7月在太原举办书法个展，他的书艺赢得广泛赞誉和社会好评。

国学大师姚奠中先生对钮宇大书法的评价是"翰墨纵恣有独造，从知多艺复多才"，赞赏钮宇大的书法匠意独出，个性鲜明，才华出众，诸艺皆精。姚奠中先生对钮宇大的评价"语约而辞宏，可谓精辟"（赵望进语）。

赵望进在《当代中国书画名家钮宇大》一书的"代序"中说："宇大的字，愈到晚年愈见工力，铸墨无规矩不成形，结体无动感不成势，每于飞白中见沧桑之态，在流美中顾盼生姿。"

郭振有在《落笔厚重的灵巧之美——观钮宇大书法》一文中说："宇大书法的蕴含深厚而有韵致，穷变态于毫端，合情调于纸上，抑扬顿挫，揭按照应，风情姿态，巧妙多端。他的书法节奏韵律和谐起伏，章法变化不板滞不拘泥。""其书艺恣纵而遒劲，落墨生涩而严谨，讲究自然法度，违而不犯，和而不同。"

在书画创作方面，钮宇大有不少真知灼见的主张，主要见于他的诗词作品，如《论诗绝句三十八首》、《学书记感四首》等。他在他的书法集的"序"、"跋"中和《熔铸生命的艺术——我的书法实践》等文章中，对于书画创作均有独自的见解。

钮宇大学书有许多可资我们学习和借鉴的地方。

一是钮宇大学书体现了刻苦钻研、坚持不懈的精神，从童子功到成为大家，终身笔墨不停。宇大从小就喜欢书法，但家庭贫困，买不起纸墨，他便磨一块方砖，化半碗烧土水蘸着练字。家里给两毛钱让他赶庙会，他宁愿饿肚子也要买上一本字帖。就这样勤学苦练，练就了一身过硬的书法童子功。他有《童年练大楷》诗："童年写仿务求工，早课天天不敢轻。笨手不听心使唤，描红如似虫爬行。口含冻笔恨天冷，点画出规怨手生。五暑三冬勤练过，横平竖直忽成形。"钮宇大还有《学书记感四首》，其二曰："五岳连峰起，习书贵在勤。当窗一择臂，纸面数堆云。飞额汗如雨，长锋笔似笋。休言作字苦，甘美润吾心。"

二是钮宇大学书是从传统入手，而又突破传统有所创新，走了一条继承和发展的道路。他强调，要明白书法是中国的传统艺术，所以首先要在继承传统上下功夫，而后再去谋求变化和创新。"书不法古，则无书法；书不法道，则无大法；法古法道，化为己意，方能成就自己的书法。"（《感悟书法》）他还以诗说到此理："代代今人法古人，法中无我亦伤心。今人守定古人法，愧对千秋是子孙。"（《〈论书绝句〉之三十五》）说明法古与出新、继承与发展的关系。钮宇大学书在摩碑临帖、用笔结字等基本功上下功夫。他在《熔铸生命的艺术——我的书法实践》一文中说："我儿时习帖，由欧阳询而柳公权，而颜真卿，直抵'二王'，后来又涉足汉隶、魏碑，习摹近当代诸大家，这样大约到小学毕业，我便约略可以写出一篇入规入矩的字来。"

他写字广纳博取，丰富自己，而不讲来自何派何体，唐楷、魏碑、汉隶、秦篆、自我体、大写意，无所不包。但他心存的标准"是自我愉悦，是眼的满足、手的畅快，怎么耐看就怎么写"。就在这种看似"杂"中，他终于找到了作品中的自我。他将这种既不脱离传统，又不失当代感的草书，名之曰"生命大写意"。这种"生命大写意"，就是"借得天马铸艺胆，挥将铁腕写真魂"（《学书偶得》），使他的书法更生动，更美丽，更耐看，更传神。这也正像钮宇大在《作书有感》一诗中所言："作书至贵出新意，写到熟时每自知。谋划篇章心有谱，去留黑白笔随存。愿循拙匠挥砖瓦，耻学村妪效画眉。意象纷披心手忘，横长竖短任驰骋。"

霍泛先生为《钮宇大书法》所写的《序》中认为钮宇大的楷书、行书有比较浓的书卷气。他说："如果以体格区分，或可归之于'二王'；但就某些楷书结构而言，则多具欧阳询的笔意，一些行书作品，也有着今人启功先生的韵致。宇大把古今名家的风韵杂糅为一，为我所用，从而写出自己的面貌来，是不容易的，也是他重要成就之所在。"

三是钮宇大学书是以深厚的学养为基础，而自成一家。作者在《钮宇大书艺》自序中说："书法是持笔者的文化教养和才情、工力的外化，是绽放的心灵之花，做起来比绘画、歌舞诸艺术都难，而也正因为难，才吸引了大多的读书人孜孜以求。"他博览精思，丰厚学养，培固自己的文化根系。钮宇大说：在书法艺术上，"企求创造的实践，是对自己综合素质的综合检阅，也是对自己的艺术感觉、美学趣味以及人生体验的全面测试"。这种综合素质来自他的一切艺术积累，包括他通晓的音乐的节奏、旋律，绘画的构图、色彩，舞蹈的流动、造型等，融入他的笔法、墨色、线条中。

钮宇大精于书道，亦擅长篆刻治印。他的几本书法集子均附有若干页码的印谱，十分抢眼，让我爱不忍释。他的印章或朱文或白文，形制不一，大小不同，或长或扁，或方或圆，或呈葫芦状，或作半月形，都非常好看。我特别喜欢他刻的"人寿年丰"、"持之以恒"、"上党墨人"、"岁岁平安"、"有我"等几方印章，或有金文之古朴，或有篆书之圆润，均给人以赏心悦目的美感。

集钮宇大治印之大成者，当推他于1995年以一冬之功完成的一百方《百辞颂寿》的巨幅篆刻作品。此作一石一辞，一百方印刻了一百句寿辞，每句寿辞字数多少不一，印型方圆形体各异，布局疏密有致，可谓钮宇大篆刻作品中的精品。此作参加了《中日篆刻交流展》，受到广泛好评。钮宇大的这件篆刻作品，很好地说明他的篆刻是以他的书法为基础的。它的布局、构图、守黑知白的艺术规律，处处与书法相通，而篆刻又促进、提高了他的笔艺技巧。钮宇大有诗说到篆刻与书法的同道同理："依类象形文字蒙，分朱布白苦经营。宗汉不输唐宋妙，一方锦绣一方城。"（《论书绝句》之三十八）

2014年10月23日

《风从塞上来》：右玉精神的文学报告

右玉人和右玉精神，早已闻名全国。右玉县 18 任县委书记植树造林、加强生态建设的先进事迹更是遐迩皆知。近读山西人民出版社出版的，省委宣传部副部长杜学文和山西人民出版社社长李广洁策划的，作家谭文峰撰写的"中国右玉县六十年生态建设报告"——《风从塞上来》，仍受震撼。通过作者真实的记叙和独到的评述使我走近右玉，感受宝贵而伟大的右玉精神。

报告文学《风从塞上来》以强烈的新闻真实性和文学感染力，引导读者，穿越时空，回眸 60 年来右玉人所走过的艰辛道路，倾听右玉历任县委书记的动人故事，让人浮想联翩，感慨万千，也引起人们对右玉奇迹、右玉英雄和右玉精神的敬佩和赞颂。

从不毛之地到塞上绿洲——右玉奇迹

右玉是地处晋西北外长城脚下的一个边地小县，是秦以来的军事重地、通商关口，有着两千多年的历史。但是遍地荒漠、十年九旱的极端恶劣的气候和生态环境，使这里世世代代的人们过着"男人走口外，女人挖苦菜"的悲惨生活，被认为是人类最不适宜居住的一个大风口。

在古人的诗文中，右玉早已是黄沙漫天的不毛之地。古无名氏有诗《关外吟》："六月雨过山头雪，狂风遍地起黄沙。说与江南人不信，早穿皮袄午穿纱。"可见山上山下气温不同，一日之内温差极大。南朝江淹的

《古别离》："远与君别者，乃至雁门关。黄云蔽千里，游子何时还。"李白过雁门关曾作《古风》："胡关饶风沙，萧索竟终古"。明人王越《朔州道中大风》："平地有山皆走石，半空无海亦翻波"，描写此地飞沙翻滚，汹涌肆虐，犹如大海波涛。这些写的都是雁门关外右玉一带风沙漫天、黄云蔽日的萧索景象。可叹的是几千年过去了，历尽沧桑，荒漠依旧，右玉恶劣的生态环境一直延续到解新中国成立前。

新中国成立初期，右玉县仅有残次林8000亩，森林覆盖率0.3%，土地沙化面积占到76%，全县是"一年一场风，从春刮到冬。白天点油灯，黑夜土挡门。十山九秃头，洪水遍地流。风起黄沙飞，十年九不收"。

时移世异，星移物换。60年来，右玉18任县委书记和17任县长，薪火相传，久久为功，带领全县干部和10万群众，以"镢头加窝头，革命加拼命"的精神，以汗水、泪水和生命，硬是把一块"风起黄沙飞，十年九不收"的"不毛之地"，改造成为"冬如白玉，夏似翡翠"，绿树成荫，灌木丛生，蓝天碧水，满目葱茏的"塞上绿洲"。目前，右玉县森林覆盖率达到52%，高出全国平均水平30多个百分点，90%以上的沙化土地得到治理，为全县可持续发展奠定了坚实的基础。过去人烟稀少、野狼出没的不毛之地今日成为海内外游人向往的旅游胜地，被誉为塞上的香格里拉，首都北京的后花园，更被联合国评价为"最佳宜居生态县"。前后对比，相去天壤，右玉人创造了令人赞叹的奇迹。右玉县也得到了一系列国家和省、市的褒奖与荣誉。右玉历任县委书记群体荣获"2010年中国十大经济新闻人物特别奖"。

右玉是怎么变的，靠什么变的，右玉变化的条件和依据是什么？报告文学《风从塞上来》以深刻的思想性、厚重的历史感和巨大的信息量，回答了这些问题，解读了什么是右玉奇迹和右玉精神。我们读右玉人的故事，感受和见识右玉历任县委书记和全县干部群众的苦难和艰辛、奋斗和奇迹，使我们理解了右玉为什么会发生天翻地覆的变化，右玉为什么会引起全省、全中国和全世界的关注。报告文学也以右玉干部为楷模，告诉人们怎样当县委书记、当乡镇党委书记、当村支部书记，怎么做一个合格的人民满意的国家公务员。这使我想起今春温家宝总理在全国人大记者会上引用的林则徐的两句诗："苟利国家生死以，岂因祸福避趋之。"我想这也可以看作是右玉历任县委书记和全县干部献身右玉、改造右玉、建设右玉的精神追求。

从张荣怀到陈小洪——右玉英雄谱

报告文学《风从塞上来》，主要是写人，写右玉18任县委书记和右玉的干部群众，而大部分篇幅是写了11任县委书记和几位有代表性的普通干部群众。作者以敏锐的观察力和广阔的视野，发现和捕捉这些人物的感人事迹和典型意义，塑造他们的形象，描写他们的性格，表达他们的情感，展现他们的人生道路。

报告文学像中国古典名著《水浒传》那样英雄人物依次出场，一个挨一个，一任接一任，每一位都有动人的故事，催人泪下，感人肺腑，堪称创造右玉奇迹的"英雄谱"。

1949年6月，35岁的张荣怀，刚刚洗去战火风尘，就走马上任，担任了第一任中共右玉县委书记。迎接他的是一场铺天盖地的黄风卷着滚滚沙尘。张荣怀不是"新官上任三把火"，而是上任后的第二天，就挎着背包，带着炒莜面，手里拿着一张军事地图，开始了对右玉全县的徒步考察。他鞋磨破了多少双，嘴上裂开了多少血口子，在风暴中趴倒再站起，站起再趴倒，灰头灰脑，一身沙尘，这就是我们的县委书记——人民的公仆！他在为右玉的老百姓寻找一条能够生存的活路。经过近4个月的徒步考察，他首次提出了一个响亮的口号："人要在右玉生存，树就要在右玉扎根。""右玉要想富，就得风沙住；要想风沙住，就得多栽树。"他号召全县人民从当年开始，每人每年要种10棵树，家家植树，人人植树，干部领先，党员带头，向风沙宣战。张荣怀扛起铁锹，带领干部群众上山植树。作者引用《右玉县绿化志》介绍了当年植树造林成绩，说明："自此，右玉60年绿化大地、改造生态环境的序幕拉开了。"张荣怀做出了榜样，从此，右玉每一届县委书记上任后，第一件事就是上山下乡调查研究。

1952年，30岁的王矩坤上任了，他是右玉的第二任县委书记。王矩坤刚上任，在县委大院开大会，突遇风暴来袭，顿时院内天昏地暗，飞沙走石，甚至把院内碗口粗的大树拦腰折断。但这并没有吓到刚上任的王矩坤，而是"今天大风折断了一棵树，我们要在右玉土地上栽种下一千棵、一万棵"。

1956年，29岁的马禄元上任了，他是右玉的第四任县委书记。马禄元带领群众奋战两年完成了10公里长的黄沙洼全境植树绿化工程，这两年，他没有在办公室坐过一天，几乎每天都同群众一起投入植树造林的战斗中。但是在1957年秋的一天，马禄元却跪倒在黄沙洼的沙梁上，手里握着一棵枯死的树苗伤心地哭了，因为新栽的树木没有成活，遍地都是干枯的树苗，黄沙洼依然光秃秃。

就在这期间，右玉来了一位36岁的县委第一书记庞汉杰。庞汉杰和马禄元两位书记携手奋战，总结了大战黄沙洼失败的教训，进行合理规划，运用科学方法，采用乔灌混植、林草结合、以草护林、立体种植的办法，特别是大种草木和沙棘，先后8年三战黄沙洼，终于把一道10公里长的黄沙洼治理好，到1964年6月，庞汉杰离开右玉时，黄沙洼已经是一片郁郁葱葱的绿洲了。

马禄元和庞汉杰两位县委书记的故事是书中最为动人的篇章之一。第五任县委书记庞汉杰是在第四任县委书记马禄元在任时以第一书记的身份调到右玉的。这一安排使马禄元由正职变成了副职。马禄元的妻子想不通，他既没有犯错误，工作上也没有什么失误，为什么就被暗降职务？要他去地委问个明白。马禄元劝妻子说，增设第一书记，是为了加强县委的领导，是对右玉工作的支持，"我们个人有什么权力争职务高低？"而庞汉杰也不知道马禄元对他担任第一书记有什么想法。他心里清楚，只有他们两人齐心协力，右玉的工作才能搞好。于是两位书记来了个深夜长谈，谈得投机，两位书记的手紧紧地握在了一起。这一握就是7年。这7年，庞汉杰曾经因严重的鼻窦炎而调离右玉到条件较好的浑源县工作。临别之时，马禄元说："右玉现在离不开你。"庞汉杰说："我也舍不下你这么好的兄弟，舍不下解润同志这么实干的好县长。"但是组织上为了照顾庞汉杰的身体，他还是走了。这两位坚强的男子汉眼里噙满了泪水。马禄元和解润把庞汉杰送到老远的地方。马禄元朝庞汉杰喊的一句话就是："老庞，我等你回来。"

马禄元想都没有想到，仅仅过了几个月，庞汉杰就真的回来了。在他的身体逐渐好转后，他坚决要求地委再把他调回右玉。

在干部任用调动上，一个地方的主要领导，调离后再要求重调回去工作，少之又少。这主要是考虑各种复杂的人际关系和工作协调关系，但是庞汉杰没有考虑这么多，因为他的心依然在右玉。他觉得浑源和右玉比起来，右玉更需要他，他也更需要右玉。马禄元闻讯前往接他，两位战友的手再次紧紧地握在了一起。此后，庞汉杰和马禄元并肩作战5个年头，直到1964年6月庞汉杰调离右玉，马禄元7年后再次担任了右玉县委书记。

庞汉杰、马禄元两位书记7年握手、并肩作战，不计较排名前后、不考虑调离后再调回来的人际关系，推心置腹、生死与共，因为他们想的不是个人而是右玉。如今这两位书记都成了故人，但是他们的名字却永远铭刻在右玉人民的心里。至今右玉的老百姓提起20世纪五六十年代的这两位书记，都会说："马书记和庞书记，那是真正为右玉下了辛苦的!"

在右玉说起第十一任县委书记常禄，他的故事都是同树联系在一起的。常禄种树、爱树、护树、惜树，在右玉是有口皆碑的。他出门下乡，必带三件宝，即修树用的剪子、量树用的尺子和望远镜。他是用望远镜来观察远处树木生长的情况，特别是防止牲畜啃吃树苗。

常禄在右玉8年，就遵循两个字"实干"。他在全县组织五大流域和20多座山头的植树大会战。他动员自己的妻子和4个子女上山种树。在他担任县委书记8年间，每年到植树季节，妻子和4个孩子没有缺勤过一天。他在全县大办苗圃，改良、更新树种，引进经济果木林，改变了多年以"小老杨"为主要树种的局面。现在常禄也离开了我们，但他给右玉留下的是数以百计的大大小小的苗圃和漫山遍野的杨树和松树。人们说，那都是常禄书记在的时候种下的。这应验了常禄常说的一句话，我们是"飞鸽牌"的干部，可我们要做"永久牌"的事情。

1983年9月上任的第十二任县委书记袁浩基和县长姚焕斗又是一对好搭档。他俩思路一致，不谋而合，就是在把植树造林、生态建设坚持搞下去的同时，要找到一条尽快帮助群众脱贫致富的道路。如何把林业先进县变成经济强县、富县，他们拟定了"种草种树，发展畜牧，促进农副，尽快致富"的16字方针，探索适合右玉的发展之路，形成以草护林、以草促牧，使社会效益、生态效益和经济效益同时发展。

1989年12月，姚焕斗接任了县委书记。他从常务副县长、县长到县委书记，一直在右玉工作了12年。接任书记后，他和头脑清晰、思维敏捷、很能干的县长师发一起，仍然高举绿化大旗，紧紧围绕植树造林、防风治沙、生态建设这个大目标做文章，特别是把沙棘种植作为一个重点项目，在全县各乡种植沙棘林，建立沙棘园，使右玉成为开发沙棘果汁的原料基地。

在右玉工作了整整12年的姚焕斗要调离右玉了。他放不下的是那些他走了12年的山岭沟壑、看了12年的山水林路。就在他离开右玉的前一天，他开着他的吉普车，把全县山沟河沿的林地，还有沙棘灌木园都看了一个遍。这天，他真的要走了，送他的车徐徐开动了。他忽然喊了一声："停车！"只见他跳下车头也不回地朝办公楼跑去，不一会儿，他提着一把磨得锃亮的旧铁锹走出楼来，因为这把铁锹是跟了他12年的好伙伴。姚焕斗留下它就是留下自己对右玉12年的一个念想。

第十六县委书记高厚，是山西财经大学的毕业生，作风硬朗，雷厉风行，提出"移民并村撤乡，退耕还林还草还牧，种植业结构调整"的三大战略，使右玉实现了跨越式发展。高厚上任三年，同县长赵向东，密切合作，并肩战斗，到2003年底，三大战略目标全部实现。他们坚持高起点规划、高标准建设的原则，把右玉城建成了一座"林在城中，城在林中，街在绿中，人在景中"的"塞北园林城市"。右玉还建成了四通八达的公路：东有经大同到北京的109国道，西有从杀虎口直达呼和浩特的省际公路，南有直通朔州的旅游专线公路。

第十七任县委书记赵向东，在右玉工作7年，3年县长，4年书记。在右玉人们喜欢称他"向东"或"向东书记"。赵向东在右玉的7年，正是他同高厚搭档，右玉步入转型期、实现大踏步、跨越式发展的7年。他们带领右玉人民打了一场漂亮的翻身仗，为建设一个富而美的新右玉拉开了序幕。赵向东提出在全县开展"绿而思进，绿而思富"的大讨论，统一全县干部群众二次生态创业的思想，把生态建设作为强县之基、立县之本，建设秀美家园，开拓富美生活。他们提出，建设生态林业县，必须把绿起来和富起来相结合，兴林重在富民，要按照"生态建设产业化，产业发展生态化"的思路，加快林业生产发展，致富广大人民群众。

为了建设百里绿色通道，高厚和赵向东带领干部群众，从2001年冬到2002年春，苦干一个冬天，完成了百里绿色通道的预整地工程。赵向东的手上全是血泡和皲裂的血口子。在多次跑省城申请立项、筹措资金无望的情况下，他们自力更生，组织义务劳动，从2003年秋到2004年秋，建成了一条全长70多公里，从右玉经平鲁到朔州的通市路，如今这条二级公路已经成为一条路旁两侧绿树成荫的旅游专线公路。

赵向东还利用右玉风力资源建设风力发电厂，利用当地矿产资源优势，建成锰合金加工厂、煤矸石发电厂，建起现代化的矿井、洗煤厂。右玉2009年财政收入突破2.5亿元，早已超过五年翻两番的既定目标。

毕业于太原理工大学的陈小洪，是2008年上任的右玉第十八任也就是现任的县委书记。这位年轻帅气、充满朝气的县委书记，在右玉已经当了4年县长，接着又是2年书记。他抓住学习贯彻科学发展观的时机，把全省都在学右玉、右玉怎么办的问题提在全县干部群众面前。他针对右玉目前存在的经济总量小、群众收入低等主要问题，提出"三个发展"的思路，3年内右玉在培育"四大产业"、推行"六个新跨越"、"建设富而美的新右玉"方面，迈出了坚实的步伐，取得了可观的成绩。按照陈小洪的说法是，建设富而美的新右玉，就是建设一个经济繁荣、民富县强的新右玉；一个山川秀美、宜居宜业的新右玉；一个开放创新、充满活力的新右玉；一个文明和谐、平安幸福的新右玉。这就是陈小洪这一届班子正在做的事。

读《风从塞上来》让我们感动的不仅有县委书记们的故事，还有无数个来自乡镇村基层普通干部群众的故事。作者通过大量生动的情节和细节表现的许多人和事触动着读者的心灵和感情。

右玉最早的树是树身佝偻的小老树，人称"老头杨"。就是这种其貌不扬的小老树生长在高寒干旱的右玉的荒漠里，抗风沙，挡寒流，改善了生态，美化了环境，为防风固沙起到了巨大的作用。一年一年，一棵一棵，小老树老了，但是它们依然在那里抵御着风沙，固守着阵地；种树的人也老了，腰弯了，背驼了，但是他们依然种树不止，就像那佝偻着身子的小老树。我们说不清这些种树人是小老树的魂，还是小老树是种树人的魂。在右玉可以称为"小老树"的种树人，有西捻头乡曹村91岁的老人曹国权；有北辛窑村88岁的老支书伊小秃；有右玉县机关干部购买治理"四荒"的第一人——韩祥；有原本是右玉技校校长，从47岁到57岁在马头山上植树10年造林近两万亩的李云生。作者怀着深深的感情描写那些佝偻着身体，默默地坚守在抗击风沙、绿化环境、建设生态文明的第一线，就像在风沙中不屈挺立的小老树一样的种树人。

从《风从塞上来》我们还结识了从彩云之南来的云南姑娘余晓兰。就是这个模样清秀、身材娇小的姑娘，嫁到了右玉最苦的叫南崔家窑的一个小山村。余晓兰的婚礼可以说是最简单不过的婚礼。家里请了几位亲戚吃了一顿油糕，做了一床新被子，婆婆给了她10元钱，算是给儿媳妇的见面礼。就这样这位云南姑娘嫁到了右玉，走上了她艰辛、不凡的人生道路。余晓兰不愿意坐在家里吃闲饭。她承包购买了有4000亩地的村南的将军沟，用了10多年的时间，使一条昔日荒沟成为一片绿洲，建成了"南崔家窑村晓兰生态园区"。期间，她忍受了多少一般人难以忍受的痛苦，但她认准的事情就一定要做到，绝不半途而废，更不轻言放弃。余晓兰成功了。她被选为党的十七大、十八大代表，被授予"全国劳动模范"称号。作者在书中赞颂说："余晓兰，这个来自彩云之南的新娘，就像右玉漫山遍野的沙棘种子，飞落在南崔家窑村，扎根、发芽、开花、结果，以她极强的生命力，引出了漫山遍野的绿色，为丰富多彩的世界增添了自己的色彩。"

在书中，我们还结识了威远堡29岁的支部书记毛永宽。他在威远堡带领群众建成了一道道农田林网和防风林，修成了一条环村而行、四通八达的向阳路，打成了用来浇地浇树的四眼大口井，还在村里盖了大礼堂，建了卫生所。就是这样一位有大作为、大抱负的年轻书记，由于长年劳累，1979年，年仅29岁，就告别了人世。村里为毛永宽举行了最隆重、规格最高的葬礼，36名青年汉子抬着灵柩，绕着威远堡缓缓地转着圈，要让他们的好支书最后再看一眼他把青春和生命献在这里的威远堡。无数的群众不顾下雨天湿透了衣服，扶着灵柩为他送行，送行的队伍拉了好几里长。毛永宽是"威远堡之魂"。

我们还听到了杨千河乡党委副书记张一的故事。他带着3辆带挂车的大卡车去代县买树苗。买好树苗返程途中，已是凌晨3点，上公路没多久，发现煞树苗的绳子有些松。就在他一辆辆车检查，勒绳子，一切都快要结束的时候，突然一辆大卡车从他身旁呼啸而过，把张一挂倒在地，轮胎从他的身上碾压过去！张一留下了80多岁的父母和妻子、孩子。直到牺牲前，他还是一个聘用制干部。朋友们曾劝他去找县里领导谈谈，妻子也催他，他却说："聘用制也是干部，都是干工作的，什么样的身份也不影响我工作。"

我们还结识了老墙框村农民王占锋。他是个会挣钱的大能人，是当时的"双万元户"。就是这样的一个人，他不顾家里人的反对，承包了村西石炮沟的1500亩荒山，成为全省承包小流域治理的第一人。他要把这座光秃秃的石炮沟变成绿树成荫的花果山、百花园。妻子不理解他，一气之下跑回了娘家；父亲反对他，5年没有和他说过一句话。他独自跑到石炮沟开荒种树。从29岁到56岁，在石炮沟坚持种树27年。如今的石炮沟，沟里沟外都是茂密的森林。他还在石炮沟盖起了宽敞明亮的一排大房子。石炮沟现在成了游客旅游休闲的好去处。

这些右玉历任县委书记和众多的乡镇村干部，就是"苟利国家生死以"的英雄。他们的功绩书写在人民的心头里，铭刻在历史的丰碑上。

"持之以恒，艰苦奋斗，愚公移山，久久为功"——右玉精神

长篇报告文学《风从塞上来》有感性的叙述，也有理性的思考，其中充满着哲理和感悟，具有鲜明的时代特征和深远的影响力。作者通过大量鲜活的材料和事实，来阐释和解读右玉精神，引起读者的共鸣和思考。

中宣部部长刘云山在右玉视察期间，为右玉巨变所感动，赋诗著文盛赞右玉精神，他把右玉精神概括为"持之以恒，艰苦奋斗，愚公移山，久久为功"，激励着右玉乃至全省、全国的干部群众。

右玉历任县委书记群体，领导班子团结，干群关系密切，党员干部与群众同呼吸，共命运，心连心，筑成改造自然、战胜自然的钢铁长城，形成一往无前、无坚不摧的强大力量。他们身先士卒，率先垂范，在植树防沙造林、发展生态经济、创建绿色家园中，建立了一支风气正、作风硬的坚强的干部队伍。

说起领导班子的团结，我想到在右玉县委书记和县长之间的友谊和感情。县长姚焕斗曾是县委书记袁浩基的好搭档，后来姚焕斗接了袁浩基的班。县长师发又是县委书记姚焕斗的好搭档，后来师发又接了姚焕斗的班。第十六任县委书记高厚和县长赵向东是一对好搭档，后来赵向东接了高厚的班，成了第十七任县委书记。赵向东又和县长陈小洪是一对好搭档，后来陈小洪接了赵向东的班，成了右玉县的第十八任也就是现任的县委书记。右玉的干部就是这样，书记、县长是好搭档、好兄弟，团结得像一家人，届届相袭，延续不断，交接着右玉这根分量很重的接力棒。

右玉历任县委书记，一张蓝图，一个目标，一任接一任，咬定青山不放松，艰苦奋斗，百折不挠，矢志不渝，持之以恒，带领人民植树造林，改造山河，抓生态，搞绿化，建家园，建设富而美的新右玉。

右玉的县委书记上任，不少是举家搬迁的。王矩坤是带着家属坐胶轮马车上任的。马禄元是带着全家人坐着敞篷汽车来右玉的。庞汉杰、常

禄、袁浩基都是带着全家人上任的。常禄把自己的父亲、妻子和子女全家7口人都带到了右玉。他说，不仅自己要做右玉人，要把全家人都变成右玉人，这样才能背水一战，搞好右玉的工作。袁浩基上任是举家迁移，他把年逾古稀的老父亲和正在大同读初中的儿子都带到了右玉。后来袁浩基的父亲永远安息在右玉的土地上，父亲临终之时，他都没能再见老人家一面，因为他正在听取各乡镇关于植树造林工作的汇报。右玉的这些书记们到右玉任职，不是把右玉作为升迁的跳板和"镀金"的阶梯，而是要老老实实地扎根在右玉这块土地上，踏踏实实地为右玉人民办事情。

右玉历任县委书记，每一位上任后，都是带上干粮和地图，对全县进行徒步考察。他们磨破了多少双鞋，流了多少汗，走遍了右玉的沟沟岔岔、山山水水。右玉的县委书记、县长们，哪一位不是满脸黝黑、满身沙尘，双手都是一个个血泡磨成的老茧？哪一位手里的铁锹不是和群众的铁锹一样磨得铮亮光秃？在右玉的植树造林队伍中，我们根本分不清哪一位是县委书记、县长，哪一位是普通群众。王矩坤，老百姓不称呼他的姓名，只是叫他"植树书记"。常禄，由于"惜树如金，爱树如子"，人称"树书记"。庞汉杰，没有人叫他庞书记，因为群众认为他是一个"好老汉"，就叫他"庞老汉"，其实他当书记时才30多岁。

右玉历任县委书记，他们为了百姓生存，带领干部群众，与风沙抗争，在右玉大地上树起了一道道防风林，种下了一片片沙棘灌木丛，使风沙肆虐、生存艰难的右玉县变成了如今的绿树成荫、风光秀丽的生态县。他们为了百姓富裕，建设富而美的右玉，还得在发展经济、生态建设上大做文章，广开思路。

在工业发展上，他们发挥右玉风力大、光照强的优势，发展风电和光电，在全省处于领先地位。在农林建设上，他们以生态畜牧立县，建设生态养羊国家级示范区和肉羊、奶羊发展基地，全省小杂粮生产基地，发展沙棘系列深加工项目，促进苗木花卉、林下养殖、林草加工等林业产业的快速发展。在右玉全县范围内形成了片、带、圈、网相结合的防护林体系，形成了"林多、草多、畜多"的良性经济循环体系。在旅游开发上，他们借助右玉"蓝天、白云、青山、绿水、古关、牛羊"构成的塞外风情和人文景观，举办"中国右玉西口风情生态旅游文化节"，不断加大旅游开发力度，打造生态旅游、西口文化和右玉精神三张特色文化旅游品牌。经济发展和生态建设所取得的成就使右玉的地区生产总值和财政总收入有了大幅度的提高。据《山西大典》的统计，右玉县1949年的财政收入只有12.54万元，1978年为132.97万元，1995年为998.1万元。财政收入虽然年年成倍增长，但年年都需要国家补贴。但是到了2010年全县财政总收入竟完成了惊人的3.94亿元。

右玉历任县委书记，坚持正确的政绩观，怀着"为政何不解民忧，当官堪消百姓愁"（刘云山：《右玉感怀》）的对人民群众的真感情，以人为本，心系民生，服务人民。他们不搞只顾眼前、不问今后的"面子工程"，不搞劳民伤财、装饰门面的"形象工程"。他们搞的是"前人种树后人乘凉"、"投入多，见效慢"造福子孙后代的"千秋工程"。中宣部部长刘云山在《人民日报》上撰文《右玉县书记们的政绩观》盛赞这种品质和作风。他说："右玉书记们可贵的政绩观令人钦佩，这和当今一些人为了升迁'进步'，热衷于创造政绩而急功近利、打快拳、搞短期行为，形成鲜明对比。"

长篇报告文学《风从塞上来》对读者有着巨大的感染力和在社会生活中的影响力。从观察与选材、感受时代与关注民生、新闻真实与文学手法，都为报告文学写作提供了宝贵经验。

特别是报告文学《风从塞上来》抓住了时代提出的新课题，用文学手法表现了这个新课题。这个新课题就是困扰全人类的生态、环境和资源问题。书中有一段很精辟的话："右玉，不只是一个艰苦奋斗的精神典型，它还为我们人类协调人与大自然的关系提供了宝贵的经验，为人类解决所面临的日益严重的荒漠化问题寻找到一条切实可行的道路。右玉不仅是中国的右玉，还是世界的右玉。右玉经验不仅是中国的经验，还是世界的经验，是人类的经验。右玉精神不仅是山西和中国人民宝贵的精神财富，而且是世界人民宝贵的精神财富。因此，这股越刮越热烈的'右玉之风'，这股自塞上而来的生态建设的'热风'，必定会席卷全中国，席卷全世界！"这就是右玉精神的世界意义，也是这部报告文学作品的重要价值。

2012年3月25日

"民以食为天"的鼓与呼
——报告文学《粮食啊，粮食》读后

发表在《火花》杂志2012年第9期上的尚随刚、王九元创作的报告文学《粮食啊，粮食》是一篇很有分量的作品，读后感慨良多，受益匪浅。

尚随刚先生作为《火花》杂志主编，既要考虑刊物的编辑、出版、发行，更要考虑刊物经费的筹措，如何保证刊物的生存。在这种情况下，他还投入很大的精力，创作了一系列报告文学作品，表达他对山西经济发展和人民生活的关切。他写过山西的财政金融，写过山西的文化教育，所写作品都引起社会的反响，受到广泛的好评。但是，这一篇《粮食啊，粮食》，我读了以后认为是写得最好、分量最重，所写的内容也是最为人们关注的一篇好作品。

这篇文章我是在校样上读到的。我看了以后就不由得在稿子上写了三个字"好稿子"。我敬佩的是作者对"民以食为天"的天下第一大事的关注，我感佩的是作者为了写这篇报告文学所付出的心血和辛劳。他们要到田间地头访问农民察看农情，他们要接触从省粮食局领导到最基层的粮站、粮店的普通职工，他们要掌握全国的粮食生产形势和世界粮情，他们要查阅历史文献了解古人对粮食问题的论述。一句话，尚随刚先生下的功夫最大，对粮食人注入的感情最深，对有关国计民生的粮食问题最为关心，于是就有了这篇好作品。

一

引起我对这篇文章兴趣的是两个数字和一个情况。两个数字是晋南的小麦年产量：20世纪60年代到80年代，直到90年代初，年产量都是70亿斤；而90年代中期以后，年产量则是徘徊在24亿斤左右。怎么就下降了这么多？作者分析主要原因是农民受利益的驱动，三分之二的土地种了苹果和药材，只有三分之一的土地种小麦，再加上这几年高温干旱、雨水缺少，减产当然会成为必然的结果。种粮农民把粮田改种经济作物，主要是种粮效益低。文中举出繁峙县一户农民3亩地种菜的毛收入是种粮的毛收入的近9倍，而一个劳力进城打工的收入是在家种粮的收入的10倍。

山西人吃饭以面食为主，小麦的大量减产就使小麦形势由供需基本平衡转为从外大量调入。"运城市的临猗、万荣、平陆、芮城四县大面积栽种苹果树，小麦面积大幅度压缩，昔日的小麦生产大县不复存在。"这就从一个侧面回答了晋南的小麦年产量为什么会从70亿斤一降而为24亿斤。

作者还讲了一个情况，更是令人触目惊心。过去一般农民家里户户有存粮，即囤粮于民。现在是农民的房子越盖越好，院子越修越大，但是粮囤不见了，吃粮就上市场去买。稷山县弋家庄的一位79岁的农民说，孩子在前村盖了楼房，让他搬过去，他不愿意过去，因为舍不得他的小平房。在这小平房中有6个粮囤，一个粮囤有5000余斤粮食，6个粮囤就能储存30000余斤小麦，一旦遇到个灾荒年或者发生什么大事，就能应对过去。这位农民说，过去他们村60%以上的农户有存粮；现在加上周围的村子3000多户人家，有粮囤存粮的人家不足10户。他感慨地说："作为一个农民，家里不储藏粮食，有了灾年怎么办？真不可想象。"作者举的是个例，但它绝对有代表性。从一斑可窥全豹，山西的粮食形势就不能不让人担心了。

二

我十分欣赏文中所引的《吕氏春秋·审时篇》中的一句话："夫稼者，为之者人也，生之者地也，养之者天也。"人是劳动者，地是土地，天是气候，劳力、土地、天气三者，对粮食生产来说缺一不可。讲土地首先要讲耕地面积和粮食播种面积，其次要讲土地的肥沃和灌溉条件；讲天时主要是讲气候，期待风调雨顺，防止旱涝灾害；讲人则是最首要的事情，要调动劳动者的积极性，要提高劳动者的素质和管理者的水平，特别是要制定符合科学发展要求的农业政策，如2006年国家废除农业税的政策等，这就把粮食安全问题提到政治的层面。要从国家决策的高度来看待粮食问题。

作者还引用了大量资料，从国际和国内，从历史和现实，对粮食问题进行分析。作者从国际上发生的大量事例，特别是20世纪八九十年代美苏之间围绕粮食问题的斗争，说明实施粮食禁运或者是粮食援助都是斗争的武器。作者从太平天国运动的爆发说明粮食问题也往往是农民起义运动兴起的诱因。

作者还从中国同世界的比较来看中国粮食生产的形势。中国人均耕地1.38亩，是世界人均水平的40%；中国人均占有水资源2200立方米，只占世界人均水平的28%。对于一个占世界人口五分之一的大国来说，这是多么严重的形势。

三

我很欣赏文中引用的山西省粮食局局长杨随亭的一句话："民以食为天，这是中国的一句老话。如果没有吃的了，人的生存问题就解决不了，那就是天大的问题了。"粮食安全、能源安全、金融安全是当代社会经济发展的三大安全问题。粮食系统的领导、职工就承担着这三大安全之一的粮食安全的重任。他们在其位，谋其职，负起责，粮食安全是摆在全省粮食人面前的一个永恒的话题。

他们深入基层，了解农情，为粮食增产、为农村兴旺、为农民富裕，殚精竭虑，尽职尽责，既有近忧，更有远虑，未雨绸缪。他们分析山西粮食生产的历史和现状，把握山西粮食作物品种的布局和生产状况；他们关注粮食品种结构性矛盾的突出，关心城乡低收入人群粮油消费标准的下降；他们担心耕地面积的减少和粮食播种面积的下降，关心粮食的储存、流通和供应。为此，他们采取了一系列的有备无患的得力措施，包括健全粮食应急机制、实施"放心粮油"工程、提高最低生活保障标准等，以确保粮食安全，确保人民生活。在这些方面作者都有大篇幅的论述和评析。

《粮食啊，粮食》作为一篇报告文学作品，作者既有宏观的视野和把握，又有微观的剖析和描绘，既有历史的回望，也有现实的探究，这就使这篇作品充满感人的艺术力量和发人深省的理性思辨，从而为读者所赞赏，也为粮食生产领导部门提供了决策的参照和借鉴。当然，从更高的标准来说，作为一部报告文学作品在文学性上还有加强的余地，包括人物形象的塑造和语言的运用，就是让它更文学一点。

2012 年 9 月 5 日

一本有独特见解的好书

——读宋守慧的《换个活法做人》

宋守慧先生是我在山西大学中文系读书时的同班同学，是一位有思想、爱思考、有见地的学者。接到他送我的两部书，2011年11月中国图书出版社出版的《凡人议国是》（上下），40万字；2012年8月中国图书出版社出版的《换个活法做人》，20万字。短短几年写了60万字，《换个活法做人》还在全国第23届图书交易博览会上被组委会推荐为28本精品书的榜首，很不容易，可喜可贺。

《凡人议国是》征求意见稿我就读过，这次正式出版了，又翻了翻，重点是读了《换个活法做人》。

总体看法，《换个活法做人》很有分量，写得很真诚，很实在，有见解，涉及人生哲理、人际关系、领导学、阴阳学说、生命科学、思维科学等，当然也有一些比较费解的新的用语和句子，但是只要耐心地读下去，就会觉得语言很有味道，思想很深刻，读后会受到许多教益和启迪。宋守慧的这两部书是在我国进一步改革开放的大形势和生动活泼的政治局面下写作和出版的。我们也是在这种良好的政治空气下来研讨的。

《换个活法做人》提出了一系列富有哲理性的问题，其中重要的论题主要是对"私"字的理解和"换个活法"的主张。

宋守慧的公私观

宋守慧在《换个活法做人》一书的前言中，开宗明义地宣称："人，不能不自私，不自私就没有思想的发生，就没有认识的产生，就没有行为的动机，就没有人与社会接轨过程中的经验与教训，就没有自己进步的原动力。"这话真是惊世骇俗，是对只能讲"公"不能言"私"的道德标准的巨大挑战。但是，宋守慧接着就说："人，又不能不为别人服务、不为社会做贡献、不对身边左右的人有好处、不创建自己的生存环境、不发展自己的人际市场。""人在社会中生存发展，既离不开自私自利的为自己名与利的奋斗，也离不开自己言行举止为社会需求的服务。"这就需要对宋守慧提出的"人，不能不自私"的观点作全面的理解。读过他的通篇著作，可以看出，他并不是提倡"私"字当头，一味地自私自利，而是主张要处理好个人与他人的关系、公与私的关系，更强调的是为他人、为公。他说："公在私中生，私在公中出，既不能以公灭私，也不能以私灭公。"（《凡人议国是》前言）在《凡人议国是》这部书的扉页上，印的就是宋守慧的手书："为人民服务，是每个人生存发展的义务和条件，是人类进化的自然规律。"在《换个活法做人》一书中，对于公与私的关系更有一段充满辩证思想的论述："私为公，公为私，无私则无公，无公则无每个人生存发展的社会空间。人在人中生，人为人，就是社会发展的原动力。"所以要正确理解宋守慧关于"私"、关于"个人"的论述。说一句真心的话，宋守慧的说法应该是有道理的。

我们教育孩子不能输在起跑线上，要上最好的学校，要上各种培训班，掌握各种技能，要出国留学，考虑的是孩子有知识，长本事，以后好就业。所以说为孩子设计的这条道路首先还是从孩子的个人前途考虑的，就业以后就能很好地为国家服务。从当干部的追求来说也是这样。每一位普通干部，想升科级、处级、厅级、省级，甚至能到中央，这种愿望是好的，但是出发点还是从个人来考虑的，只有提升才能获得更好的地位、荣誉和待遇，也才能更好地当大官、做大事，而很可能不会首先考虑提升是为了怎么更好地做人民的公仆，为人民服务。如果是这样也就不需要费力气高升了，因为不提升在自己原有的岗位上也可以当好人民的公仆，好好地为人民服务。

宋守慧在他的书中多处讲到人的需求与社会需求的互动性，实际上讲的也是公与私的辩证法。他说，人的成长发育的一切条件都是社会环境创造的。人需要社会以发展自己，而自己也要为社会发展而献身奉献。人与社会的关系不能只讲"索取"，而不"付出"。要想取之，必先予之，就是人要为社会服务，创造为自己发展的社会资源，而不能破坏社会资源，这是互利互补的关系。宋守慧说："没有社会的约束，每个人想怎么办就怎么办，不把别人当作人，不把社会当成自己的家，随意折腾，随意破坏，随意打击伤害自己身边左右的人，社会生活的空间秩序遭到破坏，人就缺乏生存的安全感，就缺乏可以让自己顺利成长的社会资源。"宋守慧在这里把人与社会的关系说得再清楚不过了。

关于"换个活法"

《换个活法做人》，从书名来说这本书是讲如何做人的，也就是讲人的人生观、世界观、价值观。既然要"换个活法"，那么我们现在的活法是什么，也就是说我们现在是怎么活的，恐怕不会有一个统一的答案，因为各人有各人的活法。作者要我们"换个活法"，这个"活法"是什么活法，换了活法以后我们会活得怎么样，对我们做人又会产生什么影响？这是我首先考虑到的。我就是想从书中找找这个"换个活法"的新活法是什么。

《换个活法做人》全书共54章，我觉得作者回答"换个活法"的问题主要体现在第37章至第44章这八章里，也就是八个"要学会"，即"要学会"为自己的灵性进步、生命价值、命运顺畅、健康质量、爱情饱满、婚姻幸福、子女进步、社会文明服务。这八个"要学会"涵盖了人生的各个方面。这八个"要学会"我不想一一论述，只想就给我影响最深的谈几个。

1.第40章"要学会为自己的健康质量服务"。主要是讲人的身体健康和心理健康。身体健康就是"使自己的行为与使用的身体力量保持平衡，有多大力量就干多大的事，不可无力而为"。心理健康的标志，"就是人与外界的接触过程中的平和状态。不论见到什么外界的形势，听到什么别人的议论，遭到什么外界的反对和打击，自己的心态都能如水一样自然流通，都能保持自己的心态平衡"。"做人要做自己，不以别人之'是'为'是'，不以别人之'非'为'非'。永远保持自己人格的自主权，不当别人意识的奴才。"概括起来就是身体健康要"量力而行"，不透支生命，不透支健康；心理健康是"我行我素"，率性而为，做人要做自己，不当别人意识的奴才。"这就是帮助自己身体健康的身心合力，这就叫保护健康质量使用的方法。"

2.第42章"要学会为自己的婚姻幸福服务"。作者在婚姻幸福方面的论述很多，对我印象深的是这样的两句话："为婚姻幸福服务，就要自己把自己的感情为别人操心，自己把自己的付出为别人的需求服务。不为别人操心，没有精神力量的付出，不为别人的需求服务，没有物质力量的付出"，是不可能获得婚姻幸福的。一个是"操心"，一个是"付出"，才能有幸福的婚姻、美满的家庭。

3.第43章"要学会为自己的子女进步服务"。子女教育问题是个社会问题。娇生惯养，纵容迁就，是不利于孩子健康成长的。这方面的负面例子举不胜举。宋守慧提出了两点：一是从小教育子女，千万不能让他明知故犯。要培养子女的自我约束意识，培养子女的自律能力，培养子女按照公理公德公法管理自己行为的习惯，千万不能放纵迁就；二是对待子女的生活行为，该是子女自己办的事，当父母的不能包办代替，让子女在后来的人生道路上，增强竞争意识，增强竞争力。一句话就是培养孩子的自律意识与竞争能力，这实在是讲在了点子上。

这几点，讲身体健康，一要量力而行，二要"我行我素"，做人要做自己；讲婚姻幸福，一要"操心"，二要"付出"；讲教育子女，一要加强孩子的自律意识，二要增强孩子的竞争能力。记住这几点，我们在身心健康、婚姻家庭、子女教育方面就会终身受益。就全书来说，它的主旨正像作者自己所说的："把自己的言行举止管理成'以私为公，以公为私'的境界，就是换个活法做人。"我的理解：所谓"以私为公"就是把"小我"看作"大我"，把"小家"当作"大家"，就是要以做"大我"、为"大家"作为做人的准则。所谓"以公为私"就是要把国家当作"自家"，像爱"自家"那样的去爱国家。换个活法能做到这样，正如沁县籍诗人王建平所言："换个活法天地宽，改变思维日月新。"

《换个活法做人》一书内容丰富，论述广泛，思想精深，见解精辟，而且书中有许多加强自我修养的格言、警句。如"容，是理解但非赞成。忍，是接受但非合理。该容则容，是对别人的人格的尊重。该忍则忍，是对自己力量的重新评估"。"人要为人，人要讲理。""人，不怕不得利，就怕为利而失理。不怕不出名，就怕自己为名利而损人。"这里仅举几例，以见一斑。这本书，只要精读细研，定会有更大的收获和感悟。

沁县在抗日战争和解放战争中，是晋东南革命根据地中心，被誉为太岳革命根据地的模范县。沁县人民为抗日战争和解放战争做出过重大贡献，也出了许多大干部，曾出了两位省委书记王大任和王克文、一位省政协副主席王绣锦。沁县清代出了一位名人叫吴典，是保和殿大学士兼刑部尚书，人称"吴阁老"。吴阁老为官清廉贤能，为人宽厚平和，堪称百代楷模。原省文联主席、诗人、书法家给我讲了这么一件事情。在他担任省委副秘书长兼办公厅主任时，有一年春节初二晚上，陪同省委书记胡富国回长治，车队经过沁县，他看到远处村落灯火明灭，闪闪烁烁，再加上警车上颜色变化的灯光，就好像是老百姓所说的一明一暗的"鬼火"，于是他就想到沁县籍为官清廉的吴阁老，联想到官场宦海的成败得失，起落沉浮，写成一首小诗："只要世上忠奸存，荒野何处无冤魂。宦海沉浮本常事，明彻此理自不群。"我举这些沁县的今古名人，只是想说沁县是人杰地灵的好地方。今天我们沁县又出了个宋守慧，是值得为沁县人民感到高兴和自豪的。

2013 年 10 月 27 日

当代中国教育史上的传奇故事

——评杨宗和他主编的《刊大创办35年影志——刊授大学记忆》

一

杨宗是我在山西大学读书时的同窗好友，当代著名社会教育家、畅销书作家、报刊专家。1981年，他40出头创办了中国第一所拥有67万学员的刊授大学。办学8年，成绩辉煌，震撼了进入改革开放新时期的中国大地，影响遍及世界。如今近35年过去，2015年4月，《刊大创办35年影志——刊授大学记忆》（杨宗、聂嘉恩、丁允衍主编）由中国言实出版社出版。当我拿到这部长达376页、收有1800多幅珍贵照片的沉甸甸的巨著时，心中一热，不禁感慨万千。这部巨著的策划者和主编杨宗，已由当年创办刊大时满头黑发的中年汉子，成为一位银发稀疏的古稀老者，但他依然精神矍铄，步履轻快，说话照旧是大嗓门、高分贝。说起这部影志，他感叹地说，刊大办学8年，编这部书竟然用了5年。翻书一看，编印这部影志确非易事。确定大纲，收集资料，设计编排，特别是从大量陈旧的图片资料中挑选照片、加注说明，可不是一件简单的事。

杨宗，我的好同学，八年办学，运筹帷幄，身体力行，夜以继日，孜孜矻矻，辛勤劳作，带领一帮年轻人，挑起一座几十万人的大学重担。他延师聘教，深入课堂，编发教材，考察教学，检查辅导点，哪管严冬酷暑，几乎走遍了全中国。而今，他在古稀之年，为了留下这份珍贵的遗产，铭记这段难忘的岁月，他又用5年的时间投入编印《刊大创办35年影志——刊授大学记忆》的繁重工作中，甚至为了这部书损伤了他的视力。杨宗，确实是一个不知疲倦的人，一个只求奉献、不求回报的人，一个不知老、不言老、不服老的人。他用理想、激情和汗水、泪水谱写了自己的壮美人生。

二

20世纪80年代初，国家处于百废待兴的特殊时期。国家振兴亟需人才，一代被耽误了的青年渴望成才。在这种情势下，在山西团省委的支持下，杨宗创办的刊授大学应运而生。办万人刊授大学是一个创举。这座中国第一所没有围墙的杂志大学，为67万求知青年撑起了一片求知翱翔的蓝天，在中国教育史上书写了光辉而独特的一页。

这一创举得到从党中央、团中央到山西省委各级领导的重视和支持，得到众多教育家、科学家、作家、艺术家和部长、省长、将军的重视和支持。他们或批示，或题词，或视察，或辅导，或授课，参加刊大的活动，指导刊大的工作，为刊大扬帆远航导航助力。无产阶级革命家、军事家吕正操的题词："为了加速实现四个现代化，就必须努力学习。青年要学，少年要学，儿童和老年都要学，工作的要学，退休的也要学"，正是反映了这一时代的需求。团中央书记陈昊苏作词《临江仙》："弟子三千夸孔圣，昔年难比当今。后生可畏要称尊。成才谁指路？刊大有南针。"全国职工教育管理委员会主任袁宝华说："办刊授大学，'这是个好办法，闯出了一条新路。搞职工教育，就是要有各种渠道、多种形式'。"中国文联主席周扬题词："自学成才，学有所用，办刊授大学是一种良好的、便于推广的办学形式，一定要办好。"山西省委书记李修仁为刊大题词："刊大，大有希望；刊大，前途无量。"著名作家邓友梅题词："刊大刊大，前程远大。"

创办刊授大学一事曾经出现在国务院的政府工作报告中，出现在团中央的工作报告中，出现在两位山西省长的政府工作报告中，书写在团中央编印的《团史90年》一书中。

刊大的创办吸引了众多主流媒体的关注。《人民日报》、《经济日报》、《工人日报》、《大公报》、《文汇报》、《山西日报》、《瞭望》杂志，以及香港凤凰卫视等均有报道。我国著名报告文学作家陈祖芬以"一个民族的觉醒"为题书写这个记载在中国教育史上的伟大业绩。

三

《刊大创办35年影志——刊授大学记忆》让我回到20世纪80年代初的那个时代。"文化大革命"造成的文化荒漠、教育废墟，累积着一届又一届年轻学子的知识饥渴。"我要上学！"这是成千上万被耽误的"求知若渴者的期盼"。当杨宗首创"刊授大学"的消息在中央人民广播电台播出后，"我要上刊大"的报名热潮席卷全国。我被这尘封多年的无数真实的场景震撼了。这是当代中国的传奇故事。

团中央第一书记宋德福、河南省委书记李宝光、山西省副省长白清才报名上刊大。空军政治部副主任辛明将军和他的夫人、三个女儿全家报名上刊大。众多的知名艺术家如秦怡、方舒、马季、姜昆等报名上刊大。87版电视剧《红楼梦》扮演林黛玉的演员陈晓旭是刊大学员，她的照片登上了《刊授大学》杂志的封面。

"当代保尔"张海迪助人上刊大。湖南青年唐三幸因为没有钱买火车票从家乡骑自行车25天来太原要求上刊大。来自山西榆次的一位89岁高龄的耄耋老人要求上刊大。有的以血书表决心要求上刊大，还有身残志坚的青年、高考落榜的青年、失恋的青年、失足的青年……纷纷报名上刊大。来自十多个国家的外国朋友和海外侨胞要求上刊大，这股由"让知识实现理想"的力量推动的求学浪潮，成为我国20世纪80年代初特有的风景。

《刊大创办35年影志——刊授大学记忆》书中所收的1981年9月10日在太原湖滨会堂刊授大学开学典礼的照片成为中国教育史上具有重大意义的历史文献。

刊授教育的方便、灵活、经济、有效的四大特点，成为培养人才的新学路，从而启发了全国各地热心教育事业的有识之士。在刊授大学的带动和影响下，全国各种"刊授"教育如雨后春笋般地蓬勃兴起。如刊授党校、刊授团校、刊授农校、经济管理刊授大学、新闻刊授大学、中国电影刊授大学等，多达三四十所。真是"一石激起千层浪"，刊授之花遍地开。

四

阅读《刊大创办35年影志——刊授大学记忆》使我了解到这里有一支特殊的教育团队，有一套新颖的教学方式，有一种可歌可泣的献身精神，而这一切都是"为了67万刊大学员"。

在这部影志里，有我所熟悉的刊大领导人。校长王中青，副校长路正西、张维庆、樊荣枝、崔光祖等都是我熟悉的党的好干部。张维庆、崔光组还是我在省委宣传部工作时的直接领导。他们对刊授教育的大力支持和重才育人的精神让人敬佩。刊大常务副校长杨宗是我的同窗好友，对他的开拓创新的精神、坚强不屈的意志和泼辣实干的作风，更是了解很多，感受很深，他是撑起这座拥有67万学员的大学的顶梁柱。

刊大工作，十分繁重。数十万学员的学籍需要管理，数十吨的教材需要分发，分散在全国各地的学员需要组织面授、辅导、考核，等等。他们除去在太原设有刊大校部外，在全国建立了3万多个分校、办事处、辅导站（班），组织起一支特殊的专兼职相结合的教育团队。刊大全体专兼职员工尽心尽力、无私奉献，在一无编制、二无房舍、三无经费的艰苦条件下，靠自己的真诚、智慧和汗水，谱写了许多动人心魄、令人赞叹的"用智力开发智力"的故事。

刊大还组织专家、教授自编出版了符合大学标准、适合自学要求、具有实用价值三大特点的自修教材和辅导教材12种，特别是本着"学以致用，实用好用"的原则编写了《中国实用文体大全》等4种实用系列教材读本。《中国实用文体大全》被北京大学王力教授称赞为"填补了中国实用文体写作空白"，由上海文化出版社出版，先后在全国发行400多万册，几次被评为"全国十大优秀畅销书"。

刊授大学得到了中国众多作家、艺术家的支持。王蒙、陈登科、王瑶、唐弢、严文井、马作楫、侯宝林、刘兰芳等来校授课；张乐平为刊大画漫画《三毛扶爷爷到刊大讲课》；诗人公刘作《刊授大学之歌》。

为了推动学员自学，检验学习成果，刊大还举办了多项全国性的有益于教学的活动，深受学员们的欢迎。如自学成才促进会，杭州西湖、武汉东湖中秋诗会，刊授教育创新会，郑渊洁作品及《童话大王》研讨会，极大地开阔了学员们的视野，提高了他们的学习兴趣。

刊大为了创建自己的刊授教育中心，在各方面的支持下，建起了承载自学者梦想的希望大厦。为了建成希望大厦，有关部门、众多人士都伸出了援助之手。刘少奇的夫人王光美女士受她的儿子刘源的委托捐赠了他参加工作后的第一笔工资100元。刊大顾问、电影表演艺术家黄宗英、王丹凤为筹建希望大厦专程来太原义演。

五

八个春夏秋冬，刊授大学获得了丰收。《刊大创办35年影志——刊授大学记忆》以最多的篇幅来介绍学员们的当年和今天。当年，他们正年轻；今天，他们已成熟。他们当中有的当了省委书记、省长等国家干部；有的通过国家组织的高等教育自学考试拿到了大学文凭，甚至成为研究生；有的评定了中高级技术职称；有的成为诗人、作家，作品不断面世；

有的办起了文学社、出了刊物，如温州学员的浪潮文学社和《浪潮》刊物，芮城的刊蕾文学社和《刊蕾》刊物，团结了一批文学爱好者；有的在刊大学习期间找到了自己的另一半，结成幸福的伉俪。

他们之中的佼佼者数不胜数。刊大学员、《童话大王》作家郑渊洁出版的作品已经发行了1.5亿册。内蒙古学员张翔麟、张翔鹰都成为卓有成就的作家，各自出版了作品数十部。学员邹中华成为著名记者、画家。学员任志宏是央视演播艺术家。学员潞潞是当代著名诗人、山西省作家协会副主席……

刊大的工作人员同样在茁壮成长。八年的学习、锻炼使这些当年的姑娘、小伙子成了各个部门的业务骨干或领军人物，挑起了工作和生活的重担。宋兴航成为山西省政协常委、山西应用技术学院院长。郝小平成为作家，创作了描写刊大人和事的长篇小说《骑虎壮歌》。冯伟民成了国际知名发明家。包卫东是中国赠送给联合国的"世纪之鼎"的设计师。毛道福是武汉市改革开放30年30位代表人物之一。丁允衍是知名摄影理论家。胡曰钢是天津市劳模。陈靳是全国优秀人道主义工作者。魏存庆是山西省图书馆馆长。赵岩平是全国"五一劳动奖章"获得者、《童话大王》杂志社社长。罗加是《童话大王》杂志社副社长。贺兴是山西省政协委员、全国劳模……

刊大的学员们，刊大的工作人员，他们成长了，但是，他们忘不了的是上刊大的激情岁月，忘不了在刊大工作的日日夜夜，更忘不了的是他们的恩师、引路人杨宗先生。他们用一篇篇充满真情实感的文章讲述刊大的故事，用一句句发自肺腑的心里话赞颂他们的母校。他们说："刊大给了我们继续学习的平台和机遇"，"刊大在我的人生旅途中是一个重要的里程碑"。作家郑连荣说："感谢刊授大学为我的成长垫下了第一块砖。自强不息的刊大精神常忆常新，给我以终身的温暖和鼓舞。"《天津日报》

记者刘振宁说："刊授大学给了我终身营养，使我的人生深受其惠。我是永远的刊大人！"进入耄耋之年的上海老人沈惟君，50岁报名上刊大，60岁从上海师范大学中文系毕业。他说："是刊大帮助、培养、教育了我，让我活到老、学到老、干到老"，"刊授大学是我终生难忘的学校，在我人生道路的关键时期，刊大是一盏明亮的灯，指引着我后半生前进的道路。"诗人周景龙在他写的朗诵诗《刊授大学礼赞》中写道："刊授大学的诞生与发展过程／在华夏民族漫长的文明史上／也许只是一道不可复制的彩虹／可中华民族复兴的大业中永远凝聚着您神圣的使命。"

六

天下没有不散的筵席，人间没有永不分离的团聚。刊大，因时而诞生；刊大，也因时而收官。但是，它曾经有过的辉煌人们永远不会遗忘。刊大人有眼泪，因为他们付出的太多太多；刊大人有欢笑，因为他们没有辜负了自己的青春年华。《刊大创办35年影志——刊授大学记忆》最后附了陈祖芬的报告文学作品《一个民族的觉醒》，这篇作品好像是对刊授大学的一个文学性的总结。她充满激情，以优美的语言讲述了刊授大学和刊大人，讲述了刊大的创办人杨宗。我觉得作者很了解杨宗。这种了解不是表面上的，而是深入到他的骨髓和灵魂的。她写杨宗，"那个太有主动性的不安定分子，自己不安定也不让人家安定"；他"有时出风头，有时吃苦头"，但"他像常胜将军一样地自信、乐观，大有无所不能的气概"；"他老处于兴奋点，依然像一个50年代的团干部。不过他又太多80年代的青年骚动感"；"他像初生牛犊一样地勇敢、简单"；"他说人家讲他们刊大骑虎难下，他就是要骑虎不下"；"他敢于公开亮明自己的观点：'说我出风头？当凤尾的人是很多的，我要出就出风头！'敢于出风头，敢于标新立异，敢于破格，敢于创新，正是一种80年代的时代精神。他办起了几十万学员的刊授大学，中国第一所刊大。他吸引了、唤醒了、掌握了失落感很强的一层人。"作家也说杨宗是"一个疲劳不堪、操劳过度、累坏别人更摧残自己的人物"。这就是作家陈祖芬笔下的杨宗，让人敬佩，也让人怜惜！

我读陈祖芬的文章，流泪了。我不知道我为什么会流泪？此时的泪水，也许是一种感佩，是一种欣慰，更是一种赞叹！也许什么也不是，只是一种自作多情。但是，我觉得我的感情是真实的，我的感佩、欣慰和赞叹是真实的。我赞叹、敬佩的是发奋读书的刊大学子和辛勤办学的刊大人，以及我的同窗好友、"为霞尚满天"的杨宗先生。

2015年6月28日

为孩子插上想象的翅膀

——小学生作文点评五则

《四眼奇遇记》（作者：太原市滨河小学五年级一班裴罗宇）

"四眼"是人们对近视眼的戏称，虽然没有多少恶意，但是听上去也让人觉得不怎么舒服。裴罗宇同学以"四眼"入文，写了一篇童话式的散文《四眼奇遇记》，真是别出心裁，引人入胜。在他的想象里，一个近视200度的孩子裴球受联合国近视星研究所的选派，乘坐飞船到远离地球300万公里的近视星进行采访，把他看到的近视星上的"小四眼"们的生活描写得妙趣横生，让人忍俊不禁。如车轮大的靶心，士兵们打靶却常常是"弹全虚发"；餐馆开不了饭，因为"大厨把锅掉地上还没摸见呢"，这一切都是"四眼"惹的祸，而这里的人全是"小四眼"。

这篇散文生动流畅，有趣好读，它说明：第一，作者想象丰富，构思奇特，把当前中小学学生普遍存在的近视问题用童话式的文章去反映；第二，作者善于抓住典型事例、具体事物进行夸张性的描写，把由于近视带来的工作和生活上的不便表现到极致，而且确有生活依据；第三，作品最后点出主题："近视不好呦，眼镜不如眼睛！爱护它吧！爱护好我们的眼睛吧！"

《四眼奇遇记》让我走进一个想象丰富的孩子的内心世界。想象对一个孩子的成长十分重要。科学家有了想象才会有发明创造，文艺家凭借想象才会产生作品。我相信，裴罗宇小同学插上想象的翅膀一定会飞得更远更高。

《恼人的秋雨》（作者：山西省实验小学六年级四班杜含笑）

杜含笑同学的《恼人的秋雨》是一篇叙事散文。要写好叙事散文，就要学会观察生活，掌握叙事要求，有一定的文字表达能力。杜含笑同学把握了这几点，抓住秋雨连绵时的几件事，娓娓道来，抒写自己在雨天里的心情：郁闷、苦恼，又不失天真。

恼人的秋雨使小作者"国庆长假被困家中"，这确实是一件很扫兴的事情。"往年的长假我们一家人总要驾车去海边好好放松、休息一下。可今年由于这场雨，我们不能出远门了。"爬山吧，山上路滑，"禁止上山"；钓鱼吧，也是因为下雨，鱼儿们都不出来了，只能是"整天捂在家里，人都快发霉了"。从叙事的要求，小作者对人物、事件和环境所作的具体描绘十分真切、生动。这有赖于他对生活的仔细观察，更靠的是他笔下的功夫，用词准确，生动形象，干脆利落，层次清楚，这对一个孩子来说也就很不容易了。

在其他段落里，都有这样朴实生动的语言。"学校禁止学生带雨伞来校"中说："雨，不停地下——上学下，放学下；上课下，下课下"，真是下个没完没了。学校为了安全，不准学生打伞，只准披雨披，怕雨伞捅着人，于是"有雨披的乖乖披雨披，没雨披的乖乖买雨披。这成了学校里一道亮丽的风景线——同学们的雨披各式各样，颜色也不同：红的、绿的、黄的、蓝的……现在成了'雨衣小贩乐翻天，校里同学憋出烟'"。用小贩和同学的不同心情表达自己无可奈何的苦恼。

最后一段开头一句也蛮有意思："今年秋天的这场雨给我们带来很多不便，好在它总算是没劲了！"小作者把秋雨拟人化，把雨停了说成是

"没劲了"，在小同学们的眼里"恼人的秋雨"也有结束的时候，带给他们的是雨过天晴，烦恼也就一扫而光了。

杜含笑小同学观察细致，会捕捉事物的特征；描写生动，可谓绘声绘色；语言简练，善于表情达意，又有几分幽默。这篇散文雨天的见闻写得多，个人的感受写得少，如果能把自己更多地融入这恼人的秋雨描写中，那么作品就会更加生动和感人。

《叠被子比赛》（作者：山西省晋城市城区第七中学初二（87）班侯佳贝）

侯佳贝同学写的《叠被子比赛》题材新颖，逻辑严密，叙事清楚，用词简练。说题材新颖，因为世界上比赛多多，内容不同、花样翻新的各种赛事，比比皆是，让人眼花缭乱、应接不暇，唯独叠被子比赛还未听说，所以说题材新颖。所谓逻辑严密，叙事清楚，因为文章大体上是三个段落，一是写选项，可谓独出心裁；二是写比赛，展示比赛方——弟弟、"我"和爷爷各自不同的比赛招数；三是写打分，揭示比赛方的心理，弟弟和"我"的"不谦虚"和爷爷对两个孙子的疼爱和"一碗水端平"，结果是"我"夺冠，弟弟屈居亚军，爷爷殿后。所谓用词简练，只举一段，可见全篇："……我从梦中醒来，恋恋不舍地拱出被窝（'拱'字用得好，多形象），揉了揉惺忪的眼睛，娇气地问道：'爷爷，几点了？''9点20。'我和弟弟都很吃惊，赶紧穿衣起床。"引者意犹未尽，再引结尾几句，与大家共享："耶！三人中，我的分数最高，我得冠军了！奖品是一个苹果。我们大笑一场。"简练，有趣，毕竟是一个孩子写的。

如说不足，叠被子比赛，核心在表现"叠"的技巧，"叠"的艺术，"叠"者临场时的心情，在这些方面如果描写得再生动形象点就更好了。

《我的小狗乐乐》（作者：山西省晋城区东关小学六（3）班侯皓天）

《我的小狗乐乐》写得生动有趣，引人入胜，写出了孩子眼里的狗狗和狗狗眼里的小主人，体现了人与小动物的和谐相处。这篇文章之所以写得好读好玩，是由于小作者观察的细致和描写的生动。

先写买小狗，因为小狗"肉滚滚的，穿着一身洁白而光滑的皮袄，大而乌黑的眼睛，一见面就不住气地望着我，好像在说：好心的小主人，你把我带回家吧"。小狗打动了小主人，于是小主人把小狗带回家。然后写小主人和小狗相处的快乐日子，写出了小狗的各种情态，对小主人的依依相偎，逗小主人的娇憨动作，整天围着小主人转的不离不弃，莫不栩栩如生。特别是小作者选择了两个典型事例，来描写小狗的可亲可爱。一是写由小狗的不懂事到懂事，由随地便溺到叫小主人带它出门方便；一是写小狗由听电视台报时钟声便"汪汪"叫小主人起床，充当"小闹钟"，到错把小主人爸爸的手机铃声当成报时种声让小主人起了个大早，闹得一天没精打采。在这两件事情描写的字里行间里充满了小主人对小狗的感情，表现了小主人同小狗的交流。最后点题，"因为小狗活泼可爱，乐观向上，给我增添了不少乐趣，我给它取名乐乐"。

在这篇充满童真和童趣的小散文中，表现了小作者对生活的渴望和热爱，包括对大自然的尊崇、对各种小动物的善待和对生命的敬畏，也表现了小作者观察生活和描写生活的能力。这也说明，只有观察的细致才有描写的细腻，一句话就是要细心、用心。细心、用心地观察生活，细心、用心地描写生活，就不愁写不出好文章，侯皓天的《我的小狗乐乐》就是一个好例子。

《天津出海：冰火两重天》（作者：山西省实验小学六年级四班杜含笑）

叙事作品和抒情作品是文学作品的两大类型。叙事就是讲故事，讲过去发生的事。小作者杜含笑写的《天津出海：冰火两重天》就是一篇很好的叙事文。

叙述视角是叙事作品中对故事内容进行观察和讲述的角度，主要有第三人称、第一人称，个别的有第二人称。《天津出海：冰火两重天》是用第一人称写的，小作者杜含笑既是故事的叙述者，又是故事中的一个角色。作为故事中的角色，生动地描写了自己去年暑假在天津塘沽乘坐渔船和快艇时的不同感受；作为故事的叙述者，又形象地记述了爸妈、二姨和李叔叔等全船人晕船的情景。这种第一人称的叙述视角使作品显得格外的亲切和感人。

叙述重点是在讲故事中对涉及的人和事有所选择，突出主要部分，而不是面面俱到。《天津出海：冰火两重天》一文的叙述重点是写乘船感受，包括坐渔船晕船时的难受和乘快艇飞翔似的惬意。由于渔船在海浪里颠簸摇晃，所以小作者"我"的感受"始终是令人恶心的头晕"，"肚子里也是翻江倒海，好像随时都会'火山爆发'"。而乘坐快艇的感受却是另一番天地："我的屁股刚坐稳，快艇就'嗖'地飞了起来，我的头发也'呼'地飞了起来……快艇在海面上忽上忽下颠簸起伏，我们在船上忽高忽低大声叫喊着，真带劲！"这种真切的感受当然来自于切身的体验，这是写出一篇好文章的起码要求。

叙述手法主要是运用了对比，就是乘坐两种不同船只的心情对比："比起坐渔船，快艇少了一份头晕目眩，多了一份清凉舒爽，真是爽极了！"两相对比，一多一少，归纳到一点："这次天津出海，我体验到了'冰火两重天'的感觉，玩得非常愉快！"巧妙地再现了主题，表达了一个孩子的心情。

2009 年 5 月 10 日